W0388934

Le Livre de Poche Jeunesse

La Mafia du chocolat

Gabrielle Zevin

Gabrielle Zevin vit à New York. Depuis 2000, elle a travaillé comme scénariste, entre autres pour *Conversation(s) avec une femme*.

Du même auteur :

- Je ne sais plus pourquoi je t'aime
- Une vie ailleurs
- Caprice de fan, *in* Amours d'Enfer

Gabrielle Zevin

La Mafia du chocolat

Traduit de l'anglais (américain)
par Cécile Chartres

Titre original :
All These Things I've Done
(Première publication : Farrar, Straus and Giroux, New York, 2011)

À mon père, Richard Zevin, qui sait tout.

Serai-je le héros de ma propre vie,
ou ce rôle sera-t-il tenu par un autre ?
Ces pages nous le diront.

Charles Dickens, David Copperfield

1. Je défends mon honneur

La veille de ma rentrée en première – je venais d'avoir seize ans –, Gable Arsley m'a annoncé qu'il voulait coucher avec moi. Et pas la semaine prochaine ou dans un mois. Non, tout de suite.

En matière de garçons, je choisissais toujours mal. J'étais souvent attirée par ceux qui n'avaient pas l'habitude de demander la permission. Des garçons qui ressemblaient à mon père, en fait.

On rentrait tout juste du café clandestin qui se trouvait au coin de University Avenue, après l'église. C'était à l'époque où la caféine, et tant d'autres choses (posséder du papier sans permis, des téléphones avec appareil photo, du chocolat, etc.), étaient illégales et la législation évoluait si vite qu'on pouvait être en train de commettre un crime sans même le savoir. Cela dit, ça n'avait aucune importance parce que les forces de l'ordre étaient totalement débordées. Les caisses de la mairie étaient vides, et près de soixante-quinze pour cent des policiers avaient été virés. Ceux encore en poste avaient mieux à faire que de courir après des adolescents accros à la caféine.

Que Gable propose de me raccompagner à l'appartement aurait dû me mettre la puce à l'oreille. Le trajet de nuit entre le café clandestin et la 90e Rue Est, là où j'habitais, était plutôt dangereux, et Gable me laissait en général me débrouiller toute seule. Lui résidait au sud de la ville et comptait sur le fait que je n'avais pas encore été agressée en rentrant chez moi...

Nous sommes entrés dans l'appartement, qui appartient à ma famille depuis, disons, 1995. Je ne suis pas sûre de la date mais vous voyez ce que je veux dire : une éternité. Ma grand-mère, qui était mon tuteur légal et que j'aimais plus que tout au monde, n'en finissait pas de mourir dans sa chambre. (Nana avait la particularité d'être à la fois la personne la plus vieille et la plus malade que je connaisse.) En ouvrant la porte, j'ai entendu le vrombissement régulier des appareils qui maintenaient son cœur et le reste en marche. Les médecins ne l'avaient pas encore débranchée – ce qu'ils auraient fait pour n'importe qui d'autre – parce qu'elle était responsable de mon grand frère, de ma petite sœur et de moi. Et puis elle avait encore toute sa tête. Bien qu'alitée, elle se tenait au courant de tout.

Gable avait avalé au moins six expressos ce soir-là, dont deux avec un peu de Prozac (substance aussi illégale) – il était complètement perché. N'allez pas croire que je lui cherche des excuses, j'essaye seulement d'expliquer.

– Annie, a-t-il dit en dénouant sa cravate et en s'asseyant sur le canapé, je suis sûr que tu as du chocolat quelque part. Allez, bébé, fais plaisir à papa. Tu sais que j'en meurs d'envie !

Je détestais qu'il parle de lui en disant « papa ». Je crois qu'il avait entendu ça dans un vieux film. Je voulais lui répondre : « Tu n'es pas mon papa. Bon sang, tu as dix-sept ans. » Parfois, ça me prenait, je répondais, mais la plupart du temps, je laissais tomber. Mon père me disait que souvent il valait mieux laisser tomber, sinon on passait sa vie à se battre. Bien sûr, si Gable avait insisté pour venir à l'appartement, c'était pour avoir du chocolat. Je lui ai dit qu'il pouvait en avoir un morceau et qu'ensuite il fallait qu'il parte. La rentrée avait lieu le lendemain (moi en première, donc lui en terminale), et je voulais aller me coucher.

Nous entreposions le chocolat dans un coffre-fort secret caché au fond du placard de la chambre de ma grand-mère. En passant devant son lit, j'ai fait le moins de bruit possible, même si pareille précaution ne servait à rien. Il régnait un tel vacarme à cause de toutes ces machines qu'on se serait cru dans le métro.

Sa chambre dégageait une odeur de mort, un mélange d'œufs pourris (une denrée rationnée), de melons trop mûrs (une denrée rare), de vieilles chaussures et de produits d'entretien (autorisés sur présentation d'un coupon). Je suis entrée dans le dressing, j'ai écarté ses manteaux et composé le code sur le boîtier électronique. Derrière les armes à feu se trouvait le chocolat, de l'extra-noir avec des noisettes en provenance de Russie. J'ai mis une tablette dans ma poche et fermé le coffre-fort. En sortant, j'ai embrassé ma grand-mère sur la joue et elle s'est réveillée.

– Anya, a-t-elle croassé, à quelle heure es-tu rentrée ?

Je lui ai dit que j'étais à la maison depuis un moment. Elle ne découvrirait jamais la vérité et s'inquiéterait si elle savait où j'avais été. Puis je lui ai soufflé de se rendormir, que je n'avais pas eu l'intention de la déranger.

– Tu dois te reposer, Nana.

– Pourquoi ? m'a-t-elle demandé. Je reposerai éternellement bien assez tôt.

– Ne dis pas ça. Tu as encore une longue vie devant toi, ai-je menti.

– Être en vie et vivre, ce n'est pas la même chose, a-t-elle marmonné, puis elle a changé de sujet. C'est la rentrée, demain.

Qu'elle s'en souvienne m'a surprise.

– Va dans mon placard te chercher une tablette de chocolat, d'accord, Anyaschka ?

J'ai obéi sans sourciller. J'ai sorti la tablette de ma poche et j'en ai pris une autre, identique.

– Ne la montre à personne, a-t-elle repris. Et partage-la uniquement avec quelqu'un que tu aimes vraiment.

Plus facile à dire qu'à faire, ai-je pensé. Néanmoins, je lui ai promis. Ensuite, je l'ai embrassée une nouvelle fois sur sa joue râpeuse et j'ai refermé doucement la porte derrière moi. J'adorais ma grand-mère, mais je ne supportais pas cette pièce horrible.

Quand je suis retournée au salon, Gable n'était plus là. Je savais où le trouver.

Il était allongé sur mon lit, inconscient. Les effets de la caféine. En consommer un peu donnait la pêche. Trop, et c'était la léthargie assurée. Du moins, pour Gable. Je l'ai gentiment frappé à la jambe. Il ne s'est pas réveillé. Je l'ai frappé de nouveau, plus fort. Il s'est retourné en grognant et j'ai pensé le laisser tout simplement dormir. Au pire, je m'installerais sur le canapé. Et puis Gable était mignon quand il dormait. Inoffensif, comme un chiot ou un enfant. Je crois que je le préférais dans cet état-là.

Après avoir sorti mon uniforme scolaire de mon armoire et l'avoir étendu sur la chaise de mon bureau, j'ai fait mon sac et mis à charger ma tablette électronique. J'ai mangé un morceau de chocolat, au goût boisé prononcé, et ensuite j'ai rangé la tablette dans le tiroir supérieur de mon bureau, bien emballée dans son papier d'alu. Finalement, j'étais contente de ne pas avoir eu à la partager avec Gable.

Vous vous demandez sûrement pourquoi Gable était mon petit ami si je n'avais même pas envie de partager une tablette de chocolat avec lui. La première chose à prendre en compte, c'est que je ne le détestais pas à l'époque autant que maintenant. La plupart de mes souvenirs sont déformés par mes dernières impressions de lui se comportant comme une sale brute – même si, dès le début de notre relation, je savais déjà qu'il en était une. Mais il était beau, populaire, et j'étais sensible à ce genre de choses. Mon statut social, notamment à cause de l'histoire « pittoresque » de ma famille, était précaire. Mais ne pensez pas pour autant que j'étais superficielle. Gable me plaisait parce que, avec lui, je ne m'ennuyais pas. Il avait un côté mauvais garçon qui m'attirait – quelle idiote ! Et – paix à ton âme, papa –, il est vrai aussi que je manquais de figure paternelle. Au demeurant, partager une tablette de chocolat n'avait rien d'anodin, c'était un produit rare.

J'ai décidé de prendre une douche pour ne pas avoir à le faire le lendemain matin. Quand je suis ressortie, quatre-vingt-dix secondes plus tard (l'eau était facturée au millilitre), Gable était réveillé et dévorait le reste du chocolat.

– Hé ! me suis-je écriée. Tu as fouillé dans mon tiroir !

Il en avait plein les doigts et la bouche.

– Je ne fouinais pas, j'ai été attiré par l'odeur, a-t-il expliqué.

Il a cessé de mastiquer assez longtemps pour m'observer.

– Tu es jolie comme ça, Annie. Toute propre.

J'ai resserré ma serviette autour de moi.

– Eh bien maintenant que tu es debout et que tu as eu ta dose de chocolat, tu devrais partir.

Il n'a pas bougé.

– Allez ! Va-t'en ! ai-je insisté.

Je ne voulais pas crier de peur de réveiller mon frère, ma sœur ou Nana.

C'est là qu'il m'a dit qu'il pensait qu'on devrait coucher ensemble.

– Non, ai-je répondu, furieuse d'avoir commis l'erreur de prendre une douche pendant qu'un garçon shooté à la caféine dormait sur mon lit. Absolument pas.

– Pourquoi ? a-t-il demandé.

Ensuite, il m'a dit qu'il m'aimait, ce que jamais un garçon ne m'avait dit. Malgré mon expérience limitée en la matière, je savais qu'il ne le pensait pas.

– Je veux que tu t'en ailles, ai-je poursuivi. On a cours demain, et je suis fatiguée.

– Je ne peux pas partir. Il est minuit passé.

Bien que rarement appliqué, il existait un couvre-feu en vigueur pour les moins de dix-huit ans. Il n'était que 23 h 45 ; je lui ai dit qu'il pouvait encore rentrer à temps s'il courait.

– Je n'y arriverai pas, Annie. Mes parents ne sont pas là et ta grand-mère n'en saura rien si je reste. Allez, sois sympa.

J'ai secoué la tête. J'ai essayé de prendre un air sévère mais c'est difficile quand on est drapée d'une serviette jaune à fleurs.

– Ça ne compte pas que je vienne de te dire que je t'aimais ? a-t-il demandé.

J'y ai réfléchi quelques secondes.

– Non, pas vraiment. Pas quand je sais que tu ne le penses pas.

Il m'a regardée avec de grands yeux, comme si je l'avais vexé. Puis il s'est raclé la gorge et a changé de tactique.

– Allez, Annie. Ça fait presque neuf mois qu'on est ensemble. Je ne suis jamais resté aussi longtemps avec une fille. C'est... Enfin... Pourquoi tu refuses ?

J'avais plusieurs raisons. Un, on était trop jeunes. Deux, je ne l'aimais pas. Et trois, la plus importante de toutes, j'étais contre le sexe avant le mariage. En tant que bonne catholique, je savais que céder à ses avances m'enverrait tout droit en enfer. Pour info, je croyais (et crois toujours) au paradis et à l'enfer. On en reparlera plus tard.

Ses pupilles se sont dilatées puis rétractées – à cause de toutes les substances illicites qu'il avait consommées ? Il s'est approché de moi et s'est mis à me chatouiller le bras.

– Arrête, ai-je dit. Sérieux, Gable, c'est pas drôle. Tu espères seulement que je vais lâcher ma serviette.

– Pourquoi est-ce que tu t'es douchée si tu ne veux pas...

– Je te préviens, je n'hésiterai pas à crier.

– Et alors ? Ta grand-mère ne peut pas sortir de son lit. Ton frère est un demeuré et ta sœur n'est qu'une gamine. Je ne risque pas grand-chose.

Que je puisse me retrouver en pareille situation dans ma propre maison me stupéfiait. Comment avais-je pu faire preuve d'autant de faiblesse et de naïveté ? J'ai coincé ma serviette sous mes aisselles et j'ai poussé Gable de toutes mes forces.

– LEO N'EST PAS UN DEMEURÉ ! ai-je hurlé.

Une porte a grincé au fond du couloir. Leo, qui est aussi grand que mon père l'avait été (un mètre quatre-vingt-dix-huit), est apparu sur le seuil de ma chambre dans son pyjama à motifs de chiens. Même si je maîtrisais la situation, voir mon grand frère m'a remplie de joie.

– Eh, Annie ! a-t-il dit en me serrant dans ses bras. Ça fait longtemps que tu es rentrée ?

– Non, pas tellement.

– Salut, Gable. J'ai entendu du bruit. Je pense que tu devrais partir. C'est pas grave que tu m'aies réveillé, mais ce serait mieux si tu ne réveillais pas Natty. Elle a école demain.

Leo a entraîné Gable jusqu'à la porte. J'ai attendu qu'elle soit fermée et que Leo ait mis le verrou avant de me détendre.

– Ton petit ami n'est pas très gentil, a-t-il constaté.

– Oui, tu as raison, ai-je répondu en souriant.

J'ai ramassé les restes d'emballage laissés par Gable et les ai serrés dans ma main. Si je m'en tenais aux critères de Nana, le seul garçon digne de partager une tablette de chocolat avec moi était mon frère.

Le jour de la rentrée était encore plus pourri que les précédents jours de la rentrée, pourtant assez pourris en général. Tout le monde était au courant que Gable Arsley et Anya Balanchine s'étaient séparés, ce que j'estimais particulièrement agaçant. Pas que j'avais l'intention de rester avec lui vu la façon dont il s'était comporté hier soir, mais parce que j'aurais aimé être la première à rompre. J'aurais aimé qu'il pleure, qu'il crie, qu'il s'excuse. J'aurais aimé le laisser planté là pendant qu'il implorait mon nom. J'aurais aimé qu'il souffre.

À mon grand étonnement, la rumeur s'était répandue à une vitesse fulgurante. Les mineurs n'avaient pas le droit de posséder un téléphone, et il était interdit de publier quoi que ce soit, virtuellement ou pas, sans une autorisation. Même pour envoyer un e-mail, il fallait payer. Pourtant, les ragots trouvaient toujours un moyen de circuler. Et un bon mensonge voyageait encore plus vite que la triste et morne vérité. Dès la troisième heure, les circonstances de ma rupture semblaient gravées dans le marbre, et je n'avais même pas eu mon mot à dire. Quelqu'un – sûrement mon prof d'histoire, mais ça aurait pu être mon père – m'a expliqué une fois que ce sont les vainqueurs qui écrivent l'histoire. À présent, je savais dans quel camp je me situais. Au moins, Gable m'avait appris une bonne leçon : mieux vaut toujours dégainer le premier.

J'ai séché la quatrième heure pour me rendre au confessionnal.

En entrant, j'ai aperçu derrière la grille la silhouette familière de mère Piousina. Croyez-le ou pas, elle était la première femme prêtre de l'école de la Sainte-Trinité. On avait beau vivre dans une époque moderne où les gens étaient supposés être éclairés, bon nombre de parents s'étaient plaints quand le conseil d'administration l'avait nommée l'année dernière. Certaines personnes se sentaient tout simplement mal à l'aise avec l'idée que notre chef spirituel soit une femme. En plus d'être une école catholique, la Sainte-Trinité était aussi une des meilleures écoles de Manhattan. Si les parents acceptaient de payer des frais de scolarité exorbitants, c'était à la condition que rien ne change, même si les choses évoluaient partout ailleurs.

Je me suis agenouillée et j'ai fait le signe de croix.

– Bénissez-moi, ma mère, car j'ai péché. Ma dernière confession remonte à trois mois...

– Qu'est-ce que tu as sur le cœur, mon enfant ?

Je lui ai raconté que je nourrissais des pensées impures à propos de Gable Arsley depuis le début de la matinée. Je ne l'ai pas cité mais mère Piousina devait savoir à qui je faisais référence. Sinon, elle aurait bien été la seule.

– Est-ce que tu envisages d'avoir des relations sexuelles avec lui ? m'a-t-elle demandé. Parce qu'agir serait un bien plus grand péché.

– Je le sais, mère. Et non, pas du tout. Ce garçon répand de terribles rumeurs sur mon compte, et du coup je le déteste. J'ai envie de le tuer, ou au moins de lui faire très mal.

Mère Piousina a ri mais je ne me suis pas tellement sentie vexée.

– C'est tout ? a-t-elle demandé.

Je lui ai dit que j'avais bafoué le nom de Dieu à plusieurs reprises au cours de l'été, en particulier lors des restrictions d'air conditionné décrétées par le maire. L'une de nos journées de privation s'était avérée être la plus chaude du mois d'août. Entre les 40° C à l'extérieur et la chaleur générée par les machines de Nana, l'appartement s'apparentait à l'enfer sur terre.

– Autre chose ?

– Oui, encore une. Ma grand-mère est très malade et même si je l'aime beaucoup, parfois, je souhaiterais tout simplement qu'elle meure...

C'était très dur à avouer.

– Tu ne veux pas qu'elle souffre. Dieu comprend tes intentions, mon enfant.

– Et parfois je pense mal des morts.

– Certains en particulier ?

– Mon père, surtout. Et ma mère, parfois. Et aussi...

Mère Piousina m'a interrompue.

– Tu devrais venir te confesser plus souvent.

Elle a ri de nouveau, ce qui cette fois m'a énervée. J'ai poursuivi. J'affrontais le plus dur.

– Parfois, j'ai honte de mon grand frère Leo parce qu'il est un peu... Ce n'est pas sa faute. C'est le frère le plus gentil du monde mais... Vous savez qu'il est un peu lent. Aujourd'hui, il voulait nous accompagner à l'école. Je lui ai dit que Nana avait besoin de lui et qu'il risquait d'être en retard à son travail. J'ai menti sur toute la ligne.

– C'est tout ?

– Oui.

J'ai baissé la tête.

– Je demande pardon pour mes péchés.

Puis j'ai entamé l'acte de contrition.

– Je t'absous de tes péchés, au nom du Père, du Fils et du Saint-Esprit, a dit mère Piousina.

Elle m'a dit de réciter un « Notre Père » et un « Je vous salue Marie » pour faire pénitence, ce qui m'a paru ridicule. J'en aurais presque regretté la sévérité de son prédécesseur, le père Xavier.

Je me suis levée. Alors que j'allais tirer le rideau bordeaux, elle m'a dit :

– Anya, allume un cierge pour tes parents au paradis.

Elle a ouvert l'isoloir et m'a tendu deux bordereaux.

– Je croyais qu'on devait rationner les bougies ? ai-je marmonné.

J'en avais ras le bol de ces lois sur le rationnement. Elles étaient impossibles à suivre. Pas étonnant que tant de personnes se tournaient vers le marché noir.

– Vois les choses du bon côté. Tu peux consommer autant d'hosties que tu veux, a répondu mère Piousina.

J'ai pris les coupons et l'ai remerciée. Pour autant, je ne voyais pas l'intérêt de prier. J'étais à peu près sûre que mon père brûlait en enfer.

Après avoir donné mes bons à une nonne avec un panier en osier et une boîte de cierges, je suis entrée dans la chapelle et j'ai allumé une bougie pour ma mère.

Bien qu'elle ait épousé le chef du clan mafieux des Balanchine, j'espérais qu'elle repose au paradis.

J'ai allumé une bougie pour mon père.

J'ai prié pour que l'enfer ne soit pas si terrible, même quand on est un meurtrier.

Ils me manquaient tous les deux énormément.

Ma meilleure amie Scarlet m'attendait dans le couloir à la sortie de la chapelle.

– Alors comme ça, tu sèches le cours d'escrime dès le premier jour ! Bravo, a-t-elle dit en me prenant le bras. Ne t'inquiète pas, j'ai expliqué au prof que tu avais des problèmes d'emploi du temps.

– Merci, Scarlet.

– Pas de problème. Si je comprends bien, tu vas me faire le coup régulièrement cette année... On va à la cantine ?

– Est-ce que j'ai le choix ?

– Oui, tu peux aussi te cacher dans l'église jusqu'à l'été prochain.

– Et si je devenais bonne sœur ? Comme ça, je pourrais renoncer aux garçons à jamais.

Elle m'a observée un instant.

– Non, a-t-elle affirmé. Le voile, ça ne t'irait pas du tout.

En chemin, Scarlet m'a informée de ce que Gable racontait sur moi, mais j'étais déjà plus ou moins au courant. Il prétendait avoir rompu avec moi parce que j'étais accro à la caféine, parce que j'avais « tout d'une garce » et parce que le début de l'année était le moment idéal pour « faire le tri dans ses affaires ». Je me remontais le moral en pensant que si mon père avait été en vie, il aurait pu le faire assassiner.

– Ne t'inquiète pas, a-t-elle renchéri, je t'ai défendue bec et ongles.

Malheureusement, personne n'écoutait jamais Scarlet. Elle était la passionnée de théâtre un peu fofolle. Les gens la trouvaient jolie mais ridicule.

– De toute façon, a-t-elle enchaîné, on sait tous que Gable Arsley est un abruti. Demain, ce sera déjà oublié. Si les élèves en parlent, c'est parce que ce sont des losers et qu'ils n'ont rien d'autre à faire.

– Je t'ai dit qu'il avait traité Leo de demeuré ?

– Non ! s'est écriée Scarlet. Ce type est horrible !

Nous étions arrivées devant les portes battantes menant à la cantine.

– Je le déteste, ai-je déclaré. Du fond du cœur.

– Je sais. Et je n'ai jamais compris ce que tu lui trouvais.

Scarlet était vraiment une bonne amie.

Les murs de la cantine étaient en lambris et le sol était recouvert de carreaux noirs et blancs comme sur un échiquier, ce qui me donnait l'impression d'être un pion. J'ai aperçu Gable assis à l'une des grandes tables près de la fenêtre. Il tournait le dos à l'entrée et ne me voyait pas.

Ce jour-là, on servait des lasagnes ; je détestais ça. La sauce tomate me faisait penser à du sang et des boyaux, et la ricotta à des morceaux de cervelle. Je parle en connaissance de cause, j'avais déjà vu des boyaux et des morceaux de cervelle.

À peine assise, j'ai poussé mon plateau vers Scarlet. Je n'avais plus faim.

– Tu en veux ?

– Une assiette, ça me suffit, merci.

– OK, si on parlait d'autre chose ?

– Et pas de...

– Scarlet Barber, je t'interdis de prononcer son nom !

– Et pas de l'abruti, a-t-elle dit, et nous avons éclaté de rire. Il y a un nouveau garçon plus que prometteur dans mon cours de français. En fait, je devrais plutôt dire un nouvel homme. Il a l'air tellement... adulte. Il s'appelle Goodwin mais se fait appeler Win. Tu ne trouves pas ça OMG ?

– Qu'est-ce que ça veut dire ?

– C'est une abréviation. Mon père pense que ça voulait dire « incroyable ». Ou un truc dans le genre. Il n'est pas sûr. On devrait demander à ta grand-mère.

J'ai hoché la tête. Le père de Scarlet était archéologue. Il passait ses journées les mains dans la boue et sentait toujours la vieille poubelle. Scarlet a continué de parler du nouveau, mais je ne l'écoutais qu'à moitié. Je m'en fichais complètement. Je me contentais d'acquiescer de temps en temps tout en triturant mes lasagnes immondes.

À un moment, j'ai levé la tête et croisé le regard de Gable. Ce qui s'est passé ensuite est un peu flou. Il a plus tard affirmé que je m'étais trompée mais sur l'instant, j'aurais pu jurer qu'il m'avait souri d'un air méprisant puis avait murmuré quelque chose à l'oreille de sa voisine – elle était en seconde, peut-être même en troisième, et je ne la connaissais pas. Ensuite, ils avaient ri. En réponse, j'ai attrapé mon assiette pleine de lasagnes brûlantes (la loi exigeait que la nourriture soit servie à 80 °C pour éviter la propagation de bactéries) et j'ai traversé la cafétéria au lino noir et blanc comme un pion devenu fou. La seconde d'après, Gable était recouvert de ricotta et de sauce tomate.

Il a bondi, sa chaise est tombée à la renverse. Nous étions face à face. Les autres élèves avaient comme disparu de la salle. Gable s'est mis à crier, m'insultant de diverses manières. Je ne tiens pas à répéter ses gros mots, la liste serait trop longue.

– Je comprends que tu sois fâché, ai-je dit.

J'ai cru qu'il allait me frapper ; il s'est retenu.

– Tu n'en vaux pas la peine, Balanchine. Tout comme tes parents. Je préfère que tu sois renvoyée.

En quittant la cafétéria, il a essayé de se nettoyer, mais il dégoulinait de sauce de tous les côtés. J'ai souri.

À la fin de la journée, j'ai été convoquée chez Mme le proviseur.

La porte du bureau était fermée, quelqu'un devait déjà être à l'intérieur. La plupart des gens parviennent à éviter les ennuis le jour de la rentrée, donc il n'y avait qu'un garçon avec de longues jambes qui patientait dans un des fauteuils. La secrétaire m'a dit de m'asseoir.

Le garçon portait un chapeau en laine grise qu'il a enlevé quand je suis passée devant lui. Il a hoché la tête et j'ai fait de même.

– Tu n'aimes pas les lasagnes, c'est ça ? a-t-il demandé après m'avoir observée.

– Oui, en quelque sorte.

Je n'étais pas d'humeur à engager la conversation. Il a posé ses mains sur ses genoux. Le bout de ses doigts était abîmé, ce qui a tout de même éveillé ma curiosité.

– Qu'est-ce que tu regardes ?

– Tes mains, ai-je répondu. Elles sont rugueuses. C'est rare pour un garçon de la ville.

Il a ri.

– J'ai vécu à la campagne, dans le nord de l'État. On faisait notre propre jardin, c'est de là que vient la corne. De la guitare, aussi. Je ne suis pas doué mais j'aime bien jouer. Pour le reste, je n'ai pas d'explications.

– Intéressant.

– Intéressant, a-t-il répété. Au fait, je m'appelle Win.

Alors c'était lui le nouveau dont m'avait parlé Scarlet ? Elle avait raison, un vrai plaisir des yeux. Il était grand, mince. Il avait la peau bronzée et les bras musclés, sûrement d'avoir grandi en plein air. Il avait aussi de beaux yeux bleus et un visage souriant. Pas du tout mon genre.

Il m'a tendu la main et je la lui ai serrée.

– An... ai-je commencé.

– Anya Balanchine, je sais. Tout le monde ne parlait que de toi aujourd'hui.

J'ai haussé les épaules. Je me sentais rougir.

– Oui, la garce droguée et folle à lier de la mafia, c'est moi. On a dû te dire que je n'étais pas très fréquentable.

– Peut-être que les habitudes sont différentes en ville, mais d'où je viens, on préfère se faire notre propre idée sur les gens.

– Pourquoi es-tu là ? ai-je demandé.

– Ça, c'est une sacrée question, Anya.

– Non, ici, à attendre le proviseur.

– Alors, réponse A : j'ai fait quelques commentaires mal placés en cours de théologie. B : je porte un feutre au lycée. C : je suis beaucoup trop intelligent pour suivre les cours où j'ai été inscrit et je veux modifier mon emploi du temps. D : parce que j'ai vu une fille renverser des lasagnes sur son petit ami. E : Mme le proviseur a décidé de quitter son mari et on doit s'enfuir ensemble. F : réponses A, B, C, D et E. G : ne se prononce pas.

– Ex-petit ami, ai-je marmonné.

– C'est bon à savoir.

À cet instant, la porte du bureau s'est ouverte, et Gable en est sorti. Il avait le visage rouge et irrité. Sa chemise était encore pleine de sauce tomate, ce qui devait le déranger au plus haut point.

Il m'a lancé un regard dédaigneux.

– Ça n'en vaut pas la peine, a-t-il murmuré.

Le proviseur a passé la tête dans l'encadrement de la porte.

– Monsieur Delacroix, a-t-elle dit à Win. Ça vous dérange si je fais passer Mlle Balanchine avant vous ?

Il a accepté et je suis entrée dans le bureau. Le proviseur a fermé la porte.

L'entretien s'est déroulé comme prévu : j'écopais d'un avertissement et de travaux d'intérêt général – corvée de nettoyage à l'heure du déjeuner. L'un dans l'autre, si c'était à refaire, je n'hésiterais pas.

– Vous devez apprendre à résoudre vos problèmes relationnels en dehors de la Sainte-Trinité, Anya, a dit le proviseur.

– Oui, madame.

Lui expliquer que Gable avait tenté de me violer la nuit précédente me semblait inutile.

– J'envisageais d'appeler votre grand-mère, mais je sais que Galina n'est pas au mieux de sa forme. Ce n'est pas la peine qu'elle s'inquiète.

– Merci, madame. J'apprécie.

– Franchement, Anya, je me fais du souci pour vous. Ce genre de comportement peut être nuisible à votre réputation.

Elle savait aussi bien que moi que j'étais née avec une mauvaise réputation.

Dans la salle d'attente, Natty, ma petite sœur de douze ans, discutait avec Win. Scarlet avait dû lui dire où me trouver. Ou peut-être que Natty avait deviné – ce n'était pas la première fois que le proviseur me convoquait. Natty portait le chapeau de Win. Ils avaient visiblement fait connaissance. Quelle dragueuse, ma sœur ! Elle était mignonne, elle avait de longs cheveux noirs, comme moi, sauf que les siens étaient raides alors que les miens bouclaient de manière incontrôlable.

– Je suis désolée d'être passée avant toi, ai-je dit à Win.

Il a haussé les épaules.

– Natty, rends son chapeau à Win.

– Il me va bien, a-t-elle affirmé en battant des paupières.

Je le lui ai enlevé et l'ai donné à Win.

– Merci d'avoir joué les baby-sitters.

– Arrête de m'infantiliser ! a protesté Natty.

– Quel vocabulaire ! a remarqué Win.

– Merci, a fièrement répondu Natty.

Pour énerver ma sœur, je l'ai prise par la main. Nous étions presque dans le couloir quand je me suis retournée.

– À mon avis, c'est la réponse C, ai-je déclaré. Tu dois trouver que tes cours sont trop faciles.

Il m'a adressé un clin d'œil – qui fait encore ça de nos jours ?

– Je ne dirai rien.

Natty a soupiré.

– Oh, ça me plaît, comme réponse.

J'ai levé les yeux au ciel tandis que nous quittions la pièce.

– N'y pense même pas, ai-je grondé. Il est bien trop vieux pour toi.

– Il a seulement quatre ans de plus. Je lui ai demandé.

– Quatre ans, c'est beaucoup quand on en a douze.

Nous avions raté le bus. Compte tenu des réductions budgétaires de la régie des transports, le suivant ne passait que dans une heure. J'essayais toujours d'être rentrée avant Leo, et il m'a semblé qu'on mettrait moins de temps à pied en coupant par le parc. Mon père m'avait décrit le parc à l'époque où il était enfant : des arbres, des fleurs, des écureuils, des lacs où les gens faisaient du canoë, des vendeurs de hot-dogs et de bretzels ; il y avait même un zoo. Le parc actuel n'avait plus rien à voir avec ça.

Les lacs s'étaient asséchés ou avaient été drainés, et la végétation avait disparu. Il restait encore quelques statues couvertes de graffitis, des bancs cassés et des bâtiments abandonnés. Je ne voyais pas qui aurait eu envie d'y passer du temps. Pour moi et Natty, le parc représentait une étendue d'un kilomètre de long qu'il fallait traverser le plus vite possible, de préférence avant la tombée de la nuit parce qu'il était ensuite envahi de personnages peu recommandables. Je ne sais pas comment la situation avait pu se dégrader à ce point. Comme le reste, j'imagine : pénurie d'eau et absence de moyens.

Natty était toujours fâchée à propos de ma remarque sur le baby-sitting et marchait devant moi. Nous étions au milieu de la Grande Pelouse (où, à un moment donné, il avait dû y avoir de l'herbe) quand elle s'est mise à courir, se détachant d'une dizaine de mètres.

Puis d'une vingtaine.

Puis d'une cinquantaine.

– Natty ! ai-je crié. Fais attention ! Reste avec moi !

– Arrête de m'appeler Natty. Je m'appelle Nataliya, j'ai douze ans et je peux me débrouiller toute seule !

Je me suis élancée après elle, mais elle s'est éloignée davantage. Je la voyais à peine ; elle n'était qu'une tache à l'horizon. J'ai accéléré le pas.

Natty s'était arrêtée au coin de la paroi en verre de ce qui était avant un musée (et maintenant une boîte de nuit). Elle n'était pas seule.

Un gamin maigre vêtu de haillons et, étrange coïncidence, d'un T-shirt publicitaire pour les chocolats Balanchine, menaçait ma sœur avec une arme à feu.

– Tes chaussures ! a-t-il ordonné d'une voix aiguë.

Natty a reniflé tout en se baissant pour défaire ses lacets.

J'ai examiné le gamin. Bien que rachitique, il semblait costaud ; pour autant, j'étais sûre de pouvoir le désarmer. Observant les alentours, j'ai vu que nous étions seuls. Il n'avait pas de complices. Le problème, c'était l'arme à feu.

Ce que j'ai fait ensuite peut vous paraître idiot.

Je me suis interposée entre le gamin et ma sœur.

– Anya ! Non ! a crié Natty.

Mon père m'avait appris une ou deux choses sur les armes à feu. Celle du gamin n'avait pas de chargeur. Donc, à moins qu'il n'y ait une balle dans la chambre – ce dont je doutais –, elle n'était pas chargée.

– C'est pas un peu lâche de s'en prendre à plus petit que soi ? ai-je lancé.

Pour être franche, le gamin faisait cinq centimètres de moins que Natty. De près, il était plus jeune que ce que j'avais cru. Il devait avoir à peine huit ou neuf ans.

– Je n'hésiterai pas à tirer, a-t-il déclaré. Tu peux me croire !

– Ouais ? ai-je répondu. Ça m'étonnerait.

J'ai attrapé son arme par le canon. J'ai pensé la jeter dans les buissons, mais je ne voulais pas qu'il la récupère et terrorise d'autres personnes avec par la suite. Je l'ai glissée dans mon sac. C'était une belle arme. Elle aurait pu faire de sacrés dégâts – si elle n'avait pas été défectueuse.

– Allez, Natty, récupère tes affaires.

– Il ne m'avait encore rien pris, a-t-elle dit, les larmes aux yeux.

J'ai hoché la tête puis lui ai tendu un mouchoir.

Le jeune délinquant s'était lui aussi mis à pleurer.

– Rends-moi mon arme ! s'est-il écrié.

Il s'est précipité sur moi. Je n'ai eu aucun mal à le repousser.

– Tu vas te faire tuer à force de menacer les gens avec une arme qui ne fonctionne pas.

Je disais ça pour l'aider. Ceux qui remarqueraient l'absence de chargeur étaient plutôt du genre à ne pas réfléchir et à lui coller une balle entre les deux yeux. Comme je culpabilisais de lui avoir confisqué son arme, je lui ai donné un peu d'argent. Ce n'était pas grand-chose mais il aurait au moins de quoi s'acheter une pizza.

Il a empoché la monnaie d'un air résolu. Puis il m'a insultée et a disparu.

Natty m'a donné la main. Nous avons marché en silence jusqu'à la 5e Avenue, plus tranquille.

– Pourquoi as-tu fait ça, Annie ? a-t-elle murmuré tandis que nous attendions de pouvoir traverser la rue.

Le bruit de la circulation étouffait ses paroles.

– Pourquoi tu lui as donné de l'argent ?

– Parce que sa situation était plus désespérée que la nôtre, Natty. Et que papa a toujours dit qu'il fallait aider ceux qui ont moins de chance que nous.

– Mais papa, il tuait des gens, non ?

– Oui, ai-je admis. Notre père était un homme complexe.

– Parfois, je ne me souviens même plus à quoi il ressemblait.

– Il ressemblait à Leo. Même taille, mêmes cheveux noirs, mêmes yeux bleus. Mais, contrairement à Leo, papa avait le regard dur.

Une fois rentrées à l'appartement, Natty s'est enfermée dans sa chambre et j'ai entrepris de préparer le dîner. Je n'étais pas douée en cuisine, mais sans moi, on serait tous morts de faim. Sauf Nana, qui était nourrie par intraveineuse. Une infirmière à domicile prénommée Imogen s'occupait d'elle.

J'ai fait bouillir l'équivalent de six verres d'eau, conformément aux instructions sur le paquet, puis j'ai versé les pâtes dans la casserole. Leo serait content, c'était son plat préféré.

Afin de lui annoncer la bonne nouvelle, je suis allée frapper à la porte de sa chambre. N'ayant pas de réponse, j'ai ouvert. Leo travaillait à mi-temps dans une clinique vétérinaire, il aurait dû être rentré depuis deux bonnes heures. Mais à part les nombreux lions en peluche qui semblaient m'observer d'un air interrogateur, la chambre était vide.

J'ai décidé d'en parler à Nana. Elle dormait. Je l'ai réveillée.

– Nana, est-ce que tu sais où est Leo ?

Nana a attrapé la carabine qu'elle gardait sous son matelas. Puis elle m'a aperçue.

– Oh, Anya, c'est toi. Tu m'as fait peur, *devochka.*

– Désolée.

Je l'ai embrassée sur la joue.

– Leo n'est pas là. Il t'a dit où il allait ?

Nana a réfléchi à la question.

– Non, a-t-elle enfin répondu.

– Il est rentré du travail ? ai-je demandé en m'efforçant de rester calme.

Visiblement, ma grand-mère n'était pas dans un bon jour. Elle est restée pensive un long moment.

– Oui.

Elle a marqué une pause.

– Non, a-t-elle repris.

Silence.

– Je ne sais pas.

Encore un silence.

– Quel jour est-on, *devochka* ? Je perds un peu la notion du temps.

– Lundi. C'est le jour de la rentrée, tu te souviens ?

– On est toujours lundi ?

– C'est presque fini, Nana.

– Ah, bien, a-t-elle soupiré en souriant. Si on est lundi, ça veut dire que ce bâtard de Jakov est venu me voir.

Jakov (prononcé Ya-koff) Pirozhki était en effet un bâtard, au sens propre, le fils illégitime du demi-frère de mon père. Il se faisait appeler Jacks et avait quatre ans de plus que Leo. Je ne l'aimais pas tellement. Un jour, après avoir bu un peu trop de vodka, il avait essayé de me peloter les seins.

J'avais treize ans, lui presque vingt. Malgré cela, j'étais un peu désolée pour Jacks parce que tout le monde dans la famille le considérait comme un moins que rien.

– Que voulait Pirozhki ?

– Voir si j'étais morte.

Elle a ri et désigné les œillets roses bon marché posés dans un vase près de la fenêtre. Je ne les avais pas remarqués.

– Ils sont moches, non ? a-t-elle constaté. Je sais qu'il est difficile de trouver des fleurs et que c'est l'intention qui compte, mais il aurait pu s'abstenir, non ? Peut-être que Leo est avec le bâtard ?

– Nana, sois gentille.

– Oh, Anyaschka, je ne le dirais jamais devant lui ! s'est-elle défendue.

– Qu'est-ce que Jacks veut à Leo ?

D'habitude, Jacks se contentait d'ignorer ou de mépriser mon frère.

Nana a haussé les épaules avec difficulté. Ses paupières tressaillaient, prêtes à se fermer. Je lui ai serré la main.

Sans ouvrir les yeux, elle a dit :

– Préviens-moi quand tu auras trouvé Leonyd.

Je suis retournée dans la cuisine m'occuper des macaronis. Ensuite, j'ai appelé la clinique vétérinaire. Ils m'ont répondu que Leo était parti à 16 heures, comme d'habitude. Ne pas savoir où était mon frère me perturbait. Je me sentais responsable de lui, même s'il avait trois ans de plus que moi.

Peu de temps avant d'être assassiné, mon père m'avait fait promettre que si quelque chose devait lui arriver, je m'occuperais de Leo. J'avais neuf ans à l'époque, à peu près le même âge que le gamin dans le parc, et j'étais bien trop jeune pour savoir dans quoi je mettais les pieds. « Leo est un gentil garçon », avait dit mon père. « Il n'est pas taillé pour ce monde, *devochka*. Nous devons le protéger du mieux possible. » J'avais acquiescé, sans comprendre que je m'engageais pour la vie.

Leo n'était pas né comme ça. C'était un garçon normal, voire plus intelligent que les autres d'après mon père, à qui il ressemblait. En plus, c'était l'aîné. Mon père lui avait même donné son nom. Leo s'appelait en fait Leonyd Balanchine Jr.

Un jour, alors qu'il avait neuf ans, lui et ma mère étaient partis en voiture à Long Island rendre visite à ma grand-mère maternelle. Ma sœur et moi (âgées de deux et six ans) avions une angine et étions restées à la maison. Mon père avait accepté de nous garder, ce qui n'avait pas dû être un immense sacrifice vu qu'il ne supportait pas grand-mère Phoebe.

L'attentat visait mon père, bien sûr.

Ma mère était morte sur le coup. Deux balles avaient traversé le pare-brise puis son joli front.

La voiture était allée percuter un arbre, de même que la tête de Leo.

Il avait survécu, mais il ne pouvait plus parler. Ni lire. Ni marcher. Mon père l'avait envoyé dans le meilleur centre de rééducation et dans la meilleure école pour jeunes en difficulté. Leo avait fait des progrès, mais il ne s'était jamais complètement rétabli. Les médecins nous avaient expliqué qu'il aurait toujours le cerveau d'un enfant de neuf ans. Ils avaient dit que mon frère avait eu de la chance, ce qui était vrai. Bien que limité, il se débrouillait bien. Il avait trouvé un travail et ses collègues l'appréciaient. Il jouait bien son rôle de grand frère aussi. Quand Nana mourrait, il deviendrait notre tuteur légal, jusqu'à ce que j'aie dix-huit ans.

La sauce pour les pâtes était presque terminée. J'envisageais d'appeler la police (ce qui n'aurait servi à rien) quand la porte d'entrée s'est ouverte.

Leo a bondi dans la cuisine.

– Annie, tu fais des macaronis au fromage ! Tu es la plus chouette sœur de la planète !

Il m'a serrée dans ses bras.

Je l'ai gentiment repoussé.

– Où étais-tu ? Je me faisais du souci. Si tu sors, tu es supposé le dire à Nana ou me laisser un mot.

Son visage s'est décomposé.

– Ne sois pas fâchée, Annie. J'étais avec la famille. Tu as dit que tu étais d'accord du moment que j'étais avec la famille.

– Je parlais de Nana, de moi ou de Natty. De tes proches, et pas de...

– Ah non, m'a interrompue Leo, tu n'as jamais précisé qu'il fallait que ce soit la famille proche.

J'en étais quasi certaine mais je n'ai pas insisté.

– Jacks m'a assuré que ça ne te dérangerait pas, a continué Leo. Il a dit qu'il était de la famille et que ça ne te dérangerait pas.

– Et qu'est-ce qu'il en sait ? Il y avait qui d'autre à part Jacks ?

– Fats était là aussi. On est allés chez lui.

Sergei « Fats » Medovukha était un cousin de mon père et le propriétaire du café clandestin où Gable et moi étions la nuit précédente. Fats était gros, d'où son surnom. J'appréciais Fats à peu près autant que n'importe quel autre membre de la famille, mais je lui avais dit que je ne voulais pas que Leo traîne dans son établissement.

– Qu'est-ce qu'ils te voulaient, Leo ?

– On a mangé de la glace. Fats a fermé le café et on est allés acheter des glaces. Jacks avait des... comment ça s'appelle ?

– Des coupons de rationnement.

– Oui, c'est ça !

Connaissant mon cousin, il les avait fabriqués lui-même.

– J'ai pris de la glace à la fraise.

J'ai soupiré.

– Ne sois pas fâchée, Annie.

Il semblait au bord des larmes. Serrant les poings, je me suis calmée. Mon frère n'était pas Gable Arsley, et il ne méritait pas que je me mette en colère.

– La glace t'a plu ?

Leo a hoché la tête.

– Ensuite, on est allés... Tu promets de ne pas t'énerver ?

J'ai fait signe que oui.

– On est allés à la Piscine.

La Piscine était sur West End Avenue. Avant que ne se déclenchent les premières crises de pénurie d'eau et que toutes les piscines et fontaines ne soient vidées, elle avait abrité un club de natation. Maintenant, la Famille (à savoir, la *semya*, le syndicat du crime de la famille Balanchine) s'en servait comme lieu de réunion principal. J'imagine que ça n'avait pas dû leur coûter grand-chose.

– Leo ! ai-je hurlé.

– Tu as promis de ne pas t'énerver.

– Tu sais que tu n'as pas le droit de te rendre à l'ouest de la ville sans prévenir.

– Oui, je sais. Mais Jacks m'a expliqué qu'il y avait des gens qui voulaient me voir. Et qu'ils étaient de la famille, alors ça ne te dérangerait pas.

J'étais tellement furieuse que je n'ai pas répondu. J'ai sorti des assiettes et servi les macaronis.

– Va te laver les mains et dis à Natty que le dîner est prêt.

– S'il te plaît, Annie, ne sois pas fâchée.

– Je ne suis pas fâchée contre toi.

Je comptais obliger Leo à me jurer de ne jamais y retourner quand il a repris :

– Jacks pense que je peux obtenir un boulot à la Piscine. Dans les affaires familiales.

J'ai dû lutter de toutes mes forces pour ne pas balancer les macaronis contre le mur. Bien sûr, m'en prendre à mon frère ne servirait à rien. Et j'avais déjà commis un acte violent impliquant des pâtes plus tôt dans la journée.

– Tu veux quitter la clinique ? Mais tu adores ce travail.

– Oui, mais Jacks pense que ce serait bien que je travaille pour la Famille... Comme papa.

– Je ne suis pas sûre, Leo. Il n'y a pas d'animaux à caresser à la Piscine. Maintenant, va chercher Natty, d'accord ?

J'ai observé mon frère tandis qu'il quittait la cuisine. Personne n'aurait deviné en le voyant qu'il était différent. Et peut-être que j'insistais un peu trop sur son handicap. Leo était beau, fort, et, du point de vue de la loi, majeur – ce qui me terrifiait au-delà du possible. Les adultes peuvent avoir des ennuis. Ils peuvent se faire manipuler. Ils peuvent aller en prison, ou pire encore : ils peuvent mourir.

Je ne connaissais pas les intentions de mon imbécile de cousin, mais j'avais comme l'impression que les ennuis ne faisaient que commencer.

2. Je suis punie ; je définis « récidive » ; je m'occupe d'affaires familiales

Ce que je détestais par-dessus tout dans le fait d'être de corvée de nettoyage, c'était la blouse. On aurait dit une toile de tente rouge. J'avais l'air énorme. En plus, il y avait une grosse étiquette accrochée au dos, sur laquelle était écrit : « Anya Balanchine doit apprendre à se maîtriser. » Au début, on ne pouvait pas lire l'inscription à cause de mes cheveux, mais ensuite ils m'ont obligée à porter une charlotte. Je n'ai pas protesté. L'ensemble aurait eu moins de cachet sans elle.

Tandis que je ramassais les plateaux et les verres de mes camarades, Scarlet me lançait des regards pleins de sympathie, ce qui rendait la situation presque pire. J'aurais préféré subir ma peine dans un état d'indifférence totale.

Pour des raisons évidentes, j'ai attendu le dernier moment pour m'occuper de la table de Gable Arsley.

– J'arrive pas à croire que j'aie pu un jour sortir avec ça, a-t-il marmonné, suffisamment fort pour que je l'entende.

J'ai ignoré la série de reparties qui a défilé dans ma tête et je lui ai souri. De toute manière, il était interdit de parler quand on était de corvée de nettoyage.

J'ai poussé le chariot avec les plateaux dans la cuisine, puis je me suis installée au fond de la cafétéria pour avaler mon déjeuner en deux minutes. Scarlet était maintenant assise à côté de Win. Elle se penchait vers lui et riait. Pauvre Scarlet. Ses techniques de drague n'avaient rien de subtil, et j'avais l'impression que Win n'y était pas sensible.

Je n'avais pas envie de me joindre à eux. Je sentais la poubelle et la nourriture rance.

– Annie, viens ! m'a lancé Scarlet.

Je me suis traînée jusqu'à leur table.

– J'adore cette charlotte ! a-t-elle poursuivi.

– Merci. Je pensais la garder toute la journée. La blouse aussi.

J'ai posé mon plateau et mis mes mains sur mes hanches.

– À mon avis, faut ajouter une ceinture.

J'ai enlevé la blouse et l'ai posée sur la chaise à côté de moi.

– Anya, est-ce que tu as fait la connaissance de Win ? a demandé Scarlet.

Elle a légèrement haussé un sourcil pour me faire comprendre qu'il s'agissait du garçon dont elle m'avait parlé.

– Dans le bureau du proviseur, a répondu Win. Elle s'apprêtait à avoir des ennuis.

– C'est l'histoire de ma vie.

J'ai entamé la tourte aux légumes. Je n'en pouvais plus de l'odeur mais j'étais affamée. J'ai essayé de ne pas manger comme un cochon.

Quand la cloche a sonné, Win et Scarlet sont partis. Je me suis concentrée sur ma tâche, il me restait quelques secondes pour finir. J'ai remarqué que Win avait oublié son chapeau.

À la deuxième sonnerie, il est revenu.

Je lui ai tendu son feutre.

– Merci.

Il s'est assis en face de moi.

– Ça ne se fait pas de te laisser finir toute seule.

– T'inquiète, tu vas être en retard.

J'ai avalé une dernière bouchée.

– Et être seule ne me dérange pas.

Il a croisé les mains.

– Je n'ai pas cours à cette heure-ci.

Je l'ai regardé un instant.

– Comme tu voudras.

Scarlet l'aimait bien, et il était hors de question que je m'intéresse à un garçon qu'elle appréciait, si belles soient ces mains. Si mon père m'avait appris une chose, c'était la loyauté.

– Comment tu connais Scarlet ?

– On est ensemble en cours de français, a-t-il répondu.

– Bon, j'ai fini, l'ai-je informé.

Il était temps que Win s'en aille.

– Tu as oublié quelque chose, a-t-il dit.

Il a retiré la charlotte de mes cheveux, effleurant timidement mon front.

– C'est sympa, ce truc, mais je crois que je te préfère sans.

– Ah.

Je me suis sentie rougir. Il ne fallait pas. Toute cette attention me contrariait.

– Pourquoi tu as déménagé ? ai-je demandé.

– Mon père est le nouveau numéro deux du bureau du procureur.

Tout le monde savait que le procureur Silverstein n'était qu'une marionnette. Il était trop vieux et trop malade pour être efficace. Être numéro deux revenait donc à être numéro un – et il n'avait même pas eu à se faire élire. La situation devait être grave s'ils avaient estimé nécessaire d'embaucher quelqu'un venant d'Albany. Devait-on s'attendre à un changement de régime ? L'état de la ville ne pouvait guère empirer et la moindre initiative serait la bienvenue, à mon avis. Je ne savais pas ce qu'était devenu l'ancien numéro deux mais il n'y avait pas tellement de possibilités : soit il était incompétent soit il était malhonnête. Voire les deux.

– Ton père est le nouveau shérif ?

– Il pense qu'il va nettoyer la ville.

– Il va lui falloir bien du courage.

– Oui, il est plutôt naïf, a-t-il répondu en haussant les épaules. Lui se considère comme un idéaliste.

– Mais je croyais que tes parents étaient agriculteurs ?

– Ma mère, oui. Elle est ingénieur agricole spécialiste des systèmes d'irrigation. Autant dire une magicienne : elle fait pousser des légumes sans eau. Mon père était le procureur d'Albany.

– Tu m'as menti !

– Non, j'ai simplement répondu à ta question concernant la corne sur mes doigts. Qui n'a rien à voir avec le fait que mon père est procureur.

– Si tu n'as rien dit, c'est parce que tu sais très bien qui est mon père et...

– Et ?

– Et tu as pensé que je n'aurais pas envie de sympathiser avec un garçon dont le père poursuit ma famille.

– Ah, les amants maudits, et tout ça...

– Je n'ai rien dit de la sorte.

– Au temps pour moi. Et je m'excuse si je t'ai donné une fausse idée de moi.

Il paraissait amusé.

– Mais c'est une théorie intéressante, Anya.

Je lui ai répondu qu'il fallait que j'aille en cours, ce qui était la stricte vérité. J'avais déjà cinq minutes de retard.

– À plus tard, a-t-il dit en soulevant son chapeau.

Sur le tableau, M. Beery avait écrit : « Ceux qui ne connaissent pas l'histoire sont condamnés à la répéter. » Je n'aurais pas pu dire s'il cherchait à nous inspirer, à nous faire rire ou à nous mettre en garde.

– Anya Balanchine, a dit M. Beery. Merci de vous joindre à nous.

– Je suis désolée, monsieur Beery, j'étais de corvée de nettoyage.

– Ainsi, vous nous fournissez un parfait exemple du problème de la récidive dans notre société moderne. Si vous pouvez m'expliquer pourquoi, je vous laisserai vous asseoir sans vous envoyer chez le proviseur.

Je n'avais eu qu'un seul cours avec M. Beery ; je ne savais pas s'il parlait sérieusement.

– Mademoiselle Balanchine, j'attends.

Je me suis forcée à chasser tout mépris de ma réponse.

– Le criminel est puni pour son ou ses crimes, mais la punition elle-même entraîne d'autres crimes. Parce que je me suis battue, je suis de corvée de nettoyage, ce qui m'oblige à être en retard.

– *Ding ding ding !* Bravo ! Vous pouvez vous asseoir, mademoiselle Balanchine. Et maintenant, est-ce que quelqu'un peut me dire à quoi fait référence l'expérience de Noble ?

Alison Wheeler, la jolie rousse qui finirait certainement major de promo, a levé la main.

– Ce n'est pas la peine de lever la main, mademoiselle Wheeler. Nous ne faisons que discuter.

– Euh, d'accord, a-t-elle dit en baissant la main. L'expérience Noble est un autre nom désignant la prohibition, période allant de 1920 à 1933 et pendant laquelle les États-Unis ont banni la vente et la consommation d'alcool sur le territoire.

– Très bien, mademoiselle Wheeler. Et à votre avis, pourquoi ai-je décidé de commencer l'année en vous parlant de l'expérience Noble ?

J'ai essayé d'ignorer le fait que tous les élèves me regardaient.

Enfin, Chai Pinter, la pipelette de la classe, s'est lancée :

– À cause, euh... de la façon dont la société actuelle considère le chocolat et le café.

– *Ding ding ding !* Eh bien, vous n'êtes pas aussi amorphes que vous le paraissez, a proclamé M. Beery.

Il a passé l'heure à nous parler de la prohibition. Les ligues de tempérance pensaient qu'en bannissant l'alcool, tous les problèmes de la société disparaîtraient : la pauvreté, la violence, le crime, etc. Et ces ligues ont eu gain de cause, du moins dans un premier temps, parce qu'elles se sont alliées à des mouvements plus puissants, qui pour la plupart se souciaient peu des effets de l'alcool. L'alcool avait servi de prétexte.

Je n'étais pas une experte en matière d'embargo sur le chocolat car la loi datait d'avant ma naissance, mais les similitudes avec la prohibition me semblaient évidentes. Mon père m'avait toujours affirmé que le chocolat n'avait rien de dangereux, qu'il s'était simplement retrouvé mêlé à d'autres considérations. Notre gouvernement avait choisi de bannir le chocolat dans le cadre d'une série de mesures anti-drogues, estimant que les gens pouvaient s'en passer. Mon père m'avait dit un jour : « Chaque génération éprouve le besoin de définir ce qui est bien, Anya. Mais ceux qui s'en chargent ne savent pas qu'ils ne font que répéter les mêmes erreurs. »

Je pensais encore à mon père quand j'ai entendu M. Beery appeler mon nom.

– Mademoiselle Balanchine, à votre avis, pourquoi l'expérience Noble a-t-elle échoué ?

J'ai froncé les sourcils.

– Pourquoi me demandez-vous ça à moi ?

– Parce que vous êtes bien silencieuse, a-t-il menti.

– Certainement parce que les gens aiment l'alcool, ai-je répondu bêtement.

– C'est vrai, mademoiselle Balanchine. Mais encore ? Quelque chose qui vous viendrait de votre expérience personnelle ?

Il commençait à me taper sur les nerfs.

– Parce que toute interdiction entraîne la création d'un marché parallèle et donc du crime organisé. Les gens trouveront toujours un moyen d'obtenir ce qu'ils veulent et il y aura toujours des criminels pour le leur vendre.

La cloche a sonné. J'étais ravie de partir.

– Mademoiselle Balanchine, m'a interpellée M. Beery. Attendez un instant. J'ai l'impression que nous sommes partis sur de mauvaises bases.

J'aurais pu faire semblant de ne pas l'avoir entendu, mais je lui ai répondu :

– Je ne peux pas. Je serai en retard pour mon prochain cours, et vous savez ce que l'on dit sur les récidivistes.

– Je pense proposer à Win de venir avec nous vendredi soir, a annoncé Scarlet alors que nous étions dans le bus.

– Ah, Win, a soupiré Natty. Je l'aime bien.

– C'est parce que tu as très bon goût, ma chère Natty, a dit Scarlet en embrassant ma sœur sur la joue.

J'ai levé les yeux au ciel.

– Si tu l'apprécies à ce point, tu devrais lui proposer de sortir avec toi uniquement. Pourquoi veux-tu que je me joigne à vous ? Je n'ai pas envie de tenir la chandelle.

– Annie, a gémi Scarlet, ne sois pas ridicule. Si nous sommes tous les deux, je vais passer pour la fille bizarre. Si tu es là, ce sera plus sympa et décontracté. Natty, tu es d'accord avec moi, non ?

Natty m'a observée un instant avant de répondre.

– Vous devriez vous mettre d'accord sur un signal qui indiquerait à Annie que tout va bien et qu'elle peut partir.

– Un peu comme ça ? a-t-elle demandé en m'adressant un clin d'œil grossier digne d'un personnage de dessin animé.

– Très subtil, ai-je remarqué. Je ne pense pas que Win s'en apercevra.

– Allez, Annie ! Il faut que j'agisse avant qu'une autre fille le fasse ! Tu dois reconnaître qu'il est parfait pour moi.

– Sur quoi tu te bases ? Tu le connais à peine.

– Je me base sur... sur le fait qu'on aime bien les chapeaux !

– Et qu'il est mignon, a ajouté Natty.

– C'est clair qu'il est mignon, a reconnu Scarlet. Annie, je te jure que je ne te demanderai jamais rien d'autre !

– Bon, d'accord, ai-je grommelé.

Elle m'a embrassée.

– Tu es la meilleure ! Je pensais qu'on pourrait aller au café clandestin de ton cousin Fats.

– Oh... je ne crois pas que ce soit une bonne idée, Scar.

– Pourquoi ?

– Tu n'es pas au courant ? Le père de Monsieur Idéal est l'assistant du procureur.

Scarlet a écarquillé les yeux.

– Sérieux ?

J'ai hoché la tête.

– Alors il va falloir trouver un endroit légal, a-t-elle conclu. Ce qui élimine d'office tous les bars sympas.

Le bus s'est arrêté sur la 5e Avenue et nous sommes descendues toutes les trois, terminant le chemin à pied. Scarlet venait étudier à la maison, ce qu'elle faisait le plus souvent possible.

La loge du portier de l'immeuble était vide à présent (suite à l'assassinat du précédent, le conseil syndical avait décidé de ne plus en embaucher). Nous avons pris l'ascenseur jusqu'à notre appartement.

Scarlet et Natty se sont enfermées dans ma chambre et je suis allée voir Nana.

Imogen, l'infirmière de Nana, lui faisait la lecture.

– « Afin de débuter l'histoire de ma vie avec le début de ma vie, je signale que je suis né (du moins, c'est ce qu'on m'a dit et ce que je crois) un vendredi, à minuit. On remarqua que je me mis à pleurer dès le premier coup de l'horloge. »

Je n'aimais pas tellement les livres, mais Imogen avait une douce voix apaisante, et je suis restée sur le seuil de la porte à l'écouter pendant un moment. Elle a lu le chapitre (qui n'était pas très long) puis a fermé le livre.

– Tu arrives juste à temps, on n'en est qu'au début, m'a-t-elle dit.

Elle a soulevé le livre papier pour que je puisse voir le titre : *David Copperfield*.

– Anyaschka, quand es-tu rentrée ? m'a demandé Nana.

Je me suis approchée d'elle et je l'ai embrassée.

– Je voulais une histoire avec un peu plus d'action, a-t-elle continué en grimaçant légèrement. Des filles, des armes à feu. Mais c'était le seul qu'elle avait.

– Vous verrez, a répondu Imogen, le rythme s'accélère ensuite. Soyez patiente, Galina.

– Si ça prend trop de temps, je serai déjà morte, a répliqué Nana.

– Ça suffit avec l'humour macabre, l'a tancée Imogen.

J'ai pris le livre des mains de l'infirmière pour l'examiner. La poussière me chatouillait le nez, et il s'en dégageait une odeur amère et un peu salée. La couverture du livre se désintégrait. Aucun livre n'avait été imprimé sur papier depuis ma naissance au moins, voire plus (le coût était exorbitant). Nana m'avait un jour raconté que dans sa jeunesse, il existait des magasins immenses remplis de livres papier. « Je n'y ai jamais mis les pieds, j'avais des choses plus importantes à faire », avait-elle dit d'une voix pleine de regret. « Ah, qu'est-ce que je donnerais pour être jeune de nouveau ! » Maintenant, tout était électronique. Et les livres papier avaient été pilonnés et recyclés afin de fabriquer du papier toilette ou des billets de banque. Si quelqu'un de nos jours possédait un livre papier, il le gardait précieusement. (D'ailleurs, la *semya* Balanchine vendait du papier au marché noir.)

– Tu peux l'emprunter, si tu veux, m'a dit Imogen. Ça devient passionnant par la suite.

L'infirmière à domicile de ma grand-mère était une collectionneuse avide de livres papier, ce qui me semblait ringard. Que pouvait-elle faire de toutes ces carcasses sales ? Pour autant, qu'elle propose de m'en prêter un était un signe de respect car ils avaient beaucoup de valeur à ses yeux.

J'ai secoué la tête.

– Non merci, j'ai déjà plein de choses à lire pour le lycée.

Je préférais lire sur ma tablette et je n'aimais de toute façon pas tellement les romans.

Imogen a vérifié les réglages des machines de ma grand-mère une dernière fois avant de partir.

– J'en conclus que tu as trouvé Leonyd, a marmonné Nana.

– Oui.

J'ai hésité, ne sachant pas si je devais troubler ma grand-mère en lui racontant où (et avec qui) était Leo.

– Il était à la Piscine avec Pirozhki et Fats, a-t-elle poursuivi. Je lui ai demandé ce matin.

– Alors, qu'est-ce que tu en penses ?

Nana a haussé les épaules, ce qui l'a fait tousser.

– Peut-être que c'est une bonne chose. C'est bien que la famille s'intéresse à ton frère. Leo passe trop de temps entouré de femmes. Un peu de camaraderie masculine ne peut pas lui faire de mal.

– J'ai un mauvais pressentiment, Nana. Jakov Pirozhki n'est pas vraiment digne de confiance.

– Peut-être, mais il est de la famille, Anya. Et dans la famille, on s'entraide. C'est comme ça. Ça a toujours été ainsi. Et puis Fats n'est pas un si mauvais bougre.

Nana a toussé de nouveau et je lui ai versé un peu d'eau dans un verre.

– Merci, *devochka*.

– Leo m'a dit qu'on lui avait proposé de travailler à la Piscine.

Nana a brièvement écarquillé les yeux puis elle a hoché la tête.

– Il a oublié de le mentionner. Ce qui est sûr, c'est qu'il y a eu des hommes bien plus simples d'esprit que Leo qui ont travaillé pour la famille.

– Comme qui ?

– Comme... comme... Ah, je sais ! s'est-elle écriée en souriant. Comme Viktor Popov. Tu ne l'as pas connu. Il mesurait deux mètres et pesait près de cent cinquante kilos. Il aurait pu être champion de football américain s'il avait pu se souvenir des règles. Les autres l'appelaient Viktor la Mule dans son dos. Quand ils avaient besoin de quelqu'un pour décharger le camion, ils convoquaient la Mule. Peu importe le niveau d'intelligence, parfois on a simplement besoin d'un gars bâti comme une armoire à glace.

J'ai acquiescé. Ce que disait Nana me semblait logique. Pour la première fois depuis que Leo avait disparu, j'ai senti le nœud dans mon estomac se desserrer.

– Et qu'est-il arrivé à Viktor la Mule ?

– Ce n'est pas très important.

– Nana !

– Il a pris une balle dans la tête et s'est vidé de son sang.

– Ce n'est pas très enviable, comme fin, Nana. Et Leo n'a pas vraiment l'envergure de la Mule.

Mon frère était grand, mais plutôt mince.

– Ce que je veux dire, *devochka*, c'est qu'il faut toutes sortes d'individus pour faire tourner une entreprise. Et ton frère est un grand garçon maintenant.

Ma mâchoire s'est crispée.

– Anyaschka, tu ressembles trop à ton père. Tu veux contrôler le monde entier et tous ceux qui y vivent. Mais tu ne peux pas. Attends de voir comment les choses évoluent. S'il y a besoin d'intervenir plus tard, on interviendra. De plus, Leo ne va pas quitter la clinique. Il aime trop les animaux.

– Alors on ne fait rien ?

– Parfois, c'est tout ce que l'on peut faire. Même si...

– Oui ?

– Va te chercher une barre de chocolat dans le placard, a-t-elle ordonné.

– Le chocolat n'est pas la solution à tout, Nana.

– Ça dépend, a-t-elle répondu.

Je suis entrée dans le placard. J'ai repoussé les manteaux pour ouvrir le coffre. J'ai retiré l'arme à feu. J'ai pris une tablette de chocolat : Balanchine extra-noir. J'ai remis l'arme à feu. J'ai refermé le coffre.

Et là, j'ai réalisé qu'il manquait une des armes. Le Smith & Wesson de mon père.

– Nana ?

Elle ne m'a pas répondu. Je me suis approchée d'elle. Elle s'était rendormie.

– Nana, ai-je répété en lui secouant l'épaule.

– Quoi ? a-t-elle crachoté. Quoi ?

– L'une des armes a disparu du coffre. Celle de papa.

– Tu comptais t'en servir ce soir ? Prends le Colt à la place.

Elle a ricané, ce qui a déclenché une nouvelle quinte de toux. Je lui ai donné à boire.

– Imogen a dû la ranger ailleurs. Je crois qu'elle m'en a parlé, elle trouvait que ça n'avait pas de sens de mettre toutes les armes au même endroit ou... je suis désolée. Je ne me souviens pas.

Elle m'a semblé triste et perdue tout à coup, et j'ai eu envie de pleurer. Puis elle a souri.

– Ne t'inquiète pas, ma chérie. Tu lui demanderas demain.

Après l'avoir embrassée, je suis sortie. En retournant dans ma chambre, je suis passée devant celle de Leo. La porte était fermée mais un filet de lumière m'indiquait qu'il était rentré, sûrement pendant que je parlais à Nana. J'ai regardé ma montre. 16 h 10. Un peu tôt.

J'ai frappé à la porte.

Pas de réponse.

J'ai frappé de nouveau.

Toujours pas de réponse. Posant mon oreille contre le bois, j'ai perçu quelques sanglots étouffés.

– Leo, je sais que tu es là. Qu'est-ce qu'il y a ?

– Va-t'en ! a-t-il répondu d'une voix enrouée.

– Je ne peux pas, Leo. Je suis ta sœur. Si quelque chose ne va pas, il faut que tu m'en parles.

Ensuite Leo a verrouillé sa porte.

– S'il te plaît, Leo. Si tu n'ouvres pas, je vais forcer la serrure.

Je l'avais fait à de nombreuses reprises afin de sortir mon frère de sa chambre où il s'était enfermé exprès ou par accident.

Leo a ouvert la porte.

Il avait les yeux rouges, le nez qui coulait. Quand il pleurait, il ressemblait à un enfant de six ans. Il a froncé les sourcils.

Je l'ai pris dans mes bras, et ses pleurs ont redoublé.

– Leo, qu'est-ce qui s'est passé ? C'est à cause de Jacks ?

Il a secoué la tête. Au bout de trente secondes de larmes, et sans pouvoir me regarder dans les yeux, il m'a expliqué qu'il avait perdu son emploi à la clinique.

– Ne t'inquiète pas, Leo.

Je lui ai frotté le dos, comme il aimait. Quand il s'est calmé, je lui ai demandé de tout me raconter. En fait, la clinique vétérinaire avait dû fermer. Après la pause déjeuner, ils avaient reçu la visite-surprise d'un inspecteur du département des affaires sanitaires de l'État de New York. Il avait prétendu que la clinique n'était pas aux normes de propreté et lui avait imposé de cesser toute activité.

– Mais c'était propre, a bredouillé Leo. Je sais que c'était propre. C'est mon travail de nettoyer, et je le fais bien. Tout le monde dit que je travaille bien, Annie.

– Ce n'est pas ta faute, Leo.

Ce genre de contrariété arrivait tous les jours. Visiblement, quelqu'un à la clinique avait oublié de graisser la patte d'un des inspecteurs du département des affaires sanitaires.

– Je parie que d'ici deux semaines, la clinique aura rouvert et que tu auras récupéré ton travail.

Leo a hoché la tête d'un air peu convaincu.

– Ils ont pris les animaux, Annie. Tu crois qu'ils vont leur faire du mal ?

– Non.

Il y a quelques années, la mairie avait promulgué une loi interdisant les animaux domestiques. Au vu des nombreuses protestations, ils l'avaient retirée. Certains continuaient cependant de penser que les animaux domestiques dilapidaient nos maigres ressources. Je ne savais pas ce qui allait arriver aux pensionnaires de la clinique, mais je ne comptais pas le dire à Leo. En revanche, je comptais appeler la patronne de Leo, le docteur Pikarski. Peut-être que je pouvais l'aider.

Leo était fatigué. Je l'ai laissé se reposer ; je le réveillerais pour le dîner.

– Je n'ai pas pleuré à la clinique, a-t-il dit. J'en avais envie, mais je me suis retenu.

– Tu as été très courageux.

J'ai éteint la lumière et fermé la porte.

Pendant mon absence, Natty et Scarlet s'étaient étalées sur mon lit. N'étant pas d'humeur à virer ma petite sœur, je me suis assise par terre.

– Est-ce que tout va bien ? a demandé Scarlet.

– Rien de nouveau sous le soleil, ai-je répondu.

– Natty et moi avons été très efficaces. On a fait une liste des lieux sympas où on pourrait emmener Win vendredi soir.

– Ce n'est pas un peu prématuré ? Il n'a pas encore dit oui.

Scarlet m'a ignorée et a avancé la main. Elle avait gribouillé sur sa paume.

1. *Little Egypt*

2. *The Lion's Den*

3. *The Times*

4. Aller à un concert

5. Voir une co...

La fin du numéro 5 avait été effacée.

– C'est quoi, ça ?

– Co...

Elle a plissé des yeux.

– Comédie. Ouais, c'est un peu nul de toute façon.

– *Little Egypt*, ai-je déclaré. Sans aucun doute.

– Tu dis ça parce que c'est tout près d'ici.

– Et alors ? S'il n'y a jamais été, ça lui plaira. Et vu que tu comptes me laisser tomber pendant la soirée...

– Si tout va bien.

Quand Scarlet est partie, il était 17 heures passées et je n'avais même pas commencé mes devoirs. Natty non plus.

– Allez, va-t'en, lui ai-je ordonné.

Natty s'est levée.

– Tu devrais lui dire.

– Va faire tes devoirs.

Je me suis assise à mon bureau et j'ai sorti ma tablette numérique.

– Qu'est-ce que je devrais dire à qui ? ai-je demandé.

– À Scarlet. Tu devrais lui dire que tu t'intéresses à Win.

J'ai secoué la tête.

– Je ne m'intéresse pas à Win.

– Alors tu devrais lui dire que lui s'intéresse à toi.

– Tu n'en sais rien.

– J'étais là, hier, a-t-elle fait remarquer.

– Scarlet l'a vu en premier, ai-je expliqué en me tournant vers ma sœur.

– C'est débile.

– Et je viens de rompre...

– Ouais, OK, a-t-elle soupiré en levant les yeux au ciel. Ça va mal se terminer si tu ne lui dis pas.

– Qu'est-ce que t'en sais ? Tu n'es qu'une gamine.

Je ne voyais même pas l'intérêt d'avoir cette conversation.

– Il y a des choses que je sais, Annie. Ce n'est pas tous les jours que débarque un garçon super mignon qui se fiche de qui est notre famille. La plupart du temps, tu finis avec des imbéciles, comme Gable. Et Win t'apprécie, ce qui relève du miracle. Tu n'es pas non plus la fille la plus facile à aimer, tu sais.

– Sors d'ici ! Maintenant ! ai-je crié. Et ferme la porte !

Natty s'est précipitée vers la porte mais avant de la fermer, elle a murmuré :

– Tu sais que j'ai raison.

Hormis notre nature de cheveux, ce qui nous différenciait, Natty et moi, c'était son côté romantique. Moi, j'étais réaliste. Je ne pouvais pas me permettre d'être romantique

– je m'occupais d'elle, de Nana et de Leo depuis que j'avais neuf ans. Ce qui ne signifiait pas que j'étais aveugle. Je voyais bien que Win m'appréciait, mais je pouvais dire en toute sincérité que je m'en fichais. Il ne me connaissait pas. Peut-être était-il simplement attiré par les brunes, ou les bonnets C, ou mes phéromones, ou je ne sais quelle idiotie. Les histoires d'amour n'étaient qu'une perte de temps. Ma mère était tombée amoureuse de mon père ; elle avait fini dans un cercueil à trente-huit ans.

Oui, ce devait être agréable de tomber amoureuse, mais ça n'en valait pas la peine.

Au moment de commencer mes devoirs, je me suis souvenu que je voulais appeler le docteur Pikarski.

J'ai décroché le téléphone. (Nous utilisions peu les téléphones car les communications étaient honteusement surtaxées ; de plus, les Balanchine pensaient depuis des lustres que leurs lignes étaient sur écoute.) J'ai composé le numéro du docteur Pikarski. Je l'aimais bien. Je lui avais parlé à plusieurs reprises à l'époque où je cherchais un boulot à Leo et elle avait toujours été franche avec moi. Sans compter qu'elle était sympa avec Leo. J'avais le sentiment de lui devoir quelque chose.

– Oh, Anya, a-t-elle répondu d'une voix visiblement stressée. Tu as dû apprendre la nouvelle. J'ai l'impression que le type des affaires sanitaires s'acharne sur nous.

– Comment s'appelle-t-il ?

– Wendel Yoric.

Nous avions encore des amis au sein des diverses administrations et j'espérais pouvoir accélérer un peu le processus.

Après avoir raccroché, j'ai appelé l'avocat de la famille, M. Kipling. (Deux coups de fil en une seule journée !) Mon père m'avait dit que je pouvais toujours compter sur M. Kipling, qui travaillait pour nous depuis vingt ans. Il n'estimait personne d'autre autant que lui.

– Si je comprends bien, tu veux que je fasse un chèque à ce M. Yoric ? a demandé M. Kipling.

– Oui. Ou bien que vous lui envoyiez une enveloppe pleine de billets.

– Bien sûr, Anya, c'est simplement un abus de langage. Je n'ai pas l'intention de faire un chèque à qui que ce soit au département des affaires sanitaires. En revanche, ça risque de prendre une à deux semaines, alors soyez patients, toi et Leo.

– Merci.

– Et sinon, comment se passe la rentrée en première ?

J'ai grogné.

– À ce point ?

– Si vous saviez. Je me suis battue dès le premier jour, mais ce n'était pas ma faute.

– J'ai l'impression d'entendre Leo. Enfin, Leo senior.

M. Kipling avait été au lycée avec mon père.

– Et Galina ?

– Elle a ses bons et ses mauvais jours, ai-je répondu. On se débrouille.

J'allais raccrocher quand l'idée m'est venue de demander à M. Kipling ce qu'il savait sur Jakov Pirozhki.

– Un petit escroc qui aimerait devenir parrain. Ce qui ne risque pas d'arriver. Personne dans l'organisation ne le prend au sérieux, et encore moins son père. Et comme sa mère n'était pas la femme de Yuri, certains estiment qu'il n'est même pas un vrai Balanchine. À dire vrai, il me fait un peu de peine.

Yuri Balanchine : le demi-frère de mon père, mon oncle. Il avait repris les affaires après la mort de papa.

M. Kipling a changé de sujet.

– Tu as choisi à quelle université tu aimerais aller dans deux ans ?

J'ai soupiré.

– Si tu veux aller en visiter quelques-unes, je serais ravi de t'accompagner.

– Merci, monsieur Kipling, je vais y réfléchir.

Si je décidais de faire le tour des facs, je préférais être avec Leo.

J'ai raccroché. Discuter avec M. Kipling produisait toujours sur moi le même effet : je me sentais à la fois moins et plus seule. Parfois, j'imaginais que M. Kipling était mon père, ce que ce serait d'avoir pour père un avocat respecté, de parcourir en sa compagnie les différents campus universitaires. D'avoir un père en vie. Même avant que le mien ne soit tué, j'avais pensé demander à M. Kipling de m'adopter.

Mais M. Kipling avait déjà une fille. Elle s'appelait Grace et elle faisait des études d'ingénieur.

J'avais à peine ouvert mon livre d'histoire qu'on frappait à ma porte.

– Annie, a dit Leo. J'ai faim.

Alors j'ai reposé ma tablette afin de subvenir aux besoins de ma famille.

3. Je me confesse ; je médite sur la mort ; j'attire un garçon sous de faux prétextes ; je déçois mon frère

Vendredi matin, avant les cours, je suis allée me confesser.

Au cas où vous vous posiez la question, mon père n'était pas catholique. Comme tous les Balanchine, il était orthodoxe. Même si, dans les faits, il était non pratiquant. Je ne l'ai jamais vu entrer dans une église sauf pour un baptême ou un mariage. Et à l'enterrement de ma mère, bien sûr. Je ne l'ai jamais entendu parler de Dieu.

Ma mère était catholique et elle parlait souvent de Dieu. Elle affirmait Lui parler. Petite, elle avait voulu devenir bonne sœur – visiblement, ça n'avait pas marché. On pourrait même avancer qu'elle avait pris la direction opposée en épousant le chef de la mafia. Tout ça pour dire que, si je suis catholique, c'est à cause de ma mère. J'aurais aimé croire à la vie après la mort, à la rédemption, au salut des âmes et, surtout, à un Dieu de compassion. Mais quand j'ai choisi l'école de la Sainte-Trinité (parce que oui, c'est moi qui ai pris cette décision), je ne pensais pas à Dieu. Je pensais à ce que ma mère aurait voulu. Quand je me rendais à l'église et respirais l'odeur de l'encens, je la sentais près de moi. Quand le rideau en velours rouge du confessionnal m'effleurait les genoux, je savais qu'elle le ressentait elle aussi. Quand je m'asseyais sur le banc et observais la Vierge baignée d'une douce lumière, j'avais l'impression de la voir. Je n'éprouvais ces sensations nulle part ailleurs. Je ne pouvais donc pas me détourner complètement de la religion catholique.

Bien sûr, certaines choses me dérangeaient, mais cela me semblait être un petit prix à payer. Et tant pis s'il fallait que je reste vierge jusqu'à mon mariage. De toute manière, Gable n'aurait eu aucune chance.

– Combien de jours se sont écoulés depuis ta dernière confession ?

– Quatre, ai-je répondu, puis j'ai avoué mes péchés – que vous devriez avoir notés si vous faisiez attention : tentative de corruption, crise de colère, avoir bafoué le nom de Dieu (comme lundi dernier), etc.

Mère Piousina m'a encore infligé une pénitence mineure que j'ai terminée avant la première heure de cours : sciences médico-légales II (SML II). Mon cours préféré. Je le trouvais intéressant entre autres parce que c'était la seule matière enseignée qui me semblait en lien avec le monde violent et cruel dans lequel je vivais. En plus, j'étais plutôt douée, qualité dont j'avais hérité. Après avoir abandonné son rêve d'entrer dans les ordres et avant d'épouser le parrain, ma mère avait été membre de la police scientifique de New York. C'était comme ça qu'elle avait rencontré mon père.

J'avais déjà eu le docteur Lau l'année dernière et elle était de loin la meilleure prof du lycée. (Ma mère l'avait aussi eue comme prof.) Je l'appréciais parce qu'elle ne tolérait aucune sensiblerie, peu importe que ce que l'on étudie soit dégoûtant – cadavre de poulet d'une semaine, matelas aux taches très suspectes ou même serviette hygiénique usée. « La vie est sale », disait-elle souvent. « Il faut vous y faire. Si ça vous affecte, c'est que vous ne l'examinez pas comme il se doit. »

Le docteur Lau était âgée, mais pas autant que Nana. La soixantaine, sûrement.

– Aujourd'hui, et pendant les jours à venir, vous serez dentistes ! a-t-elle annoncé d'un air joyeux. J'ai sept dentitions et vous êtes treize. Qui accepte de travailler en solo ?

J'ai levé la main. Ça peut paraître bizarre, mais j'aime bien analyser les preuves toute seule.

– Merci de vous porter volontaire, Annie. Je vous attribuerai un binôme la prochaine fois.

Le devoir était clair. En nous basant uniquement sur l'étude de la dentition, nous devions établir le profil complet de cette personne (par exemple, s'il ou elle fumait) puis émettre des hypothèses concernant les causes de sa mort.

J'ai enfilé des gants en caoutchouc et ai commencé à examiner mes dents. Elles étaient petites et blanches. Aucun plombage. La molaire droite était légèrement usée, comme si la personne avait grincé des dents dans son sommeil. Elles me paraissaient délicates, peut-être pas enfantines, mais féminines certainement. J'ai noté quelques idées sur ma tablette : riche, jeune, stressé(e). Femme ?

Pour un peu, on aurait pu croire qu'il s'agissait de moi.

Le docteur Lau a posé une main sur mon épaule.

– Bonne nouvelle, Annie. Je vous ai trouvé un binôme.

C'était Win. Monsieur Je-suis-trop-intelligent-pour-suivre-ces-cours avait demandé à passer de sciences médico-légales I à sciences médico-légales II.

– On n'arrête pas de se croiser, on dirait, a-t-il plaisanté.

– L'école n'est pas très grande.

Je lui ai montré mon écran.

– Je n'ai pas beaucoup avancé. J'aime bien prendre le temps de réfléchir au début.

– Ça me paraît logique.

Il a mis une paire de gants, réflexe que j'appréciais chez un binôme, puis il a désigné la face interne des incisives.

– Regarde, l'émail est abîmé.

Je me suis penchée pour mieux voir. Je n'avais pas encore eu le temps d'étudier cette partie.

– Ah oui. Elle devait vomir régulièrement.

– Elle était sûrement malade, a-t-il dit.

– Ou bien elle se forçait à vomir, ai-je poursuivi.

– Oui, a-t-il approuvé. Je crois que tu as raison, Anya. Elle se forçait à vomir.

Je lui ai souri.

– Toute sa vie est là, à attendre qu'on la révèle.

– Quand on y pense, c'est triste, a-t-il enchaîné. Mais beau, aussi.

Bien que sa remarque puisse paraître étrange, je comprenais ce qu'il voulait dire sans avoir à le lui demander. Toutes ces dents avaient appartenu à des gens. Qui parlaient, chantaient, souriaient, mangeaient, juraient, priaient. Qui s'étaient brossé les dents et ensuite étaient morts. En cours d'anglais, on lisait des poèmes sur la mort ; devant moi se trouvait aussi un poème sur la mort. Mais ce poème n'était pas une œuvre de fiction. J'avais fait l'expérience de la mort et la poésie ne m'avait pas du tout aidée à comprendre. La poésie ne correspondait à rien. Les preuves, si.

Il était à peine 8 heures, encore un peu tôt pour avoir des pensées aussi profondes.

C'est pour ça que j'aimais les sciences médico-légales.

Je me suis tournée vers mon voisin. Win avait-il perdu quelqu'un de proche ?

La cloche a sonné. Win a délicatement rangé notre dentition et collé une étiquette sur le plateau qui disait : BALANCHINE DELACROIX – NE PAS TOUCHER !!!

– On se voit à l'heure du déjeuner, a-t-il dit.

– Tu me reconnaîtras à ma charlotte, ai-je répliqué.

En quatrième heure, j'avais cours d'escrime avancé. « Avancé » ne désignait pas tant mon niveau que le fait que je pratiquais cette activité depuis déjà deux ans. Franchement, je trouvais ce sport assez ridicule. En cas de danger, je ne voyais pas ce que m'apporterait de savoir faire une garde en sixte. En cas de danger, je sortirais un flingue.

Scarlet était ma partenaire d'escrime. Bien que la tenue lui aille mieux qu'à moi, elle se débrouillait aussi mal. Elle pouvait enchaîner une série de passes offensives réussies, mais c'était toujours les mêmes. Je n'avais donc aucun mal à parer. Je suis sûre que M. Jarre, notre maître d'armes, voyait clair dans notre petit jeu, mais ça lui était égal. Notre présence augmentait le nombre de participants au cours, évitant qu'il ne soit supprimé.

Après une séance d'échauffements et d'étirements, nous nous sommes répartis par groupes de deux.

Scarlet et moi avons ferraillé (un peu) et bavardé (beaucoup).

– C'est vendredi, il faut qu'on invite Win, m'a-t-elle rappelé.

– Sérieux, demande-lui, toi, ai-je grommelé. Je viendrai, mais...

Scarlet m'a touché l'épaule du bout de son épée.

– Touche ! ai-je énoncé, surtout par égard pour M. Jarre.

– Ce sera moins formel si tu es là. Viens nous voir cinq minutes avant la fin de l'heure du déjeuner. Et Anya, ma chérie, si tu y penses, enlève ta charlotte.

– Très drôle, ai-je dit tout en avançant mon épée vers sa cuisse.

– Aïe ! s'est-elle écriée. Euh... Touche !

Ma corvée de nettoyage se terminait. À mon sens, je ne m'en sortais pas trop mal. Je savais empiler les plateaux sans en mettre sur mes cheveux ou mes habits, et je pouvais m'approcher de la table de Gable sans avoir envie de lui vomir dessus.

Alors que je ramassais son plateau, il m'a lancé :

– J'espère que tu as bien retenu la leçon.

– Oh oui, ai-je souri. Et je te remercie d'y avoir contribué.

J'ai déposé le plateau sur le chariot de manière qu'un peu de nourriture (du tofu pilé avec une sauce rouge mystérieuse dans un pain – pain-surprise asiatique ?) éclabousse son visage.

– Désolée !

Je me suis éclipsée avant qu'il puisse répondre.

Alors que je déchargeais les plateaux sur le tapis roulant,

la dame de la cantine a décrété que j'avais fini et m'a autorisée à déjeuner. « Bon travail, Anya », a-t-elle dit. En soi, le boulot n'était pas tellement compliqué mais sa remarque m'a quand même fait plaisir. Mon père disait toujours que quand on se chargeait d'une mission (ou bien qu'on nous chargeait d'une mission), il fallait donner le meilleur de soi-même.

Scarlet était assise avec Win et quelques-uns de ses amis du club de théâtre. Je me suis installée à côté d'elle et j'ai récité mon texte.

– Alors, on va toujours à *Little Egypt* ce soir ?

– C'est quoi, *Little Egypt* ? a demandé Win, comme s'il avait lui aussi lu le scénario.

– Oh, c'est rien, a répondu Scarlet. C'est une boîte de nuit que la municipalité a ouverte au cinquième étage de l'aile nord de cet ancien musée sur la Cinquième. Avant, il y avait une collection d'art égyptien, et c'est pour cela qu'ils l'ont baptisée *Little Egypt*.

On trouvait des boîtes de nuit similaires dans divers lieux abandonnés de la ville. Elles représentaient une source de revenus modestes mais réguliers pour le gouvernement, sans cesse au bord de la faillite.

– Si tu n'y es jamais allé, ça peut être amusant. Et puis tu sais bien que *j'adore la discothèque* ! a-t-elle dit en français.

(Win et Scarlet étaient en cours de français ensemble.)

– Tu devrais venir avec nous, ai-je enchaîné, comme convenu.

– Je ne suis pas sûr d'aimer les boîtes de nuit, a avoué Win.

Scarlet et moi avions envisagé ce type de réponse.

– Il y a beaucoup de boîtes de nuit à Albany ? s'est gentiment moquée Scarlet.

Il a souri.

– Parfois, on faisait le tour de la ville assis sur des bottes de foin à l'arrière d'un tracteur.

– C'est sympa, dis donc ! a poursuivi Scarlet d'un ton aguicheur plein d'ironie.

– Vous ne faites pas ça à New York ?

Scarlet a ri. Win n'allait pas lui résister longtemps.

Nous nous sommes mis d'accord pour nous retrouver chez moi – j'habitais juste à côté de la boîte de nuit – vers 20 heures.

Quand je suis rentrée à la maison, je me suis précipitée dans la chambre de Leo mais il n'était pas là. Je me suis efforcée de rester calme – il y avait sûrement une explication. Je suis allée voir Nana ; elle dormait. Imogen, assise dans le fauteuil en cuir installé près du lit et qui avait été à mon père, veillait sur elle. Dans le vase sur le rebord de la fenêtre se trouvaient trois œillets roses : Nana avait eu de la visite.

J'ai salué Imogen. Elle a posé son index sur ses lèvres pour m'indiquer de ne pas faire de bruit. Imogen s'occupait de Nana depuis que j'avais douze ans, et elle oubliait parfois que je n'étais plus susceptible de débarquer en trombe dans la chambre de ma grand-mère (d'ailleurs, je ne l'avais jamais été). Elle a posé son livre à l'envers sur le bras du fauteuil, s'est levée et a refermé la porte derrière elle. Je lui ai demandé si elle savait où était Leo.

– Il est sorti avec ton cousin, m'a informée Imogen. Galina était d'accord.

– Ils ont dit où ils allaient ?

– Je suis désolée, Annie, je n'ai pas fait attention. Galina ne se sentait pas bien cet après-midi.

Elle a réfléchi un instant.

– Ils sont allés se baigner, peut-être ? Non, ça n'a pas de sens, a-t-elle poursuivi en fronçant les sourcils. Il me semble pourtant que ça avait un rapport avec de l'eau.

La Piscine. Bien sûr.

– Est-ce que j'aurais dû retenir Leo ?

– Non, ai-je répondu.

Surveiller Leo ne faisait pas partie des responsabilités d'Imogen. C'était mon boulot, rendu encore plus compliqué par le fait que, pour ne pas le vexer, il fallait que je lui donne précisément l'impression de ne pas le surveiller. Et que j'aille en cours. J'ai remercié Imogen et elle est retournée s'asseoir dans le fauteuil de mon père.

Je m'apprêtais à sortir retrouver mon frère quand il a franchi la porte d'entrée. Il était essoufflé et avait le visage rouge.

– Oh, a-t-il soupiré en me voyant. J'espérais rentrer avant toi. Je ne voulais pas que tu te fasses de souci.

– C'est trop tard.

Leo m'a prise dans ses bras. Il transpirait abondamment et je l'ai repoussé.

– Tu sens mauvais !

Leo m'a serrée encore plus fort. C'était un jeu entre nous. Il ne me relâchait pas tant que je ne lui disais pas que je l'aimais.

– OK, Leo. Je t'aime, d'accord ? Maintenant dis-moi où tu étais.

– Tu seras fière de moi, Annie. J'ai trouvé un travail.

J'ai haussé un sourcil.

– Imogen a dit que tu étais à la Piscine.

– Oui, c'est là qu'est mon nouveau travail. Jusqu'à ce que la clinique rouvre. Et c'est mieux payé qu'à la clinique.

– Quel genre de boulot ? ai-je demandé en chassant toute trace de colère de ma voix.

– De l'entretien. Faire le ménage et des trucs comme ça. Jacks dit qu'ils n'ont personne, et tu sais que je fais ça bien, Annie. Tu le sais.

J'ai interrogé Leo davantage et il m'a raconté que Jacks était passé ce matin rendre visite à Nana (ce qui expliquait les œillets). Jacks avait été surpris de croiser Leo pendant la journée, et Leo lui avait expliqué que la clinique avait fermé. Jacks avait ensuite mentionné qu'ils cherchaient un homme d'entretien à la Piscine et que Leo serait parfait – peut-être que ça l'intéresserait de se faire un peu d'argent facile avant la réouverture de la clinique ?

– De l'argent facile ? C'est ce qu'il a dit ? ai-je demandé.

– Je... Je ne suis pas sûr, Annie. Quand le type de la Piscine m'a offert le poste, je lui ai répondu que je devais d'abord en discuter avec toi et Nana.

– Leo, il faut que tu comprennes. Ceux qui travaillent à la Piscine ont beau appartenir à notre famille, ils ne sont pas toujours fréquentables.

– Je ne suis pas stupide, Annie, a-t-il déclaré d'une voix dure. Je ne suis pas aussi stupide que tu le crois. Je sais ce que fait notre famille. Et ce que faisait papa. C'est même à cause de ça que j'ai eu mon accident, alors t'inquiète, je ne suis pas près d'oublier.

– Bien sûr que tu n'es pas stupide.

– Je veux me rendre utile, Annie. Je m'en veux de ne pas avoir de travail en ce moment. Si Nana meurt et que je n'ai pas d'emploi, ils vous emmèneront, toi et Natty. Et Jacks est un type sympa. Il sait que tu ne l'aimes pas, mais il dit que c'est un malentendu, que tu ne l'as pas bien compris.

J'ai ricané. Jacks avait trop bu et m'avait tripoté les seins. J'avais très bien compris.

– J'en doute, Leo.

J'ai observé mon frère. Il portait un pantalon trop grand au niveau de la taille (ayant appartenu à mon père) et un T-shirt blanc. Bien que filiforme, il avait les bras musclés à force de soulever des cartons à la clinique. Il me paraissait apte. Robuste, même. Il n'avait pas besoin d'être protégé. Encore moins par sa sœur cadette.

Les yeux de Leo étaient bleus comme ceux de mon père, mais moins glacials. Ils me fixaient avec espoir.

– J'ai vraiment envie de faire ça, Annie.

– Laisse-moi en parler à Nana, OK, Leo ?

Leo a explosé.

– Je me fiche que tu sois d'accord ! Je suis un adulte ! Tu n'es qu'une gamine ! C'est moi, le grand frère ! Et je t'interdis de rentrer dans ma chambre !

Puis, il m'a poussée ; j'ai trébuché en arrière.

– Je vais en parler à Nana, ai-je répété.

Il m'a claqué la porte au nez.

Je suis retournée dans la chambre de Nana. Le vacarme l'avait sûrement réveillée.

En effet.

– Comment vas-tu, ma chérie ? a-t-elle demandé. J'ai entendu des cris.

Je l'ai embrassée sur la joue. Elle sentait le talc aigre. Ensuite, j'ai regardé Imogen et secoué légèrement la tête pour faire comprendre à Nana que je ne voulais pas répondre devant l'infirmière.

– Bon, je vais y aller, a dit Imogen – c'était la fin de la journée de toute manière. Tu as retrouvé ton frère ?

– Oui. Dans le couloir.

– Là où on ne pense pas à chercher. Prends soin de toi, Anya. Reposez-vous bien, Galina.

Après le départ d'Imogen, j'ai évoqué avec Nana la proposition d'emploi de Leo.

– Qu'en penses-tu ? ai-je demandé.

Nana a ri, ce qui l'a fait tousser. J'ai versé de l'eau dans un verre puis j'ai approché la paille de ses lèvres. Quelques gouttes sont tombées sur la couverture bordeaux ; on aurait dit du sang.

– Alors ?

– Eh bien, a répondu ma grand-mère de sa voix éraillée. Je sais en tout cas ce que toi, tu en penses. Tu as les narines retroussées comme un cheval au galop et les yeux injectés de sang comme une ivrogne. Tu ne dois pas laisser tes émotions transparaître de la sorte, ma chérie. C'est une marque de faiblesse.

– Alors ?

– Alors, pfft.

– Pfft ?

– Pfft. Jacks est de la famille. Leo n'a plus de travail. Entre parents, on se serre les coudes. Pfft.

– Mais, Leo...

– Mais rien du tout ! Tu imagines des complots partout. On dirait ton père.

J'ai préféré ne pas lui faire remarquer que mon père avait eu raison d'être parano. Il avait été assassiné dans sa propre maison.

– C'est bien que quelqu'un s'intéresse à ton frère, a-t-elle continué. Parce que, du point de vue de la Famille, ton frère est un *muzhik*, un rien du tout. Comme une femme, ou un enfant. Personne ne viendra le chercher.

Alors pourquoi Jacks se donnait-il toute cette peine ?

– Anya ! Cesse de froncer les sourcils. Je voulais simplement dire qu'il ne va pas se faire tuer ou avoir des ennuis. Ce ne serait pas honorable. Ces hommes, à la Piscine, étaient les sous-fifres de ton père, ses soldats. Ils aimaient ton père, le respectaient, et ils feront en sorte de l'honorer même après sa mort parce que ton père, paix à son âme, s'occupait toujours des siens. C'est pour cela que Jacks a trouvé un travail à ton frère. Tu comprends ?

J'ai défroncé les sourcils.

– Bien, a-t-elle dit en me tapotant la main.

– Peut-être que je devrais quand même parler à Jacks, ai-je suggéré. Histoire de m'assurer que tout est licite.

Nana a secoué la tête.

– Oublie. Si tu y vas, Leo se sentira humilié. Il perdra la face devant les autres. De toute façon, Pirozhki n'est une menace pour personne.

Elle avait raison.

– Je vais annoncer à Leo que tu es d'accord.

– Dans deux ans, tu seras à l'université et moi, je serai...

– Nana !

– D'accord, ma chérie, comme tu voudras. Je serai ailleurs. Quoi qu'il en soit, tu ne penses pas que ce serait mieux que Leo décide par lui-même, Anyaschka ? Laisse-le se comporter en adulte. Offre-lui sa liberté.

En guise de gage de réconciliation, j'ai cuisiné des macaronis au fromage pour la deuxième fois de la semaine. J'ai demandé à Natty d'appeler Leo, mais il refusait de venir. J'ai rempli une assiette et suis allée frapper à sa porte.

– Leo, tu devrais manger.

– Tu es fâchée ? a-t-il murmuré – je l'entendais à peine.

– Non, je ne suis pas fâchée. Je ne suis jamais fâchée contre toi. Je m'inquiète, c'est tout.

Leo a entrouvert la porte.

– Je suis désolé, a-t-il bredouillé, au bord des larmes. Je t'ai poussée.

– C'est pas grave. Tu ne m'as pas fait mal.

Leo a fermé la bouche et les yeux afin de retenir ses pleurs. J'ai avancé la main et lui ai caressé le dos.

– Regarde, j'ai préparé des macaronis.

Il a souri légèrement. Je lui ai tendu l'assiette et il a commencé à manger.

– Je n'irai pas à la Piscine si tu ne veux pas.

– Leo, je ne peux pas t'en empêcher, ai-je dit, ignorant quelque peu le conseil de ma grand-mère. Mais je pense que tu devrais retourner à la clinique dès qu'elle rouvrira. Ils ont besoin de toi, et...

Il m'a prise dans ses bras. Quelques macaronis sont tombés par terre.

– Et si qui que ce soit à la Piscine te met mal à l'aise, tu arrêtes.

– Promis.

Il a posé son assiette par terre puis m'a soulevée et fait tourner dans la pièce, comme le faisait mon père.

– Leo ! Repose-moi !

Il ne me lâchait pas. Je riais aux éclats.

– Et si on sortait ce soir ? Toi, moi et Natty, a-t-il proposé. Tu n'as pas école demain et moi j'ai des coupons pour acheter de la glace.

– Ça aurait été avec plaisir, mais je suis supposée sortir avec Scarlet.

– J'adore Scarlet. Elle peut venir elle aussi.

– On avait prévu d'aller à *Little Egypt*.

– J'aime bien *Little Egypt*.

– Non, ce n'est pas vrai. La seule fois où tu y es allé, tu as trouvé l'endroit bruyant. Tu as eu une migraine et tu es reparti au bout de cinq minutes.

Leo était très sensible au bruit depuis son accident.

– C'était il y a longtemps. Ça va mieux, maintenant.

J'ai secoué la tête.

– Désolée, Leo. Pas ce soir.

– Tu ne veux plus jamais sortir avec moi ! Je...

Bon sang, il avait encore les larmes aux yeux. Il s'est détourné vers la fenêtre.

– Tu as honte de moi.

– Non, Leo, pas du tout.

J'ai posé ma main sur son épaule mais il s'en est débarrassé. Peut-être qu'il avait raison. Peut-être que j'avais un peu honte. Mais un tout petit peu seulement. Pour l'essentiel, je ne voyais pas comment j'allais pouvoir surveiller mon frère dans une boîte de nuit pleine à craquer tout en aidant Scarlet à sortir avec Win.

– Je n'ai aucune envie d'aller dans cette boîte de nuit stupide ! Si je sors, c'est parce qu'il y a un gars que Scarlet aime bien. Tu ne dois pas m'en vouloir.

Leo est resté silencieux.

– Allez, fais pas ta mauvaise tête. Je préférerais mille fois passer la soirée ici avec toi et Natty (ce qui était la vérité). On remet ça à une autre fois ?

Il s'est retourné. Son regard était aussi inexpressif que celui de ses lions en peluche.

– D'accord, Annie. Une autre fois.

4. Je sors en boîte

Plantée devant mon miroir, occupée à retirer un sourcil rebelle avec une pince à épiler, j'ai repensé à Leo. J'avais le sentiment d'avoir mal géré la situation.

La porte d'entrée a sonné.

– J'y vais ! a crié Natty.

– Merci ! C'est sûrement Scarlet !

Scarlet avait décidé d'arriver une demi-heure plus tôt pour qu'on puisse mettre au point une stratégie, ou un truc comme ça.

– Dis-lui de venir dans la salle de bains. Je m'épile les sourcils.

– Ne t'épile pas trop ! a grondé Natty. Tu t'épiles toujours trop.

Je l'ai entendue se précipiter dans le couloir.

– Annie est dans la salle de bains, elle t'attend, a dit Natty en ouvrant la porte. Oh, tu n'es pas Scarlet.

Une voix masculine a éclaté de rire.

– Tu crois que je devrais quand même y aller ? a demandé Win. Vu qu'elle ne fait que s'épiler les sourcils.

J'ai resserré mon peignoir et me suis dirigée vers l'entrée, où cette petite dragueuse de Natty jouait avec le chapeau de Win.

– Tu es en avance, ai-je déclaré d'un ton accusateur.

– Votre immeuble est superbe, a-t-il répondu, comme s'il n'avait pas remarqué mon agacement. Escalier en marbre. Gargouilles. Un peu flippant, mais on peut dire qu'il a du charme.

– Mouais. Tu étais supposé arriver à 20 heures.

– Je me suis trompé d'heure. Mille excuses.

Je déteste les imprévus.

– Je ne suis pas encore prête. Qu'est-ce que je vais faire de toi ?

– Je vais m'en occuper, a proposé Natty.

Le chapeau de Win lui allait bien. Il était plus sombre et plus rigide que celui qu'il avait au lycée. Sinon, il portait les mêmes habits que tout à l'heure, à savoir son uniforme – il avait retroussé les manches de sa chemise.

– Un nouveau chapeau, ai-je observé.

– Oui, Anya. C'est mon chapeau de soirée, a-t-il expliqué d'un ton dépréciateur.

Il s'est avancé vers moi. Il sentait le propre et le sous-bois.

– D'accord, Natty, ai-je soupiré en m'éloignant. Tant que tu y es, offre à boire à notre invité.

Je suis repartie vers ma chambre.

– Tes sourcils sont parfaits, a-t-il lancé.

On a sonné à la porte. Scarlet.

– On dirait que tout le monde est en avance, a-t-il commenté.

– Non, a répondu Natty. Scarlet était supposée arriver plus tôt.

– Ah bon ? Très intéressant.

L'ignorant, je suis allée ouvrir.

Scarlet m'a embrassée légèrement sur la joue afin de ne pas laisser de trace de rouge à lèvres. Sa tenue était typique : un corset en soie noire, un pantalon d'homme en laine et des couches de rouge à lèvres écarlate. Elle s'était aussi procuré un lys blanc qu'elle avait mis dans ses cheveux blonds.

– Le parfum de cette fleur est exquis, ai-je dit, puis je lui ai murmuré : Il est déjà là. Il a dû se tromper d'heure.

– Ah non, ça ne va pas du tout.

Elle a rangé son sac dans le placard, a affiché son plus beau sourire et est entrée dans le salon.

– Salut, Win ! Natty, j'adore ton chapeau.

Je suis allée dans ma chambre me trouver quelque chose à mettre. Nana m'avait dit que, à son époque, notre mode actuelle était considérée comme « vintage ». La production d'habits neufs avait cessé il y a une dizaine d'années, et une garde-robe recherchée comme celle de Scarlet nécessitait pas mal d'efforts. Contrairement à ma meilleure amie, je ne me prenais pas autant la tête. J'ai mis une robe appartenant à ma mère : rouge, courte et évasée, au décolleté modeste. Elle avait un trou au niveau de l'aisselle mais je ne comptais pas passer la soirée les bras en l'air. En chemin vers le salon, j'ai frappé à la porte de la chambre de Leo pour lui souhaiter bonne nuit et m'assurer qu'il ne m'en voulait pas. Comme il ne répondait pas, j'ai entrouvert. Il avait éteint la lumière et il était enfoui sous sa couverture. Après avoir refermé doucement la porte, j'ai rejoint mes amis.

– Oh, a dit Natty en me voyant. Tu es très jolie.

Scarlet a sifflé et Win m'a adressé un salut militaire.

– Bon, ça suffit, vous me mettez mal à l'aise, ai-je prévenu, bien que, pour être tout à fait honnête, leurs compliments me flattaient. On y va ?

Win a récupéré son chapeau et nous sommes sortis.

La boîte de nuit était à cinq minutes de la maison mais il nous a fallu deux fois plus de temps parce que Scarlet avait du mal à marcher avec ses talons. Quand on est arrivés devant le *Little Egypt*, la file d'attente dépassait l'escalier en marbre menant à l'intérieur du bâtiment. *Little Egypt* était le seul endroit un peu branché de cette partie de la ville.

Scarlet a fait signe au videur.

– Est-ce que moi et mes amis on peut entrer ? S'il vous plaît ?

– Qu'est-ce que vous me donnez si j'accepte ? a demandé le videur.

– Ma reconnaissance éternelle, a riposté Scarlet.

– Allez, faites la queue comme tout le monde.

Nous redescendions les marches quand le videur m'a interpellée.

– Eh, vous ! La robe rouge.

Je me suis retournée.

– Vous vous appelez Annie, n'est-ce pas ?

– Pourquoi vous me posez la question ? ai-je répondu, sur mes gardes.

– J'ai travaillé pour votre père. C'était un homme bien.

Il a décroché la corde en velours, nous a fait signe d'entrer, puis a mis la main dans sa poche et m'a filé des tickets pour acheter des boissons.

– Buvez un coup pour moi à la santé de votre paternel, OK ?

J'ai hoché la tête.

– Merci.

Ce genre de chose m'arrivait souvent et me faisait toujours autant plaisir. Mon père avait certes beaucoup d'ennemis, mais il avait des amis aussi.

– Faites attention. C'est la folie, ce soir, a-t-il averti.

Le bar se situait sous un panneau marqué INFORMATION. Un autre panneau, vissé à l'avant du comptoir, indiquait les tarifs d'entrée du musée. Nous avons échangé nos tickets contre des bières. Il n'en existait qu'une seule variété, qui n'était pas particulièrement bonne : un jus de chaussette mousseux et ambré. Gâcher de l'eau pour fabriquer un truc pareil me paraissait complètement idiot.

– À la vôtre, a déclaré Scarlet.

– Qu'est-ce que ça veut dire exactement ? a demandé Win.

Scarlet a secoué la tête.

– Tu poses beaucoup de questions.

Elle a pris son chapeau et l'a posé sur sa tête. J'étais triste pour Scarlet. Elle se servait des mêmes techniques de drague que ma sœur.

J'ai avalé une gorgée de bière et trinqué intérieurement en l'honneur de mon père. Nana m'avait raconté que, quand elle était jeune, les mineurs n'avaient pas le droit de boire. À présent, n'importe qui pouvait consommer de l'alcool du moment que la personne qui le lui vendait détenait les bons permis – ce n'était donc pas difficile de s'en procurer, beaucoup moins que d'acheter du papier, par exemple. Je trouvais étrange qu'on ait pu faire toute une histoire pour de l'alcool. En soi, ça n'avait aucun intérêt. À croire que ce qui plaisait aux gens, c'était son côté illicite. Je préférais largement boire de l'eau. L'alcool troublait mes pensées ; or, j'avais besoin qu'elles soient toujours claires.

Nous avons quitté le bar pour pénétrer sur la piste de danse. Malgré la musique assourdissante et les stroboscopes, on devinait que ce lieu n'avait pas été conçu pour être une boîte de nuit. Les murs aux énormes pierres maintenaient une certaine fraîcheur quelque peu étrange, en dépit du millier de personnes. Sur les piédestaux en marbre érigés un peu partout, des filles à moitié dévêtues dansaient. Derrière, il y avait une piscine carrelée peu profonde, à peu près de la taille d'une salle de bal, et une fontaine en mosaïque au-dessus de laquelle s'étendait une peinture murale représentant une villa bucolique au bord de l'eau. La piscine et la fontaine avaient bien entendu été vidées et nécessitaient des rénovations – qui ne viendraient jamais. J'ai fermé les yeux un instant, essayant de m'imaginer à quoi avait pu ressembler le musée. À un moment donné, je me suis aperçu que Win se tenait à côté de moi. Il contemplait la fresque et je me suis demandé s'il pensait à la même chose.

– Arrêtez de rêvasser ! a crié Scarlet. On est là pour danser.

Elle m'a pris la main, puis celle de Win, et nous a entraînés sur la piste de danse.

Scarlet est restée près de moi, puis elle s'est rapprochée de Win. Je me suis retrouvée toute seule (faisant bien attention à ne pas lever les bras afin de ne pas révéler ou agrandir le trou). J'observais Scarlet et Win. Scarlet dansait bien. Win ? Euh, pas vraiment. Il gesticulait de manière comique.

Il a sautillé jusqu'à moi.

– Est-ce que tu te moques de moi ? a-t-il demandé en se penchant vers mon oreille.

Il n'y avait pas d'autre moyen de se faire entendre par-dessus la musique.

– Non, je te jure.

J'ai marqué une pause. Il s'est mis à rire.

– Je remarque que tu ne bouges pas tellement les bras.

– Mince, tu as découvert mon secret.

Mon attention s'est soudain portée vers une personne qui s'agitait sur la piste de danse. Une personne qui n'aurait pas dû être là. Leo.

– Nom de Dieu, ai-je sifflé entre mes dents.

Je me suis tournée vers Scarlet.

– Leo est ici. Il faut que je m'en occupe. Ça va aller ?

Elle m'a serré la main.

– Vas-y !

Alors que je traversais un océan de corps ondulants, je me suis imposée de me calmer et de ne pas faire de scène.

Des pouffes plus âgées que moi dansaient tout autour de Leo. Cela ne m'a même pas étonnée. Leo était beau et son portefeuille toujours rempli – il ne sortait pas souvent. Il attirait donc régulièrement tout un tas de filles indésirables. Qu'il ne puisse pas toujours suivre une conversation entière ne semblait pas les déranger.

Je me suis faufilée entre Leo et une des danseuses.

– Hé ! s'est-elle écriée. Attends ton tour !

– C'est mon frère ! ai-je riposté.

– Salut, Annie, a dit Leo, visiblement serein.

– Salut. Je croyais que tu devais rester à la maison.

– C'est vrai. Mais après que t'es partie, Jacks est arrivé et a proposé qu'on sorte.

– Jacks est ici ?

Il était peut-être temps que j'aie une conversation avec mon cousin, que je jugeais un peu trop présent et de plus en plus énervant.

– Ouais !

Il a désigné le bord de la piscine. Jacks était assis à côté d'une rousse au bronzage orangé qui riait bêtement à chacune de ses phrases. Mon cousin avait toujours une jolie fille à ses côtés ; les femmes semblaient le trouver attirant, ce que je n'arrivais pas à saisir. Il était petit et mince. Ses jambes étaient trop longues par rapport à son torse. Avant qu'elle ne sombre dans la prostitution, à l'époque où danser était encore un métier, la mère de Jacks avait été danseuse étoile. Jacks devait tenir d'elle. Il avait les mêmes yeux verts que moi, sauf que les siens guettaient sans cesse une personne plus importante à qui parler. Il avait des lettres tatouées à la jointure de ses doigts : *vory v zakone*, ce qui voulait dire « voleurs dans la loi ».

J'ai regardé mon frère. Il transpirait. Avait-il mal à la tête, ce qui lui arrivait souvent dans un lieu bruyant, ou avait-il chaud à force de se trémousser ?

– Leo, ça va ?

– Oui, ça va.

– Ne t'inquiète pas, petite sœur, m'a dit l'une des pouffes. On va s'occuper de ton frère.

Elle a ri avant de prendre la main de Leo.

Je l'ai ignorée.

– Leo, je vais voir Jacks et ensuite je rentre à la maison. Tu me raccompagneras ?

Il a acquiescé.

Sur les marches de la piscine, Jacks fricotait toujours avec la rousse. Elle avait l'air d'apprécier.

– Hé ! Annie Balanchine ! Tu as bien grandi.

Il a frappé la rousse à la cuisse et lui a fait signe de disparaître d'un mouvement du poignet. Elle ne s'est pas formalisée. Jacks s'est levé et m'a embrassée sur les joues. J'ai fait de même mais sans que mes lèvres ne touchent sa peau.

– Je suis content de te voir, Annie.

– Oui.

– Ça fait longtemps, non ?

J'ai haussé les épaules mais je savais exactement depuis combien de temps je ne l'avais pas vu.

– J'imagine que je dois te remercier d'avoir trouvé un travail à Leo.

Jacks a agité la main.

– Leo est un garçon bien, et tu sais que je ferais n'importe quoi pour ton père. N'en parlons plus.

– Si, justement, parlons-en, ai-je poursuivi en le regardant dans les yeux. Ce ne serait pas bien d'accepter une telle faveur sans savoir ce que l'autre attend en retour.

Jacks a ri en sortant de sa poche une flasque argentée dont il a pris une gorgée. Il m'en a proposé ; j'ai décliné.

– T'es parano, Annie. Ce qui est compréhensible vu la façon dont tu as été élevée.

– Mon père a dit qu'il ne voulait pas que Leo participe aux affaires de la Famille, ai-je affirmé.

(Bien qu'il n'ait peut-être pas été aussi catégorique, je n'avais pas le sentiment de trahir sa pensée.)

Jacks est resté songeur un moment.

– Ça fait longtemps que Leo senior n'est plus là, Annie. Peut-être qu'il sous-estimait les capacités de ton frère quand il a fait cette déclaration.

– Capacités ? ai-je répété. Qu'est-ce que tu sais des capacités de mon frère ?

– Peut-être que tu es trop proche de lui pour t'en apercevoir, mais ton frère n'a plus rien à voir avec cet enfant hospitalisé de neuf ans. Sauf que toi, tu le maintiens enfermé dans une cage.

Il a désigné Leo qui dansait toujours avec les pouffes.

– Quelqu'un doit l'en faire sortir de temps en temps. Ici, il respire.

Qu'il ait raison ou pas ne m'éclairait pas sur ses intentions.

– Qu'est-ce que tu espères y gagner ? ai-je demandé franchement.

– Je te l'ai dit, je fais ça pour ton père.

– Mon père est mort. Ne t'attends donc pas à ce qu'il te remercie.

– T'es sacrément cynique, Annie. Cependant, tu n'as pas tort. J'espère en aidant ton frère remonter dans l'estime de la Famille. Que mon lien avec ton père me fasse briller un peu. Ça me serait utile.

Sa réponse me paraissait honnête.

– D'accord.

– Merci, fillette, a-t-il dit en me scrutant de haut en bas. Même si je dois reconnaître que tu n'es plus si petite.

– Il me semble que tu le savais déjà.

Je me suis détournée. À ce moment-là, une sirène a retenti. Les lumières ont clignoté et une voix autoritaire a hurlé à travers un mégaphone : « Tout le monde dehors ! Cet établissement est dorénavant fermé sur ordre du département de police de la ville de New York et du département des affaires sanitaires. Vous devez sortir sur-le-champ ! Les réfractaires seront arrêtés ! »

– Quelqu'un a dû oublier de soudoyer un fonctionnaire, a soupiré Jacks. Les choses se passaient différemment quand Leo senior dirigeait la ville.

Je me suis frayé un chemin parmi les gens afin de trouver Leo (junior). Je ne le voyais nulle part et le mouvement de la foule m'entraînait vers la sortie. Si je ne me laissais pas porter, je finirais piétinée. Jacks avait disparu, ce qui ne me dérangeait pas. Je ne savais pas non plus où étaient Scarlet et Win.

Enfin, j'étais dehors. J'ai pris le temps de reprendre ma respiration avant de partir à la recherche de Leo. Quelqu'un m'a tapoté l'épaule. C'était une des pouffes avec qui Leo dansait. Hors des projecteurs, elle me paraissait moins dévergondée.

– C'est bien toi la sœur ? a-t-elle demandé.

J'ai hoché la tête.

– Ton frère a un problème.

5. Je regrette d'être sortie en boîte

Elle m'a conduite vers le côté sud du bâtiment, pas loin de là où Natty s'était fait attaquer quatre jours auparavant. Allongé par terre, mon frère se tortillait comme un insecte agonisant.

– Qu'est-ce qui lui arrive ? a demandé la fille.

Elle paraissait légèrement dégoûtée. Heureusement qu'elle avait eu la bonne idée de venir me trouver, sinon je pense que je l'aurais frappée.

– Il convulse, ai-je expliqué.

Je m'apprêtais à demander qu'on lui protège la tête afin qu'il ne se cogne pas contre les marches en marbre quand je me suis rendu compte que quelqu'un s'en chargeait déjà.

Win avait posé la tête de Leo sur ses genoux.

– Je sais que ce n'est pas idéal, a-t-il dit en me voyant. Mais je n'ai pas eu le temps de le déplacer.

– Merci.

– C'est Scarlet qui l'a aperçu, a poursuivi Win. Elle te cherche en ce moment.

Je l'ai remercié de nouveau.

J'ai attrapé la main de Leo.

– Je suis là, ai-je murmuré en le regardant dans les yeux.

Il ne bougeait plus, la crise semblait terminée. Depuis l'accident, il était parfois pris de spasmes, mais ça ne lui était pas arrivé depuis un moment. La musique et les stroboscopes avaient dû les déclencher cette fois.

– Tout va bien.

Leo a acquiescé, moyennement convaincu.

– Tu peux marcher ? a demandé Win.

– Oui, a répondu Leo. Je crois.

– Moi, c'est Win, a enchaîné Win en aidant mon frère à se relever. Je suis au lycée avec Anya.

– Leo.

Scarlet nous a rejoints.

– Annie, je t'ai cherchée partout !

Elle s'est précipitée sur Leo et l'a serré dans ses bras.

– J'étais tellement inquiète, a-t-elle dit à mon frère.

Elle avait les larmes aux yeux.

– Je vais bien, a répondu Leo.

Que Scarlet l'ait vu dans cet état le gênait visiblement.

– C'est rien.

– Ça n'avait pas du tout l'air d'être rien, a continué Scarlet. Mon pauvre Leo.

– On devrait y aller, a déclaré Win.

Il avait raison. Il y avait des policiers partout et l'heure du couvre-feu approchait. Mieux valait ne pas s'éterniser.

Les jambes de Leo tremblaient encore. Scarlet le soutenait d'un côté et Win de l'autre. Je les suivais. La pouffe s'était volatilisée. Jacks aussi.

Nous progressions lentement et avons mis plus de temps au retour qu'à l'aller. Quand nous sommes arrivés, l'heure du couvre-feu était dépassée. Win a appelé ses parents pour leur dire qu'il passerait la nuit chez moi.

Scarlet s'est enfermée dans la salle de bains pour panser les nombreuses ampoules sur ses pieds, et je me suis occupée de Leo. Je l'ai aidé à enlever ses habits souillés et à mettre son pyjama.

– Bonne nuit, Leo, ai-je soufflé en l'embrassant sur le front. Je t'aime.

– Tu crois que Scarlet a vu ? a-t-il demandé alors que j'éteignais la lumière.

– A vu quoi ?

– Que... que j'ai fait pipi.

– Non, je ne pense pas. Mais de toute façon, ce n'était pas ta faute. Et même si elle a remarqué, elle t'aime, Leo.

– Annie, je suis désolé d'avoir gâché ta soirée.

– T'inquiète ! La soirée était pourrie d'avance. Au moins, avec toi, j'ai eu droit à un peu d'action.

J'ai glissé la tête dans la chambre de Natty. Malgré ses douze ans, elle ressemblait à un bébé en dormant.

Puis je suis allée rejoindre Scarlet dans la salle de bains.

– Avant que tu fasses la moindre remarque, mademoiselle Balanchine, je tiens à dire que ça en valait la peine, a déclaré Scarlet. J'étais canon avec ces talons.

– C'est vrai, ai-je reconnu. Et si tu apportais une couverture à Win ? Il est au salon.

Scarlet a souri.

– Ce garçon, a-t-elle soupiré d'un ton étrange et vaguement espagnol. Il n'est pas pour moi.

– Mais vous aimez tous les deux les chapeaux.

– Je sais. Et il est vraiment mignon. Mais, hélas, non, a-t-elle déploré dans son accent bizarre. Le courant ne passe pas entre nous, *señorita*.

– Je suis désolée.

– *C'est la vie, c'est l'amour*, a-t-elle enchaîné en français.

Elle a sorti une lingette démaquillante.

– Tu devrais lui apporter une couverture, Anya.

– Comment ça ?

– À mon avis, ce serait une bonne idée que tu apportes une couverture à Win.

– Si par « apporter une couverture », tu sous-entends que je pourrais être intéressée, tu te trompes.

Scarlet m'a embrassée sur la joue.

– De toute façon, je ne sais pas où vous les rangez.

J'ai sorti un drap et une couverture pour Win de l'armoire du couloir.

Il avait enlevé sa chemise et se tenait au milieu du salon en pantalon et en T-shirt.

– Encore merci, ai-je dit.

– Ton frère va bien ?

– Oui. Il a surtout honte.

J'ai posé les draps sur le canapé.

– C'est pour toi. La salle de bains est dans le couloir. La deuxième porte, après ma chambre mais avant celles de Natty et de Leo. Si tu atterris dans la chambre de ma grand-mère mourante, c'est que tu es allé trop loin. La cuisine est là, mais il n'y a rien à manger. C'est vendredi, et je n'ai le courage de me battre avec les bons de rationnement que le week-end. Bon, eh bien, bonne nuit.

Il s'est assis sur le canapé et la lampe sur la table a éclairé son visage. J'ai aperçu une marque rouge sur sa joue qui virerait certainement au bleu-noir dès demain.

– Oh non ! C'est Leo qui t'a fait ça ?

Il s'est touché la joue.

– Un coup de coude, je crois, pendant sa... c'est une crise d'épilepsie, c'est ça ?

J'ai hoché la tête.

– Ma sœur avait des crises, elle aussi, a-t-il avoué. Mais oui, donc, le coude. Leo ne m'a pas fait mal alors j'espérais qu'on ne verrait rien.

– Je vais te donner de la glace.

– Ça va.

– Pour que ça n'enfle pas, ai-je insisté. Attends.

Dans la cuisine, j'ai sorti un sac de petits pois surgelés du congélateur et le lui ai apporté. Il m'a remerciée et a posé le sac contre sa joue.

– Reste avec moi une minute.

Je me suis assise dans l'énorme fauteuil bordeaux à côté du canapé, enroulant mes bras autour d'un coussin en satin turquoise – mon bouclier, en quelque sorte.

– Tu dois regretter d'être sorti avec nous ce soir.

– Pas vraiment.

Il a déplacé le sac de pois surgelés.

– Il se passe toujours des trucs intéressants quand tu es dans les parages.

– Oui, j'attire les ennuis.

– Non, je ne pense pas. Annie, tu as tellement de choses à gérer... Un peu trop.

Il a dit ça d'une voix si tendre que j'ai failli le croire. J'aurais eu envie de le croire.

– Tu as dit que ta sœur avait des crises. Elle en a toujours ?

– Non.

Il a marqué une pause.

– Elle est morte.

– Je suis désolée.

Il a agité la main.

– C'était il y a longtemps. Et toi aussi, tu as eu ton lot d'histoires tristes. Je parie que tu pourrais même écrire un roman.

Bien sûr, les romans n'intéressaient personne à l'époque. Je me suis levée et j'ai remis le coussin sur le fauteuil.

– Bonne nuit, Win.

– Bonne nuit, Anya.

Des cris m'ont tirée de mon sommeil aux alentours de 5 heures du matin. Je ne dormais jamais profondément, donc il ne m'a pas fallu longtemps pour comprendre qu'ils provenaient de la chambre de Natty.

J'ai allumé la lumière. Scarlet s'est redressée dans son sac de couchage, le regard à la fois endormi et inquiet.

– C'est Natty qui fait un cauchemar, ai-je expliqué à Scarlet en sortant de mon lit.

– Pauvre Natty. Tu veux que je vienne avec toi ?

J'ai secoué la tête. J'avais l'habitude des cauchemars de Natty, elle en avait depuis que notre père était décédé il y a sept ans.

Win était dans le couloir.

– Je peux faire quelque chose ?

– Non, ai-je répondu. Retourne te coucher.

Qu'il ait passé la nuit ici m'a agacée tout à coup. J'avais l'impression qu'en ayant accès à ma vie privée, il détenait un pouvoir sur moi.

Je suis entrée dans la chambre de Natty, fermant la porte derrière moi.

Je me suis assise sur son lit. Elle dormait toujours. Elle était en nage et emmêlée dans ses draps. Ses cris s'étaient faits plus discrets.

– Shhh, ai-je chuchoté. Ce n'est qu'un mauvais rêve.

Natty a ouvert les yeux et s'est mise à pleurer.

– Mais Annie, ça avait l'air vrai.

– Tu as rêvé de papa ?

Natty rêvait souvent de la nuit où notre père avait été tué. Nous étions toutes les deux à l'appartement. Natty avait cinq ans, moi neuf. Leo était en pension à l'époque – une chance. Il avait déjà assez souffert en assistant à la mort de notre mère.

Les tueurs sont entrés pendant que mon père travaillait. En fait, Natty et moi étions avec lui. Personne ne nous a vues parce que nous jouions cachées sous son énorme bureau en acajou. Il a entendu les intrus avant de les voir. Il a penché la tête vers nous légèrement, et a posé son index sur ses lèvres. « Ne bougez pas », a-t-il dit, avant de recevoir une balle en pleine tête. Je n'étais qu'une enfant mais j'ai eu le réflexe de mettre ma main sur la bouche de Natty afin que personne ne l'entende pleurer. Quant à moi, je me suis forcée de retenir mes larmes.

Ils ont planté une balle dans le front de mon père et trois

dans sa poitrine avant de détaler. Je n'ai pas vu qui étaient les assassins, et à ce jour la police considère l'affaire comme non résolue. Bien qu'il n'y ait pas vraiment eu d'enquête. Mon père était le chef d'une organisation criminelle – de leur point de vue, sa mort était imminente, et il l'avait bien cherché, etc. Peut-être même pensaient-ils que les tueurs leur avaient rendu service.

– Tu as rêvé de papa ? ai-je insisté.

Elle m'a observée d'un air terrorisé.

– Non, de toi.

J'ai éclaté de rire.

– Raconte-moi. Tu te sentiras mieux si tu en parles et je pourrai te montrer que tu n'as pas à t'en faire.

– C'était comme la nuit où papa est mort, a-t-elle commencé. J'étais sous le bureau quand j'ai entendu les intrus entrer dans la pièce. Mais alors j'ai remarqué que tu n'étais pas avec moi. Je t'ai cherchée partout...

Je l'ai interrompue.

– C'est simple, c'est une métaphore. Tu as peur d'être toute seule. Tu dois angoisser un peu à l'idée que je parte à l'université. Mais je t'ai déjà dit que je n'allais pas quitter New York, alors tu n'as aucun souci à te faire.

– Non ! Attends la suite. Quand les tueurs entrent, je lève les yeux et je te vois assise dans le fauteuil de papa. Tu es papa ! Et ensuite, tu prends une balle dans la tête.

Elle s'est remise à pleurer.

– C'était horrible, Annie. Je t'ai vue mourir.

– Natty, il ne va rien arriver de tel, ai-je répondu. Du moins, pas de cette façon. Qu'est-ce que papa nous disait toujours ?

– Papa disait beaucoup de choses.

J'ai levé les yeux au ciel.

– Pourquoi papa a-t-il toujours considéré que nous étions en sécurité ?

– Parce que personne ne s'en prend jamais à la famille, a-t-elle bredouillé.

– Exactement.

– Et maman ? Et Leo ?

– C'était une erreur. Le contrat visait papa. Maman et Leo n'auraient pas dû être dans la voiture. De plus, tous ceux qui ont trempé là-dedans sont morts.

– Mais...

– Natty, tu ne risques rien. Nous ne jouons plus aucun rôle dans les affaires de la famille. Ils n'ont aucune raison de s'en prendre à nous. Tout ça, c'est dans ta tête.

Natty a réfléchi un instant. Elle a froncé les sourcils et le nez.

– Oui, tu dois avoir raison. Je me sens un peu bête, maintenant.

Elle s'est allongée et j'ai remonté le drap sur son menton.

– Tu as passé une bonne soirée avec Win ? a-t-elle demandé.

– Je te raconterai demain, ai-je murmuré. Il est encore là.

– Annie ! s'est-elle écriée, les yeux écarquillés de joie.

– C'est une longue histoire, et bien moins intéressante que celle que tu es en train de t'imaginer. Il ne fait qu'emprunter le canapé.

Je m'apprêtais à éteindre la lumière quand Natty a rajouté :

– J'espère qu'il ne m'a pas entendue crier. Il va penser que je suis un bébé.

Je lui ai promis de tout expliquer à Win sans pour autant lui raconter notre vie, et elle a souri.

– Faire des cauchemars ne veut pas dire que tu es un bébé, Natty. Tu as subi un traumatisme quand tu étais petite. Ce n'est pas ta faute.

– Toi, tu n'as pas de cauchemars.

– Non, moi, je me contente de renverser des lasagnes sur la tête des garçons.

Natty a ri.

– Ma sœur, la courageuse. Bonne nuit, Anya.

– Bonne nuit, Natty.

Je suis allée dans la cuisine boire un verre d'eau. Quand j'étais à la maternelle, l'institutrice nous avait appris une chanson assez débile intitulée *Réfléchis avant de boire*, qui m'est restée en tête. Je ne pouvais pas ouvrir le robinet sans calculer mentalement le coût de mes cent millilitres. Depuis que j'étais responsable du budget, je pensais encore plus souvent à cette chanson, d'autant plus que le prix du millilitre ne cessait d'augmenter. Même si notre père nous avait laissé une importante somme d'argent, je surveillais nos dépenses de près.

Je me suis autorisé un deuxième verre. Heureusement que l'eau n'était pas rationnée. J'étais morte de soif et même si je lui avais fait croire le contraire, le rêve de ma sœur m'avait troublée.

Il y avait deux choses que je n'avais pas dites à Natty.

Un : que si quelqu'un s'en prenait à elle ou à Leo, je le tuerais.

Deux : que je n'étais pas courageuse. Moi aussi, je faisais des cauchemars. Souvent. Sauf que j'avais appris à hurler dans ma tête.

J'ai entendu Win s'agiter dans le salon.

– Désolée. On n'est pas toujours aussi bruyants.

Il est entré dans la cuisine.

– C'est pas un problème. Le couvre-feu prend fin à 6 heures, je ne vais pas tarder à rentrer.

À la lumière de l'aube, j'ai pu constater que sa joue avait bien enflé.

– Ton visage ! me suis-je exclamée.

Il a observé son reflet sur la surface chromée du grille-pain.

– Mon père va croire que je me suis battu, a-t-il souri.

– Il sera fâché ?

– Non, il va me dire que ça forge le caractère, ou un truc dans le genre, a-t-il répondu. Il pense que je suis trop faible.

– C'est vrai ?

– Ce qui est sûr, c'est que je ne suis pas comme lui. Et que je n'ai pas l'intention de le devenir.

Le minuteur du four indiquait 6 heures.

– Je te raccompagne, ai-je dit.

Nous sommes restés un instant plantés devant la porte, mal à l'aise, ne parvenant pas à nous dire au revoir. Il en savait trop sur mon compte. Il y avait des élèves au lycée que je connaissais depuis des années et qui n'en savaient pas autant sur ma vie privée. J'étais sortie avec Gable pendant neuf mois sans qu'il soit témoin des crises de Leo ou des cauchemars de Natty. Pas que ça l'aurait intéressé – en quelque sorte, l'une des qualités de Gable, c'était l'indifférence.

– Qu'est-ce qu'il y a ? a demandé Win.

J'ai opté pour la vérité.

– Tu sais trop de choses sur moi.

– Hmm. La meilleure solution serait de me tuer.

J'ai ri. On pourrait croire que ce genre de blague me vexerait, mais pas venant de Win. Au contraire, je détestais ceux qui marchaient sur des œufs.

– Non, ai-je répondu. Mon père aurait trouvé cette manœuvre prématurée. Il m'aurait dit d'attendre un peu, de voir si tu es digne de confiance.

– Ou bien je pourrais te raconter tous mes secrets, a-t-il proposé. Tu n'aurais pas à te soucier que je parle puisque tu détiendrais assez d'informations pour garantir mon silence. On serait dans le même bateau.

J'ai secoué la tête.

– C'est une idée intéressante, mais je crois que je vais plutôt attendre de voir.

– Ce n'est pas très audacieux.

Je lui ai avoué que je n'étais pas audacieuse. Et que, contrairement aux apparences, j'avais des goûts classiques.

– Oui, a-t-il concédé. Je m'en étais rendu compte. C'est dommage parce que je crois que ça m'aurait plu de te confier tous mes secrets. Je n'ai pas tellement d'amis en ville.

Debout dans le couloir, j'ai pensé un instant que ce serait sûrement agréable de l'embrasser. Que je pourrais poser mes lèvres sur sa joue endolorie et descendre jusqu'à sa bouche. Mais le destin en avait décidé autrement. Alors je me suis raclé la gorge et excusée de lui avoir fait passer une mauvaise soirée.

– On remet ça quand tu veux, a-t-il déclaré en s'avançant dans le couloir.

Sans savoir pourquoi, je l'ai regardé s'éloigner. Peut-être

pour bien prendre conscience de ce que je ratais ? Alors qu'il montait dans l'ascenseur, j'ai lancé :

– Bonne nuit, Win !

– En fait, on est déjà demain ! a-t-il répondu.

Puis les portes se sont refermées.

Scarlet est partie après le déjeuner.

– Merci d'avoir joué le jeu avec Win, a-t-elle dit alors que nous attendions l'ascenseur. Tu es une véritable amie.

Puis elle a enchaîné à toute vitesse :

– Ça ne me dérange pas si tu sors avec lui. Visiblement, il t'apprécie.

– Peut-être. Mais je n'ai pas tellement la tête à ça en ce moment.

– En tout cas, sache que je ne suis pas débile. Je ne vais pas gâcher notre amitié simplement parce que tu sors avec Win. Je sais que ta vie n'est pas facile tous les jours, Annie...

– Scar, s'il te plaît, ce n'est pas la peine.

– Si ! Je veux que tu saches à quel point tu comptes pour moi. Et que je ne me mettrais jamais en travers de toi et d'un garçon qui, de toute manière, ne s'intéresse pas à moi. Tu mérites d'être avec un garçon bien – pas forcément Win, mais surtout pas quelqu'un comme Gable Arsley.

– Scarlet ! C'est ridicule.

– Moi aussi, je mérite d'être avec un garçon bien, a-t-elle souri juste avant que l'ascenseur ne l'emporte.

Le reste du samedi s'est déroulé dans le calme et j'ai enfin pu m'avancer dans mes devoirs. J'ai lu un long article sur les dents et découvert que Win avait sûrement raison à propos de l'émail abîmé. Notre sujet était malade, et devait l'être depuis un bout de temps. J'ai pensé l'appeler pour le lui dire mais j'ai changé d'avis. Ça pouvait attendre lundi, et je ne voulais pas qu'il se fasse des idées.

6. Je m'occupe de deux invités-surprises ; je suis confondue avec une autre

Le dimanche, nous avons reçu deux visites, dont je me serais passée avec joie.

D'abord, il y a eu Jacks. Il a sonné sans prévenir peu après mon retour de la messe.

J'ai ouvert la porte.

– Qu'est-ce que tu veux ? ai-je lancé.

– C'est comme ça qu'on accueille la famille ?

Jacks portait un carton d'une quarantaine de centimètres de large.

– Alors que j'ai fait le déplacement exprès pour Galina. Elle m'a dit qu'elle commençait à manquer de Balanchine extra-noir.

– Tu sais que tu n'es pas supposé transporter ça en milieu de journée devant tout le monde, l'ai-je réprimandé.

J'ai déposé le carton dans un coin de l'entrée.

– Tu as peur que je me fasse arrêter ?

– C'est imprudent.

Il a haussé les épaules.

– Je donnerai le chocolat à ma grand-mère, ai-je déclaré en espérant lui faire comprendre qu'il fallait qu'il parte.

– Tu ne m'invites pas à entrer ?

– Non. Leo se repose, tout comme Nana. Il n'y a personne ici qui veut te voir.

– Cousine, pourquoi tu te mets en colère ? Je croyais qu'on avait fait des progrès vendredi soir.

– Oui, c'était le cas. Et ensuite, tu as disparu.

– De quoi tu parles ?

– Tu as abandonné Leo !

– Je l'ai abandonné ? Arrête de penser comme une gamine ! a-t-il répondu en haussant de nouveau les épaules – sa seule manière de réagir, apparemment. Le club fermait. Tout le monde devait sortir. J'imagine que Leo est rentré sans problème, non ?

Jacks ne semblait pas être au courant de la crise de mon frère et je ne savais pas si je devais lui dire : allait-il laisser Leo tranquille ou bien se servirait-il de ces infos ? Comme je ne lui faisais absolument pas confiance, j'ai décidé de me taire.

– Oui. Mais pas grâce à toi. Personnellement, j'aime bien m'assurer que les gens avec qui je suis arrivée sont bien rentrés chez eux.

Il a secoué la tête.

– Tu es trop protectrice.

Il m'a fixée du regard.

– Mais je comprends. La vie t'a façonnée ainsi, n'est-ce pas ? Toi et moi sommes les jouets du destin.

– Merci pour le chocolat.

– En direct du bateau. Dis à Leo que j'ai besoin de lui à la Piscine mercredi.

– On ne peut pas dire plutôt la semaine d'après ? Leo est un peu malade. Je ne voudrais pas qu'il contamine l'ensemble de la *bravta*[1].

J'ai dit ça sur le ton de la plaisanterie, ce qui s'est avéré une erreur. Je ne plaisantais jamais avec Jacks, donc ma blague a éveillé ses soupçons. Mon père disait toujours qu'il fallait être d'humeur constante en affaire et que tout changement de comportement devait être pris très au sérieux. « Sois égale à toi-même », disait-il. « Les écarts ne passent jamais inaperçus, ni auprès de tes amis et encore moins auprès de tes ennemis. » À l'époque, je ne comprenais pas la moitié de ce que me disait mon père. Je me contentais de hocher la tête ou de dire : « Oui, papa. » Mais maintenant que j'avais grandi, ses paroles me revenaient tout le temps, plus souvent et plus facilement que son visage, par exemple.

Jacks m'a observée d'un air intrigué.

– D'accord, Annie. Dis à Leo que lundi, ça ira très bien.

Le deuxième visiteur s'est pointé à 23 heures, bien trop tard pour un dimanche. Il n'a pas prévenu non plus.

Compte tenu des événements de la semaine, quand j'ai vu Gable à travers le judas, j'ai décidé de ne pas lui ouvrir.

– Va-t'en, ai-je sifflé.

– Allez, Annie, fais-moi entrer.

J'ai laissé la chaîne sur la porte avant de l'entrebâiller.

– Non. Honnêtement, je ne pense pas que ce soit une bonne idée, ai-je dit. Si tu veux être chez toi avant le couvre-feu, il faut que tu partes maintenant.

1. Organisation criminelle russe (NdE).

– Allez ! Je me sens bête à rester là dans le couloir, a insisté Gable en avançant son visage. Ne t'inquiète pas. Je ne t'en veux absolument pas pour ce qui s'est passé. Tu étais bouleversée parce que j'avais rompu avec toi. Je peux comprendre.

– Ce n'est pas du tout la vérité !

Il semblait vraiment croire à ses mensonges.

– Peu importe les détails, Annie. Je suis seulement venu te dire que je voulais qu'on reste amis. Tu fais partie de ma vie.

– D'accord ! Maintenant, rentre chez toi.

Comment avais-je pu supporter ce loser aussi longtemps ?

– Tu n'aurais pas une tablette de chocolat à me donner pour la route ? a-t-il demandé.

J'ai fait signe que non. Je saisissais mieux pourquoi il désirait qu'on « reste amis ».

– Allez, Annie. Je te paierai.

– Je ne suis pas ton dealer, Arsley.

Du coin de l'œil, j'ai aperçu le carton que Jacks avait déposé plus tôt dans la journée. J'en ai sorti deux tablettes que j'ai glissées dans l'ouverture de la porte.

– Profite, ai-je lancé en refermant le battant.

Je l'ai entendu défaire l'emballage avant même d'arriver à l'ascenseur. Quel porc ! Une nouvelle fois, je me suis demandé si l'attirance qu'éprouvait Gable à mon égard n'était pas directement liée au fait que j'avais facilement accès à du chocolat.

J'ai ramassé le carton et l'ai porté jusqu'au coffre-fort dans la chambre de Nana. Je venais de le vider quand j'ai entendu Nana crier le prénom de ma mère.

– Christina !

Je n'ai pas répondu. Elle faisait certainement un cauchemar.

– Christina, viens ici ! a-t-elle insisté.

– Ce n'est pas Christina, Nana. C'est Annie, ta petite-fille.

De plus en plus, Nana me prenait pour ma mère. Je me suis approchée de son lit et Nana m'a pris la main. Elle a serré très fort. De mon autre main, j'ai allumé la lumière.

– Regarde, Nana, c'est moi.

– Oui, a dit Nana. Je vois bien que tu n'es pas Christina.

Elle a ri.

– Heureusement que tu n'es pas Christina O'Hara. Je n'ai jamais aimé cette fouine irlandaise, tu sais. J'ai dit à Leo de ne pas l'épouser, qu'elle ne lui attirerait que des ennuis. C'était une flic. Il est passé pour un faible. Un pauvre petit imbécile abruti par l'amour. Quelle déception.

J'avais déjà entendu cette rengaine. Je me suis rappelé que tout ça était un effet combiné des médicaments et de la maladie.

– J'espère que tu n'auras jamais à endurer pareille déception, a-t-elle poursuivi. C'est... c'est...

Une larme a roulé sur sa joue.

– Oh, Nana, s'il te plaît, ne pleure pas.

J'ai aperçu le roman d'Imogen sur le rebord de la fenêtre.

– Tu veux que je te lise quelques pages ?

– Non ! a-t-elle crié. Je peux lire toute seule ! Sale garce ! Tu crois que je ne peux pas lire toute seule ?

Elle a retiré sa main puis m'a giflée. Son geste n'était pas intentionnel. Je suis restée sans bouger pendant quelques secondes. Pas tant à cause de la douleur, elle ne m'avait pas fait mal. Cependant, elle ne m'avait jamais frappée auparavant. Personne de ma famille ne m'avait frappée. Il m'arrivait de me battre au lycée, mais ça, c'était mille fois pire.

– Sors de ma chambre ! Tu m'entends ? Je ne veux pas de toi ici ! Sors ! Maintenant !

J'ai éteint la lumière et suis sortie.

– Bonne nuit, Nana, ai-je murmuré. Je t'aime.

7. Je suis accusée ; je n'améliore pas la situation

Lundi matin, j'étais plus que contente de retourner à la Sainte-Trinité. Comparé à ma vie à la maison, le lycée ressemblait à des vacances.

Scarlet m'avait gardé une place au déjeuner. Win était là aussi – nous devions être les seules personnes qu'il connaissait.

– Tu dois être soulagée de ne plus porter de charlotte ! a dit Scarlet.

– Mouais. J'avais commencé à m'y habituer. Et à la corvée de nettoyage aussi. Je pensais aller voir Arsley et lui renverser une autre assiette de... Y a quoi au menu aujourd'hui ?

J'ai observé le plateau de Win. On lui avait servi du gloubi-boulga blanchâtre avec une sauce épaisse marronnasse accompagné d'un truc violet indéterminé.

– Thanksgiving en septembre, a décrété Win. Je ne suis pas sûr que ce soit facile à renverser sur la tête d'un petit ami.

Il a trituré le gloubi-boulga blanc.

– Trop sucré. Ça va coller à l'assiette et il aura le temps de déguerpir.

– Oui, tu as sûrement raison. Mais peut-être que je peux le catapulter jusqu'à lui.

Je me suis tournée vers l'endroit où Gable s'asseyait d'habitude. Il n'était pas là.

– De toute manière, il n'est pas là.

– Il n'était pas là à l'appel ce matin non plus, a rapporté Scarlet. Il est peut-être malade ?

– À mon avis, il sèche, ai-je dit. Je l'ai vu hier soir et il allait très bien.

– Tu l'as vu ? s'est étonnée Scarlet.

– Oh oui, mais ce n'est pas ce que tu imagines. Il voulait seulement...

Je me suis interrompue. Le père de Win étant après tout le chef officieux de la police, j'ai préféré ne pas mentionner les activités illégales de ma famille.

– Que voulait-il ? a poursuivi Scarlet.

Ils attendaient tous les deux que je finisse ma phrase.

– Désolée, je pensais à autre chose. Parler. Il voulait discuter.

– Discuter ! Ça ne lui ressemble pas. Et de quoi ? a demandé Scarlet.

– Scarlet, ai-je insisté en haussant les sourcils. Je te raconterai plus tard. On ne va pas embêter Win avec ça.

– Ça ne me dérange pas, a répondu Win.

– Eh bien, moi, je n'ai pas envie d'en parler, ai-je déclaré en me levant. Et puis il faut que j'aille me chercher une assiette de gloubi-boulga de Thanksgiving avant que ça refroidisse.

Je n'ai pas eu l'occasion de voir Scarlet seule à seule avant le cours d'escrime du lendemain.

– Alors, de quoi toi et Gable avez parlé ? a-t-elle chuchoté pendant les étirements.

– De rien, ai-je répondu. Il voulait du chocolat. Je ne pouvais pas le dire devant Win.

– Gable n'a vraiment que deux neurones ! s'est écriée Scarlet. J'arrive pas à y croire !

– Mademoiselle Barber, est intervenu M. Jarre. Moins fort, pendant les étirements.

– Désolée ! Sérieux, a-t-elle repris à voix basse. Ce type est détestable. Au fait, il n'était encore pas là ce matin à l'appel.

– Pourquoi ?

– Aucune idée. Il doit être trop occupé à noyer des chatons, a-t-elle ri. Pourquoi les beaux garçons sont-ils toujours des psychopathes ?

– Win n'a rien d'un psychopathe, ai-je répondu sans trop réfléchir.

– Vraiment ? Alors comme ça tu le trouves mignon ? Au moins, tu l'admets.

J'ai secoué la tête. Scarlet était incorrigible.

– C'est un bon début, Annie.

J'étais en cours de sciences médico-légales le mercredi matin quand j'ai découvert que Gable était à l'hôpital.

Chai Pinter, qui semble toujours être au courant de tout, s'est déplacée jusqu'à ma paillasse pour me transmettre la nouvelle.

– Tu as appris pour Gable ? a-t-elle demandé.

J'ai secoué la tête. Elle a souri, heureuse de partager ses infos.

– Apparemment, il est tombé malade lundi matin, mais ses parents n'ont pas pensé que c'était sérieux et lui ont dit de rester à la maison. Il a passé tout son mardi à vomir, et ils ont mis ça sur le compte d'une bonne grippe intestinale. Mais comme mardi soir il vomissait encore, ils l'ont emmené à l'hôpital. Et il y est encore ! Ryan Jenkins a même entendu dire qu'il avait été opéré !

Qu'un de nos camarades ait été hospitalisé semblait la ravir au plus haut point.

– Mais ça, je ne sais pas si c'est vrai. Les gens racontent parfois n'importe quoi.

Sans blague.

– Je pensais que tu en savais peut-être plus sur l'état de Gable, vu que vous êtes sortis ensemble longtemps. Mais en fait, non, a-t-elle conclu dans la joie.

Le docteur Lau a tapé dans ses mains et Chai est retournée s'asseoir.

La leçon de ce matin portait sur l'influence de certaines maladies sur la décomposition d'un corps. Je n'arrivais pas tellement à me concentrer. Même si je ne tenais pas tant que ça à Gable, qu'il soit malade m'a perturbée. Je ne pouvais m'empêcher de me demander si j'avais été la dernière personne à le voir dimanche soir. Et si c'était le cas, je craignais que cela ne m'attire des ennuis à moyen terme. Ou à court terme. J'avais déjà suffisamment de problèmes à gérer. Sans doute étais-je un peu parano mais… la vie m'avait appris à anticiper, à m'attendre au pire.

– Ça va ? a demandé Win.

J'ai acquiescé. Pourtant, ça n'allait pas vraiment. J'avais envie d'appeler M. Kipling, là, tout de suite. À la réflexion, ce n'était peut-être pas une bonne idée de quitter le cours en plein milieu pour aller appeler mon avocat. Alors je suis restée assise, les mains sur les genoux, à fixer le docteur Lau sans entendre une seule de ses paroles.

– Je peux t'aider ? a repris Win.

J'ai secoué la tête, agacée. Que pouvait-il faire ? J'avais besoin de silence et de temps.

Dès que la cloche a sonné, je me suis dirigée vers la cabine téléphonique en face du secrétariat. Je voulais appeler Nana et M. Kipling. Je marchais vite, mais sans courir.

Avant d'atteindre le téléphone, j'ai senti une main se poser sur mon épaule. C'était Mme le proviseur.

– Anya, a-t-elle commencé. Ces gens voudraient vous parler.

Je me suis retournée. Trois officiers de police, deux hommes et une femme, se tenaient derrière elle, ce qui ne m'a pas étonnée. Ils ne portaient pas d'uniformes – des inspecteurs en civil, sûrement – mais n'importe qui pouvait deviner qu'ils étaient de la police.

– Madame, ai-je dit. Ça va prendre du temps ? J'ai un examen en anglais. *Beowulf*.

Du coin de l'œil, je voyais les élèves au fond du couloir qui m'observaient avec curiosité. Je me suis efforcée de les ignorer. Je devais rester prudente.

– Ne vous inquiétez pas, je ferai en sorte que vous puissiez le rattraper plus tard, a-t-elle répondu. Messieurs-dames, allons discuter en privé.

Nous cheminions vers le bureau du proviseur. Et si je

refusais de leur parler en dehors de la présence de mon avocat ? Je me serais sentie tellement mieux si M. Kipling avait été là. Mais je savais comment les choses fonctionnaient : il est bien connu que seuls les coupables font appel à leur avocat. Bien que j'en aie le droit, si je demandais à appeler M. Kipling, ils pouvaient me conduire au poste de police. Ce qui serait pire. *Calme-toi, Anya,* me suis-je dit. *Attends de voir ce qui va arriver.*

L'inspectrice devait avoir une trentaine d'années. Elle avait les cheveux courts, blonds et bouclés (en dépit de ma situation délicate, j'ai pensé que quelques coupons pour des soins capillaires lui seraient bien utiles). Elle s'appelait Frappe. Les deux hommes paraissaient identiques (cheveux rasés, visages ronds) ; l'un avait une cravate rouge (l'inspecteur Cranford) et l'autre une cravate noire (l'inspecteur Jones).

L'inspectrice Frappe était la seule à parler et j'en ai conclu qu'elle était la chef.

– Anya, si vous pouviez répondre à quelques-unes de nos questions, cela nous serait d'une aide précieuse aujourd'hui.

J'ai acquiescé.

– J'imagine que vous avez appris la nouvelle concernant Gable Arsley.

J'ai réfléchi avant de répondre.

– Il y a de nombreux bruits qui courent. La seule chose que je sais, c'est qu'il est absent depuis lundi.

– Il est à l'hôpital, a poursuivi Frappe. Il est très malade. Il pourrait mourir. C'est pour ça qu'il est important que vous nous disiez tout ce que vous savez.

J'ai acquiescé de nouveau.

– Je peux poser une question ? ai-je demandé.

Frappe s'est tournée vers Cranford qui a lentement hoché la tête. Peut-être que c'était lui le chef, en fait.

– Oui, pourquoi pas, a dit Frappe.

– Qu'est-ce qu'il a ?

Frappe a une deuxième fois regardé Cranford, qui a une nouvelle fois hoché la tête.

– Gable Arsley a été empoisonné.

– Oh, ai-je lâché en secouant la tête. Mince. Mon Dieu ! Pauvre Gable ! Euh, je m'excuse d'avoir juré, madame le proviseur, mais cette nouvelle est particulièrement choquante.

– Qu'est-ce que cela vous fait ? a demandé Frappe.

J'aurais pensé que secouer la tête, profaner le nom du Seigneur et dire que j'étais choquée exprimerait de manière adéquate ce que je ressentais ; fallait croire que non.

– Je suis désolée. Jusqu'à récemment, Gable était mon petit ami.

– Oui, c'est ce que nous a expliqué Mme le proviseur. C'est pour ça que nous voulions vous parler.

– Oui.

– Il a rompu avec vous.

Je crois ne pas l'avoir mentionné, mais Jones enregistrait notre conversation. Je ne voulais pas qu'il soit dit « officiellement » que Gable Arsley m'avait larguée.

– Non, ai-je répondu.

– Vous avez rompu avec lui ?

– Je pense que la décision était réciproque, ai-je déclaré.

– Vous pouvez préciser ?

– Non, c'est assez personnel.

– C'est important, Anya.

– En fait, je n'ai pas envie de le dire devant elle, ai-je expliqué en désignant le proviseur. C'est, eh bien, vulgaire. Et embarrassant.

– Vous pouvez parler, Anya, a dit le proviseur. Je ne vous jugerai pas.

– D'accord.

Je voyais à peu près où cette conversation allait nous mener. Mais comme je n'en savais pas assez sur l'empoisonnement de Gable ou sur mon rôle éventuel, j'ai pensé que ce serait pire si je commençais à mentir ou à cacher des choses.

– Gable Arsley voulait coucher avec moi, et je lui ai dit non, mais il a essayé quand même. Il ne m'a laissée tranquille que parce que mon frère est entré dans ma chambre.

Cranford s'est penché vers Frappe et lui a murmuré quelque chose à l'oreille. En lisant sur ses lèvres, j'ai cru déceler le mot « mobile ». La rondeur du *m-o*, le pincement du *b-i*, la langue qui sort sur le *l-e*. Mobile. Ben voyons, évidemment que j'avais un mobile.

– Diriez-vous que vous étiez en colère contre Gable Arsley ? a demandé Cranford.

– Oui, mais pas parce qu'il avait essayé de coucher avec moi. J'étais en colère parce qu'il a menti sur ce qui s'était passé. C'est pour cela que je lui ai renversé des lasagnes sur la tête. Je pense que vous êtes déjà au courant, mais sinon Mme le proviseur sera ravie de vous raconter.

J'ai marqué une pause.

– Que les choses soient claires, inspecteurs. Je n'ai pas empoisonné Gable Arsley. Et si vous voulez me poser d'autres questions, il vous faudra attendre que mon avocat arrive. Vous savez sûrement qui était mon père, mais ma mère était officier de police et je connais mes droits.

Je me suis levée.

– Madame, est-ce que je peux avoir un bulletin de retard afin de retourner en cours ?

Le couloir était vide mais je ne pouvais pas garantir que personne ne me surveillait. Parvenue devant ma salle de classe, j'ai poursuivi mon chemin jusqu'à la cour. L'automne s'était installé. En principe, le changement de saison m'aurait fait plaisir.

J'ai traversé la cour pour entrer dans l'église. Puis je me suis rendue dans le bureau de la secrétaire. Il n'y avait personne, ce que je savais déjà – la secrétaire avait été licenciée la semaine dernière. J'ai décroché le téléphone, entré le code permettant d'obtenir une ligne extérieure (je refuse de vous dire comment je l'ai récupéré) et appelé la maison. Leo a répondu.

– Tu es seul ? ai-je demandé.

– Oui, j'ai encore mal à la tête, Annie.

– Est-ce qu'Imogen est là ?

– Pas encore.

– Est-ce que Nana est réveillée ?

– Non. Qu'est-ce qu'il y a ? Tu as une voix bizarre.

– Écoute, Leo, il se peut qu'il y ait bientôt de la visite à la maison. Je ne veux pas que tu aies peur.

Leo n'a rien dit.

– Leo, je ne t'entends pas quand tu hoches la tête. On est au téléphone.

– Je n'aurai pas peur.

– J'ai besoin que tu fasses quelque chose de très important, ai-je continué. Mais tu ne dois le dire à personne, surtout pas à ceux qui risquent de venir à l'appartement.

– OK, a dit Leo d'une voix incertaine.

– Prends le chocolat dans le placard de Nana et jette-le dans l'incinérateur.

– Annie !

– C'est important, Leo. On pourrait avoir des ennuis si quelqu'un le trouve.

– Des ennuis ? Je ne veux pas qu'on ait des ennuis.

– Ne t'inquiète pas. Surtout, n'oublie pas d'appuyer sur le bouton d'allumage. Et assure-toi que Nana ne soit pas au courant.

– Je peux y arriver.

– Écoute-moi, Leo. Il se peut que je rentre tard ce soir. Si c'est le cas, appelle M. Kipling.

– Annie, tu me fais peur.

– Je suis désolée. Je t'expliquerai plus tard. Je t'aime.

Il ne me restait plus qu'à espérer que Leo se débarrasse du chocolat avant que les policiers ne débarquent.

J'ai raccroché puis j'ai appelé M. Kipling.

– La police est venue au lycée ce matin. Quelqu'un a empoisonné mon ex-petit ami et ils pensent que c'est moi, ai-je expliqué.

– Tu es toujours à la Sainte-Trinité ?

– Oui.

– J'arrive, Anya. Tiens le coup. On va tirer toute cette histoire au clair.

À cet instant, la porte du secrétariat s'est ouverte.

– Je l'ai trouvée ! s'est écrié l'inspecteur Jones. Elle est au téléphone. Il va falloir que vous veniez avec nous au commissariat pour un interrogatoire, m'a-t-il annoncé. Votre petit ami est dans le coma, entre la vie et la mort.

– Ex-petit ami, ai-je murmuré.

– Anya ? a dit M. Kipling. Tu es là ?

– Oui, monsieur Kipling. Est-ce que vous pourriez plutôt me retrouver au poste de police ?

Même si je n'avais pas peur des commissariats, y être interrogée ne m'enchantait guère. Et bien que j'aie grandi en présence de criminels, on ne m'avait jamais accusée d'un crime.

Les policiers m'ont installée dans une salle. Il y avait un grand miroir sur le mur du fond, donc j'en ai conclu qu'on m'observait. Un néon pendait au plafond et j'avais l'impression qu'on avait mis le chauffage alors que ce n'était pas nécessaire. Les policiers se sont assis d'un côté de la table, moi de l'autre. Ils avaient un pichet d'eau, moi, rien. Leurs chaises étaient rembourrées, la mienne était en métal. À l'évidence, ils espéraient mettre le suspect (à savoir, moi) mal à l'aise. Pathétique.

Jones et Frappe se trouvaient dans la pièce avec moi. Cranford n'était pas là. Comme ce matin, c'est Frappe qui a parlé.

– Mademoiselle Balanchine, a-t-elle commencé. Quand avez-vous vu Gable Arsley pour la dernière fois ?

– Je ne répondrai à aucune question avant l'arrivée de mon avocat. M. Kipling devrait être...

À cet instant, M. Kipling est entré dans la pièce. Il était

chauve et bedonnant mais il avait le regard doux. Il transpirait un peu et avait du mal à respirer. Je n'avais jamais été aussi heureuse de le voir.

– Désolé d'être en retard, a-t-il murmuré à mon intention. J'étais coincé dans les embouteillages alors je suis descendu de voiture et j'ai couru.

M. Kipling s'est tourné vers les inspecteurs.

– Est-il vraiment nécessaire de traîner une jeune fille de seize ans sans casier au poste de police ? À mon sens, c'est un peu excessif. De même que la température de la pièce !

– Monsieur, ceçi est une enquête pour tentative de meurtre, a répondu Frappe. Nous avons traité Mlle Balanchine comme il se doit.

– Ça reste à voir, a dit M. Kipling. Quant au fait d'interroger une mineure au lycée sans la présence d'un parent ou d'un avocat, c'est limite, tout de même. Personnellement, je ne comprends pas bien pourquoi la police de New York considère qu'il y a tentative de meurtre quand un gamin a mal au ventre.

– Le gamin est dans le coma. Sa vie est en danger, monsieur Kipling. J'aimerais reprendre cet interrogatoire. Le temps presse.

M. Kipling a hoché la tête.

– Mademoiselle Balanchine, quand avez-vous vu Gable Arsley pour la dernière fois ? a repris Frappe.

– Dimanche soir, ai-je répondu. Il est venu à la maison.

– Pourquoi est-il venu ?

– Il a dit qu'il s'en voulait pour ce qui s'était passé entre nous et souhaitait qu'on reste amis.

– Autre chose ? a-t-elle demandé. Une autre raison ?

Je savais où elle voulait en venir.

Le chocolat.

Et voilà qu'on en arrivait au chocolat. Comme d'habitude. J'avais demandé à Leo de s'en débarrasser parce que posséder du chocolat était illégal et que je n'avais pas voulu que ma famille ait des ennuis au cas où les policiers décideraient de fouiller l'appartement. Mais peut-être que la police pensait que j'avais empoisonné Gable avec du chocolat ? Dans ce cas, ils auraient l'impression que j'avais demandé à mon frère de détruire des preuves. J'aurais dû y penser avant. J'aurais dû mieux réfléchir à la situation, mais j'avais été prise de court. Tout s'était déroulé si vite.

Soit dit en passant, Gable Arsley n'avait rien d'un boy-scout. C'était un glouton plein aux as qui en connaissait un rayon en matière de contrebande. Il avait pu se mettre tout seul dans le pétrin. De plus, je n'avais aucune raison de remettre en cause l'intégrité du chocolat Balanchine. Être illégal était une chose, empoisonné une autre. Mon père avait toujours été très vigilant sur les questions de sécurité et de qualité. Bien sûr, cela faisait longtemps que mon père ne supervisait plus la production de chocolat Balanchine.

– Mademoiselle Balanchine ? a insisté Frappe.

La seule solution était d'être honnête.

– Oui, il y avait une autre raison. Gable voulait savoir si j'avais du chocolat.

– Et ?

– Oui.

Frappe a chuchoté à l'oreille de Jones.

– Avant que vous ne tiriez de conclusions hâtives, est intervenu M. Kipling, je tiens à rappeler que la famille

Balanchine a des liens avec l'industrie du chocolat. Ils produisent des tablettes qui sont vendues en Russie et en Europe, où la vente de chocolat est légale. Il est parfaitement compréhensible que quelques produits arrivent jusqu'ici à l'occasion, et que Mlle Balanchine en possède n'a rien d'exceptionnel.

– Ça l'est si la personne à qui elle en a donné a été empoisonnée, a remarqué Jones.

– Ah, vous parlez vous aussi ? a rétorqué M. Kipling. Même si M. Arsley a été empoisonné, quelle preuve avez-vous que le poison provient du chocolat ? Il aurait pu provenir d'autres sources.

Frappe a souri avant de répondre.

– En fait, nous sommes certains à cent pour cent que le poison provient du chocolat. Quand Mlle Balanchine a entrepris d'empoisonner M. Arsley, elle lui a donné deux barres de chocolat.

– Elle a fait les choses bien, a renchéri Jones.

– Elle lui a donné deux barres de chocolat, mais M. Arsley n'en a mangé qu'une, a poursuivi Frappe. Sa mère a trouvé la deuxième dans sa chambre et elle a été envoyée au labo. On y a trouvé des doses importantes de frétoxine.

– Vous savez quels sont les effets de la frétoxine, Anya ? a demandé Jones. Au début, on a mal au ventre. Ce n'est même pas si terrible.

– Le pauvre gamin a dû penser qu'il avait une gastro, a continué Frappe.

– Mais si on tarde à se faire soigner, a repris Jones, des ulcères se forment dans l'estomac et les intestins. Le foie et la rate cessent de fonctionner, puis les autres organes suivent.

Entre-temps, des kystes se forment sur la peau. Au bout d'un moment, le corps n'en peut plus. Soit le patient a un arrêt cardiaque, soit il fait une septicémie compte tenu des nombreuses infections qu'il a contractées. Le système entier se dégrade, mais le malade n'en a que faire. Il se contente de supplier Dieu de mettre fin à son calvaire.

– Il faut vraiment détester quelqu'un pour lui faire subir ça, non ? a demandé Frappe.

– Autant que vous détestiez Gable Arsley, a conclu Jones.

– Je ne sais pas comment c'est arrivé là ! ai-je hurlé. Je n'ai pas empoisonné Gable !

Pour autant, je savais que crier ne servirait à rien. La situation n'allait pas s'arranger dans l'immédiat.

Ils ont pris mes empreintes et ma photo, puis m'ont enfermée dans une cellule au poste de police pour que j'y passe la nuit. Le lendemain, un juge pour mineurs déciderait quoi faire de moi dans l'attente de mon procès pour tentative de meurtre et possession de substances illégales. M. Kipling pensait qu'ils me renverraient chez moi avec un bracelet électronique vu que mon casier était vierge.

– Peut-être qu'il faudra que tu restes avec moi et Keisha pendant un temps, si le juge estime que ta grand-mère n'est pas capable de te surveiller.

Keisha était la femme de M. Kipling.

– Ça ne la dérangerait pas ?

– Non, elle serait ravie. Sa fille lui manque terriblement. Alors tiens bon, Anya, a recommandé M. Kipling. On va te sortir de là, je te promets.

J'ai hoché la tête mais je n'étais pas convaincue.

– Pour info, ai-je murmuré. Jacks Pirozhki m'a donné le chocolat empoisonné.

M. Kipling m'a assuré qu'il mènerait son enquête.

– Attendons un peu avant de parler de Pirozhki à la police. Ils semblent persuadés que tu es coupable, il nous faut procéder avec précaution. Je ne voudrais pas leur fournir d'autres munitions.

– J'ai demandé à Leo de détruire le chocolat. C'était stupide. J'ai mal réagi. J'avais peur que la police ne fouille la maison et ne découvre des produits de contrebande.

M. Kipling a hoché la tête.

– Je sais, Leo m'a appelé. Il était à peine dans la chambre de Galina que la police tambourinait déjà à la porte. Il n'a pas eu le temps.

– Tant mieux. Je ne voudrais pas que Leo soit accusé de complicité.

Ma voix s'est brisée légèrement. J'étais au bord des larmes. Je me suis ressaisie.

– Ne t'inquiète pas, Anya, a dit M. Kipling. Tout ça va s'arranger. Je suis sûr qu'il y a une explication logique à cette histoire.

J'ai observé M. Kipling. Il avait les yeux rouges et le visage livide.

– Est-ce que vous allez bien ? ai-je demandé.

– Je suis simplement fatigué. La journée a été longue. Mais ne t'inquiète pas pour moi. Je veux que tu essayes de passer une bonne nuit, du moins autant que possible vu les conditions.

Il a désigné le lit en métal sur lequel reposaient un matelas miteux et une vieille couverture.

– Le coussin n'a pas l'air mal, ai-je remarqué.

C'était le cas. Il semblait étonnamment moelleux.

– Ah, là, je te reconnais, a dit M. Kipling.

Il a glissé sa main entre les barreaux et caressé ma joue de son index.

– On se voit demain, Annie. Au tribunal. Je vais passer à l'appartement m'assurer que Leo, Natty et Galina ont tout ce qu'il faut.

Les policiers avaient oublié de me confisquer ma chaîne avec ma croix en or. Je l'ai détachée et l'ai donnée à M. Kipling. Elle avait appartenu à ma mère et je ne voulais pas qu'elle se perde ou qu'on me la vole.

– Je vous la confie.

– Je te la rapporte demain, a-t-il promis.

– Merci, monsieur Kipling. Pour tout.

Je lui étais particulièrement reconnaissante du fait qu'il ne m'avait pas demandé si j'étais innocente. Pour lui, c'était évident. Il me faisait confiance (mais peut-être était-ce son métier ?).

– De rien, Anya, a-t-il dit en partant.

Et je me suis retrouvée toute seule.

C'était bizarre d'être seule. À la maison, il y avait toujours quelqu'un pour me solliciter.

J'aurais même pu trouver ça agréable si je n'avais pas été en prison.

Le lendemain matin, un officier de police m'a conduite au tribunal. Bien que ne sachant pas ce que l'avenir me réservait, je me souviens d'avoir été soulagée de quitter ma cellule. Il faisait beau dehors, et en chemin, je me sentais optimiste. Peut-être que M. Kipling avait raison. Peut-être y avait-il une explication logique à cette histoire. Peut-être que la seule conséquence serait quelques jours d'école ratés. Au pire, j'aurais seulement beaucoup de devoirs à rattraper.

Quand je suis arrivée au tribunal, M. Kipling n'était pas encore là. D'habitude, il arrivait en avance. Cependant, je ne me suis pas inquiétée.

Frappe était dans la salle d'audience, de même qu'une autre femme qui devait représenter le bureau du procureur. À 9 h 01, la juge est entrée.

– Mademoiselle Balanchine ? a-t-elle demandé en me regardant.

J'ai hoché la tête.

– Savez-vous où est votre avocat ?

– M. Kipling a dit qu'il me retrouverait ici. Peut-être est-il coincé dans la circulation ? ai-je suggéré.

– Votre tuteur légal est ici ? a-t-elle continué. Je sais que vos parents sont décédés. Peut-être que votre tuteur pourrait appeler votre avocat ?

Je lui ai expliqué que mon tuteur légal était ma grand-mère et qu'elle était confinée au lit.

– Cela est bien dommage, a dit la juge. Nous pourrions poursuivre sans votre avocat, mais comme vous êtes mineure, je ne préfère pas. Peut-être devrions-nous remettre à plus tard.

À cet instant, un jeune homme en costume à peine plus âgé que moi est entré dans la pièce.

– Veuillez m'excuser pour ce retard, votre honneur. Je travaille avec M. Kipling. M. Kipling a fait une crise cardiaque et se trouve dans l'incapacité de venir ici ce matin. En son absence, je représenterai Mlle Balanchine. Je m'appelle Simon Green.

Il m'a tendu la main.

– Ne vous inquiétez pas, a-t-il murmuré. Tout ira bien. Je ne suis pas aussi jeune que j'en ai l'air et je m'y connais presque plus en droit criminel que M. Kipling.

– Est-ce que M. Kipling va bien ? ai-je demandé.

– Son état est encore incertain, a-t-il répondu.

– Mademoiselle Balanchine, a demandé la juge. Ces dispositions vous conviennent-elles ? Ou préférez-vous que l'on reporte l'audience ?

J'y ai réfléchi un instant. À dire vrai, ce changement ne me convenait pas tellement. Mais reporter l'audience me paraissait être une tout aussi mauvaise idée – je ne tenais pas à passer une deuxième nuit en cellule. Et en attendant que toute cette affaire soit démêlée, je risquais d'être envoyée dans un centre de détention pour mineurs. Or, je ne voyais pas comment je pourrais m'occuper de Leo, de Natty et de Nana si j'étais enfermée.

– J'accepte d'être défendue par M. Green.

– Bien, a dit la juge.

Mme le procureur a énoncé les faits retenus contre moi. La juge a hoché la tête à de nombreuses reprises, de même que M. Green. La représentante du parquet a ensuite proposé que je sois placée en détention.

– Je demande que Mlle Balanchine soit envoyée au centre de détention de Liberty jusqu'à son procès.

J'ai attendu que M. Green fasse une objection. Il n'a rien dit.

– La détention me paraît être une mesure un peu excessive, a répondu la juge. Cette jeune fille n'a aucun casier.

– Je serais d'ordinaire d'accord avec vous, madame la juge, a poursuivi le procureur. Mais il faut étudier la gravité du délit. La victime pourrait mourir. De plus, la famille Balanchine a un lourd passé criminel (cette femme commençait à me taper sur les nerfs), suggérant que le suspect serait susceptible de fuir.

J'ai donné un coup de coude à Simon Green.

– Vous ne dites rien ?

– Je me contente d'écouter pour le moment, a-t-il chuchoté. Je parlerai quand j'aurai tout entendu.

– Je suis certaine que vous savez que le père, Leonyd Balanchine, était à la tête d'un syndicat du crime. Il est fort probable qu'Anya Balanchine ait des liens avec...

– Excusez-moi, votre honneur, ai-je interrompu.

La juge m'a fixée un instant, ne sachant si elle devait m'accuser d'outrage à magistrat.

– Oui ? a-t-elle dit enfin.

– Je ne vois pas ce que ma famille a à voir là-dedans. Je n'ai aucun casier, je n'ai même jamais été accusée de quoi que ce soit. Une mise en détention poserait pour moi de sérieux problèmes.

– Vous ne voulez pas rater les cours ? a demandé la juge.

– Non, ai-je répondu, puis j'ai marqué une pause. Je suis la seule à pouvoir m'occuper de ma petite sœur. Ma grand-mère est malade et la santé de mon frère aîné est... (comment dire ?)... fragile.

– Je suis désolée de l'entendre.

– Mlle Balanchine a très bien décrit le problème, a

enchaîné le procureur. Elle n'a pas d'autre tuteur que sa grand-mère alitée. Si vous renvoyez Anya Balanchine chez elle, elle sera livrée à elle-même.

La juge m'a regardée puis s'est tournée vers Simon Green.

– Pouvez-vous attester de sa situation familiale ? a-t-elle demandé.

– Euh... je suis désolé. Je n'ai eu ce dossier que ce matin et... et... a-t-il bredouillé. Je m'y connais davantage en droit criminel qu'en droit de la famille.

– Ce cas me paraît compliqué et il me faut plus de temps pour réfléchir, a dit la juge. En attendant, je demande que Mlle Balanchine soit envoyée au centre de détention de Liberty. Ne vous inquiétez pas, mademoiselle, ce n'est que temporaire. Revoyons-nous dans une semaine.

La juge a donné un coup de marteau. Nous avons dû quitter la pièce.

Je me suis assise sur un banc en marbre devant la salle d'audience, réfléchissant à la suite. Le procureur avait expliqué qu'elle se chargerait de mon transfert jusqu'à Liberty.

– Je suis désolé, Anya, a dit Simon Green. J'aurais aimé avoir plus de temps pour préparer votre défense.

D'une certaine façon, c'était ma faute. Pourquoi avais-je mentionné Leo, Nana et Natty !? Je n'avais fait qu'aggraver la situation. Cela dit, je n'avais pas l'impression que Simon Green s'en serait mieux sorti. Il ne me paraissait pas très compétent.

– Anya, a-t-il répété. Je suis désolé.

– Peu importe, ai-je répondu. Le temps presse et j'ai besoin que vous me rendiez deux ou trois services. Vous allez passer des coups de fil pour moi. M. Kipling a les numéros de téléphone. Il y a une femme qui s'appelle Imogen Goodfellow. C'est l'infirmière à domicile de ma grand-mère. Appelez-la et dites-lui qu'elle doit rester à l'appartement pour s'occuper de mon frère et de ma sœur. Dites-lui que je paierai ses heures supplémentaires une fois et demie le tarif habituel.

Simon Green a hoché la tête.

– Vous devriez peut-être noter tout ça, non ? lui ai-je demandé.

Je n'avais aucune confiance en lui.

– J'enregistre, a-t-il répondu en sortant un petit dictaphone de sa poche. Continuez.

Mon père n'aurait jamais accepté qu'une conversation soit enregistrée. Malheureusement, je n'avais pas le temps de m'en préoccuper.

– Scarlet Barber est dans la même école que ma sœur et moi. Dites-lui qu'elle doit accompagner Natty le matin et l'après-midi.

– D'accord.

– Enfin, j'ai besoin que vous parliez à mon frère, Leo. Dites-lui que je ne veux pas qu'il accepte cet emploi à la Piscine parce qu'il faut qu'il veille sur sa sœur et sa grand-mère. Ça m'étonnerait qu'il proteste, mais si c'est le cas, dites-lui...

J'ai vu arriver au bout du couloir le procureur et une femme aux allures d'assistante sociale. J'ai perdu le fil de mes pensées. Je devais faire vite.

– Oui ?

– Je ne sais pas quoi lui dire. Je compte sur vous pour trouver un argument sensé.

– Ça me semble dans mes cordes.

L'assistante sociale s'est présentée devant moi.

– Je suis Mme Cobrawick, a-t-elle déclaré. Je vais t'emmener à Liberty.

– Quel nom ironique pour une prison, ai-je répondu.

– Ce n'est pas une prison. C'est un endroit pour les enfants qui ont des soucis. Des enfants comme toi.

Mme Cobrawick dégoulinait de sincérité mièvre.

– Oui, bien sûr, ai-je dit.

La prison, ce ne serait pas pour tout de suite. C'était là où ils m'enverraient plus tard, si j'étais condamnée pour tentative d'empoisonnement sur la personne de Gable Arsley.

– Vous me donnerez des nouvelles ? ai-je demandé à Simon Green.

– Oui, a-t-il assuré. Je viendrai vous voir dès ce week-end.

Je l'ai regardé s'éloigner dans le couloir.

– Monsieur Green ! me suis-je écriée.

Il s'est retourné.

– S'il vous plaît, souhaitez à M. Kipling un bon rétablissement de ma part !

Et c'est là que j'ai craqué. Ma voix s'est brisée et je me suis mise à pleurer. En pensant à M. Kipling à l'hôpital, je me suis sentie plus seule que je ne l'avais jamais été.

– Voyons, voyons, a dit Mme Cobrawick. Tu verras, tout va bien se passer à Liberty.

– Ce n'est pas ça, ai-je commencé.

J'ai repris mes esprits. Au moins, personne n'avait été témoin de mon moment de faiblesse.

– C'est toujours les cas les plus difficiles qui pleurent le plus, a remarqué Mme Cobrawick.

J'ai décidé de la laisser penser ce qu'elle voulait. Mon père disait toujours de ne pas gaspiller sa salive avec ceux qui n'en valent pas la peine.

8. Je suis envoyée à Liberty ; je suis tatouée !

Mme Cobrawick et moi avons pris le ferry jusqu'au centre de détention pour mineurs de Liberty. Mes premières impressions n'étaient guère encourageantes : quelques bunkers en béton gris avec pratiquement pas de fenêtres autour d'un piédestal. Sur celui-ci reposaient d'énormes pieds verdâtres glissés dans des sandales et le début d'une robe, apparemment faits en cuivre. Mon père m'avait un jour parlé de cette statue et de ce qui lui était arrivé (je crois qu'elle avait fini en pièces détachées) mais, sur le moment, je n'arrivais pas à m'en souvenir. Il y avait quelque chose d'inscrit sur le piédestal ; les seuls mots que j'ai pu distinguer étaient « fatigués » et « libres ». Le premier me concernait, mais pas le deuxième. Une clôture électrique encerclait l'île. Je me suis rassurée en pensant que je ne resterais pas ici longtemps.

– Quand ma mère était petite, m'a informée Mme Cobrawick, Liberty était un lieu touristique. On pouvait monter à l'intérieur de la statue et la base abritait un musée.

Comme tout le reste. La moitié des bâtiments près de chez moi étaient d'anciens musées.

– Je tiens à revenir sur ce que tu as dit au tribunal, a-t-elle continué. Liberty n'est pas une prison. Nous sommes très fiers de notre établissement, et nous voulons que les enfants s'y sentent chez eux.

Certes, j'aurais dû me taire, mais je n'ai pas pu m'empêcher de rétorquer :

– Alors à quoi sert le grillage électrique ?

Elle a froncé les sourcils, confirmant que poser pareille question avait été une erreur.

– Cela permet de garantir la sécurité de chacun.

Je n'ai rien répondu.

– Tu m'as entendue ? a demandé Mme Cobrawick. J'ai dit que la clôture était là pour garantir la sécurité de chacun.

– D'accord, ai-je marmonné.

– Bien. Je te signale qu'il est poli de remercier quand une personne a répondu à une question que tu lui as posée.

Je me suis excusée en précisant que je n'avais pas eu l'intention d'être impolie.

– Je suis fatiguée, ai-je expliqué. Et un peu perdue.

Mme Cobrawick a hoché la tête.

– Je suis heureuse de te l'entendre dire. Un instant, j'ai pensé que tu avais été mal élevée. Je suis au courant de ton histoire familiale, Anya. Cela ne me surprendrait pas d'apprendre que tu manques d'éducation.

Je voyais bien qu'elle cherchait à me provoquer. Je suis restée calme. Le bateau accostait sur l'île et bientôt je serais débarrassée de cette femme.

– Sache, Anya, que ton séjour ici peut être agréable ou difficile. Ça ne tient qu'à toi.

Je l'ai remerciée pour son conseil, m'efforçant de ne pas paraître sarcastique.

– J'ai demandé à pouvoir personnellement t'escorter jusqu'ici, Anya. Normalement, je confie cette tâche à un de mes subordonnés. Mais ton cas m'intéresse. Vois-tu, Anya, je suis allée à l'université avec ta mère. Nous n'étions pas vraiment amies, mais je la croisais régulièrement sur le campus. Je détesterais que tu deviennes comme elle. Je sais qu'une prise en charge précoce permet d'éviter qu'un enfant ne bascule dans le crime.

J'ai pris une grande respiration et me suis mordu la langue. Un goût de sang m'a envahi la bouche.

Le ferry s'était arrêté et le capitaine a ordonné aux passagers de descendre.

– Merci de m'avoir accompagnée, ai-je dit.

– Je viens avec toi.

Je me suis trouvée un peu bête. J'avais pensé qu'elle travaillait au tribunal, et non à Liberty. Mais alors comment avait-elle su qu'on m'enverrait à Liberty ? L'audience avait eu lieu ce matin et s'était conclue rapidement. Mon sort avait-il été scellé bien avant que j'arrive au tribunal ?

– Je suis la directrice de ce centre, m'a expliqué Mme Cobrawick. Certains m'appellent la Gardienne dans mon dos, a-t-elle ajouté avec un étrange sourire. Tâche de ne pas faire partie de ceux-là.

Une fois à quai, je l'ai suivie jusqu'à une pièce en béton marquée d'un panneau : ACCUEIL. Une fille blonde portant une blouse de laboratoire et un homme en salopette jaune m'attendaient.

– Docteur Henchen, voici Anya Balanchine, a déclaré Mme Cobrawick.

– Bonjour, a dit le docteur Henchen en m'examinant des pieds à la tête. Dois-je l'enregistrer comme pensionnaire courte ou longue durée ? a-t-elle demandé ensuite.

Mme Cobrawick a réfléchi un instant.

– Rien n'est encore sûr. Disons longue.

Je ne sais pas en quoi consistait la procédure pour les pensionnaires courte durée, mais celle longue durée a été l'une des expériences les plus humiliantes de ma vie jusque-là. (NB : cher lecteur, d'autres humiliations, bien pires, attendent.)

– Je suis désolée, mademoiselle Balanchine, a dit le docteur Henchen d'une voix polie mais neutre. Ces derniers mois, nous avons connu une série d'épidémies bactériologiques. Afin d'éviter toute propagation, nous avons pris des mesures drastiques. Surtout pour les pensionnaires longue durée qui seront davantage en contact avec les autres. Vous n'allez pas trouver ça très agréable.

C'était le moins qu'on puisse dire.

J'ai dû me déshabiller. Pour commencer, un homme m'a aspergée d'eau brûlante. Ensuite, j'ai été immergée dans une solution antibactérienne qui m'a irrité la peau, puis shampouinée avec une solution anti-poux. La dernière étape consistait en une série de dix injections. Le docteur Henchen m'a expliqué qu'il s'agissait de me protéger contre la grippe et diverses maladies sexuellement transmissibles. Le traitement visait aussi paraît-il à me détendre, mais, à ce stade, mon esprit était ailleurs. J'ai toujours été capable de dissocier mes pensées et mes sentiments des horreurs en cours.

Je ne sais pas ce qu'ils m'ont donné mais je suis restée inconsciente un long moment. Quand je me suis réveillée le lendemain matin, j'étais allongée dans un des lits superposés du dortoir des filles, une pièce immense et affreusement glauque. Mon bras me faisait mal après toutes ces piqûres. J'avais la peau à vif. Le ventre, vide. Le cerveau en compote. Il m'a même fallu un instant pour me rappeler comment j'en étais arrivée là.

Les autres « pensionnaires » (comme disait Mme Cobrawick, qui avait le sens de la formule) dormaient encore. À travers les fenêtres étroites – qui ressemblaient plus à des meurtrières qu'autre chose –, j'ai vu que le jour se levait. J'avais faim mais je redoutais de découvrir en quoi allait consister le petit déjeuner.

Je me suis assise et j'ai constaté que j'étais habillée, ce qui m'a soulagée. Je portais désormais un survêtement bleu marine – rien de particulièrement chic mais c'était quand même mieux que d'être nue. J'ai pris alors conscience d'une douleur au niveau de ma cheville droite, semblable à la morsure d'une fourmi rouge. J'ai baissé les yeux. J'avais été tatouée : un code-barres me rattachait désormais à mon tout nouveau casier judiciaire. (Cette pratique était courante. Mon père en avait un aussi.)

Une alarme s'est déclenchée et la pièce a basculé dans le chaos. Un troupeau de filles s'est précipité vers la porte. Je me suis levée, ignorant si je devais les suivre. La fille qui se trouvait dans la couchette au-dessous de la mienne ne participait pas à la cohue alors je lui ai demandé ce qui se passait.

Elle a secoué la tête sans répondre. Puis elle a saisi un carnet suspendu à son cou par un lacet en cuir et l'a avancé vers moi. Sur la première page était inscrit : *Je m'appelle la Souris. Je suis muette. Je peux t'entendre mais je dois te répondre par écrit.*

– Oh, ai-je dit. Désolée.

Je ne savais même pas pourquoi je m'excusais.

La Souris a haussé les épaules. Elle était minuscule et discrète – « Souris » lui allait bien. Elle devait avoir à peu près l'âge de Natty, même si ses yeux noirs lui donnaient l'air plus vieille.

– Où vont les filles ?

À la douche, a-t-elle écrit. *1/jour. H_2O pendant 10 s. Toutes ensemble.*

– Pourquoi tu n'y vas pas ?

Elle a de nouveau haussé les épaules. J'apprendrais plus tard qu'elle recourait souvent à ce geste, destiné à changer de sujet, surtout quand celui-ci devenait trop complexe pour être exprimé de manière concise. Elle a lâché son carnet et m'a tendu la main. Je la lui ai serrée.

– Je m'appelle Anya.

Elle a hoché la tête puis repris son carnet. *Je sais.*

– Comment ça ?

Aux infos. « Fille du parrain du crime empoisonne son petit ami avec du chocolat. »

Parfait.

– Ex-petit ami, ai-je précisé. Quelle photo ont-ils utilisée ?

Ta photo de classe.

On nous prenait en photo tous les ans.

Récente, a-t-elle ajouté.

– Au fait, je suis innocente, ai-je déclaré.

Elle a levé les yeux au ciel.

Tout le monde est innocent, ici, a-t-elle écrit.

– Toi aussi ?

Non, pas moi. Je suis coupable.

Je ne la connaissais pas depuis assez longtemps pour lui demander de quoi, alors je suis passée à autre chose de plus pressant.

– Où est-ce que je peux trouver à manger ?

On nous a servi du muesli au petit déjeuner. J'ai trouvé ça bon, sans doute parce que je mourais de faim.

La cantine du dortoir des filles ressemblait à celle du lycée : un endroit où on s'asseyait selon un ordre hiérarchique, les filles les plus influentes s'installant aux « meilleures » tables. La Souris semblait n'appartenir à aucune bande et elle et moi avons pris place à la table la moins convoitée – celle tout au fond de la pièce, loin de la fenêtre, près de la poubelle.

– Tu manges ici tous les jours ?

La Souris a haussé les épaules.

Hormis qu'elle était muette, elle me paraissait normale. Pourquoi restait-elle à l'écart ? Était-ce par choix, parce que les autres se moquaient d'elle du fait de son handicap ou bien parce qu'elle était nouvelle ici ?

– Tu es là depuis combien de temps ? ai-je demandé.

Elle a posé sa cuillère et écrit : *198 jours. Encore 802.*

– Tu as été condamnée à mille jours de détention ? C'est long, ai-je remarqué, tout en me rendant compte que mon commentaire était stupide.

Il suffisait de regarder la Souris pour voir à quel point mille jours, c'était long.

Je m'apprêtais à m'excuser pour mon manque de tact quand un plateau en plastique orange est venu percuter la Souris à l'arrière du crâne.

– Fais attention à toi, la Souris, a dit la fille qui tenait le plateau.

Elle était grande, d'une beauté frappante (dans tous les sens du terme), avec de longs cheveux noirs et raides. Deux autres filles l'encadraient : une blonde corpulente et une au crâne rasé menue mais robuste. À la place de ses cheveux, il y avait des tatouages, des mots qui formaient des volutes et des tourbillons presque hypnotiques.

– Qu'est-ce que tu regardes ? m'a demandé Crâne rasé.

Tes superbes tatouages, ai-je eu envie de dire, mais je me suis ravisée. (Aparté : une personne qui a des tatouages sur la tête doit tout de même s'attendre à ce que quelqu'un essaye de les lire, non ?)

– Qu'est-ce qu'il y a, Souricette ? T'as donné ta langue au chat ? a demandé la fille qui tenait toujours le plateau.

– Elle ne peut pas t'entendre, Rinko, a rappelé la blonde. Elle est sourde.

– Mais non, Clover, elle n'est pas sourde. Simplement, elle ne peut pas parler. T'es bête ou quoi ? a rétorqué Rinko.

Elle s'est penchée en avant, effleurant la joue de la Souris.

– Elle entend tout ce qu'on dit. Je parie même que tu pourrais parler, si tu voulais.

La Souris, bien sûr, n'a pas répondu.

– Zut, j'espérais te tendre un piège, a poursuivi Rinko. Il n'y a rien qui cloche avec ta langue. Mais tu préfères rester à l'écart, n'est-ce pas ? Nous juger de loin, en pensant que tu vaux tellement plus que nous, alors que tu n'es que la dernière des dernières.

– Tueuse de bébé, a sifflé Crâne rasé.

La Souris n'a pas bougé.

– Tu ne vas pas m'écrire un mot d'amour ? a demandé Rinko en tirant sur le carnet.

– Hé ! me suis-je écriée.

Elles m'ont regardée pour la première fois. J'ai enchaîné, sur un ton que j'espérais léger.

– Comment veux-tu qu'elle t'écrive un mot si tu lui voles son carnet ?

– Oh, la Souris s'est fait une nouvelle amie, a déclaré Rinko.

Elle m'a dévisagée un instant.

– Hé, je te connais. Tu devrais venir t'asseoir avec nous.

– Merci, mais je suis très bien ici.

Rinko a secoué la tête.

– T'es nouvelle, tu ne sais pas encore comment ça fonctionne par ici, alors je vais faire comme si j'avais rien entendu. Je t'explique : la Souris n'est pas ton amie, et tu vas avoir besoin d'amies.

– On verra, ai-je répondu.

Tandis que Clover, la blonde, se jetait sur moi, Rinko a levé la main. Obéissante, Clover a fait marche arrière.

– Oublie, a ordonné Rinko. T'inquiète, elle et moi, on va devenir super-copines.

Dès que Rinko et compagnie ont été suffisamment éloignées, la Souris m'a écrit un mot : *Ne sois pas bête. Tu ne me dois rien.*

– C'est vrai, mais je n'aime pas les brutes.

La Souris a hoché la tête.

– Tu sais, même si t'es petite, tu devrais essayer de te défendre. Les filles comme elles ne s'en prennent qu'aux faibles.

J'ai vu à son regard qu'elle en était parfaitement consciente.

– Pourquoi tu te laisses faire ?

Elle a réfléchi avant de répondre. *Parce que je le mérite.*

À Liberty, on avait cours pendant la semaine. Le samedi était jour de visite. Bien que plusieurs personnes aient demandé à me voir, je ne pouvais recevoir les gens qu'un par un.

Mon premier visiteur était Simon Green. Je lui ai demandé comment se portait M. Kipling.

– Il est dans un état stable.

Apparemment, M. Kipling était toujours sous assistance respiratoire et ne pouvait être dérangé.

– Malheureusement, a ajouté M. Green.

Oui, en effet, malheureusement. J'étais inquiète pour M. Kipling mais aussi de plus en plus pour ma famille.

– J'ai passé les appels que vous m'aviez demandé de passer, Anya. Tout est arrangé. Mlle Goodfellow a bien voulu rester. Mlle Barber accompagne votre sœur à l'école et la raccompagne à la maison le soir. Votre frère, pour le moment, accepte de ne pas aller travailler à la Piscine. J'ai aussi parlé à votre grand-mère...

Il s'est interrompu.

– Elle me semble...

– Sur le départ, ai-je dit.

– C'est vous qui faites tourner la maison, si j'ai bien compris ?

– Oui, ai-je répondu. Et c'est pour cela que je n'aurais jamais empoisonné Gable Arsley. Je ne peux pas me permettre un tel risque.

– Parlons de M. Arsley un instant, a relancé Simon Green. Savez-vous comment le poison est arrivé dans le chocolat ?

– Ce que je sais, c'est que Jacks Pirozhki a déposé les tablettes chez nous. Je pense que le poison visait ma famille. Gable est un dommage collatéral.

– Je connais Jacks Pirozhki. C'est personne, il n'a aucun poids dans l'organisation Balanchine. Il est considéré comme totalement inoffensif. Pourquoi voudrait-il vous empoisonner, vous et votre famille ?

Je lui ai expliqué que Pirozhki rôdait un peu trop autour de mon frère ces derniers temps et que c'était lui qui avait trouvé à Leo cet emploi à la Piscine.

– Peut-être voyait-il l'assassinat des enfants Balanchine comme un geste symbolique ? Afin que les ennemis de mon père le considèrent d'un autre œil ?

Simon Green a secoué la tête après réflexion.

– J'en doute. Mais son comportement est néanmoins suspect et je vais lui parler sans tarder. Voulez-vous connaître les charges qui pèsent contre vous ?

En voici les grandes lignes :

1. J'avais donné non pas une tablette empoisonnée mais deux à Gable Arsley.

2. J'avais déjà commis un acte violent envers lui (cf. l'incident avec les lasagnes).

3. Je l'avais menacé directement.

4. J'avais un mobile (j'étais en colère, soit parce qu'il m'avait larguée, soit parce qu'il avait tenté de m'agresser sexuellement – deux explications, même résultat).

5. J'avais demandé à mon frère de détruire les preuves.

– Comment savent-ils que j'ai dit ça à Leo ?

– Quand les policiers sont arrivés chez vous, Leo sortait les tablettes de chocolat du placard de votre grand-mère. Votre frère n'a rien reconnu mais son comportement a paru suspect aux yeux de la police. Bien sûr, ils ont tout confisqué.

– Je l'ai prié de déplacer le chocolat parce que je ne voulais pas que Nana ait des ennuis, ai-je protesté.

– Elle n'en aura pas, a promis Simon Green. Ils vous ont aussi collé ça sur le dos. Mais ne vous inquiétez pas, personne ne va en prison pour possession illégale de chocolat. Anya, toute cette affaire n'est pas claire. Et malgré ma piètre performance au tribunal jeudi dernier, je vais découvrir ce qu'il y a derrière tout ça. Vous serez blanchie et vous pourrez bientôt rentrer chez vous.

– Comment en êtes-vous arrivé à travailler avec M. Kipling ? ai-je demandé.

– Je lui dois la vie, Anya, a-t-il répondu. Je vous aurais bien raconté mon histoire mais je ne voudrais pas trahir la confiance de M. Kipling.

Sa loyauté méritait d'être respectée. J'ai pris un moment pour étudier Simon Green. Avec ses longues jambes et ses longs bras, il ressemblait presque à une sauterelle. Il avait la peau pâle, comme s'il passait tout son temps sous terre, les yeux bleu-vert et le regard avisé. Intelligent, même. J'aurais pu trouver pire. Que cet homme soit de mon côté m'a tout à coup rassurée.

– Quel âge avez-vous ? ai-je demandé.

– Vingt-sept ans. Mais j'ai terminé major de promo et j'apprends vite. Cependant, les affaires de M. Kipling sont complexes et je suis désolé de ne pas avoir pu me renseigner davantage sur votre situation. Je ne travaille avec lui que depuis le printemps dernier.

– Je crois me souvenir qu'il m'avait dit avoir embauché quelqu'un.

– M. Kipling tient à vous protéger. Il ne comptait me présenter à vous qu'au bout d'un an. L'idée a toujours été que je le remplace un jour, mais nous ne pensions pas ni l'un ni l'autre que ce serait aussi soudain.

– Pauvre M. Kipling.

Simon Green a observé ses mains.

– Bien que je ne me cherche pas d'excuses, je crois que ma piètre performance au tribunal découle du choc que j'ai éprouvé en apprenant qu'il avait été hospitalisé. Encore une fois, je m'en excuse. Et sinon, comment se passe votre séjour ?

– Je préfère ne pas en parler.

– Je veux que vous sachiez que ma priorité est de vous sortir d'ici. Si j'avais mieux fait mon travail, vous ne seriez pas à Liberty.

– Merci, monsieur Green.

– S'il vous plaît, appelez-moi Simon.

Je préférais quand même M. Green.

Nous nous sommes serré la main. Sa poigne était ferme mais retenue, et ses paumes étaient sèches. De plus, il avait l'art de s'excuser.

– Vous avez d'autres visiteurs. Je ne vais pas les retenir plus longtemps.

Il s'agissait de Scarlet et de Leo. J'aurais presque souhaité qu'ils ne viennent pas. Ces visites m'épuisaient. Ils espéraient tous les deux que je les rassure sur mon état, et je ne m'en sentais pas le courage. Scarlet m'a expliqué que Natty avait voulu venir mais qu'elle l'en avait dissuadée.

– Win aussi, a-t-elle ajouté.

Elle avait bien fait.

– Ta photo est partout aux infos, a-t-elle déclaré.

– Il paraît.

– Tu es célèbre !

– Je m'en serais passé.

– Ma pauvre chérie.

Scarlet s'est avancée pour m'embrasser sur la joue.

– On ne s'embrasse pas ! a hurlé un gardien.

Scarlet a ri.

– Ils doivent penser que je suis ta petite amie. Au fait, ton avocat est très mignon.

Elle avait fait sa connaissance dans la salle d'attente.

– Tu trouves tout le monde mignon, ai-je répondu.

Qu'il soit mignon m'importait peu. Ce que je voulais, c'est qu'il soit efficace.

Après le départ de mes visiteurs, Mme Cobrawick est venue me voir. Elle était bien mieux habillée qu'il y a deux jours. Elle portait une petite robe beige, un collier de perles. Elle s'était maquillée et attaché les cheveux de manière élégante.

– En principe, je n'autorise que deux visites par jour. J'ai fait une exception pour toi, a-t-elle expliqué.

Je lui ai répondu que je n'en savais rien et que cela ne se reproduirait pas.

– Pas la peine, Anya. Un simple merci aurait suffi.

– Merci.

Pour autant, je n'aimais pas qu'elle pense que je puisse lui être redevable de quoi que ce soit.

– J'ai vu ton frère. On m'avait dit qu'il était simple d'esprit mais il m'a paru parfaitement normal, a-t-elle constaté.

Je n'avais pas l'intention de discuter de mon frère avec cette femme.

– Il s'en sort bien, ai-je répondu.

– Je vois que ce sujet te met mal à l'aise. Sache que je suis ton amie et que tu peux me parler de tout ce dont tu as envie. Qu'as-tu pensé de notre procédure d'accueil ?

Ces mots désignaient-ils ce qui m'était arrivé jeudi dernier ?

– J'ai trouvé ça assez barbare, ai-je déclaré.

– Barbare ? a-t-elle ri. Tu as de drôles d'idées, ma parole.

Je suis restée silencieuse.

Une femme avec un appareil photo est entrée.

– Mme Cobrawick, je peux vous prendre en photo ? C'est pour la newsletter adressée aux donateurs.

– Ma foi ! Je suppose que je ne peux rien refuser à mon public !

Elle a passé son bras autour de mon épaule. Le flash s'est

déclenché. J'espérais avoir l'air décente, mais ça m'aurait étonnée. Je connaissais la suite. La photo serait vendue et d'ici un ou deux jours, voire quelques heures, elle apparaîtrait au journal de 20 heures.

– À votre avis, combien allez-vous pouvoir en tirer ? ai-je demandé.

Mme Cobrawick a tripoté son collier de perles.

– De quoi ?

Comme souvent, je n'ai pas pu me retenir.

– De cette photo de moi.

Mme Cobrawick m'a fusillée du regard.

– Je vois que tu es particulièrement cynique.

– Oui, ai-je répondu. C'est vrai.

– Cynique et irrévérencieuse. Mais je dispose d'un moyen efficace pour enrayer ce genre de mauvais penchants. Gardien !

Un gardien est apparu.

– Oui, madame.

– Voici Mlle Balanchine, a dit Mme Cobrawick. Elle a mené une vie privilégiée et je pense qu'un séjour au cachot ne pourra lui être que bénéfique.

Mme Cobrawick est partie, me laissant seule avec le gardien.

– Tu as vraiment dû l'agacer, a-t-il murmuré sitôt qu'elle avait disparu.

Nous avons emprunté un long escalier jusqu'au sous-sol du bâtiment. Une odeur pestilentielle y régnait, un mélange d'excréments et de moisissures. Je n'ai croisé personne mais j'entendais des gémissements et des bruits de raclements, ponctués d'un éventuel cri. Le gardien m'a laissée entrer dans une minuscule cellule poussiéreuse, sans lumière et sans air, semblable à une cage dans un chenil. On ne pouvait même pas se tenir debout.

– Combien de temps dois-je rester ici ? ai-je demandé.

– Ça dépend, a répondu le gardien en fermant la porte. En général, jusqu'à ce que Mme Cobrawick estime que tu as appris la leçon. Je déteste ce fichu boulot. Essaye de ne pas perdre la raison.

Ce sont les dernières paroles que j'ai entendues avant un long moment.

Le gardien m'avait donné un excellent conseil, qu'il m'a été impossible de suivre.

En l'absence de repères visuels, l'esprit se met à délirer. Je sentais des rats qui couraient le long de mes jambes, des cafards ramper sur mes avant-bras ; je me suis crue allongée dans une mare de sang ; j'ai perdu toute sensation au niveau de mes membres ; j'avais mal au dos ; j'étais terrifiée.

Comment étais-je arrivée ici ?

J'ai eu des cauchemars trop horribles pour être décrits. Natty qui prenait une balle dans la tête à Central Park. Leo qui s'explosait le crâne sur les marches de *Little Egypt*. Et moi, coincée derrière les barreaux, impuissante.

À un moment, j'ai été tirée de mon sommeil par des hurlements. Il m'a fallu une bonne minute pour comprendre que c'était moi qui avais crié.

Bien que je doute que cela ait fait partie des intentions de Mme Cobrawick, j'ai au moins appris quelque chose sur la folie. Si les gens deviennent fous, ce n'est pas parce qu'ils ont l'esprit dérangé, mais parce que c'est la seule solution qu'il leur reste pour survivre. Si j'avais complètement perdu la raison, j'aurais moins souffert, j'aurais pu m'évader.

J'ai perdu la notion du temps.

J'ai prié.

J'ai perdu la notion du temps.

Peu à peu, une odeur d'urine a envahi la cellule.

La mienne. J'ai essayé de ne pas trop y penser.

Le seul contact avec le monde extérieur m'apparaissait sous la forme d'un plateau-repas contenant un morceau de pain et un verre d'eau que quelqu'un glissait à travers une ouverture dans la porte. Il m'a semblé que les quignons arrivaient à intervalles irréguliers.

Un, deux, trois, quatre morceaux de pain.

Puis un cinquième.

Au sixième, une nouvelle gardienne a ouvert la porte.

– Tu es libre, a-t-elle annoncé.

Je n'ai pas bougé, ne sachant pas s'il s'agissait d'une hallucination.

Elle a braqué une lampe torche sur mon visage, me brûlant les yeux.

– Tu ne m'as pas entendue ? Tu es libre.

J'ai cherché à me lever mais je ne tenais pas debout. La gardienne m'a hissée par le bras et mes jambes se sont réveillées.

– Faut juste que je m'assoie, ai-je expliqué d'une voix éraillée.

J'avais la gorge si sèche que j'avais du mal à parler.

– Allez, mignonne, a-t-elle poursuivi. Tout va bien se passer. Je t'emmène à la douche et ensuite tu pourras partir.

– Partir ? ai-je demandé en m'appuyant sur elle. Quitter le cachot ?

– Non, tu pourras quitter Liberty. Tu as été blanchie.

9. Je découvre que j'ai un ami influent et, en même temps, un ennemi

Je pensais avoir séjourné au cachot une bonne semaine, mais je n'aurais pas été surprise d'apprendre que j'y avais été enfermée depuis un mois, voire plus.

En réalité, j'y avais passé soixante-douze heures.

Et beaucoup de choses s'étaient déroulées pendant ce temps-là.

Remonter les marches depuis le sous-sol m'a épuisée. Cela m'a paru étrange d'être aussi faible après être restée assise et allongée pendant des heures, et j'ai eu une pensée d'admiration pour Nana.

La gardienne, qui s'appelait Quistina, m'a conduite à une salle de bains privée.

– Il faut que tu te laves, a-t-elle dit. Il y a des personnes qui veulent te parler.

J'ai hoché la tête. J'étais encore tellement à côté de mes pompes que je n'ai pas songé à demander qui était là et pourquoi j'avais été libérée.

– Quelle est la durée autorisée pour la douche ? ai-je demandé.

– Prends ton temps, a répondu Quistina.

Avant d'entrer dans la douche, j'ai aperçu mon reflet dans un miroir. Je ressemblais à un enfant sauvage. Mes cheveux étaient ternes et emmêlés. De gros cernes semblables à deux ecchymoses soulignaient mes yeux injectés de sang. J'avais des bleus sur les jambes et les bras (et un tatouage sur la cheville, n'oublions pas). Mes ongles étaient noirs et cassés – j'avais dû racler le sol mais je ne m'en souvenais absolument pas. J'étais sale et je dégageais une odeur répugnante.

J'en ai profité pour prendre une longue douche. Sûrement la plus longue de ma vie.

Mon uniforme scolaire m'attendait quand je suis sortie. Quelqu'un l'avait lavé puis posé sur le rebord du lavabo. Mes chaussures avaient été cirées.

En me rhabillant, j'ai constaté que j'avais perdu du poids. La jupe, qui m'allait parfaitement il y a une semaine, tombait un peu trop bas sur mes hanches.

– Mme Cobrawick veut te parler avant que tu partes, a annoncé Quistina.

– Ah.

Je n'avais aucune envie de revoir cette femme.

– Quistina ? Est-ce que vous savez pourquoi on me relâche ?

Elle a secoué la tête.

– Je ne connais pas les détails, ni même si j'ai le droit de t'en parler.

– C'est pas grave.

– Mais, a-t-elle murmuré, aux infos, ils ont dit que d'autres empoisonnements au chocolat avaient été signalés un peu partout dans la ville, donc...

– Bon Dieu ! me suis-je exclamée, puis j'ai fait le signe de croix.

La frétoxine était donc présente dans toute la cargaison de chocolat. Gable n'avait pas été le seul à en manger et à tomber malade. Il avait seulement été le premier car ma famille avait un accès plus direct au produit. Désormais, la question n'était pas de savoir si j'avais empoisonné Gable, mais qui avait contaminé la production de Balanchine extra-noir. Ce genre d'enquête prenait en général des années.

Je me trouvais en fait dans la salle de bains privée de Mme Cobrawick. D'après Quistina, elle m'attendait dans son bureau, au fond du couloir.

Mme Cobrawick avait mis une robe noire austère. À croire qu'elle portait le deuil. Elle se tenait assise sur le bord d'une chaise noire tout aussi sévère. Le seul bruit dans la pièce provenait de ses ongles qui tapotaient la surface en verre d'une table basse.

– Mme Cobrawick ?

– Entre, Anya, a-t-elle dit d'un ton à l'opposé de celui qu'elle avait employé la dernière fois que je l'avais vue. Assieds-toi.

Je lui ai répondu que je préférais rester debout. J'étais épuisée mais contente de tenir sur mes jambes. J'espérais aussi que cela la dissuaderait de trop parler. Je ne comptais pas demeurer avec elle longtemps.

– Tu as l'air fatiguée, ma chère, et la politesse exige que l'on s'assoie, a repris Mme Cobrawick.

– J'ai passé trois jours assise, madame.

– Serait-ce une accusation ?

– Non, madame, une constatation.

Mme Cobrawick m'a adressé un sourire, qu'elle avait large – ses lèvres disparaissaient entièrement, dévoilant toutes ses dents.

– Alors c'est ainsi que tu comptes la jouer, a-t-elle remarqué.

– La jouer ?

– Tu penses que tu as été maltraitée ici, a-t-elle poursuivi.

Ce n'était pas le cas ?

– Mais je voulais simplement t'aider, Anya. Il y avait tellement de preuves contre toi, j'ai pensé que tu allais rester ici un long moment. Et j'ai toujours trouvé qu'en étant très sévère dès le départ avec les nouveaux arrivants, leur séjour ici se passait dans de meilleures conditions. C'est ma politique, en fait. Officieusement. Ainsi, les filles savent à quoi s'attendre. Surtout celles qui viennent d'un milieu aussi favorisé que le tien.

J'ai refusé de l'écouter un instant de plus.

– Vous évoquez sans cesse mon milieu favorisé, mais vous ne savez absolument rien sur moi, Mme Cobrawick. Vous pensez que vous êtes au courant, parce que vous lisez les articles dans les journaux concernant ma famille. Pour autant, vous n'avez pas la moindre idée de ce qu'est ma vie.

– Mais...

– Certaines des filles qui sont ici sont innocentes. Et même si elles ne le sont pas, ce qu'elles ont fait est derrière elles. Elles ne veulent que reprendre le cours de leur vie. Alors peut-être que vous devriez traiter les gens non pas en fonction de leur passé mais en fonction de leur comportement ici. Peut-être que cela pourrait devenir votre nouvelle politique. Officieusement, bien sûr.

Je me suis retournée pour partir.

– Anya ! s'est-elle écriée. Anya Balanchine !

Elle s'est jetée sur moi, m'agrippant le bras de toutes ses forces.

– Quoi ?

– S'il te plaît, ne dis pas à tes amis du bureau du procureur que tu as été maltraitée ici. Je ne veux pas d'ennuis. J'ai été... j'ai été stupide. Je n'ai pas pensé aux liens que ta famille pouvait encore avoir.

– Je n'ai pas d'amis au bureau du procureur, ai-je rétorqué. Et même si j'en avais, j'ai autre chose à faire que vous attirer des ennuis. Ce que je veux, c'est ne plus jamais vous voir.

– Et Charles Delacroix ?

Le père de Win ?

– Je ne l'ai jamais rencontré, ai-je répondu.

– Eh bien, il est ici. Il est venu personnellement pour te raccompagner à Manhattan. Tu as bien de la chance, Anya. Tu as des amis puissants, et tu ne le sais même pas.

Le père de Win devait me retrouver dans la salle des départs, une pièce réservée à ceux quittant Liberty. La pièce était décorée de manière élaborée, bien plus que n'importe quel autre endroit du centre, à l'exception peut-être du bureau de Mme Cobrawick. Il y avait des canapés rembourrés, des lampes en laiton et des photos en noir et blanc d'immigrés arrivant à Ellis Island. Mme Cobrawick a attendu avec moi.

Charles Delacroix est arrivé seul, ce qui m'a surprise. J'aurais pensé qu'un homme aussi important que lui se déplaçait avec une escorte. On aurait dit un superhéros, mais sans la cape. Il était plus grand que Win et sa mâchoire était plus carrée, comme s'il passait ses journées à mâchonner des cailloux. Ses mains étaient larges et musclées, mais plus soignées que celles de Win. Charles Delacroix s'abstenait visiblement de mettre les mains dans la boue.

– Vous devez être Anya Balanchine, a-t-il déclaré d'un ton enjoué. Charles Delacroix. Ça vous dit qu'on prenne le ferry ensemble ?

À son attitude, on pouvait penser que rien ne lui faisait plus plaisir que de raccompagner la fille d'un parrain de la mafia à Manhattan à bord d'un bateau.

Mme Cobrawick n'a pas pu s'empêcher de prendre la parole.

– Nous sommes très honorés de vous avoir ici, monsieur Delacroix. Je suis Evelyn Cobrawick, la directrice de cet établissement.

Charles Delacroix lui a tendu la main.

– Oui, excusez-moi, où sont mes manières ? Ravi de vous rencontrer, madame Cobrawick.

– Peut-être désirez-vous faire le tour du centre ?

– Pas aujourd'hui, je n'ai pas le temps. Mais une autre fois, oui.

– Très bien. Je serais très honorée de vous montrer Liberty. Nous sommes très fiers de notre modeste institution. À dire vrai, nous aimons penser que c'est comme à la maison, a-t-elle affirmé en ponctuant sa déclaration d'un rire léger.

– Une maison ? s'est étonné Charles Delacroix. C'est réellement ainsi que vous concevez cet endroit ?

– Oui, a répondu Mme Cobrawick. Cela peut vous paraître ridicule, mais oui.

– Non, ce n'est pas ridicule, madame Cobrawick. En revanche, c'est malhonnête. J'ai grandi dans un établissement semblable au vôtre. Pas dans une maison de correction, mais dans un orphelinat. Et croyez-moi, ceux qui sont enfermés derrière vos murs ne considèrent pas du tout Liberty comme chez eux.

Puis il s'est tourné vers moi.

– Cependant, vous avez de la chance. Mlle Balanchine sera certainement ravie de me parler des merveilleuses qualités de votre établissement lors de notre trajet.

J'ai hoché la tête sans rien dire. Je ne voulais pas alimenter davantage la méfiance que Mme Cobrawick nourrissait à mon égard. J'ai croisé les bras. Charles Delacroix a alors remarqué que l'une des marques de piqûres sur mon avant-bras était irritée et pleine de pus.

– Est-ce que vous avez eu ça ici ? a-t-il demandé d'une voix douce.

– Oui, ai-je répondu en rabaissant ma manche. Mais ça ne fait pas mal.

Son regard est descendu jusqu'à mes mains, puis mes doigts, rouges et irrités.

– Et ça aussi, j'imagine.

Je me suis tue.

– À votre avis, madame Cobrawick, un enfant est-il susceptible de recevoir ce type de blessures chez lui ?

M. Delacroix a passé son bras dans le mien.

– Prenons rendez-vous, madame Cobrawick. Je tiens en effet à ce que vous me fassiez visiter votre établissement. À moins que je ne décide de venir à l'improviste.

– Votre prédécesseur n'a jamais rien eu à redire sur la façon dont je dirigeais Liberty, s'est défendue Mme Cobrawick.

– Je ne suis pas mon prédécesseur.

Une fois sur le bateau, Charles Delacroix m'a adressé la parole.

– Quel endroit détestable. Je suis content d'en être parti. Vous aussi, non ?

J'ai acquiescé.

– Et cette femme ! Elle est horrible, elle aussi, a-t-il continué. Des comme elles, j'en ai croisé toute ma vie. Des bureaucrates à l'esprit étroit assoiffés de pouvoir.

Il a secoué la tête.

– Alors pourquoi vous ne faites rien ? ai-je demandé.

– Un jour, il faudra. Mais la ville a tellement de problèmes et je n'ai malheureusement pas les ressources nécessaires pour tous les régler. Liberty est un fiasco. Cette femme est un fiasco. Mais ce sont, du moins pour le moment, des fiascos limités.

M. Delacroix a laissé son regard dériver au loin.

– Il s'agit de définir des priorités.

Le principe m'était familier. Il dirigeait ma vie.

– Vous n'auriez jamais dû être envoyée à Liberty. C'était une erreur et je m'en excuse. Déjà que la présence d'une empoisonneuse adolescente excitait les gens de mon bureau, qu'elle soit en plus la fille de Leonyd Balanchine leur a fait perdre la tête. Leurs intentions sont bonnes, mais… Ensuite, il nous a fallu quelques jours pour vous innocenter. Votre avocat, M. Green, vous a défendue admirablement. Au fait, à propos du jeune homme… Gable, c'est ça ?

J'ai hoché la tête.

– Son état s'est amélioré. Bien qu'il ait encore un long chemin à faire, il va se rétablir.

– Je suis contente de l'entendre.

Je me sentais anesthésiée, extérieure à moi-même.

– Vous allez en cours avec mon fils ? a demandé Charles Delacroix.

– Oui.

– Win vous apprécie.

– Moi aussi je l'aime bien.

– Oui, c'est ce que je craignais.

Il s'est tourné vers moi et m'a fixée du regard.

– Écoutez, Anya – ça ne vous dérange pas que je vous appelle Anya ?

– Non.

– Vous êtes une jeune femme raisonnable, Anya. Comment je le sais ? À Liberty, vous auriez pu profiter de ma présence pour détruire Mme Cobrawick. Vous ne l'avez pas fait. Vous pensiez déjà à la prochaine étape : sortir de là. C'est une attitude que j'admire, vous avez de la jugeote, contrairement à mon fils. Et que Win vous apprécie ne m'étonne pas. Vous êtes jolie, votre passé vous rend intéressante. Mais vous ne devez jamais sortir avec lui.

– Pardon ?

– Vous ne pouvez pas sortir avec Win, Anya. Nous sommes tous les deux des personnes pragmatiques, réalistes. Je sais que vous me comprenez. J'ai un travail difficile. Malgré tous mes efforts pour nettoyer cette ville, il se peut que j'échoue.

Il a baissé la tête, comme si ses responsabilités pesaient trop lourd.

– Laissez-moi vous expliquer. Vous savez quel était le surnom de mon prédécesseur, Anya ? Le Râteau. Il a hérité de ce sobriquet car il ratissait large, avait les mains qui traînaient un peu partout, et notamment – je me dois de le mentionner – dans les chocolats Balanchine.

– Je ne savais pas.

– Bien sûr, Anya. Vous n'en possédez que le nom, ce n'est pas vous qui écrivez les chèques. Et les intérêts de mon prédécesseur, pour parler poliment, étaient nombreux. Vous savez comment ça marche. Si louables que soient les rationnements et l'interdiction de certains produits, ces mesures ne servent à rien car elles génèrent un marché parallèle. Et le marché noir conduit à la pauvreté, à la pollution, et, évidemment, au crime organisé. Le crime organisé, lui, déclenche la corruption, ce qui a transformé notre administration en un lieu où les bureaucrates ratisseurs de tous bords prolifèrent. Il est de mon devoir de débarrasser la ville de ces bureaucrates. Personne ne m'appellera jamais le Râteau. Mais si mon fils sort avec la fille de Leonyd Balanchine, le célèbre parrain du chocolat, cela paraîtra suspect. Cela nuirait à ma crédibilité et à ma réputation, ce que je ne peux pas me permettre. Cette ville, jadis magnifique, ne supporterait pas que je prenne un coup. Ce n'est pas votre faute, et j'aurais aimé que le monde ne soit pas aussi cruel. Mais vous connaissez les gens, Anya. Ils sont pleins d'idées reçues. Ils tirent des conclusions hâtives.

– Monsieur Delacroix, je pense que vous m'avez mal comprise. Win et moi sommes simplement amis.

– Bien, j'espérais que vous me diriez ça, a répondu le père de Win.

– Mais si vous ne voulez pas que je sorte avec votre fils, pourquoi ne le lui interdisez-vous pas ? Vous êtes son père, pas le mien.

– Parce que si je lui défends de sortir avec vous, il en aura encore plus envie. Mon fils est un bon garçon, mais il est romantique, idéaliste et a l'esprit de contradiction. Il a eu la vie facile. Il n'est pas pragmatique comme vous et moi.

La sirène du bateau a retenti. Nous arrivions à quai.

– Alors, est-ce que nous sommes d'accord ? m'a demandé Charles Delacroix.

Il m'a tendu la main.

– Mon père m'a toujours dit de ne pas conclure d'accord si je n'étais pas sûre de ce que j'y gagnais.

– Excellent conseil, a souri Charles Delacroix. Je ne me suis pas trompé sur votre compte.

Le ferry accostait. J'ai aperçu Simon Green qui m'attendait. Dans un dernier élan, je me suis précipitée vers lui, loin de Charles Delacroix.

Soudain, une nuée de voix s'est abattue sur moi.

– C'est elle ! C'est Anya Balanchine !

Je me suis tournée et ai été brièvement aveuglée par le flash d'un appareil photo. Ensuite, j'ai remarqué le cordon de police qui s'étendait à droite de là où se tenait Simon Green. Derrière la barrière était rassemblée une cinquantaine de journalistes et paparazzis, qui hurlaient tous en même temps.

– Anya, par ici !

Malgré moi, j'ai obéi.

– Anya, c'était comment Liberty ?

– De vraies vacances, ai-je répondu.

– Avez-vous l'intention de porter plainte pour détention abusive ?

Charles Delacroix a passé son bras autour de mes épaules. Nouvelles explosions de flashs.

– S'il vous plaît ! Mlle Balanchine s'est montrée coopérative et courageuse, et je pense qu'elle a surtout envie de rentrer chez elle. Quant à moi, je suis disponible pour répondre à vos questions.

– Monsieur Delacroix, avez-vous des pistes concernant le chocolat contaminé ?

– L'enquête est en cours, c'est tout ce que je peux dire pour le moment, a répondu M. Delacroix. En revanche, une chose est sûre. Mlle Balanchine est innocente à cent pour cent.

– Monsieur Delacroix, qu'en est-il de la santé du procureur Silverstein ? Personne ne l'a vu depuis des semaines.

– Il n'est pas dans ma pratique de commenter la santé de mon patron.

– Doit-on considérer que vous êtes le procureur de la République en activité ?

M. Delacroix a ri.

– Dès que j'ai une annonce à faire, je vous préviendrai.

Pendant que M. Delacroix parlait à la presse, je me suis éclipsée.

Simon Green avait loué une voiture pour me ramener à la maison – un vrai luxe, la plupart des gens se déplaçaient en transports publics – et son attention m'a touchée. La dernière fois que j'étais montée dans une voiture, Gable et moi allions au bal de promo. La fois d'avant, c'était pour me rendre à l'enterrement de mon père.

– J'ai pensé que vous aimeriez un peu de calme, a dit Simon Green en m'ouvrant la portière.

J'ai hoché la tête.

– Je suis désolé, je n'ai pas prévu qu'il y aurait un tel cirque. Ni autant d'intérêt à votre égard.

– Une belle opération de promo pour Charles Delacroix. Il avait certainement tout prévu, ai-je soupiré.

– Oui, vous avez sûrement raison, a dit Simon Green en s'asseyant à côté de moi. Pour autant, il m'a paru fort sympathique ce matin tandis que nous organisions votre libération et votre retour. Du moins, quand j'ai pu l'avoir au bout du fil.

La voiture a démarré. J'ai appuyé ma tête contre la vitre.

– M. Kipling m'a demandé de vous rendre ceci.

Il a déposé ma croix dans le creux de ma main.

– Oh, merci.

J'ai passé la chaîne autour de mon cou, mais mes doigts étaient trop fatigués pour actionner le fermoir.

– Laissez-moi faire, a proposé Simon Green.

Il a soulevé mes cheveux, effleurant ma nuque.

– Voilà. Vous devez être épuisée, Anya. Je vous ai apporté à manger, si vous avez faim.

J'ai secoué la tête.

– Peut-être un peu d'eau ?

Il m'a tendu un Thermos. J'ai tout bu d'une traite, laissant parfois quelques filets d'eau couler sur mes joues. Je m'en suis voulu de gâcher.

– Vous avez soif, a remarqué Simon Green.

– Oui, je...

Tout à coup, j'ai eu envie de vomir. J'ai baissé la vitre et suis parvenue à viser l'extérieur de la voiture.

– Je suis désolée, ai-je dit. Je n'aurais pas dû autant boire. J'étais déshydratée.

– Ne vous excusez pas. Dès que vous aurez repris le cours de votre vie, je compte porter plainte contre Liberty pour la façon dont vous avez été traitée.

Je ne voulais pas penser à ça. J'ai changé de sujet.

– Pourquoi ai-je été libérée ? ai-je demandé.

– Au cours du week-end, les hôpitaux ont admis de plus en plus de malades présentant les symptômes d'un empoisonnement à la frétoxine. Je crois qu'ils sont une centaine à ce jour. Il était donc évident que l'intégralité de la cargaison avait été contaminée.

J'ai hoché la tête.

– Pour autant, je n'arrivais pas à joindre qui que ce soit au bureau du procureur. M. Kipling connaît beaucoup de monde, à la fois de votre famille et du côté des forces de l'ordre ; pas moi. Les gens ne me faisaient pas confiance. Et, bien que vous soyez la fille de Leonyd Balanchine, personne au sein de l'organisation Balanchine n'a voulu m'aider. Je pense qu'ils l'auraient fait, éventuellement, mais ils avaient leurs propres soucis. Après tout, c'est leur chocolat qui a été empoisonné.

– Je vous remercie d'avoir insisté.

– En fait, Anya, le mérite ne me revient pas entièrement. Vous avez eu de la chance. Il me semble que vous allez en cours avec Goodwin Delacroix ?

– Win.

– J'ai plusieurs fois évoqué votre situation avec Scarlet Barber. Et je crois que Scarlet a fini par en parler à Win, qui...

– En a parlé à son père. Oui, c'est logique.

– Ensuite, tout s'est passé très vite. Le problème, Anya, c'est votre nom. Même si, évidemment, vous n'avez rien à voir avec la contamination d'une cargaison entière de chocolat, vous vous appelez Balanchine, et personne au bureau du procureur n'a voulu prendre la responsabilité de relâcher une Balanchine à un moment pareil. Il a fallu un lien personnel...

J'ai bâillé.

– Désolée.

– Aucun souci, Anya. Vous êtes fatiguée. Et je n'ai jamais compris en quoi bâiller était impoli.

– Je ne suis pas si fatiguée, ai-je marmonné. C'est juste que...

Mes paupières se fermaient lentement.

– Il faudra que je remercie Scarlet... Et Win, aussi.

J'ai bâillé de nouveau puis je me suis endormie.

10. Je me rétablis ; je reçois des visites ; j'obtiens des nouvelles de Gable Arsley

Quand je me suis réveillée, j'étais dans mon lit. J'avais presque l'impression d'avoir tout imaginé.

Mais Natty était allongée à côté de moi et Leo, assis à mon bureau, somnolait. Cela ne collait pas à mon quotidien ordinaire.

– Tu es réveillée ? a demandé Natty.

– Oui, je crois.

– Imogen a dit qu'on devait te laisser te reposer, m'a informée Natty. Mais Leo et moi, on ne voulait pas manquer ton réveil alors on a passé beaucoup de temps ici.

– On est quel jour ?

– Jeudi.

J'avais dormi deux jours entiers.

– Tu ne devrais pas être à l'école ?

– J'y suis déjà allée. C'est le soir.

Deux jours et demi, en fait.

Leo s'est agité sur sa chaise.

– Natty, ne fais pas de bruit ! Tu vas réveiller...

Ensuite, il m'a aperçue.

– Annie !

Il a sauté sur le lit et m'a prise dans ses bras.

– Oh, Annie, tu m'as tellement manqué !

Il m'a embrassée sur le front et les joues.

J'ai éclaté de rire.

– Toi aussi, tu m'as manqué.

Quand j'ai levé les bras pour embrasser Leo, j'ai vu que j'étais rattachée à une perfusion.

– C'est quoi, ça ?

Apparemment, Imogen avait décrété que j'étais déshydratée et sous-alimentée.

– Pauvre Annie, a murmuré ma sœur.

Le lendemain, j'ai voulu retourner à l'école – j'avais déjà pris tellement de retard – mais Imogen me l'a interdit.

– Tu es encore trop faible, a-t-elle déclaré.

– Je me sens beaucoup mieux, ai-je répondu.

– Tu te sentiras encore mieux lundi.

Je lui ai rappelé qu'elle était avant tout l'infirmière de Nana, pas la mienne. Imogen n'a pas trouvé cet argument très convaincant.

– Retourne te coucher, Annie, a-t-elle conclu.

J'ai décidé d'aller plutôt voir comment se portait ma grand-mère.

Je suis entrée dans la chambre de Nana et je l'ai embrassée sur la joue. Elle m'a reconnue tout de suite, ce qui m'a paru encourageant. Peut-être qu'elle était dans un bon jour.

– Bonjour, Anyaschka, a dit Nana. Puis elle a plissé les yeux : Tu as maigri.

– Tu ne te souviens pas ? La police m'a interrogée à propos d'un crime. Imogen te l'a expliqué.

– Un crime ? Non, ça n'a pas de sens. Ce n'était pas toi. C'était ton père, a répondu Nana.

– Ils croyaient que j'avais empoisonné un garçon, un certain Gable Arsley.

– Gable Arsley ! Quel nom ridicule ! Je n'ai jamais entendu parler de cette personne.

– On est sortis ensemble. Tu l'as rencontré une fois.

Je me suis levée, prête à partir. Nana me semblait agitée et je ne voulais pas me reprendre une gifle.

– Annie ? a poursuivi Nana.

– Oui ?

– Est-ce que Leo a accepté ce poste à la Piscine ?

Qu'elle s'en souvienne m'a surprise. Le cerveau de ma grand-mère fonctionnait de manière toujours plus mystérieuse. Je me suis rassise.

– Pas encore, ai-je répondu. On était tous très occupés ces derniers temps.

– Bien. Parce que j'y ai réfléchi, et je ne suis plus sûre que ce soit une bonne idée.

Comme je n'avais rien de mieux à faire, nous avons discuté un moment des mérites de Leo et de cette proposition d'emploi à la Piscine. Nous n'avons pas tellement avancé. Je me sentais de nouveau fatiguée et j'ai expliqué à Nana qu'il fallait que j'y aille.

– Prends du chocolat, ma chérie, a dit Nana. Et partage-le avec quelqu'un que tu aimes.

C'était bien la dernière chose dont j'avais envie. De toute manière, la police avait confisqué nos réserves. Cependant, pour ne pas contrarier Nana, je suis entrée dans le placard et j'ai fait semblant d'en sortir une tablette de chocolat.

Scarlet a obtenu la permission de me rendre visite le vendredi soir, et j'étais heureuse de la voir. J'appréciais toute l'attention dont m'entouraient Imogen, Natty et Leo, mais j'avais l'impression d'être une infirme. J'avais besoin que quelqu'un se comporte normalement avec moi.

– Alors, qu'est-ce qui s'est passé à la Sainte-Trinité pendant mon absence ? ai-je demandé après que Scarlet s'est allongée à côté de moi sur le lit.

Elle a ri.

– Tu plaisantes ? Tu es le seul sujet de conversation. Toi et Gable Arsley.

– Super, ai-je soupiré.

– Sérieux, c'est la seule chose qui intéresse les élèves. Et comme je suis la mieux placée, je suis devenue la fille la plus populaire du lycée.

– Félicitations.

– Oh oui, je suis sûre que je me suis fait des amis pour la vie ces neuf derniers jours, a-t-elle ironisé. Il va falloir que tu te battes pour rester numéro un.

J'ai remercié Scarlet de s'être occupée de Natty. Et aussi d'avoir demandé à Win d'aller parler à son père.

– Je n'ai rien à voir avec ça. Il a agi tout seul.

– Mais tu dois bien y être pour quelque chose, ai-je insisté.

– On a parlé de toi, bien sûr. Mais il n'a jamais mentionné son père, et moi non plus. J'y ai pensé, évidemment – oh ! Annie, ne prends pas cet air étonné ! Oui, il m'arrive de réfléchir, de temps en temps. Donc, j'y ai pensé mais je n'ai rien fait parce que je craignais d'aggraver la situation.

– Alors pourquoi Win est-il intervenu ? On le connaît à peine.

Scarlet a levé les yeux au ciel.

– Comme si tu ne le savais pas !

Cette nouvelle me contrariait. Je n'aimais pas être redevable à Win. Surtout après la conversation que j'avais eue avec son père.

– Arrête de froncer les sourcils ! Ça n'a rien de mystérieux. Il t'apprécie, Annie. Il veut seulement récupérer son binôme. Et peut-être que tu lui dises merci. Et sans doute aussi que tu ailles avec lui au bal d'automne.

J'ai soupiré.

– Être aimée par un beau garçon, quel drame ! s'est moquée Scarlet. Ta vie est tellement tragique.

Elle a posé sa main sur son front de manière théâtrale.

– Je te signale que je sors à peine de maison de correction, ai-je rappelé.

– Oui, je sais, a-t-elle chuchoté. Je plaisantais.

Ses grands yeux bleus se sont remplis de larmes. Faire pleurer Scarlet était facile.

– Je suis vraiment désolée pour tout ce qui t'est arrivé. C'est vraiment terrible. J'espérais seulement te faire rire.

Elle me regardait d'un air tendre et contrit. J'ai éclaté de rire.

– Tu as l'air si faible, Annie. Quand je suis entrée dans la pièce, j'arrivais à peine à y croire. Natty m'avait prévenue, mais... Tu as dû vivre un enfer.

J'ai haussé les épaules. Je ne comptais pas évoquer mon séjour à Liberty, ni avec Scarlet ni avec qui que ce soit d'autre.

– J'ai été tatouée.

J'ai baissé ma chaussette et lui ai montré le code-barres sur ma cheville.

– Ça, c'est rude, a déclaré Scarlet.

– Et comment va Gable ? ai-je demandé en remontant ma chaussette.

– Il va survivre. D'après Chai Pinter, on a dû lui faire des greffes de peau sur le visage. Il paraît que la frétoxine ronge les cellules de l'épiderme.

– Mon Dieu !

– Mouais, Chai n'est pas non plus très fiable. Je ne sais même pas d'où elle tient toutes ces infos. Je crois qu'elle en invente la plupart. Le proviseur nous a annoncé que Gable ne reviendrait pas au lycée avant le trimestre prochain. Il est dans un centre de rééducation dans le nord de l'État.

Elle s'est tournée vers moi.

– Annie, il a vraiment failli mourir.

– Tu crois que je devrais lui envoyer une carte ? Ou lui rendre visite ? lui ai-je demandé.

– Gable est un monstre. Il a été odieux avec toi. Et, à mon avis, il doit être encore plus odieux maintenant. Mais bon, si tu te sens obligée, je peux t'accompagner. Tu ne devrais pas y aller seule.

– Je ne comptais pas y aller demain. Peut-être en novembre ?

J'avais des tonnes de devoirs à rattraper et encore pas mal de problèmes à régler.

Leo est entré.

– Salut, Scarlet ! Natty m'a dit que tu étais ici.

Leo a serré Scarlet dans ses bras.

– Tu es jolie !

Scarlet portait un bas de survêtement et un T-shirt, autant dire qu'elle n'avait fait aucun effort. Elle avait aussi les cheveux détachés et emmêlés et ne s'était pas maquillée. Elle avait cependant une très belle peau, qu'elle cachait en général sous du fond de teint. Leo la trouvait-il plus belle au naturel ?

– Merci, Leo ! s'est exclamée Scarlet. Moi qui ne me sentais pas très jolie aujourd'hui, j'ai changé d'avis.

Leo a rougi.

– Tu es toujours jolie, Scarlet. Peut-être que tu es la plus jolie fille de la planète.

– Et moi ? ai-je demandé.

– Toi, tu es jolie comme une sœur, m'a expliqué Leo. Mais Scarlet, elle est joliiiiie !

Scarlet et moi avons éclaté de rire ; Leo est devenu écarlate.

– Imogen demande que tu t'en ailles, Scarlet, a poursuivi Leo. Annie doit se reposer.

– Mais je ne fais que ça ! ai-je protesté.

– Imogen a aussi dit qu'on devait t'ignorer si tu râlais, a continué Leo.

Scarlet m'a embrassée puis s'est levée.

– Je passerai te chercher lundi matin, on ira au lycée ensemble.

En quittant la chambre, elle a embrassé Leo sur la joue.

– Merci pour le compliment, Leonyd.

Dimanche après-midi, mon oncle Yuri Balanchine (c'est-à-dire le chef du clan et le beau-fils de Nana) est passé à l'appartement. Oncle Yuri n'avait qu'une dizaine d'années de moins que Nana et il boitait – d'après mon père, il s'agissait d'une vieille blessure de guerre. Elle avait dû s'aggraver depuis la dernière fois que je lui avais parlé parce qu'il se déplaçait désormais en chaise roulante.

Oncle Yuri rendait régulièrement visite à Nana. Pourtant, ce jour-là, c'était moi qu'il venait voir.

Yuri empestait le cigare froid et avait la voix rauque des fumeurs. Des gardes du corps l'accompagnaient : Jacks, le fils qu'il avait eu avec une prostituée ; et Mikhail Balanchine, son « vrai » fils et son héritier. Yuri leur a ordonné d'attendre dans le couloir.

– Papa, je peux rester ? a demandé Mikhail.

– Non, Mickey, a répondu Yuri. J'ai besoin de parler à ma nièce en privé.

Je me suis assise sur le canapé.

– Anyaschka, a commencé Yuri, tu as bien grandi. Tu es magnifique. Approche-toi, que je t'observe un peu.

Je me suis avancée et il m'a caressé la joue.

– Je me souviens du jour de ta naissance. Ton père était si fier !

J'ai hoché la tête.

– Leonyd – paix à son âme – pensait que tu étais le plus beau bébé du monde. Je ne le croyais pas à l'époque, mais je vois maintenant qu'il avait raison.

Oncle Yuri a soupiré.

– Je suis désolé de ne pas être venu vous voir plus souvent. Mais cet appartement est rempli de souvenirs.

– Pour nous tous, ai-je répondu.

– Oui, bien sûr. Comment puis-je l'oublier ? Davantage

pour vous que pour moi, d'ailleurs. Mais si je suis là aujourd'hui, c'est pour autre chose. J'aimerais qu'on parle de cet incident, avec le jeune homme.

– Gable Arsley ?

– Oui. Je voulais m'excuser de ne pas être intervenu la semaine dernière. Que les chocolats Balanchine soient impliqués a rendu prudents nos amis dans les forces de l'ordre. En intervenant, je craignais que tu ne deviennes qu'un pion aux mains des assistants du procureur. Nous ne connaissons pas l'homme qui dirige désormais le bureau, nous ne savons pas s'il est un ami.

Il parlait du père de Win.

– Au final, tout s'est arrangé, ai-je répondu.

– Je voulais t'assurer que je pense à toi. Tu es la fille de Leonyd Balanchine. Je ne t'aurais jamais laissée pourrir en prison.

J'ai hoché la tête sans répondre. Il pouvait ne s'agir que de paroles en l'air.

– Je peux deviner tes pensées. Tu te dis que je suis bien gentil mais que cela ne t'aide pas vraiment.

Oncle Yuri s'est penché en avant.

– Tu es une fille intelligente. Tu as le même regard perçant que ton père.

– Merci.

– Comme lui, tu gardes tout pour toi. Tu ne dévoiles rien. C'est une attitude que j'admire. Surtout chez quelqu'un d'aussi jeune.

Heureusement qu'il ne m'avait pas vue renverser une assiette pleine de lasagnes sur la tête de Gable.

– J'ai honte, a poursuivi Yuri. J'ai le sentiment que cette famille t'a abandonnée. Que je t'ai personnellement abandonnée.

Oncle Yuri a baissé la tête et la voix.

– Il faut que tu saches qu'il y a d'autres forces en jeu. Des forces obscures que je ne contrôle pas. Je vais découvrir la vérité sur cette affaire de chocolat contaminé, et ensuite je m'efforcerai de me racheter auprès de toi. De ton frère et de ta sœur aussi.

Il m'a tendu la main, et je la lui ai serrée.

– Je t'aime bien, Anya Balanchine. Quel dommage que tu ne sois pas un garçon.

– Pour que je meure à quarante-cinq ans comme mon père ? ai-je chuchoté.

Oncle Yuri n'a pas répondu. Je ne sais même pas s'il m'a entendue.

– Ça te dérangerait de me conduire jusqu'à la chambre de Galina ? J'aimerais rendre visite à ma belle-mère avant de partir.

Dans le couloir, il m'a demandé des nouvelles de Nana.

– Ça dépend des jours, ai-je dit. Oncle Yuri, j'ai cru comprendre qu'on avait offert à Leo un travail à la Piscine.

– Oui, j'en ai aussi entendu parler.

– Je préférerais qu'il n'y aille pas.

– Tu as peur qu'on le corrompe ? a demandé Yuri. Tu as ma parole, Anya. Il n'arrivera rien à ton frère, si ce n'est d'être payé pour son travail. On va s'occuper de lui. On ne lui demandera pas de faire quoi que ce soit d'illégal ou de dangereux. On a appris qu'il avait perdu son emploi. Lui en proposer un autre était la moindre des choses.

Les paroles de Yuri m'ont rassurée. Et compte tenu de la santé défaillante de Nana et de mes problèmes avec la justice, que Leo ait au moins l'impression d'être un soutien financier me semblait une bonne idée. Je ne savais pas quand la clinique pourrait rouvrir, surtout maintenant que M. Kipling était à l'hôpital (d'ailleurs, comment allait-il ?). Oncle Yuri et moi étions arrivés devant la chambre de Nana. J'ai entrouvert la porte.

– Nana, est-ce que tu dors ?

– Non, Christina, tu peux entrer.

– Ce n'est pas Christina, ai-je dit. C'est Annie. Et regarde qui est venu te rendre visite. C'est ton beau-fils, Yuri !

J'ai poussé Yuri dans la chambre.

– Yuri, lui a dit Nana. Depuis quand es-tu aussi vieux ? Et aussi gros ?

Je me suis éclipsée sans plus tarder.

Mickey Balanchine se tenait dans le couloir.

– Tu ne te souviens sûrement pas de moi mais je suis ton cousin, a-t-il annoncé.

– C'est ce que disent la plupart des gens, ai-je plaisanté.

– Tu as raison. Dès que je rencontre une fille qui me plaît, je dois m'assurer qu'elle n'est pas de la famille.

Mickey Balanchine n'était pas grand, à peine quelques centimètres de plus que moi. Il avait les cheveux tellement blonds qu'ils étaient presque blancs. Il avait aussi la peau pâle et parsemée de taches de rousseur. En revanche, il était entièrement vêtu de noir. Son costume paraissait taillé sur mesure et neuf. Il m'a semblé qu'il portait des talonnettes à ses chaussures, mais je n'en étais pas certaine.

– Cela fait longtemps que je voulais te revoir, a dit Mickey. Enfin, maintenant que tu as grandi. Quand j'étais ado, je rendais souvent service à ton père. Je suis venu dans cet appartement à de nombreuses reprises. Un jour, je t'ai même vue toute nue.

Il a désigné la porte de la salle de bains.

– Ta mère te donnait le bain. Je suis entré par accident.

Mickey ne savait visiblement pas se taire.

– Alors, a-t-il poursuivi. De quoi avez-vous discuté, toi et mon paternel ?

De rien, ai-je pensé, *mais ça ne te regarde pas.*

– S'il veut que tu le saches, il t'en parlera, ai-je répondu.

À cet instant, Jacks est arrivé dans le couloir.

– Qu'est-ce qui se passe ici ? a-t-il demandé.

– Je discute avec ma cousine, a rétorqué Mickey.

– C'est aussi ma cousine, a renchéri Jacks.

– Peut-être.

– Peut-être ? s'est énervé Jacks. Qu'est-ce que tu veux dire par là, Mikhail ? Que je suis un bâtard ?

Il a bombé le torse, les yeux luisants de rage. Puis il s'est jeté sur Mickey, qui n'a pas bronché. Il était évident que Jacks n'avait pas les *yaystos*.

– Eh, Jackie, détends-toi ! a lancé Mickey. Tu te rends ridicule devant ma cousine.

– Annie, est-ce que je peux te parler ? a demandé Jacks.

– Parle, ai-je répondu.

– Seul à seul, a-t-il précisé.

– Qu'est-ce que j'ai, aujourd'hui ? Je pue ? a gémi Mickey.

Je l'ai ignoré. Ce genre de gaminerie m'exaspérait. De plus, j'avais moi aussi des choses à dire à Jacks.

– Viens sur le balcon, ai-je proposé.

Le balcon, accessible depuis la salle à manger, donnait sur Central Park et sur *Little Egypt*. La vue avait dû être belle à une époque.

– Anya, je suis désolé pour le chocolat, a déclaré Jacks sans préambule. Je ne savais pas qu'il était contaminé. Je pensais sincèrement rendre service à Galina en l'apportant.

– Je suis contente que tu dises ça, ai-je répondu. Parce que moi, j'ai surtout l'impression que tu t'es dépêché de nous livrer ces tablettes de chocolat afin que toute ma famille meure empoisonnée.

– Non ! a protesté Jacks. Pourquoi est-ce que je ferais une chose pareille ?

– Je ne sais pas, Jacks.

Il a passé sa main dans ses cheveux.

– Je n'ai aucun poids dans l'organisation. Personne ne me dit jamais rien. Je n'étais pas plus au courant que toi que le chocolat était empoisonné. Tu dois me croire !

– Pourquoi tiens-tu à ce que je te croie ?

Il a baissé la voix.

– Parce que la situation est en train d'évoluer au sein de la Famille. Cet incident avec le chocolat n'est que le premier. Yuri – et je ne dis pas que je suis d'accord – est désormais perçu comme faible. Je crois que c'est une famille rivale qui est responsable de la contamination.

– Laquelle ?

Jacks a haussé les épaules.

– Les Mexicains ou les Brésiliens. Peut-être les Français

ou les Japonais. Je ne fais que spéculer mais il s'agit sûrement d'un groupe puissant. Je n'ai pas assez d'informations pour le moment. Ce que je veux dire, c'est que tu pourrais me mettre des bâtons dans les roues, Anya. Tu ne l'as pas fait jusque-là, et j'apprécie. Je veux que tu saches que je ne vous ferai jamais de mal, ni à toi ni à ton frère et à ta sœur.

– Merci, ai-je répondu.

À dire vrai, je ne pensais pas que Jacks ait tenté de nous empoisonner. Il n'avait pas les ressources nécessaires pour réussir un coup pareil. Tous les membres de ma famille commençaient à me fatiguer. Je souhaitais surtout passer à autre chose.

– Alors on reste amis ? a demandé Jacks en me tendant la main.

Je la lui ai serrée, mais uniquement pour ne pas le mettre mal à l'aise. Jacks n'était pas mon ami. Lui non plus n'avait rien fait pour m'aider quand j'avais des ennuis, ce qui ne me paraissait pas très amical.

Après le départ de mon oncle et de mes cousins, je me suis attelée à mes devoirs et avant que je puisse m'en rendre compte, la journée s'était écoulée. Vers 21 heures, le téléphone a sonné. Natty est venue frapper à ma porte.

– C'est Win, a-t-elle annoncé.

– Dis-lui que je dors.

– Mais tu ne dors pas ! Et il a appelé hier, aussi.

J'ai bondi sur mon lit.

– Mais si je dors, regarde.

– Je t'aime, Annie, mais je trouve que tu exagères.

Elle est retournée dans la cuisine et je ne l'ai pas entendue mentir.

J'ai remonté la couverture. Dehors, la nuit paraissait typiquement automnale.

Rien de ce que m'avait dit Charles Delacroix n'avait d'importance.

Et pourtant, si.

Mon père disait toujours que seuls les imbéciles font de mauvais choix en connaissance de cause. Et j'aimais penser que je n'étais pas une imbécile.

11. J'explique à Scarlet le sens du mot « tragédie »

Au lycée, j'ai été accueillie comme une poupée en porcelaine. Puisque j'avais été lavée de tout soupçon, l'administration redoutait d'avoir mal agi – notamment en autorisant les policiers à m'interroger sur place sans prévenir Nana ou M. Kipling. Ils devaient craindre que je ne porte plainte ou, pire, que je commence à raconter à droite et à gauche des choses qui endommageraient la réputation jusque-là immaculée de la meilleure école privée de Manhattan. Mes professeurs ont bien insisté sur le fait que je pouvais prendre mon temps pour rattraper mon retard et, dans l'ensemble, mon retour à la vie scolaire m'a paru plus facile que prévu.

Win était déjà installé à notre paillasse quand je suis arrivée en cours de sciences médico-légales. Il n'a pas mentionné ses coups de fil ni son père – mais peut-être que Charles Delacroix n'avait pas daigné lui raconter qu'il m'avait rencontrée. Il n'a rien dit non plus sur mon absence, à part :

– J'ai dû faire l'exposé sur notre dentition sans toi.

– Et comment ça s'est passé ?

– Bien. On a eu 16.

Ce qui était une excellente note. Le docteur Lau était exigeante. Juste, mais exigeante.

– Pas mal, ai-je dit.

– Anya... a-t-il repris.

Le docteur Lau a commencé son cours et il s'est tu.

De toute manière, je ne tenais pas tellement à bavarder avec Win.

À mon grand soulagement, j'ai été dispensée d'escrime pendant un mois. Même faire semblant de me battre me paraissait au-dessus de mes forces. Scarlet aussi a été dispensée d'escrime afin de me tenir compagnie – preuve supplémentaire des remords qu'éprouvait l'administration.

Scarlet en a profité pour préparer son audition pour *Macbeth*, qui avait lieu bientôt.

– Tu lis tous les dialogues avec moi, pourquoi est-ce que tu n'auditionnerais pas ? a demandé Scarlet. Tu pourrais jouer Lady Macduff, ou bien Hécate.

Je n'avais pas de bonne raison de refuser autre que j'étais fatiguée et que je n'avais pas envie de m'afficher aux yeux de tous sitôt après avoir été aux infos régionales.

– Tu ne peux pas t'arrêter de vivre, a poursuivi Scarlet. Il faut que tu ailles de l'avant. Et ce sera bien pour tes dossiers d'inscription à l'université si tu participes un peu plus à des activités extrascolaires.

– Tu penses qu'être la fille du parrain ne compte pas comme activité extrascolaire ?

– Non, a répondu Scarlet. Mais tenter d'empoisonner son ex-petit ami, peut-être que oui.

Elle avait raison. Et si mon père avait été en vie, il aurait dit la même chose. Il aurait voulu que je reprenne ma vie en main (avec ou sans activités extrascolaires).

– Je ferai comme tu voudras.

Elle m'a tendu un vieil exemplaire de *Macbeth*.

Nous avons lu à voix haute jusqu'à la fin de l'heure, puis nous sommes allées à la cantine. Win nous attendait à notre table habituelle.

Scarlet m'a dit de m'asseoir : elle avait promis à Imogen de s'occuper de mon déjeuner.

– C'est quoi cette histoire ? ai-je râlé. Je ne suis pas faible à ce point.

– Assieds-toi ! a-t-elle ordonné. Win, assure-toi qu'elle ne bouge pas.

– Je ne suis pas un chien !

– Pas de problème, a dit Win.

– Non mais pour qui elle se prend ? ai-je grommelé.

Win a secoué la tête.

– Je dois reconnaître... a-t-il commencé.

J'espérais de tout mon cœur qu'il n'avait pas l'intention d'évoquer son père ou je ne sais quel autre sujet dont je n'avais surtout pas envie de parler. Peut-être a-t-il perçu mon malaise ?

– Je dois reconnaître, a-t-il répété, que j'ai sous-estimé ton amie. À première vue, Scarlet a tout l'air d'une blonde écervelée, mais elle a beaucoup de cran.

– La plus grande qualité de Scarlet, c'est sa loyauté.

– Et c'est important, a-t-il admis.

Même si Win ne serait jamais mon petit ami, j'avais envie qu'il soit mon ami. Et si nous étions amis, la moindre des choses était de le remercier pour le rôle qu'il avait joué dans ma libération. Et même si nous n'étions pas amis, d'ailleurs. Ne rien dire était incorrect.

– Je crois que je ne t'ai pas remercié d'être allé voir ton père, ai-je dit.

– Est-ce ta façon de me remercier ? a-t-il répondu.

– Oui. Merci.

– Aucun problème.

Il a sorti son déjeuner de son sac (il avait sûrement raison de se méfier de la nourriture de la cantine). Il avait apporté divers légumes, dont une patate douce et un truc qui ressemblait à une carotte blanche.

– Qu'est-ce que c'est ? ai-je demandé.

– Un panais. Ma mère essaye d'en faire pousser à Central Park.

– C'est pas dangereux ?

– Tu veux goûter ?

– Non, c'est ton déjeuner.

– Tu vas voir, c'est sucré.

J'ai secoué la tête. Mon estomac était encore fragile et je ne voulais pas vomir sur la table. (Ce qui aurait pourtant mis fin à l'éventualité que Win et moi, on sorte ensemble. Je ne pense pas qu'on puisse être attiré par une personne qui nous a vomi dessus.) Win a haussé les épaules. Ensuite, il a sorti deux oranges de son sac.

– Des oranges ! me suis-je exclamée. Je n'en ai pas vu depuis que j'étais petite. Où les as-tu eues ?

– Ma mère tente aussi de les faire pousser. Elle a reçu l'autorisation d'implanter une orangeraie sur le toit de notre immeuble. Ça n'a encore rien donné. Celles-ci viennent de Floride. Tiens, prends-en une.

– Non, merci.

Je lui devais déjà tellement.

– Comme tu voudras.

– Je te suis vraiment reconnaissante, ai-je continué.

– C'est rien.

– Non, ce n'est pas rien. Je te dois beaucoup.

– Tu n'aimes pas devoir quoi que ce soit, n'est-ce pas ?

– En effet, je préférerais n'être redevable à personne.

– Anya, je n'ai fait que parler à mon père. Être son fils comporte parfois des avantages. Et bien qu'on puisse certainement dire que – il a marqué un temps – mon père me doit beaucoup, ce n'est pas pour cela qu'il t'a aidée. Il est intervenu parce qu'il était d'accord avec moi. Ta situation était injuste.

– Mais...

– On est quittes, Anya. Tu ne me dois rien. Même si c'est vrai que j'ai fait tout le boulot en sciences médico-légales.

– Je suis désolée.

À cet instant, Scarlet est revenue. Elle a déposé les deux plateaux sur la table.

– Ha ! Encore des lasagnes, a-t-elle lancé. Et Gable n'est même pas là !

Ni Win ni moi n'avons ri ; j'ai esquissé un sourire.

– Il est encore trop tôt pour faire des blagues sur Gable Arsley ? a-t-elle demandé.

Ce soir-là, dans ma chambre, j'ai trouvé une des oranges de Win dans mon sac. Je l'ai posée sur mon bureau. Son parfum délicat embaumait toute la pièce. Tout en sachant que ce n'était pas une bonne idée, j'ai appelé Win. Si jamais Charles Delacroix décrochait, je raccrocherais. Heureusement, je suis tombée sur Win.

– Tu as laissé quelque chose dans mon sac, ai-je dit.

– Ah, je me demandais où était passée ma deuxième orange. Tu n'as qu'à la manger.

– Je ne vais pas la manger, ai-je répondu. Je ne vais jamais la manger. Ce que j'adore, c'est l'odeur. Ça me rappelle Noël. Mon père avait un associé qui lui envoyait un cageot entier d'oranges depuis le Mexique chaque année à Noël. On ne les a jamais mangées.

Je parlais pour ne rien dire, ce qui était non seulement coûteux mais embarrassant.

– Tu veux vraiment savoir pourquoi je t'ai aidée ? a demandé Win.

– Je ne suis pas sûre.

– De toute manière, tu dois déjà le savoir, mais autant que les choses soient claires, a-t-il poursuivi. C'est parce que j'aimerais apprendre à mieux te connaître, ce qui aurait été assez difficile si tu étais restée enfermée à Liberty.

– Oh...

Je me suis sentie rougir.

– Il faut que j'y aille, ai-je bredouillé. Je n'aurais pas dû appeler. On se voit demain.

Et puis j'ai raccroché.

Le lendemain matin, Jacks est venu chercher Leo à la maison pour l'accompagner à son travail. Comme Leo s'habillait encore, je suis allée discuter avec Jacks dans le salon.

– S'il lui arrive quoi que ce soit...

– Je sais, je sais. Ne t'inquiète pas.

Je lui ai demandé en quoi consisterait son travail.

– Du ménage, surtout. Aller chercher le déjeuner pour les hommes. Rien de bien intense, m'a assuré Jacks. Au fait, tu as fait grande impression sur le vieil homme.

– Oncle Yuri ?

– Je crois qu'il serait prêt à t'épouser. Enfin, si vous n'étiez pas de la même famille. Et s'il avait cinquante ans de moins.

– Ça fait beaucoup de « si », Jacks.

– Tu vois ce que je veux dire. Il était impressionné. Moi aussi.

– Il faut que j'aille au lycée.

Je suis allée frapper à la porte de mon frère qui m'a dit d'entrer.

– Annie, je suis en retard ! Aide-moi à choisir une cravate.

– Montre-moi.

Il avait sélectionné une cravate unie rose et une autre violette à motifs floraux.

– Et si tu ne mettais pas de cravate ?

Leo a acquiescé et posé les cravates sur son lit.

– Tu peux m'appeler au lycée s'il y a quoi que ce soit. Je viendrai te chercher, ai-je dit.

– Je n'ai pas besoin que tu viennes me chercher ! a-t-il protesté.

– Leo, ne te fâche pas. Je ne voulais pas te vexer. Je souhaitais seulement te rappeler que si quelqu'un te demande de faire quelque chose qui ne te plaît pas, tu n'es pas obligé. Il y aura d'autres boulots.

– Je suis en retard !

Il a ramassé sa besace puis m'a embrassée sur le front et les joues.

– À ce soir ! Je t'aime, Annie !

– Leo ! Un de tes lacets est défait !

Il ne m'a pas entendue. Au moins, il ne s'est pas retourné. Je me suis gardée de lui courir après.

Ce soir-là, Leo a rapporté des roses jaunes pour Nana et une pizza pour nous. Quand il a franchi le seuil de l'appartement, il m'a paru plus grand. Ses deux lacets étaient noués. Peut-être que j'avais eu tort de me faire du souci.

– Alors, c'était comment ? lui ai-je demandé alors que nous dînions.

– OK, a-t-il répondu, et, chose étonnante de sa part, il n'a rien ajouté.

Le jeudi, Scarlet et moi avons auditionné pour *Macbeth*. Les auditions se tenaient dans le bureau de M. Beery. On passait chacun notre tour. M. Beery nous demandait de lire un passage du rôle qu'on aurait aimé obtenir.

Scarlet voulait être Lady Macbeth, bien sûr.

– Sauf si M. Beery se fiche du sexe de ses acteurs, mais ça m'étonnerait. Je pense que je ferais un excellent Macbeth.

– Tu devrais lui dire, ai-je suggéré. Sauf que tu serais obligée de te couper les cheveux.

– J'en serais capable ! s'est-elle enflammée. Pour Macbeth, je ferais n'importe quoi !

Scarlet est passée avant moi et je suis entrée dans le bureau quand elle en est sortie.

J'ai lu un passage d'un monologue de Lady Macduff. C'est

un petit rôle. Elle a une scène principale, où elle parle à son fils. Elle meurt assassinée quelques scènes plus loin, et c'est supposé être très triste. Elle hurle « Au meurtre ! » quand les assassins arrivent, ce qui me paraissait amusant à jouer. J'aurais préféré être une sorcière mais Scarlet avait pensé que Lady Macduff me conviendrait mieux. (Son costume aussi, avait-elle insisté.)

– Pas mal, a dit M. Beery quand j'ai eu terminé. Mais j'avoue être déçu que vous ne tentiez pas le rôle de Lady Macbeth.

J'ai haussé les épaules.

– Je me sens plus proche de Lady Macduff.

– Lisez un passage, a insisté M. Beery.

– Je ne crois pas, non.

– Allez, Anya. Vous ne trahirez en rien votre amie en auditionnant pour le rôle de Lady Macbeth. Je pense que votre passé donnerait davantage de profondeur au personnage.

J'ai secoué la tête.

– Le rôle de Lady Macbeth ne m'intéresse absolument pas, monsieur Beery. Et j'estime blessante votre affirmation comme quoi mon « passé donnerait davantage de profondeur au personnage ». J'imagine que vous dites ça parce que j'ai côtoyé des meurtriers. Mais je connais bien mieux les situations qu'a vécues Lady Macduff. Je ne me sens pas proche de Lady Macbeth, ni de ses ambitions. Je n'ai aucune ambition, monsieur Beery, si ce n'est de finir le lycée. Et si vous me proposiez le rôle de Lady Macbeth, je le refuserais. Et je ne dis pas ça par esprit de contradiction. Si je suis là aujourd'hui, c'est uniquement parce que j'ai promis à Scarlet de lui tenir compagnie.

– Mlle Barber n'a pas votre fougue, Anya ! a insisté M. Beery.

– Je crois que vous vous méprenez sur Scarlet, monsieur Beery.

J'avais fréquenté des gens comme lui toute ma vie. Des gens qui projetaient sur moi toutes sortes de contrevérités compte tenu de l'histoire de ma famille. M. Beery n'était pas tellement différent de Mme Cobrawick.

– Très bien, mademoiselle Balanchine, a concédé M. Beery. J'afficherai la liste demain.

Quand je suis sortie, Scarlet m'attendait dans le couloir.

– Tu es restée longtemps, a-t-elle remarqué.

– Ah bon ?

– Comment ça s'est passé ?

– Bien, je crois, ai-je répondu en haussant les épaules.

– Qu'il t'ait gardée longtemps est très bon signe, a-t-elle conclu.

La répartition des rôles a été annoncée le lendemain. Scarlet a obtenu celui de Lady Macbeth, comme elle le souhaitait. Je n'aurais pas été surprise d'avoir été mise sur la touche, mais j'ai obtenu celui d'Hécate.

– C'est qui Hécate, déjà ? ai-je demandé à Scarlet.

– C'est la chef des sorcières ! a-t-elle répondu. C'est un super personnage.

Je n'avais pas auditionné pour ce rôle mais ça me convenait parfaitement.

Nous examinions toujours la liste quand Win est arrivé pour nous féliciter.

– Sorcière numéro un, a-t-il dit. C'est la sorcière la plus importante.

– Oui, j'ai cru comprendre.

– Elle doit veiller à ce que les autres sorcières ne fassent pas n'importe quoi.

– Je crois que je devrais y arriver.

Depuis le temps que je veillais à ce que les autres ne fassent pas n'importe quoi…

Voilà, la semaine touchait à sa fin. Personne n'avait été arrêté, personne n'était mort. J'étais première sorcière. Mes problèmes n'avaient certes pas disparu, mais il n'y avait pas non plus de catastrophe à déplorer. En somme, c'était plutôt une bonne semaine.

Ce soir-là, c'était le seizième anniversaire de Scarlet. J'avais demandé à mon cousin Fats de nous prêter la salle annexe de son café clandestin. Compte tenu de mes déboires judiciaires et de la santé de Gable, on avait décidé de réduire le nombre d'invités – quelques amis de Scarlet du club de théâtre, Natty, et c'était tout. Je n'avais pas l'intention de servir du café ou du chocolat, mais j'hésitais quand même à inviter Win. Comme ce n'était pas une fête-surprise, j'en avais parlé à Scarlet. (Au passage, je tiens à dire que je ne crois pas aux fêtes-surprises. Je n'aime pas être surprise, et je pense que je ne suis pas la seule.) Bref, revenons à Win.

– Il sait ce que fait ta famille, Annie. Ce n'est pas un secret. Je pense qu'il faut l'inviter.

Je n'avais pas parlé à Scarlet de ma conversation avec le père de Win. D'ailleurs, je n'en avais parlé à personne. Je trouvais ça trop gênant.

– Invite-le, toi, ai-je dit à Scarlet.

Elle y a réfléchi un instant puis a secoué la tête.

– Je me suis déjà pas mal ridiculisée auprès de ce garçon. À ton tour.

– D'accord. Ça te dérange si on invite Leo ?

– Bien sûr que non ! s'est-elle écriée. Pourquoi ça me dérangerait ? J'adore Leo.

Là était bien le problème. Il me semblait plus qu'évident que Leo appréciait un peu trop ma meilleure amie, et je ne voulais pas qu'il ait le cœur brisé. Je n'étais pas sûre qu'il comprenne que Scarlet flirtait avec tout le monde.

– Et ton avocat ? a demandé Scarlet.

– M. Kipling ? Il est toujours à l'hôpital.

– Non, pas M. Kipling ! Le jeune. Simon, c'est ça ?

– Il n'est pas si jeune.

– Il a quel âge ?

– Vingt-sept ans.

– Ce n'est pas si vieux. Il n'a que onze ans de plus que moi.

– T'es presque pire que Natty.

Scarlet a fait la moue.

– Je n'aime pas les garçons de mon âge.

– Tu es désespérante, ai-je soupiré en secouant la tête.

– Et ceux que j'aime bien ne m'aiment pas.

Natty et moi sommes arrivées chez Fats un peu plus tôt pour décorer la salle. Fats avait des tables et des chaises en fer forgé et un immense bar qui longeait le mur du fond. Des vieilles publicités pour des marques d'alcool dans des cadres dorés ornaient les murs. Fats prétendait ne servir que du vin, mais l'endroit embaumait le café. L'odeur de café est difficile à chasser et j'avoue que c'est ma préférée au monde. Mes parents adoraient le café. Il y avait toujours une cafetière pleine dans la cuisine avant que cette boisson ne soit bannie.

Fats a proposé de nous aider.

– Comment ça va ? m'a-t-il demandé alors que nous déplacions des tables et des chaises.

Je lui ai montré mon tatouage.

– Maintenant, tu es une vraie Balanchine, a-t-il déclaré.

J'ai soupiré.

– Leo travaille à la Piscine, ai-je annoncé.

– Oui, on m'a dit.

– Tu y es pour quelque chose ?

Leo ne m'avait-il pas dit que Jacks et Fats avaient été les premiers à l'emmener à la Piscine ?

Fats a secoué la tête.

– Pirozhki m'a demandé de lui présenter Leo. C'est tout ce que j'ai fait.

– Pourquoi Pirozhki voulait-il rencontrer Leo ?

– Je ne sais pas. Je crois qu'il avait envie de connaître sa famille.

Sa réponse m'a paru louche. Je m'apprêtais à le relancer quand Scarlet est arrivée. Elle portait une robe bustier de bal rouge en taffetas et un serre-tête avec une plume de paon. Natty l'a suivie du regard.

– Elle est magnifique, a-t-elle soufflé.

Oui, Scarlet était magnifique. Mais elle avait aussi un peu l'air cinglée.

– Je t'ai apporté une robe, m'a dit Scarlet. Je me doutais bien que tu ne te serais pas changée.

Elle avait raison, je portais encore mon uniforme. Elle a sorti d'un sac une longue robe noire à sequins – pas du tout le genre de vêtements que je mettais. J'ai protesté.

– Allez, c'est mon anniversaire. Et je veux que tu brilles, a insisté Scarlet.

– Tu veux surtout que j'aie l'air ridicule ! D'accord, ai-je marmonné. Au fait, tu es en avance.

Scarlet comptait arriver avec quinze minutes de retard afin de faire une entrée remarquée.

– Je n'allais pas te laisser tout gérer toute seule, a-t-elle répondu. Je partirai dès qu'on aura fini et je reviendrai comme prévu.

La soirée s'est très bien passée. Les filles ont longuement admiré la robe de Scarlet (la mienne aussi). Je me suis occupée de la musique, de la nourriture et des boissons. J'aimais bien paraître débordée, ça m'épargnait d'avoir à parler.

À la fin de la soirée, j'ai demandé à Leo et à Natty de raccompagner Scarlet chez elle. Je suis restée afin de ranger et de remercier Fats.

– Tiens, a dit Win. Laisse-moi t'aider.

Il m'a pris la chaise des mains et l'a empilée sur une autre.

– Je vais m'en occuper.

– Je croyais que tu étais parti, ai-je dit.

Je n'étais pas ravie de me retrouver seule avec lui, mais je ne comptais pas l'empêcher de ranger des chaises si ça lui chantait.

Il s'est dirigé vers le portemanteau sur lequel pendait son chapeau.

– J'ai oublié mon chapeau, a-t-il expliqué en le remettant.

– Des fois, j'ai l'impression que tu oublies ton chapeau exprès, ai-je grommelé.

Il a empilé les dernières chaises.

– Voyons, Anya, pourquoi est-ce que je ferais un truc pareil ?

Je n'ai pas répondu. Win s'est approché de moi. Il a tendu la main, paume ouverte. À l'intérieur, il y avait un sequin noir provenant de la robe de Scarlet.

– J'ai trouvé ça, a-t-il déclaré.

J'ai ri, légèrement gênée à l'idée de semer des morceaux de moi-même un peu partout.

– Je mue.

– Oui, j'ai oublié mon chapeau exprès, a-t-il avoué. Parce que je voulais te demander quelque chose et qu'il est pratiquement impossible de te parler seul à seul...

Et ensuite, il m'a invité au bal d'automne.

– Je sais, c'est un peu puéril, mais il faut que j'y aille de toute façon. J'assure le spectacle. Je vais jouer de la musique avec des amis, et...

– Jouer de la musique ? Tu es dans un groupe ?

– Nous ne sommes pas encore un groupe. Disons qu'on se réunit entre musiciens afin d'assurer l'ambiance musicale au bal d'automne de la Sainte-Trinité. Je déteste quand des gens qui ont joué ensemble à peine deux minutes décrètent tout à coup qu'ils forment un groupe !

Il parlait très vite et à grand renfort de gestes, et j'ai compris qu'il était nerveux. Il a enlevé son chapeau afin de se donner une contenance.

– Alors, oui, j'y vais. Avec ou sans toi, a-t-il poursuivi. Mais je préférerais que ce soit avec.

Il m'a souri d'un air tendre et timide. Si ma vie n'avait pas été ce qu'elle est, je crois que je l'aurais embrassé sur l'instant.

– Alors, Anya, qu'en dis-tu ?

– Non, ai-je répondu fermement.

– OK, a-t-il dit en remettant son chapeau. Mais, j'aimerais savoir… C'est parce que tu ne veux pas aller au bal ou parce que tu ne veux pas y aller avec moi ?

– C'est important ?

– Oui, parce que si tu ne m'aimes pas, j'arrêterai de t'embêter, a-t-il expliqué. Je ne suis pas du genre à m'accrocher.

J'y ai réfléchi. Honnêtement, je ne voulais pas qu'il arrête de m'embêter. Et pourtant, cela me paraissait être la seule solution.

– Ça n'a rien à voir avec toi. Mais Gable est à l'hôpital et ma vie est un peu compliquée en ce moment. Je n'ai vraiment pas la tête à ça. Tu comprends ?

– Je comprends, mais c'est vraiment n'importe quoi, a-t-il conclu.

En le voyant partir, j'ai pensé que je ne l'avais jamais autant apprécié qu'à cet instant-là. J'aimais bien qu'il ne soit pas dupe de mes mensonges, et qu'il le dise.

Je me sentais à la fois bien et pas bien. Ça n'a duré qu'une seconde. Mon père disait toujours que s'apitoyer sur son sort ne sert strictement à rien.

Win s'est montré cordial avec moi le lundi matin en SML II, mais il ne s'est pas assis avec nous au déjeuner. Il a mangé avec ceux qui, techniquement, ne formaient pas encore un groupe. Scarlet m'a demandé s'il s'était passé quelque chose entre moi et Win, alors je lui ai raconté.

– C'est quoi ton problème ? a-t-elle demandé d'une voix sévère.

– Rien, ai-je répondu. Peut-être que ce n'est pas une bonne idée que je sorte avec quelqu'un en ce moment. Je te rappelle que Gable est toujours à l'hôpital.

– Qu'est-ce que Gable a à voir là-dedans ! Tu flirtes avec Win depuis le jour de la rentrée !

– Ce n'est pas vrai !

Scarlet a levé les yeux au ciel.

– Quand je pense que j'ai décidé de me sacrifier parce que je voyais bien que ma meilleure amie était amoureuse de lui...

– Ce n'est pas le moment, Scarlet.

Elle a secoué la tête.

– Je ne te comprends pas du tout.

Elle a reporté son attention sur ses lasagnes (encore !) et j'ai fait de même.

– Je ne vois pas où est l'intérêt d'être en couple, ai-je marmonné. Tu n'as qu'à te trouver un petit ami, toi, si tu penses que c'est si génial.

– Ce n'est pas la peine d'être méchante, a-t-elle rétorqué.

J'ai immédiatement souhaité ravaler mes paroles, bien entendu. Bien que Scarlet soit jolie et fidèle, elle effrayait les garçons, qui la considéraient comme étant légèrement givrée. Nana disait souvent que Scarlet était le genre de fille qui aurait bien plus de succès en vieillissant.

– Je suis désolée, ai-je lancé. Scarlet, je suis désolée. Je n'aurais pas dû dire ça.

Elle ne m'a pas répondu. Elle a pris son plateau et m'a laissée manger toute seule.

Cet après-midi-là, Scarlet ne m'a pas parlé. Elle ne m'a pas non plus attendue à la fin de la répétition de théâtre. L'idée de l'avoir blessée m'était insupportable alors je suis passée chez elle en sortant du lycée afin de m'excuser de nouveau. Scarlet vivait au sixième étage sans ascenseur. Monter jusque chez elle était fatigant. C'était d'ailleurs pour ça qu'on traînait le plus souvent chez moi, où l'ascenseur fonctionnait toujours.

– Je te pardonne, a déclaré Scarlet. Ma réaction aussi était un peu exagérée, mais comme j'étais partie en trombe, je ne pouvais décemment pas revenir. Et d'ailleurs, je ne pense pas que tout le monde doive être en couple ! Mais il est évident que tu aimes bien Win, et lui t'aime bien aussi, alors je ne vois pas où est le problème !

– Ce n'est pas aussi simple.

– Alors, explique-moi. S'il te plaît.

– D'accord, ai-je accepté. Mais tu dois me promettre de ne rien dire à personne. Pas à Natty, et surtout pas à Win.

Scarlet a promis, alors je lui ai fait part de la conversation que j'avais eue avec Charles Delacroix.

– C'est affreux, a dit Scarlet.

– Oui, je sais.

– C'est affreux, a-t-elle continué, mais je ne vois pas en quoi ça te concerne.

– Je ne veux pas que Win ait des ennuis, surtout avec sa famille. Il n'y a rien de plus important que la famille.

– Sauf que c'est la famille de Win. Et s'il a envie de se fâcher avec son père, c'est son droit. Tu ne crois pas ? a demandé Scarlet.

– Peut-être. Mais, quand on y réfléchit, c'est pas comme si Win et moi allions nous marier ou comme si j'étais amoureuse de lui. Alors pourquoi se donner tout ce mal ? Il y a des millions de gens dans le monde, pourquoi est-ce que je devrais insister pour sortir avec le seul garçon dont le père peut me nuire ?

Scarlet n'a pas répondu tout de suite.

– Parce que ce serait sympa. Et amusant. Et peut-être même que ça te rendrait heureuse. Et si ce n'est que passager, comme tu dis, alors où est le mal ?

Elle m'a embrassée sur la joue.

Peut-être ai-je oublié de le signaler : Scarlet était une romantique. Mon père disait qu'une personne romantique n'était en fait qu'une personne qui agit sans se soucier des conséquences de ses actes.

– Scarlet, je ne peux pas. J'aimerais bien, mais je ne peux pas. Je dois penser à Natty, à Nana et à Leo. Et si Charles Delacroix décidait de s'en prendre à nous ?

– Anya, c'est ridicule ! Ne sois pas parano !

– Le père de Win m'a paru... À mon avis, c'est un homme ambitieux. Il est possible qu'il essaye de se débarrasser de moi et de ma famille.

– Annie, tu es folle. Ça n'arrivera jamais.

– Tu veux que je te dise ce à quoi j'ai pensé ? Charles Delacroix sait que Natty et moi n'avons pas vraiment de tuteur légal en ce moment. Nana ne va pas bien. Elle perd complètement la tête, Scar. Leo est... Leo est comme il est. Et si M. Delacroix appelait les services sociaux ? Et si on m'enfermait de nouveau à Liberty ? Et si on y envoyait Natty ? Tu vois bien, Scarlet. Win n'en vaut pas la peine.

Les yeux de Scarlet se sont emplis de larmes.

– Pourquoi est-ce que tu pleures ? ai-je demandé.

Elle a agité la main d'une façon qui m'a paru presque comique.

– Il a une telle façon de te regarder ! Et il ne sait pas pourquoi tu... J'aimerais pouvoir lui dire.

– Scarlet, tu as promis.

– Je ne te trahirais jamais, tu le sais !

Elle s'est essuyée dans sa manche.

– C'est tellement tragique.

– Non, ça n'a rien de tragique, ai-je répondu. Une tragédie, c'est quand quelqu'un meurt. Le reste n'est que littérature.

Encore un truc que disait souvent mon père. Je suis sûre que Shakespeare aurait été d'accord.

12. Je craque ; je joue à la sorcière

Bien que nous n'ayons de cavalier ni l'une ni l'autre, Scarlet voulait qu'on aille au bal d'automne, et donc nous y sommes allées. J'aurais préféré rester à la maison mais, comme disait mon père, l'amitié vaut bien quelques efforts.

Le thème du bal était « Les grandes histoires d'amour » ou un truc kitsch dans le genre. Sur les murs du gymnase étaient projetées des images de couples légendaires. Roméo et Juliette, Antoine et Cléopâtre, Bonnie et Clyde, etc. Que tous ces couples aient mal fini n'avait vraisemblablement pas effleuré les organisateurs de la soirée.

Je n'ai pas été surprise de voir que Win était accompagné d'Alison Wheeler. Alison et moi n'étions pas amies, mais il n'y avait aucune animosité entre nous. Nous nous connaissions depuis le primaire. Elle était jolie – et même très jolie –, menue, avec des longs cheveux roux tout droit sortis d'un conte de fées. J'étais contente de voir que Win avait fait preuve de bon goût et qu'il s'était remis aussi rapidement de mon refus. Au fait, personne d'autre ne m'avait invitée au bal. J'imagine qu'ils craignaient tous – sans doute à juste titre – de finir comme Gable Arsley.

Vers le milieu de la soirée, le groupe de Win a commencé à jouer. (Ils s'intercalaient entre les pauses du DJ.) J'ai demandé à Scarlet si elle voulait partir.

– Non, ce serait mal élevé, a-t-elle dit. Win est notre ami. Attendons au moins une chanson avant de rentrer.

Ils ont débuté par une reprise d'une vieille chanson intitulée *You Really Got a Hold On Me*. Win avait une voix grave, envoûtante, et il jouait bien de la guitare.

– Il est bon, a remarqué Scarlet.

– Oui.

– Tu veux qu'on y aille ? Je lui ai fait un signe. Il sait que nous sommes restées l'écouter.

J'ai secoué la tête.

Le « non-groupe » a aussi joué quelques compositions originales, qui m'ont beaucoup plu, plus que les reprises. Les paroles étaient drôles, émouvantes et intelligentes. Win avait du talent, c'était évident.

Une vague de tristesse et de regret m'a envahie. J'aurais préféré ne pas savoir que Win avait du talent.

Ils ont joué une cinquième et dernière chanson. Une ballade, pas trop sentimentale. J'ai cru un instant qu'il m'avait regardée, mais il regardait un peu tout le monde. Il semblait à l'aise sur scène.

Ils ont salué la foule, et le DJ est revenu. Ouf, c'était terminé. Je me sentais fébrile. J'avais besoin de prendre l'air.

– Allons-y, ai-je dit à Scarlet.

À cet instant, l'un des garçons du club de théâtre a proposé à Scarlet de danser. Pour qu'elle n'ait pas à décliner l'invitation, je lui ai dit que je pouvais attendre.

Scarlet s'est laissée entraîner sur la piste de danse. Le DJ avait choisi une chanson rythmée et elle dansait bien mieux que son partenaire. J'étais contente que sa soirée n'ait pas été complètement ratée. Derrière Scarlet, j'ai aperçu Win qui dansait avec Alison Wheeler. Elle portait une robe blanche qui lui arrivait au genou et se mariait bien avec sa couleur de peau et ses cheveux. Elle me paraissait élégante, mature. Win avait enlevé sa cravate et retroussé ses manches. Il avait dû avoir chaud sur scène parce que ses cheveux courts formaient désormais des bouclettes autour de ses oreilles. Je ne sais pas pourquoi, mais j'ai trouvé ces bouclettes totalement irrésistibles.

La déprime me guettait. Je me suis dirigée vers le bar et servi un verre de punch.

Alors que passait une chanson plus lente, j'ai senti une main se poser sur mon épaule.

– Mademoiselle Balanchine, a dit Win.

Je me suis retournée. Ses yeux brillaient.

Peut-être était-ce de l'avoir entendu jouer, mais je me suis sentie tout à coup mal à l'aise à ses côtés.

– Je suis contente de te voir, ai-je bredouillé. J'ai bien aimé... Tu joues très bien.

– Danse avec moi, a poursuivi Win. Je sais que je me ridiculise. Tu te demandes sans doute combien de fois tu vas encore devoir me rejeter avant que je comprenne. Je suis vraiment débile, n'est-ce pas ?

J'ai secoué la tête.

– Je m'en fiche. Tu es toute seule près du bar, dans ta belle robe rouge, et quelque chose en moi me pousse à insister. Tu sors du lot.

– Tu es venu avec quelqu'un d'autre.

– Alison ? Alison est une amie, a-t-il expliqué. Nos parents se connaissent depuis des années. En fait, je lui rends service. Son père n'aime pas son petit ami alors je fais diversion.

– Vous avez l'air de très bien vous entendre, ai-je remarqué.

– Allez, danse avec moi. La chanson est presque terminée. Tu ne risques rien.

– Non.

Et parce que je ne voulais pas qu'il me juge sévèrement, j'ai ajouté :

– J'aimerais bien, mais je ne peux pas.

Je suis partie en courant. Dans le couloir, j'ai attrapé mon manteau. Scarlet allait devoir rentrer sans moi. Win m'a suivie.

– Qu'est-ce que ça veut dire ? a-t-il demandé. Je ne comprends pas.

Je n'arrivais pas à glisser mon bras gauche dans ma manche.

– Attends, je vais t'aider, a-t-il murmuré.

Il s'est penché vers moi et m'a pris le bras.

– Je ne veux pas de ton aide, ai-je dit, mais il était trop tard.

Tout en sachant que c'était une très mauvaise idée, je me suis hissée sur la pointe des pieds et je l'ai embrassé.

Ses lèvres étaient douces et salées. Il lui a fallu une seconde pour reprendre ses esprits, mais ensuite, mon Dieu, quel baiser !

– Je suis désolée, ai-je bredouillé. Je n'aurais pas dû faire ça.

– Ne dis pas une chose pareille !

Sur ce, je me suis précipitée vers la sortie.

Sans vraiment m'en rendre compte, j'ai attrapé la main de Win.

Nous sommes allés chez moi.

Nous nous sommes embrassés longuement dans le salon. Pour être tout à fait honnête (que Dieu me pardonne !), ça ne m'aurait pas tellement dérangée que les choses aillent un peu plus loin. Mais je n'étais pas ce genre de fille et, fort heureusement, Win n'était pas ce genre de garçon.

Nous avons passé toute la nuit à parler de tout et de rien.

Ensuite, le soleil s'est levé. Et parce que je l'aimais vraiment bien, je me suis dit qu'il fallait que j'aborde le sujet qui fâche – son père.

– Je t'aime bien, ai-je déclaré.

– Tant mieux.

– Je vais te raconter une histoire.

– J'aime bien les histoires.

– Tu n'aimeras peut-être pas celle-là.

Je lui ai parlé du jour où j'avais rencontré son père.

Les yeux de Win se sont assombris, passant de bleu ciel à gris, comme avant un ouragan.

– Je me fiche complètement de ce que dit ou pense mon père, Anya.

Je n'en étais pas aussi sûre.

– Moi, non, ai-je répondu. Je suis obligée.

Je lui ai expliqué que j'avais peur qu'il s'en prenne à ma famille. Contrairement à Scarlet, Win n'a pas trouvé mes craintes ridicules.

– C'est pour ça qu'on ne peut pas être ensemble.

Win est resté silencieux un instant.

– Je suis vraiment désolé qu'il t'ait dit ça, mais je l'emmerde. Franchement. Ce que je fais ne le regarde pas.

– Mais si, Win. Et il n'a pas complètement tort.

Win m'a embrassée et, pendant quelques secondes, j'ai oublié Charles Delacroix.

Il était 7 h 30 du matin. Toujours en pyjama, Natty est entrée dans ma chambre.

– Alors, c'était comment le bal, Annie ?

Puis elle a remarqué Win.

– Oh !

– Salut, a-t-il lancé.

– Win doit partir, ai-je annoncé.

Il s'est levé et je l'ai poussé vers la porte.

– Et si on allait voir mon père ? Là, tout de suite ? a-t-il demandé d'un ton mi-sérieux mi-plaisantin.

– Pour lui dire quoi ?

– Que notre amour est trop fort pour être interdit.

– Je ne t'aime pas encore, Win, ai-je déclaré.

– Ça va changer.

– J'ai une meilleure idée, ai-je proposé. Gardons le secret jusqu'à ce qu'on sache si c'est sérieux entre nous. Pourquoi remuer ciel et terre si, au final, on découvre qu'on ne s'apprécie pas tellement ?

– Hmm, a marmonné Win. Je crois que tu es la fille la moins romantique de la planète.

– Merci pour le compliment, ai-je ri. Disons que j'analyse la situation de manière pragmatique.

– D'accord. Soyons pragmatiques.

L'ascenseur est arrivé, et il a disparu. Jamais je ne m'étais sentie aussi peu pragmatique.

Natty m'attendait dans la cuisine.

– Alors, qu'est-ce qu'il s'est passé ?

– Rien, ai-je répondu.

– Ça n'avait pas l'air de rien, a poursuivi ma petite sœur.

– Tu te fais des idées, ai-je affirmé. Qu'est-ce que tu veux pour le petit déjeuner ?

– Des œufs. Et une belle histoire d'amour, Annie. Une histoire sentimentale et romantique avec plein de bisous dedans.

Je l'ai ignorée.

– Va pour les œufs.

– Scarlet est au courant ? a demandé Natty.

– Non, parce qu'il n'y a rien à raconter.

– Ça n'avait pas l'air de rien, a-t-elle répété.

– Tu l'as déjà dit.

Dans une poêle, j'ai cassé deux œufs que j'ai brouillés. Natty me regardait avec de grands yeux humides et brillants, comme ceux d'un chien. Sa tendre et pressante sollicitude m'a donné envie de rire et de tout lui avouer. La vie n'avait pas épargné Natty – tout ce qui m'était arrivé lui était arrivé à elle aussi. Je trouvais magnifique qu'elle soit encore aussi innocente et généreuse, qu'elle se soucie autant de mes histoires d'amour.

– Je l'aime bien, d'accord ? ai-je concédé.

– Tu l'aiiimes !

– Et tu dois me promettre de ne rien dire à personne. Ni à Nana, ni à Leo, ni à Scarlet. Personne !

– Il m'a plu dès le premier jour, a continué Natty avec joie. Alors, ça fait quoi de l'embrasser ?

– Comment sais-tu qu'on s'est embrassés ?

– Je le sais, a-t-elle affirmé. Ça se voit sur ton visage. Allez, raconte ! Ses lèvres ont l'air si douces.

J'ai ri.

– C'était très bien.

– Il va falloir que tu m'en dises plus.

– Non, je ne t'en dirai pas plus.

J'ai transvasé les œufs dans une assiette. Alors que je la posais sur la table, j'ai remarqué un bleu sur l'avant-bras de Natty.

– Qu'est-ce qui t'est arrivé ?

– Je ne sais pas, a-t-elle répondu. J'ai dû me cogner pendant la nuit.

– Ça fait mal ?

Elle a haussé les épaules.

– J'ai fait un cauchemar, un petit cauchemar. Je n'ai même pas eu besoin de me réveiller. Peut-être que je me suis cognée contre le mur ? Quand est-ce que tu vas revoir Win ?

– Peut-être jamais. Peut-être qu'il ne va pas appeler. Parfois, un garçon te fait croire qu'il t'aime bien mais ensuite ne t'appelle jamais, Natty.

À cet instant, le téléphone a sonné. C'était Win.

– Tu es déjà rentré ?

– J'ai couru. Je voulais te parler avant que tu changes d'avis sur moi. On peut se voir ce soir ?

Bien sûr, j'aurais dû refuser. Mais la partie raisonnable de mon cerveau est restée étonnamment silencieuse.

– Oui, ai-je répondu. Viens à la maison.

– Je voudrais t'emmener quelque part.

– Où ça ?

– C'est une surprise.

– Je pense quand même qu'on devrait garder notre relation secrète.

– Je sais, et je suis d'accord. Mais tu n'as pas à t'inquiéter. Personne n'en saura rien.

Nous avons pris le métro et traversé Brooklyn jusqu'à Coney Island. Quand nous sommes sortis, nous sommes tombés sur une vieille promenade en bois et un ensemble d'anciens manèges de fête foraine qui ressemblaient à des araignées multicolores.

– Je suis déjà venue ici ! me suis-je écriée.

Mes parents nous avaient emmenés, Leo et moi, dans cet endroit. C'était en été, avant que la ville décide de le fermer. (À cause d'une épidémie, je crois. Ou bien des carences en électricité. Je ne me souviens pas, j'étais trop petite.)

– Mais plus rien ne marche.

– Pas tout à fait, a dit Win en me prenant la main.

Il m'a entraînée le long de la promenade. J'entendais des voix au loin. La grande roue pour enfants était tout illuminée.

– Des gens ont installé un générateur clandestin qui fournit assez de courant pour faire fonctionner un manège tous les samedis, m'a expliqué Win. Quelqu'un l'a signalé au procureur la semaine dernière. Mon père s'en fiche. La ville a assez de problèmes comme ça, et bla bla bla. Je ne t'apprends rien, tu as entendu son discours.

– Oui. Malheureusement. Il m'a quand même donné l'impression de vouloir changer les choses.

– Tout ce qu'il veut, c'est une promotion.

L'opérateur du manège nous a accueillis.

– Je voulais simplement vous informer que ce manège n'est pas forcément conforme aux normes de sécurité. Vous risquez l'accident, voire la mort.

Win s'est tourné vers moi. J'ai haussé les épaules.

– Du moment que vous êtes au courant…

– Il y a pire, comme mort, a déclaré Win.

J'étais d'accord.

Win a payé l'entrée et nous nous sommes installés dans une nacelle. Je n'avais jamais été sur une grande roue auparavant. Nous étions serrés l'un contre l'autre vu que ce manège avait été construit pour des enfants et, bien que je sois menue, mes fesses sont, disons, généreuses. Je me sentais un peu mal à l'aise de voir que je prenais toute la place, mais ensuite Win a mis son bras autour de mes épaules, et j'ai arrêté d'y penser.

Le calme régnait sur la grande roue. Nous avons patienté un moment avant le démarrage parce que l'opérateur attendait que toutes les nacelles soient occupées. L'air de novembre était frais. Je sentais comme une odeur de brûlé au loin. L'après-rasage de Win dégageait un parfum mentholé agréable mais qui ne masquait pas l'odeur de roussi.

Je n'avais pas tellement envie de parler, ce que Win semblait comprendre.

Nous sommes arrivés au sommet. Je voyais des étendues d'eau sombres, des bandes de terre et, au-delà, la silhouette des buildings de Manhattan, où j'avais passé toute ma vie. J'aurais aimé ne jamais redescendre. En bas, il ne se passait que des choses affreuses. Je me sentais en sécurité en haut.

– J'aimerais ne jamais redescendre, a dit Win.

Me penchant vers lui, je l'ai embrassé. La nacelle s'est mise à onduler et à grincer.

Je ne m'étais confiée qu'à Natty. Je n'avais rien dit à Scarlet. Elle était bien trop occupée avec Lady Macbeth. (Le rôle d'Hécate exigeait beaucoup moins de dévouement.) Elle n'a fait aucune remarque à propos du fait que Win était revenu déjeuner avec nous. En plus d'être concentrée sur la pièce de théâtre, Scarlet était focalisée sur une autre histoire d'amour – celle entre elle et Garrett Liu, qui jouait Macduff.

Au lycée, Win et moi faisions attention à n'être jamais seuls. Je ne l'attendais pas à côté de son casier, ou ailleurs. La plupart du temps, Scarlet était avec nous.

Nous étions toujours binômes en SML II, qui s'est avérée être l'heure la plus délicieusement cruelle de la journée. J'avais envie de le toucher, de lui prendre la main, de lui écrire des mots, mais je me retenais. Je savais que notre relation ne survivrait pas si nos camarades commençaient à en parler. Il ne faudrait pas longtemps ensuite pour que le père de Win soit au courant.

Donc, cette heure de cours s'apparentait à une véritable torture.

Garder un secret avait quelque chose de terriblement excitant.

Le jour précédant la première de *Macbeth*, Scarlet a dû se rendre à une répétition supplémentaire, et Win et moi nous sommes retrouvés tous les deux seuls au déjeuner. Que l'on ne mange pas ensemble aurait sûrement éveillé les soupçons puisque tout le monde connaissait notre routine. J'ai proposé qu'on déjeune avec les membres de son groupe mais il pensait qu'il valait mieux faire comme d'habitude.

L'heure m'a paru infinie. Être avec lui et pourtant sans lui m'était très désagréable. Nous avons parlé de la pièce, de la météo, de son groupe, de nos projets pour les vacances et autres sujets anodins, comme si discuter de choses plus personnelles aurait fait éclater la vérité. Les tables étaient étroites et, à un moment donné, j'ai senti son genou se coller contre le mien. J'ai déplacé ma jambe ; il a fait de même. J'ai secoué légèrement la tête, fronçant les sourcils. À cet instant, Chai Pinter est venue s'asseoir à côté de Win. Elle m'a à peine saluée et a commencé à parler à Win d'un concert auquel elle comptait se rendre avec ses amis pendant les vacances. J'ai essayé de suivre la conversation, mais elle n'arrêtait pas de toucher Win. Sans cesse ! Sa main se posait sur sa main, son épaule, ses cheveux, son avant-bras. Il m'a fallu rassembler toutes mes forces pour ne pas lui sauter dessus et l'étrangler. Pour me calmer, j'ai pris de grandes respirations.

– Alors, ça te dit de venir ? a-t-elle demandé. Parce que j'ai un billet en rab. On sera tout un groupe, alors ce ne sera pas vraiment un rancard... Enfin, sauf si c'est ce que tu veux...

J'arrivais pas à y croire ! Une fille était en train d'inviter mon petit ami – certes secret, mais petit ami tout de même – à sortir devant moi ! Avions-nous à ce point berné tout le monde ? Encore une fois, j'ai été prise d'une furieuse envie de me jeter sur eux. Mais pas pour tuer Chai. Je voulais embrasser Win sur la bouche afin que le monde entier sache qu'il était à moi, et à moi seulement.

– Non, désolé, a répondu Win. C'est sympa de ta part, mais je crois que ma petite amie n'apprécierait pas.

– Ah, a soupiré Chai. C'est Alison Wheeler ? Pourtant, elle a dit que vous n'étiez qu'amis.

– Non, ce n'est pas Alison. C'est une autre. On était ensemble au lycée l'année dernière. Même si ce n'est pas facile d'être éloignés, on s'accroche.

Win mentait avec tant de facilité que je me suis presque demandé s'il n'avait pas une petite amie dans son ancien lycée. À cet instant, la cloche a sonné et Win s'est levé.

– À plus tard, Chai. Puis il s'est tourné vers moi : Annie.

– Ça ne tiendra jamais, m'a lancé Chai. Tu sais ce qu'on dit : loin des yeux, loin du cœur.

– Peut-être, ai-je marmonné.

J'ai attrapé mes livres et me suis précipitée hors de la cantine. J'ai couru dans le couloir afin de rattraper Win avant son cours d'anglais (il n'avait plus étude après le déjeuner). Je savais que je pouvais être en retard parce que j'avais cours avec M. Beery et qu'il était encore au théâtre pour les répétitions de la pièce. J'ai tapoté Win sur l'épaule.

– S'il te plaît, ai-je dit. Je peux te parler ?

Il a hoché la tête et m'a suivie jusqu'au cagibi près du théâtre. Là, je l'ai embrassé. Non, je ne l'ai pas vraiment embrassé, je me suis collée contre lui, je lui ai agrippé la nuque des deux mains et j'ai enfoncé ma langue dans sa bouche le plus loin possible.

– J'en ai marre de garder le secret, ai-je soupiré.

– Je sais. Mais tu as dit qu'on ne pouvait pas faire autrement.

Nous sommes sortis du cagibi. Le couloir était vide. La sixième heure avait déjà commencé.

La porte du théâtre a pivoté, et Scarlet est apparue.

– Hé, salut ! a-t-elle dit. Vous étiez où ?

Elle semblait un peu distraite, et j'ai pensé qu'elle avait le trac avant la première.

– On était là, a répondu Win en désignant le placard.

On ne pouvait pas raisonnablement être ailleurs.

– Et qu'est-ce que vous faisiez là-dedans ? a-t-elle demandé, intriguée.

– Annie voulait revoir son texte et c'était le seul endroit où on pouvait être tranquilles, a répondu Win.

Mentir lui venait naturellement. Un peu trop ? D'un autre côté, je voulais bien croire que quand on était le fils de Charles Delacroix, on apprenait assez tôt à cacher la vérité.

– Pourquoi est-ce que tu ne m'as pas dit que tu avais du mal à apprendre ton texte ? a déploré Scarlet. Je t'aurais aidée.

– Je ne voulais pas t'embêter. Tu es bien assez occupée avec ton propre rôle.

Moi aussi, je ne mentais pas trop mal.

– Première sorcière ! a dit Scarlet. Oh, Annie, je suis tellement fière de toi !

Elle était vraiment fière de moi, ça se voyait, et j'ai eu envie de pleurer. Je savais qu'il y avait des gens qui m'aimaient. Ma sœur m'aimait. Mon frère m'aimait. Nana m'aimait. Il me semblait aussi que ce garçon, ce Goodwin Delacroix, m'aimait. Mais cela faisait longtemps que personne n'avait été fier de moi. Ceux qui pouvaient l'être étaient morts et enterrés et je n'avais plus l'habitude.

Je vais consacrer quelques lignes à la pièce de théâtre. C'était une production lycéenne, peut-être un peu meilleure que les autres parce que M. Beery avait passé énormément de temps à essayer de faire en sorte qu'on ne soit pas nuls, et parce que, comme je l'ai déjà dit, l'école avait de l'argent. Scarlet a épaté la galerie. (Ce n'est pas parce que c'est ma meilleure amie que ce n'est pas vrai.) Quant à moi, la seule chose vraiment positive que je peux dire, c'est que j'étais la seule sorcière à ne pas porter de perruque. Mes cheveux noirs et bouclés faisaient parfaitement l'affaire. A posteriori, il est possible qu'on m'ait donné le rôle d'une sorcière uniquement à cause de mes cheveux.

13. Je fais ma BA ; je pose pour une photo

Pendant les vacances de Noël, Win et moi avons pris le train pour Albany afin de rendre visite à Gable Arsley dans son centre de rééducation. J'avais dit à Win que ça ne me dérangeait pas d'y aller seule. Je trouvais bizarre que mon nouveau petit ami secret vienne avec moi rendre visite à mon ex-petit ami gravement blessé. Win a insisté en arguant qu'il connaissait mieux la ville que moi, et j'ai cédé. Peu importe. Le trajet en train était long, et la rivière Hudson trop boueuse pour rendre le paysage charmant.

Peu avant Noël, Gable m'avait envoyé un mot me demandant de venir. Les fêtes de fin d'année l'avaient peut-être apaisé, à moins qu'il ne se sente seul. Dans sa lettre, il m'expliquait qu'il avait eu largement le temps de réfléchir à l'hôpital et qu'il s'était rendu compte qu'il s'était mal comporté envers moi. Ses médecins pensaient qu'il serait bientôt en état de retourner au lycée et il voulait s'assurer qu'il n'y avait pas de rancœur entre nous.

J'avais déjà été au centre de rééducation de Sweet Lake : Leo y avait fait un court séjour après son accident. C'était un endroit agréable, du moins aussi agréable que peut l'être un lieu rempli de malades. J'ai arpenté les couloirs de bon nombre d'hôpitaux et centres de rééducation, et ce qui me terrifie le plus, ce n'est pas tant ce qu'on voit que l'odeur. Je trouve horribles ces relents de détergent chimique censés masquer la décrépitude et la mort.

– Tu veux que je t'accompagne ? m'a demandé Win quand nous étions dans le hall.

Jusque-là, il m'avait pris la main – nous étions suffisamment loin de Manhattan pour nous le permettre –, mais je me tenais désormais légèrement à l'écart au cas où on croiserait les parents ou amis de Gable.

J'ai secoué la tête.

– Non, ai-je répondu. Ça va aller.

– Je crois que je devrais venir. Ce n'est pas lui qui a voulu te sauter dessus ?

– Franchement, Win, je ne pense pas qu'il va essayer de nouveau. Et j'ai le sentiment que ta présence ne fera que... (comment dire ?)... l'irriter. Je suis coriace, cela fait des années que je me débrouille toute seule.

– Je sais que tu es coriace. C'est une des choses que j'aime le plus chez toi. Je veux seulement te rendre la vie plus facile.

– C'est le cas, ai-je dit.

Je l'ai embrassé sur le nez. Je ne comptais pas aller plus loin, mais ensuite je l'ai embrassé sur les lèvres.

Win a hoché la tête.

– Allez, mademoiselle Dure-à-cuire. Je t'attends ici. Si tu n'es pas revenue dans une demi-heure, je pars te chercher.

À l'accueil, j'ai laissé mon nom et la réceptionniste m'a

indiqué le numéro de la chambre de Gable, la 67. J'ai longé le couloir et frappé à la porte.

– Qui est-ce ? a demandé Gable.

– C'est Anya.

– Entre !

Sans que je sache bien pourquoi, sa voix m'a paru étrange. J'ai ouvert la porte.

Gable était assis dans un fauteuil roulant orienté vers la fenêtre. Il s'est retourné et j'ai vu son visage. Sa peau était creusée par endroits, encore rouge à d'autres, et un lambeau cutané s'étendait de sa joue gauche à sa bouche – c'était cette greffe qui modifiait sa façon de parler. Il avait des pansements au bout des doigts. Il paraissait frêle, maigre. Alors que je me demandais ce qu'il faisait en fauteuil roulant, mon regard s'est posé sur ses cuisses, puis sur ses genoux, puis sur son pied. Il n'avait plus qu'un pied. On lui avait amputé celui de droite.

Gable m'observait. Ses yeux gris-bleu n'avaient pas changé.

– Tu me trouves hideux, non ? a-t-il demandé.

– Non, ai-je répondu en toute honnêteté.

Les années et les épreuves m'avaient habituée à la maladie et à l'infirmité.

Gable a ri – un rire las et presque métallique.

– Tu mens.

– J'ai vu pire dans ma vie.

– Oui, c'est probable, a-t-il reconnu. À dire vrai, Annie, je me dégoûte.

– Je comprends. Tu t'es toujours beaucoup soucié de ton apparence. Comme ce jour-là, au lycée... Je sais que ce qui t'énervait le plus, c'était toute cette sauce tomate sur ta chemise.

Gable a hoché la tête et a même esquissé un sourire en repensant à l'incident.

– C'est sûr que tu as beaucoup changé, mais je ne pense pas que ce soit aussi horrible que ce que tu t'imagines.

– Il n'y a que toi pour me dire une chose pareille, a-t-il ricané. Les autres sont si empruntés. C'est pour ça que je t'aime, Annie.

Je n'ai pas éprouvé le besoin de répondre. Avec lui, on ne savait jamais à quoi s'en tenir.

– Pendant longtemps, j'ai regretté de ne pas être mort, a-t-il continué. Mais plus maintenant.

– Tant mieux.

– Viens près de moi. Assieds-toi sur le lit.

J'étais restée près de la porte. Gable avait beau être coincé dans un fauteuil roulant, je demeurais méfiante. Il n'arrivait jamais rien de bien quand nous étions seuls tous les deux.

– Je ne vais pas te mordre, a-t-il déclaré, presque pour me défier.

– D'accord.

Je me suis assise.

– Tu sais pourquoi j'ai perdu mon pied ? a-t-il poursuivi. À cause d'une septicémie. Je ne savais même pas que ça existait. C'est quand le corps cesse de fonctionner et s'autodétruit. J'ai aussi perdu trois bouts de doigt.

Il a agité sa main bandée dans ma direction.

– Mais il paraît que j'ai eu de la chance. Je remarcherai un jour. Je pourrai aussi danser. À ton avis, j'ai l'air d'un gars chanceux ?

– Oui.

J'ai pensé à Leo, à ma mère et à mon père.

– Tu as l'air de quelqu'un qui a survécu à un événement horrible.

– Je n'ai pas envie de ressembler à ça. Je déteste les survivants, a-t-il craché.

– Mon père disait toujours qu'on ne fait jamais que survivre.

– Ton père était un criminel ! Tu crois vraiment que j'ai envie de savoir ce que pensait ton père ? Pendant les neuf mois où on est sortis ensemble, c'est tout ce que j'ai entendu. Mon père ceci et mon père cela. Ton père est mort depuis un million d'années, Anya. Grandis un peu !

– Je vais m'en aller.

– Non, attends ! Annie, ne pars pas. Je ne suis pas de bonne compagnie, et je suis désolé.

– Si tu veux tout savoir, je trouve que tu es encore beau.

J'étais sincère. Il guérirait. Il réapprendrait à marcher. Il redeviendrait comme avant, aussi pénible – en un peu moins égoïste, peut-être.

– C'est vrai ?

– Oui.

– Tu n'es qu'une menteuse ! a-t-il rugi.

Il s'est avancé vers la fenêtre.

– J'ai pensé à toi tous les jours, Annie, a-t-il repris d'une voix triste. J'ai attendu que tu viennes de ta propre initiative. Comme tu y es pour quelque chose dans ce qui m'est arrivé, j'y croyais. Tu n'es jamais venue.

– Je suis désolée, Gable, ai-je répondu. Nous n'étions pas vraiment en bons termes quand tu es tombé malade. Je ne sais pas si tu es au courant, mais ensuite j'ai été envoyée à Liberty. Et après, j'ai été malade à mon tour. Et puis je crois que j'ai perdu la notion du temps. J'aurais dû venir. J'y ai pensé.

– Tu y as pensé, tu aurais dû ; tu n'es pas venue.

– Je suis vraiment désolée.

Gable n'a rien dit. Il regardait toujours par la fenêtre. Ensuite, je l'ai entendu renifler.

Je me suis approchée de lui. Il pleurait.

– J'ai été odieux avec toi, a-t-il gémi. J'ai dit des choses horribles sur toi. Et j'ai même essayé de...

– C'est oublié.

Je mentais. Je n'oublierais jamais ce qu'il avait failli faire, mais il avait assez souffert.

– Et tu m'aimais ! Tu avais cette façon de me dévisager. Personne ne m'admirera jamais plus comme ça.

Je ne l'avais pas aimé. Le lui dire me paraissait cependant cruel et hors de propos.

– Tu étais ma seule amie. Les autres ne représentaient rien à mes yeux. J'ai honte. Pourras-tu me pardonner, Annie ?

Il était pathétique. J'ai décidé que je pouvais lui pardonner.

– Oui.

– Je vais avoir besoin d'amis à mon retour à la Trinité. On pourra être amis ?

– Bien sûr.

Il m'a tendu sa main « valide » et je la lui ai serrée. Soudain, il m'a tirée vers lui d'un mouvement si brusque que je lui suis tombée dessus. Et là, il m'a embrassée. Sur la bouche.

– Gable, arrête !

Je l'ai repoussé avec violence, si bien que le fauteuil a percuté la fenêtre.

– Quoi ? s'est-il étonné. Je croyais que tu voulais qu'on soit amis.

– Je n'embrasse pas mes amis sur les lèvres.

– Mais tu t'es penchée vers moi, a-t-il protesté.

– Ça va pas la tête ? J'ai trébuché.

Je me suis retournée, prête à partir. Avec une force qui m'a étonnée, Gable a précipité son fauteuil roulant sur moi et je suis allée m'écraser sur le lit. À cet instant, Win est entré dans la chambre et a éloigné Gable.

– Laisse-la tranquille ! a crié Win en brandissant son poing.

– Non, Win ! Ne lui fais pas mal, ai-je imploré.

Il a baissé le bras.

– T'es qui, toi ? a demandé Gable.

– C'est un ami, ai-je répondu.

– Je parie que c'est le genre d'ami que tu embrasses sur les lèvres, a rétorqué Gable. Il s'appelle comment ? J'ai l'impression de l'avoir déjà vu.

Win et moi avons échangé un regard.

– Je m'appelle Win. Je suis un ami d'Anya et je n'aime pas que les hommes brutalisent les femmes.

Ensuite, on est partis.

Je n'ai pas adressé la parole à Win avant qu'on soit dans le train.

– Tu n'aurais pas dû intervenir.

Win a haussé les épaules.

– Je maîtrisais la situation, ai-je poursuivi.

– Je sais. Tu es la fille la plus coriace que je connaisse.

J'ai posé ma tête contre son épaule.

– Pendant tout ce temps, tu attendais dans le couloir ?

– Oui.

– Gable va se souvenir de toi, et ensuite tout le monde sera au courant de notre relation.

– Et alors ? a répondu Win. Ça m'est égal que les gens sachent. Mais peut-être que Gable ne va rien dire ?

– Pourquoi se refuserait-il ce plaisir ?

– Je ne sais pas... Pour nous faire chanter ?

– C'est possible.

Mais j'en doutais sérieusement. Le chantage exigeait patience et organisation. Gable était impulsif.

Quand nous sommes descendus du train à New York, les paparazzis nous attendaient.

– Hé, les jeunes ! Regardez par ici !

– Faut croire que Gable est moins bête que ce que je croyais, a murmuré Win.

– Anya, est-ce que c'est votre petit ami ?

– C'est mon binôme, ai-je déclaré.

– Mouais, bien sûr.

Le lendemain matin, notre photo était partout. On avait été surpris en train de s'embrasser à la gare d'Albany. Les unes étaient toutes un peu du même genre : « Un amour voué à l'échec ? L'escapade romantique de la princesse *bravta* et du fils de l'assistant du procureur. »

Win m'a appelée dans l'après-midi.

– Tu veux rompre avec moi ?

– Non, a-t-il répondu, légèrement amusé. Mon père veut que tu viennes dîner à la maison.

– Il est en colère ?

– Il ne m'a jamais interdit de sortir avec toi. C'est à toi qu'il l'a demandé, tu te souviens ?

– Il est en colère contre moi ? Je crois que je préfère ne pas venir, merci.

– Tu as peur ? Ça ne te ressemble pas.

Je lui ai demandé à quelle heure il fallait que je sois là.

– À 19 heures. Si ça ne te dérange pas d'être encore prise en photo, je peux venir te chercher, a-t-il plaisanté.

– Pourquoi es-tu aussi heureux ? ai-je grommelé.

– Hmm. Ça me plaît que les gens sachent que tu es ma petite amie.

– À ton avis, qu'est-ce que je mets ?

– J'avoue avoir un certain faible pour ta robe rouge.

J'ai mis ma jolie robe rouge et j'ai pris le bus jusque chez Win. Leur appartement était superbe, et bien au-dessus des moyens d'un assistant du procureur (ou même d'un procureur). Soit la mère de Win amassait des fortunes grâce à ses activités agricoles (possible), soit il y avait de l'argent dans la famille.

Charles Delacroix a ouvert la porte avant même que je sonne. Il m'attendait. Il m'a paru plus petit que ce jour où il m'avait raccompagnée en ferry depuis Liberty. On aurait dit qu'il avait la capacité de se grandir ou de se rapetisser selon la situation.

– Tu as l'air d'aller bien, Anya. Bien mieux que la dernière fois que je t'ai vue.

– Oui, c'est le cas.

– Win est avec ma femme. Ils sont partis chercher un mystérieux ingrédient essentiel au dîner. Viens dans mon bureau, on va discuter en les attendant.

Je l'ai suivi dans son bureau. Des étagères en acajou débordant de livres papier recouvraient les murs bordeaux.

– Vous collectionnez les livres ?

Charles Delacroix a secoué la tête.

– Le père de ma femme les collectionnait.

Voilà qui répondait à la question. La mère de Win venait d'une famille fortunée. Sur l'écran de l'ordinateur de M. Delacroix étaient affichés les articles de journaux concernant Win et moi.

– J'avoue m'être débrouillé pour qu'ils ne soient pas là, a reconnu Charles Delacroix. Je voulais qu'on soit seuls. Par conséquent, je serai franc. Win affirme être amoureux de toi. Est-ce vrai ?

J'ai hoché la tête.

– Et tu es amoureuse de lui ? Ou bien es-tu trop pragmatique ?

– On ne se connaît pas depuis longtemps, ai-je commencé. Mais oui, c'est fort possible.

Charles Delacroix s'est frotté la nuque de ses doigts lisses et fins.

– Très bien, alors. C'est ainsi.

Il a soupiré. J'ai cru qu'il allait poursuivre mais il n'a rien dit. Il a sorti une carafe en cristal d'un placard et s'est servi un verre.

– C'est tout ? ai-je demandé.

– Je manque à tous mes devoirs ! Tu veux un verre ?

J'ai secoué la tête.

– C'est tout ce que vous avez à me dire sur le sujet ?

– Anya, je t'ai conseillé de ne pas sortir avec Win et tu m'aurais certainement rendu la tâche plus facile si tu m'avais écouté. Mais je ne suis pas un monstre. Si mon fils est amoureux...

Il a haussé les épaules.

– Voilà où nous en sommes aujourd'hui. Je t'apprécie, Anya. Et ce serait très hypocrite de ma part de te tenir rigueur de ta parenté. Personne ne peut échapper aux circonstances de sa naissance. Maintenant, si tu décidais d'épouser Win, ce serait une autre histoire. Mes conseillers me disent que ma campagne – mon éventuelle campagne, plutôt, rien n'est décidé pour le moment – peut supporter que mon fils sorte avec toi. En revanche, un mariage, c'est plus compliqué.

– Je vous assure, monsieur Delacroix, que je n'ai pas l'intention d'épouser qui que ce soit dans l'immédiat.

– Bien ! a-t-il ri ; ensuite, il a pris un air grave. Est-ce que Win t'a parlé de sa grande sœur Alexa ? Elle devait avoir à peu près ton âge quand elle est décédée.

J'ai hoché la tête.

– Malgré ce que je t'ai dit sur le ferry, je veux que le seul enfant qu'il me reste soit heureux, Anya. Mais je veux aussi qu'il soit en sécurité. Si jamais tu penses que du fait de ta famille mon fils est en danger, je te demande de venir me voir. Est-ce clair ?

– Oui, ai-je répondu.

– Parfait. Et, bien entendu, si jamais tu participes à des activités illégales, je te poursuivrai en justice. Je ne peux pas t'offrir de traitement de faveur.

Son ton était amical, du moins autant que possible, et je lui ai répondu que ça me convenait.

Ensuite, Win et sa mère sont rentrés.

– Charlie ! s'est écriée une femme.

– Nous sommes dans le bureau, a précisé M. Delacroix.

Win et sa mère sont entrés dans la pièce. Elle avait de longs cheveux noirs, des yeux vert clair. Elle devait être à peu près de la taille de ma mère.

– Je m'appelle Jane, a-t-elle dit. Tu dois être Anya. Tu es très jolie.

– Vous...

Je me suis interrompue pour ravaler mes larmes.

– Vous me rappelez quelqu'un que je connaissais.

– Ah bon ? Merci. J'espère que c'est quelqu'un que tu aimais, a-t-elle répondu en riant.

– Oui. Et qui me manque énormément.

Je n'ai pas eu le courage de lui dire qu'elle ressemblait à ma mère.

Après le dîner, Win m'a raccompagnée à la maison. Les paparazzis avaient disparu – peut-être s'étaient-ils déjà lassés ? Win a voulu savoir si son père avait été sévère avec moi. Je lui ai dit que non.

– Il voulait surtout s'assurer que tu n'allais pas te faire assassiner à cause de moi.

– Et qu'est-ce que tu as répondu ?

– Que je ferais tout mon possible mais que je ne pouvais rien lui promettre.

Nous sommes allés dans ma chambre.

Nous n'avons pas couché ensemble, ni même failli coucher ensemble, mais l'idée m'a traversé l'esprit. Peu à peu, je m'ouvrais à lui comme un bouton de rose dans une serre.

Mais je ne pouvais pas. J'ai pensé à mes parents – au paradis ou en enfer – et j'ai pensé à Dieu. Mon père m'avait dit un jour : « Si tu ne sais pas en quoi tu crois, Annie, tu te perdras. » Cette nuit-là, j'ai compris quelque chose d'important. Rien n'avait été plus facile que de résister à Gable. Je n'avais pas cédé à la tentation parce que je n'avais jamais vraiment été tentée. Alors que rester fidèle à mes convictions en sortant avec Win serait un véritable défi.

Cette nuit-là, Win a voulu connaître mon point de vue sur le sexe. Et je lui ai expliqué que je ne comptais pas avoir de relations sexuelles avant d'être mariée. Il a hoché la tête et, sans se démonter, a dit :

– Alors, marions-nous.

Je l'ai frappé.

– Tu es désespéré à ce point-là ?

– Non, a-t-il répondu. J'ai déjà eu des relations sexuelles.

– J'ai seize ans ! Et on se connaît à peine.

Il a posé ses mains sur mes joues et m'a regardée dans les yeux.

– Je te connais, Anya, a-t-il dit d'un ton sérieux.

Sans doute pour dédramatiser la situation, je me suis moquée de lui.

– Je parie que tu veux m'épouser uniquement pour contrarier ton père.

Il a souri.

– Disons que ce serait la cerise sur le gâteau.

– Pourquoi tu ne l'aimes pas ? Il n'a pas l'air si terrible.

– À petites doses, a-t-il marmonné. Tu as dû remarquer qu'il est ambitieux.

– Oui. Mon père l'était aussi. Je l'aimais quand même.

– Il...

Il s'est tu un instant puis a repris :

– J'admire mon père. Il s'est construit tout seul. Il a grandi dans un orphelinat. Ses parents sont morts dans un accident de voiture, il a survécu. Il pense que je suis faible, mais comment se mesurer à lui ?

Il s'est tourné vers moi.

– Ah si, toi, tu peux. Anya la courageuse.

Il m'a embrassée sur le front.

– Pourquoi pense-t-il que tu es faible ? ai-je demandé.

– Parce que j'ai eu des ennuis il y a longtemps. Des trucs ridicules, de gamin. Je pourrais tout te raconter mais c'est embarrassant.

– Je veux savoir !

– Non, j'ai honte, et ce n'est pas très intéressant. C'était après la mort de ma sœur, et j'ai sombré bien bas. Mon père a vu ça comme une marque de faiblesse. Ça ne lui a pas plu, d'autant plus que ma mère m'a défendu.

– Tes parents ne s'entendent pas ?

– Mon père affirme que la seule personne à l'avoir jamais aimé, c'est ma mère...

– Elle a l'air gentille.

– Elle l'est. Mon père, non. Il la trompe. Elle a choisi de fermer les yeux. Pas moi. Je ne peux pas respecter un homme pareil.

Puis il m'a demandé si mon père avait un jour trompé ma mère.

Même si mon père n'avait rien d'un saint, il était impossible de l'imaginer se comportant ainsi. Je lui ai dit que je ne savais pas vraiment, que j'étais trop jeune, mais que ça m'aurait étonnée.

– Il croyait au mariage, ai-je déclaré.

– Mon père aussi y croit. Ça ne l'empêche pas. Annie, je ne te ferai jamais ça.

Il n'avait pas besoin de le dire, je le savais. À sa façon, Win était parfait.

Je pourrais parler encore longuement de Win mais en fait, ce genre de mièvrerie me dégoûte un peu. Mon père disait toujours que quand le destin nous sourit, le mieux est de le garder pour nous. J'avais de la chance d'être avec Win. Et oui, j'étais heureuse. J'étais le genre de fille qu'auparavant je détestais, et j'ai réalisé que je les détestais uniquement parce que je les enviais. Vous trouvez ça cliché ? Oui, sûrement. Pourtant, c'est la vérité.

(Peut-être vous demandez-vous ce qu'il en est du travail de Leo ? Et de la cargaison de chocolat empoisonné ? Et du tatouage sur la cheville d'Anya ? Et de la santé de Nana ? Et des cauchemars de Natty ? Ce n'est pas parce que Annie a un petit ami merveilleux qu'elle a le droit d'ignorer tout ce qui se passe sur terre, et notamment les membres de sa famille.

À dire vrai, il y a tout de même des choses qui me sont passées au-dessus de la tête à cette époque. Mon attention s'était relâchée. Mais même en considérant tout ce qui est arrivé par la suite, je ne regrette absolument pas ces journées de bonheur.

Erratum : une fois, j'ai pensé à mon tatouage. Nous étions dans ma chambre, et Win m'embrassait la cheville. Il m'a dit qu'il trouvait ça « plutôt mignon », puis m'a chanté une chanson sur une femme tatouée.)

14. Je tends l'autre joue

Je n'avais pas parlé à Scarlet pendant toutes les vacances de Noël, ce qui est sûrement la plus longue pause dans toute l'histoire de notre amitié. Je l'ai revue pour la première fois en cours d'escrime à la rentrée. Pendant les étirements, elle n'a pas mentionné ma relation avec Win ; d'ailleurs, elle m'a à peine adressé la parole. Je voyais bien qu'elle était en colère et que j'allais devoir me faire pardonner.

– Alors, ai-je commencé sur le ton de la plaisanterie. Peut-être as-tu appris la nouvelle ? Je me suis trouvé un copain.

– Oui. Maintenant je sais pourquoi j'ai l'impression de ne pas t'avoir vue depuis des siècles.

Elle s'est mise en garde.

– Bien sûr, j'aurais aimé ne pas l'apprendre dans les journaux ! Même si la photo était pas mal.

Elle a attaqué. Ses gestes avaient plus de vigueur que d'habitude.

– Double touche ! ai-je crié.

– Et alors ?

– Alors on marque toutes les deux un point.

– Ah. Comment le sais-tu ? a-t-elle demandé, à bout de souffle.

– Parce que cela fait deux ans et demi qu'on fait de l'escrime.

Scarlet a ri.

– Ce serait quand même bien que j'apprenne les règles, non ?

Elle a baissé son fleuret.

– Pourquoi tu ne m'as rien dit ?

– Parce que tu étais très occupée avec la pièce et ton nouveau petit ami...

– C'est terminé, a annoncé Scarlet. Ce n'était qu'une aventure passagère, le temps de la pièce. Du moins, c'est ce qu'il m'a dit quand il a rompu. C'est ça, la vie d'artiste.

– Je suis désolée. Tu aurais dû m'appeler.

– J'y ai pensé, mais ensuite j'ai appris pour toi et Win et ça m'a vraiment mise en colère. Annie, je ne suis jamais occupée au point de ne pas avoir envie de savoir ce qui se passe dans ta vie. On déjeunait ensemble tous les jours, on se voyait tous les jours aux répétitions, on prenait le bus tous les jours, et...

– Je sais. Je suis désolée. Je ne voulais rien dire à personne. Je pensais que ce serait plus simple.

– Tu te rends compte que tu me mentais chaque fois que tu me parlais ? Et cette fois, devant le cagibi. Je vous ai crus, et je suis passée pour une idiote. Moi, je ne te ferai jamais une chose pareille. Tu es ma meilleure amie.

Elle avait raison. J'aurais dû lui dire.

– Je suis vraiment désolée.

Scarlet a soupiré.

– Je te pardonne.

Alors que nous nous changions après le cours d'escrime, Scarlet s'est tournée vers moi.

– Encore une chose. Je sais que ta vie est compliquée, bien plus que la mienne même si je suis visiblement incapable de garder un petit ami plus de cinq jours. Mais être ta meilleure amie n'est pas non plus facile. Et j'estime avoir été là dans les moments difficiles, non ?

J'ai acquiescé.

– Alors quand il t'arrive un truc bien, tiens-moi au courant. J'aimerais aussi être là dans les moments de joie.

J'avais les joues rouges de honte. Je m'étais mal comportée.

Quand nous sommes arrivées à la cantine, Win nous attendait à notre table.

– Gable Arsley est de retour, a-t-il annoncé.

Scarlet et moi avons observé Gable. Nous n'étions pas les seules.

Assis dans son fauteuil roulant, il faisait la queue pour être servi. Il portait un gant sur sa main mutilée et une casquette de baseball afin de cacher son visage recomposé. D'une seule main et à cette hauteur, il avait du mal à déposer son assiette sur son plateau.

– Pourquoi est-ce que personne ne l'aide ? a demandé Win.

– Parce que c'est une brute, ai-je répondu.

– Parce qu'il n'a jamais été sympa avec qui que ce soit, a renchéri Scarlet. Et qu'il n'a rien d'un gentleman.

– J'y serais bien allé, mais ça m'étonnerait qu'il ait envie de me voir, a poursuivi Win.

– Ce n'est pas à toi de le faire, ai-je déclaré. Il nous a vendus.

– On n'en sait rien, a répondu Win.

– Et il a quand même essayé de coucher avec moi.

L'attitude de Win m'énervait. La vie m'avait rendue dure.

– Tout le monde sait que ce type est horrible, Annie, a enchaîné Scarlet. Pour autant, je ne vois pas comment il va pouvoir tenir son plateau et se déplacer.

Son plateau en équilibre instable sur ses genoux, Gable a tenté de faire avancer son fauteuil. L'assiette a glissé – encore et toujours des lasagnes ! – et la sauce tomate s'est renversée sur son pantalon et ses chaussures, dont l'une devait abriter un pied artificiel. Gable a juré ; quelques personnes dans la cantine ont ri. Le pauvre garçon – j'avoue, il m'a paru totalement inoffensif à cet instant-là – semblait perdu.

– Ça suffit, ai-je dit.

Le laisser se débrouiller tout seul m'a semblé très peu charitable tout à coup et je ne voulais pas que mes parents, où qu'ils soient, aient honte de moi.

Je me suis levée de table.

– Arsley, viens manger avec nous !

Pendant une seconde, j'ai cru qu'il allait m'envoyer promener. Ensuite, il a secoué la tête et ri.

– Seulement si tu promets de ne pas m'empoisonner, Balanchine ! a-t-il répondu, fidèle à lui-même.

Sa plaisanterie a suscité quelques réactions amusées.

– Je serai ton goûteur, a proposé Scarlet.

– J'y compte bien, a-t-il décrété.

Scarlet s'est dirigée vers Gable et l'a poussé jusqu'à nous. Pendant que Win retournait faire la queue, je suis allée aux toilettes récupérer le plus de serviettes en papier possible afin que Gable se nettoie un peu.

– C'est vraiment le dernier endroit sur terre où je voudrais être, a râlé Gable. À table avec la fille du parrain, le garçon aux chapeaux débiles et l'hystérique de service.

Je suis restée silencieuse.

– Nous aussi, on est ravis que tu sois là, a rétorqué Win.

Gable avait du mal à atteindre ses chaussures. Il était hors de question que je l'aide. Heureusement, Scarlet s'est portée volontaire.

– Non, a dit Gable. Ça ira.

– Ça ne me dérange pas, a-t-elle insisté en essuyant sa chaussure.

– J'ai... a-t-il murmuré. Je me sens humilié.

– Y a pas de quoi, a-t-elle dit. C'est la vie.

Alors qu'elle frottait son pantalon, il a grimacé.

– Ça fait mal ?

– Un peu, mais c'est gérable.

– Voilà ! s'est-elle exclamée.

Gable a attrapé la main de Scarlet. Un frisson désagréable m'a parcouru l'échine.

– Merci, a-t-il dit. Sincèrement.

Scarlet a retiré sa main.

– De rien.

– Hé, Arsley, ai-je lancé. Tu sais que je ne te laisserai jamais sortir avec Scarlet, n'est-ce pas ?

– Tu n'es pas sa mère. Et tu exagères, ce n'était pas si terrible.

– Euh, si, ai-je dit d'un ton léger. Tu es le pire petit ami de l'histoire de l'humanité, mais on ne va pas s'attarder là-dessus. Si tu es ici avec nous, c'est uniquement parce qu'on a pitié de toi. Et si tu comptes faire la cour à Scarlet, autant te prévenir tout de suite : tu peux aller manger ailleurs.

– T'es vraiment une garce, Anya.

– Et toi, un psychopathe.

– C'est celui qui le dit qui l'est.

J'ai levé les yeux au ciel.

– Anya, je ne faisais que remercier Scarlet, a-t-il repris.

– J'ai une idée, a proposé Win. Et si on disait qu'à cette table, on évitait les contacts physiques ?

Il m'a fallu attendre d'être dans le bus pour revoir Scarlet. Je m'étais inquiétée à son sujet tout l'après-midi ; je savais qu'elle avait un faible pour les êtres meurtris. (Meilleur exemple : moi, et ma famille.) Les gens comme Scarlet ont tendance à se faire marcher sur les pieds, et notamment par des individus comme Gable Arsley.

– Tu ne peux pas sortir avec Gable Arsley, lui ai-je dit.

Natty a froncé les sourcils et demandé :

– Pourquoi est-ce que Scarlet sortirait avec lui ?

Gable n'a jamais eu beaucoup de succès auprès des miens.

– Je n'en ai pas l'intention, a répondu Scarlet. Mais il m'a fait de la peine aujourd'hui.

Elle a ensuite raconté à Natty ce qui s'était passé à la cantine.

– Oh, a soupiré Natty. À moi aussi, il m'aurait fait de la peine.

– Ça, c'est parce que toi et Scarlet, vous êtes trop gentilles. Il a beau être blessé, il n'en reste pas moins odieux.

– Soit tu n'as aucune confiance en moi, soit tu penses que je suis stupide, a poursuivi Scarlet. Je n'ai pas oublié ce qu'il t'a fait. Et je ne suis pas désespérée au point de me jeter sur le premier pied-bot manchot au visage ravagé qui passe !

Elle a éclaté de rire.

– Oh là là, c'est terrible. Je ne devrais pas rire.

Elle a posé sa main sur sa bouche.

Natty et moi avons ri aussi.

– Il faut reconnaître que ce qui est arrivé à Gable est ridicule, a-t-elle ajouté.

– Oui, c'est ridicule, ai-je admis.

Ma vie aussi était ridicule.

– Mais, a-t-elle continué alors que le bus s'approchait de son arrêt, vous ne pensez pas qu'un tel traumatisme peut changer quelqu'un ?

– Non ! a-t-on répondu à l'unisson.

– Je plaisante, mes chéries, a-t-elle dit en secouant la tête. Annie, comment peux-tu être aussi crédule ?

Elle m'a embrassée sur la joue.

– À demain ! a-t-elle lancé en descendant du bus.

Quand nous sommes rentrées à la maison, Imogen m'a annoncé que Nana voulait me voir.

Depuis quelques semaines, Nana me semblait aller un peu mieux. Au moins, elle ne me confondait plus avec ma mère.

Je l'ai embrassée sur la joue. Dans le vase turquoise posé sur le rebord de la fenêtre, il y avait des roses jaunes. Nana avait reçu de la visite.

– Elles sont belles, ai-je remarqué.

– Oui, elles sont pas mal. Mon beau-fils me les a apportées aujourd'hui, a répondu Nana. Mets-les dans ta chambre, Annie, si tu veux. Moi, je ne peux pas les apprécier, elles me font penser à un enterrement, ce qui...

J'ai attendu qu'elle finisse sa phrase mais elle est restée muette.

– Imogen m'a dit que tu voulais me voir ?

– Oui. Il faut que tu fasses quelque chose pour moi. Mickey, le fils de Yuri, se marie le mois prochain. Toi, Leo et Natty devez y aller à ma place.

Je ne raffolais pas des mariages familiaux. Mickey se mariait ? Première nouvelle. J'aurais pourtant pu parier qu'il m'avait draguée la dernière fois que je l'avais vu.

– Où a lieu le mariage ?

– Chez les Balanchine, à Tarrytown.

La propriété des Balanchine consistait en quelques maisons, des écuries et un lac à sec. Natty et moi y avions vécu après la mort de mon père et l'endroit n'évoquait pour moi que des mauvais souvenirs.

– On est obligés ? ai-je gémi.

– C'est si terrible que ça ? J'y serais bien allée mais j'ai quelques difficultés à me déplacer, en ce moment, a-t-elle plaisanté. Puis d'un air malicieux, elle a ajouté : Et puis, tu peux inviter ton petit ami...

– Comment es-tu au courant ?

– Ta sœur me l'a dit. Elle pense que tu vas l'épouser,

mais moi je lui ai dit que ma petite Anya était bien trop jeune et trop pragmatique pour se marier, même si c'est l'amour fou.

– Natty dit des choses absurdes.

– Alors, tu iras au mariage ?

– Oui, puisqu'il le faut.

– Très bien. Et amène-moi ton petit ami que je fasse sa connaissance. Peut-être le jour du mariage ? Voilà, c'est réglé.

Elle a hoché la tête puis m'a attrapé la main.

– Je me sens mieux ces derniers temps.

– C'est une bonne nouvelle.

– Je ne sais pas si ça va durer. Et je veux que tout soit réglé dès à présent, a-t-elle continué. Tu as seize ans ?

J'ai acquiescé.

– Ce qui veut dire que si je mourais demain, ton frère deviendrait ton tuteur légal.

– Mais tu ne vas pas mourir demain, ai-je répondu. Ces appareils te maintiendront en vie jusqu'à ma majorité.

– Anyaschka, les machines ne sont pas toujours fiables. Et parfois...

Je l'ai interrompue.

– Je ne veux pas parler de ça !

– Tu dois m'écouter, Anya. Tu es la plus forte, et j'ai besoin de savoir que nous avons eu cette discussion. Même si Leo sera techniquement ton tuteur légal, je me suis arrangée avec M. Kipling et son nouvel associé – je ne me souviens plus de son nom – pour que tu sois la seule à avoir accès à l'argent. Par conséquent, Leo ne pourra pas prendre de décision seul. Tu comprends ?

– Oui, bien sûr.

– Ton frère sera peut-être furieux en l'apprenant, et j'en suis désolée. Il a beau être diminué, il a sa fierté. Malheureusement, c'est la seule possibilité. Vos biens seront placés sur un compte dont une des clauses précise qu'ils ne pourront pas être retirés avant tes dix-huit ans. Et quand tu auras dix-huit ans, Natty passera sous ton autorité.

– D'accord, d'accord. Mais les médecins ont promis que tu resterais en vie au moins jusqu'à ce que j'aie dix-huit ans. Je ne vois pas pourquoi nous devons parler de tout ça.

– Parce que la vie nous réserve des surprises, Anya. Et que j'ai de plus en plus d'absences. Je sais que tu as remarqué.

– Oui.

– Je m'excuse pour ce que j'ai pu te dire à ces occasions. Je t'aime, Anya. J'aime tous mes petits-enfants, mais surtout toi. Tu me fais penser à ton père. Tu me fais penser à moi.

Je n'ai pas su quoi dire.

– Perdre l'usage de son corps est une chose. De son esprit en est une autre, plus difficile à supporter. Ne l'oublie pas, ma chérie.

Puis elle m'a dit de prendre une tablette de chocolat dans le coffre-fort, et comme d'habitude, j'ai fait semblant – cela faisait des mois qu'il n'y avait plus de chocolat à la maison. J'ai pourtant eu la surprise d'en trouver une. Oncle Yuri l'avait sûrement apportée.

– Partage-la avec ton petit ami ! a-t-elle lancé alors que je refermais la porte.

Dans ma chambre, j'ai contemplé la tablette de chocolat. C'était du Balanchine extra-noir, mon préféré. Mon père nous mitonnait des chocolats chauds avec. Il chauffait du lait, puis découpait le chocolat en petits morceaux qu'il laissait fondre dans la casserole. J'ai pensé aller dans la cuisine pour m'en préparer un, mais je me suis ravisée. Depuis mon arrestation, le chocolat ne me faisait plus tellement envie.

On a sonné à la porte. En jetant un œil par le judas, j'ai aperçu Win.

– Entre, ai-je dit.

Par habitude, j'ai observé les alentours avant de l'embrasser.

– Qu'est-ce que c'est ? a-t-il demandé.

Je tenais encore la tablette dans la main. Je lui ai expliqué que Nana me l'avait donnée et qu'elle voulait que je la partage avec une personne que j'aimais.

– Et ?

– Jamais de la vie, ai-je répondu.

Avait-il déjà oublié les mésaventures du dernier petit ami à qui j'avais donné du chocolat ?

– D'accord. De toute manière, j'en ai déjà mangé. Ça ne m'a pas plu.

J'ai haussé un sourcil.

– C'était quoi ? ai-je demandé.

Il m'a cité une marque connue pour être de qualité médiocre. Mon père avait une formule pour désigner ce type de produit : des crottes de rat. Papa était un esthète du chocolat.

– Ce n'est même pas vraiment du chocolat, ai-je expliqué à Win. Il n'y a qu'une infime proportion de cacao à l'intérieur.

– Alors fais-moi goûter du vrai chocolat.

– Je ne peux pas, j'ai promis à ton père de ne pas t'entraîner du côté obscur.

J'ai glissé la tablette dans la poche de mon cardigan. Puis j'ai pris la main de Win et l'ai conduit dans le salon.

– J'ai un service à te demander.

Je lui ai parlé du mariage à Tarrytown.

– Non, a-t-il répondu.

Un immense sourire s'est affiché sur son visage et il a posé ses mains sur ses genoux.

– Non ?

– Non.

– Pourquoi ?

– Parce que tu as refusé de venir avec moi au bal d'automne et que je suis du genre rancunier. Et puis je ne compte pas obéir à tes moindres désirs, Anya. Tu finirais par ne plus me respecter.

Son argument se tenait.

– J'ai l'impression que ta décision est prise.

– Oui.

– D'accord, ai-je marmonné.

Puis il a éclaté de rire.

– Je suis déçu ! Tu n'essayes même pas de me convaincre ? De me faire une offre que je ne pourrais pas refuser ?

– Je ne pense pas que ce sera très amusant et je n'ai aucune envie d'y aller.

– Vu comme ça...

– Les membres de ma famille sont des hooligans, ai-je poursuivi. Un de mes cousins va sûrement boire plus que de raison et tenter de me tripoter les seins. J'espère seulement qu'aucun n'essayera de peloter Natty parce qu'il risque de passer un mauvais quart d'heure.

– D'accord, je viendrai. Mais à une seule condition : que tu me donnes du chocolat.

– Tu es sûr ?

– Annie, je ne peux pas aller à un mariage Balanchine si je ne connais pas bien son activité et ses produits, si ?

– Bien joué, Win.

Je me suis levée.

– Suis-moi.

J'ai versé du lait de riz dans une casserole que j'ai fait chauffer. J'ai sorti le chocolat de ma poche puis vérifié la date de fabrication au cas où ce serait une vieille tablette oubliée depuis l'automne dernier. J'ai détaché l'emballage en aluminium. J'ai baissé le feu quand le lait s'est mis à bouillir, puis ai rajouté de la vanille et du sucre, remuant jusqu'à ce que le sucre soit dissous. Après l'avoir reniflé (la frétoxine avait-elle une odeur ?), j'ai découpé le chocolat en petits morceaux que j'ai mélangés au lait. Quand le chocolat a fondu, j'ai versé la boisson dans deux tasses et l'ai saupoudrée de cannelle.

J'ai posé une tasse devant Win. Alors qu'il tendait la main, je l'ai reprise.

– Tu peux encore changer d'avis...

Il a secoué la tête.

– Tu n'as pas peur de finir comme Gable Arsley ?

– Non.

Il a bu l'intégralité de sa tasse, lentement mais sûrement. Puis il l'a reposée sans rien dire.

– Alors ? ai-je demandé.

– Tu as raison, ça n'a rien à voir avec ce que j'ai goûté précédemment.

– Ça te plaît ?

– Je ne sais pas. Fais-moi goûter le tien.

Je lui ai donné ma tasse. Il l'a sirotée encore plus lentement, presque de manière méditative (c'est possible ?).

– C'est surprenant. Ce n'est pas trop sucré, c'est trop intense pour être sucré. J'imagine que ça ne plaît pas à tout le monde, mais plus j'en bois et plus j'aime ça. Je comprends que ça ait été interdit. Je pourrais devenir accro.

Je me suis assise sur ses genoux. Puis je l'ai embrassé, passant ma langue sur ses lèvres. Il avait un goût de cannelle.

– Tu t'es déjà demandé si tu ne sortais pas avec moi uniquement pour agacer ton père ?

– Non, a-t-il affirmé. Non, il n'y a que toi pour te poser une question pareille. Je t'aime parce que tu es courageuse et bien trop intense pour être sucrée.

C'était ridicule mais une agréable sensation m'a envahie et j'ai senti mes joues se colorer. J'avais envie d'enlever mon pull. J'avais envie de retirer mes habits. J'avais envie de lui retirer ses habits.

J'avais envie de lui.

J'avais envie de lui, mais je devais résister.

Je me suis levée. Bien qu'il fasse chaud dans la cuisine, j'ai boutonné mon cardigan. Ensuite, j'ai retroussé mes manches et me suis mise à laver la vaisselle. J'ai dû utiliser trois fois plus d'eau que nécessaire. J'avais besoin de reprendre mes esprits.

Win, derrière moi, a posé ses mains sur mes épaules.

– Annie, qu'est-ce qu'il y a ?

– Je ne veux pas aller en enfer.

– Moi non plus. Et je ne veux pas que tu y ailles.

– Mais quand je suis avec toi... Je me trouve plein d'excuses. Et on ne se connaît pas si bien, Win.

Il a hoché la tête. Il a pris un torchon accroché à la poignée du four.

– Je vais l'essuyer, a-t-il proposé.

Je lui ai donné la casserole. Sans casserole, je me sentais encore plus vulnérable. Désarmée, presque.

– Anya, je ne vais pas te mentir. J'aimerais vraiment beaucoup coucher avec toi. Je pense souvent à cette éventualité. Mais je ne vais pas te forcer à faire quoi que ce soit.

– Ce n'est pas toi qui m'inquiètes, Win ! C'est moi !

Comment lui expliquer que j'avais peur de perdre le contrôle quand j'étais avec lui ? J'avais des envies violentes, brutales et sauvages même. Ça ne me ressemblait pas du tout. C'était perturbant et embarrassant. Je n'avais pas été à confesse depuis des mois.

– Annie, je ne suis pas vierge. Tu crois que je vais aller en enfer ?

– Non, c'est plus compliqué que ça.

– Explique-moi, alors.

– Tu vas trouver ça stupide. Tu vas penser que je suis provinciale. Superstitieuse, même.

– Non, je ne vais pas penser ça. Je t'aime, Annie.

Je l'ai observé. Je n'étais pas sûre qu'il sache vraiment ce que voulait dire aimer – comment l'aurait-il pu ? Il avait eu la vie facile –, mais je lui faisais confiance.

– Quand mon père est décédé, j'ai passé un marché avec

Dieu. S'Il nous épargnait, je promettais d'être exemplaire. Je serais même plus qu'exemplaire, je promettais d'être pieuse. Je lui ferais honneur. Je ne me laisserais pas aller.

– Annie, tu es exemplaire. Personne ne peut dire le contraire. Tu es presque parfaite.

– Non, je ne suis pas parfaite. Je me mets tout le temps en colère. J'ai de mauvaises pensées à propos de tout le monde. Mais j'essaye de faire de mon mieux. Et je ne pourrais plus en dire autant si...

Win a hoché la tête.

– Je comprends.

Il m'a tendu la casserole et m'a souri. Son sourire était tordu.

– Je ne te laisserai pas coucher avec moi, même si tu me supplies, a-t-il plaisanté.

– Tu te moques de moi.

– Jamais, a-t-il insisté. Je prends tout ce que tu dis très au sérieux.

– Tu ne dis pas ça sérieusement.

– Je t'assure, je suis on ne peut plus sérieux. Allez, vas-y, essaye un peu de coucher avec moi. Quand bien même tu m'enlèverais tous mes habits, je te repousserais comme la peste.

Il y avait de la joie dans sa voix.

– Désormais, on est comme dans un de ces vieux livres. Tu peux m'embrasser, mais c'est tout.

– De toute manière, je ne t'aime plus tellement.

– Parfait. Ma stratégie fonctionne.

Il fallait qu'il rentre chez lui alors je l'ai raccompagné jusqu'à la porte.

Je me suis penchée vers lui pour l'embrasser ; il s'est écarté et m'a tendu la main.

– Tu peux seulement m'embrasser sur la main.

– Tu es insupportable !

Je lui ai embrassé la main et il a embrassé la mienne. Il m'a attirée vers lui, ses lèvres effleurant mon oreille.

– Il y a tout de même une solution, a-t-il murmuré. On pourrait se marier.

– Ça suffit ! ai-je crié en riant. C'est absurde et je ne suis même pas sûre que tu le penses. Jamais je ne t'épouserai ! J'ai seize ans, et tu es un garçon de petite vertu qui ne cesse de dire des choses grotesques !

– C'est vrai, a-t-il admis.

Il m'a embrassée sur les lèvres puis a disparu.

J'ai demandé à Imogen de veiller sur Nana pendant que nous étions au mariage.

Win est passé à la maison afin qu'on prenne le train tous ensemble. Avant de partir, je lui ai demandé si ça le dérangeait de rencontrer ma grand-mère. Lui présenter Nana me stressait un peu compte tenu de son comportement imprévisible. Je ne voulais pas non plus que son apparence effraye Win, que j'ai prévenu. Nous, nous étions habitués à sa maladie et aux effets induits (ses yeux injectés de sang, sa peau jaunâtre, son odeur de renfermé, ses escarres) mais ce n'était pas le cas de tout le monde. Je n'avais pas honte, je cherchais seulement à épargner et à protéger Nana.

J'ai frappé à la porte.

– Entre, Anya, a chuchoté Imogen. Ta grand-mère m'a demandé de la réveiller. Galina, réveillez-vous. C'est Annie.

Nana a ouvert les yeux. Elle a toussé ; Imogen a glissé une paille entre ses lèvres. Je me suis tournée vers Win, pour voir si ma pauvre Nana le répugnait, mais son regard ne trahissait rien. Tout au plus avait-il l'air légèrement soucieux.

– Bonjour Nana, ai-je dit. Nous allons bientôt y aller.

Elle a hoché la tête.

– Voici Win, mon petit ami, ai-je annoncé. Tu voulais faire sa connaissance.

– Ah oui.

Nana a examiné Win des pieds à la tête.

– Ça me va, a-t-elle déclaré enfin. Mais j'espère que tu n'es pas qu'un beau garçon. Cette jeune fille, a-t-elle poursuivi en me désignant, est merveilleuse, et elle mérite mieux qu'un beau garçon.

– Je suis d'accord, a répondu Win. Je suis ravi de vous rencontrer.

– Ce sont tes habits pour le mariage ? m'a demandé Nana.

– Oui.

Je portais un tailleur gris foncé qui avait appartenu à ma mère. Win m'avait apporté une orchidée blanche que j'avais accrochée à la boutonnière.

– C'est un peu sévère mais la coupe souligne bien ta silhouette. Tu es très jolie, Anyaschka. J'aime bien la fleur.

– Win me l'a offerte.

– Ah, a-t-elle soupiré. OMG, ce jeune homme a bon goût.

Elle a reporté son attention sur Win.

– Tu sais ce que ça veut dire, OMG ?

Win a secoué la tête.

– Et toi ? m'a-t-elle demandé.

Les paroles de Scarlet me sont revenues en mémoire.

– Extraordinaire, ou quelque chose comme ça, ai-je répondu. Cela fait un moment que je veux te poser la question.

– C'est l'abréviation en anglais de *Oh My God*, a expliqué Nana. Quand j'étais petite, la vie se déroulait à un rythme frénétique. Nous ne parlions presque que par abréviations.

– OMG, a répété Win.

– Et dire qu'à une époque, je ressemblais à Anya. Tu y crois, toi ?

– Oui, a dit Win. Ça se voit.

– Mais tu étais plus jolie, ai-je ajouté.

Nana a demandé à Win de s'approcher. Tandis qu'elle lui chuchotait quelque chose à l'oreille, il a hoché la tête.

– Oui, a-t-il dit. Oui, bien sûr.

– Amuse-toi bien, Anyaschka. Danse avec ton petit ami pour moi, et salue tout le monde de ma part.

Je me suis penchée pour l'embrasser sur la joue. Elle m'a attrapé la main.

– Tu as été une petite-fille merveilleuse. Tes parents seraient fiers. Dieu voit tout, ma chérie. Même ce que le monde ne voit pas. J'aurais aimé être plus résistante. Souviens-toi toujours que tu es forte, plus que tu ne le crois. Cette force, c'est ton héritage. Ton seul héritage ! Tu comprends ? J'ai besoin de savoir que tu comprends.

Elle avait les larmes aux yeux. Je lui ai répondu que je comprenais alors que ce n'était pas le cas. Ses paroles me paraissaient incohérentes et j'ai mis ça sur le compte de ses absences. Je ne voulais pas qu'elle me gifle devant Win et Imogen.

– Je t'aime, Nana, ai-je murmuré.

– Moi aussi, je t'aime, a-t-elle dit, et puis elle s'est remise à tousser.

Sa quinte de toux m'a semblé plus violente que d'ordinaire, presque comme si elle s'étouffait.

– Allez-y, est-elle parvenue à articuler.

Imogen a massé la poitrine de Nana et elle s'est calmée.

J'ai demandé à Imogen si elle avait besoin de mon aide.

– Ça va, Annie. Elle a un peu de mal à respirer, mais c'est normal par ce temps et pour quelqu'un dans son état.

– Sortez d'ici ! a lancé Nana entre deux toux.

J'ai pris la main de Win et nous sommes sortis.

– Je suis désolée, ai-je murmuré. Parfois, elle n'a plus toute sa tête.

Win m'a assuré qu'il comprenait et que je n'avais pas à m'excuser.

– Elle est âgée.

– Elle est née en quelle année ?

– En 1995. Elle aura quatre-vingt-huit ans au printemps.

– Elle est née au siècle dernier, a remarqué Win. C'est de plus en plus rare.

J'ai pensé à Nana, à son enfance, à sa jeunesse. Quels types de vêtements portait-elle ? Quels livres lisait-elle ? Quels genres de garçons lui plaisaient ? Elle n'avait certainement jamais imaginé survivre à son fils, ni qu'un jour elle serait une vieille dame alitée – impuissante, perdue et presque monstrueuse.

– J'espère ne jamais être aussi vieille, ai-je dit.

– Oui, a dit Win. Restons éternellement jeunes. Jeunes, bêtes et beaux. Qu'est-ce que tu en dis ?

Comme souvent, les Balanchine avaient mis les petits plats dans les grands. Les nappes étaient dorées, il y avait des musiciens, et quelqu'un avait réussi à obtenir (au moyen de pots-de-vin) des coupons supplémentaires pour les fleurs et la viande. La robe de la mariée bâillait au niveau de la taille, mais son voile délicatement brodé paraissait neuf. Elle s'appelait Sophia Bitter, et je ne savais rien sur elle. Elle était parfaitement quelconque – et je ne dis pas ça méchamment. Elle avait des cheveux marron ternes, un long nez chevalin. Elle devait être à peine plus âgée que moi. Quand elle a prononcé ses vœux, j'ai cru déceler un accent. Sa mère et ses sœurs ont pleuré pendant toute la cérémonie.

Natty a été placée à la table des enfants avec quelques cousins. Leo s'est retrouvé assis à côté de certains de ses collègues de la Piscine, leurs femmes ou petites amies. Win et moi étions à une table de gens inclassables – ni membres de la famille ni enfants.

Win s'est levé pour aller nous chercher à boire. Je suis restée assise. J'avais mis les chaussures de ma mère qui étaient bien trop petites pour mes pieds immenses – je chaussais du 40. Un homme en face de moi m'a saluée et j'ai fait de même sans savoir de qui il s'agissait. Il était asiatique et avait une vingtaine d'années. Il travaillait certainement dans le chocolat.

Il est venu s'asseoir à côté de moi. Il était très beau, avec de longs cheveux noirs qui lui cachaient les yeux. Il parlait anglais avec un accent britannique, bien qu'il ne soit pas britannique.

– Tu ne te souviens pas de moi. Je vous ai rencontrées, toi et ta sœur, quand vous étiez petites. Ton père était venu voir mon père dans notre maison de campagne près de Kyoto. On s'est promenés dans le jardin. Tu as joué avec mon chat.

– Flocon, ai-je enchaîné. Tu t'appelles Yuji Ono, c'est ça ? Oui, je me souviens.

Yuji m'a serré la main. Il lui manquait le petit doigt ; ses autres doigts étaient longs et froids.

– Tes mains sont glaciales.

– Tu sais ce qu'on dit ? Mains froides, cœur chaud. Ou bien est-ce le contraire ?

L'été avant mes neuf ans, l'été de sa mort, mon père nous avait emmenées, Natty et moi, avec lui au Japon. (C'était avant que les voyages à l'étranger deviennent problématiques pour des raisons de coût et de santé publique.) Mon père croyait aux vertus du voyage, surtout chez les jeunes. De plus, il ne tenait pas à nous laisser seules. Nous avons rendu visite, entre autres, au père de Yuji Ono, qui était à la tête des Sucreries Ono, premier fabricant de chocolat en Asie. J'étais tombée raide dingue de Yuji Ono, qui avait pourtant sept ans de plus que moi. Il avait quinze ans à l'époque ; il devait en avoir vingt-trois, à présent.

– Comment va ton père ? ai-je demandé.

– Il est décédé, a-t-il répondu en baissant les yeux.

– Je suis désolée, je ne savais pas.

– Oui, ça a été une vraie tragédie, bien qu'il n'ait pas été assassiné comme le tien. Il a eu une tumeur au cerveau.

J'en conclus que tu ne suis pas tellement l'actualité de l'industrie du chocolat. C'est moi qui suis à la tête des Sucreries Ono maintenant.

– Félicitations, ai-je dit, sans être sûre que cela soit approprié.

– J'ai dû apprendre beaucoup de choses en très peu de temps. Mais j'ai eu plus de chance que toi. Mon père a pu me transmettre son savoir.

Il m'a souri. Son sourire était doux. Il y avait un espace entre ses deux dents de devant, ce qui lui donnait un air gamin.

– Tu n'as pas fait tout ce chemin uniquement pour un mariage Balanchine ? ai-je demandé.

– Non, j'avais des affaires à régler. Mais je suis un ami de la mariée.

Puis il a changé de sujet.

– Tu danserais avec moi, Anya ?

Je me suis tournée vers le bar. Win était au milieu de la queue.

– Je suis venue avec quelqu'un, ai-je répondu.

Il a ri.

– Ce n'est pas ce que je voulais dire. D'ailleurs, je suis moi-même pratiquement marié, et tu es trop jeune pour moi. Pardonne-moi, mais tu restes à mes yeux la petite fille que j'ai rencontrée à Kyoto. J'ai presque envie de te protéger. Cependant, je crois que mon père aurait aimé que je danse avec toi. Je suis sûr que cela ne dérangera pas ton petit ami. Nous sommes de vieux amis.

J'ai acquiescé et il m'a tendu la main.

Le groupe jouait un morceau lent. Bien que je ne ressente

rien à son égard, danser avec lui était un plaisir. Il dansait très bien. Il m'a expliqué que son père l'avait obligé à prendre des cours quand il était petit.

– J'avais l'impression de perdre mon temps, a-t-il ajouté. Mais maintenant, je trouve ça utile.

– Parce que ça plaît aux femmes ? ai-je plaisanté.

On m'a tapoté l'épaule. Je me suis retournée en pensant voir Win.

– Tu permets ? a demandé Jacks.

– C'est à Anya de décider, a répondu Yuji.

Jacks me paraissait ivre – il avait le visage rouge et les yeux brillants. Comme je craignais qu'il ne fasse une scène, j'ai accepté.

– Oui, d'accord, ai-je concédé.

Jacks m'a pris la main et Yuji s'est éclipsé. Il avait les paumes moites, presque grasses.

– Tu sais avec qui tu dansais ? m'a demandé Jacks.

– Oui, bien sûr. Avec Yuji Ono. Je le connais depuis longtemps.

– Et est-ce que tu sais ce que l'on dit sur lui ?

J'ai haussé les épaules.

– Certains pensent que c'est Yuji Ono qui a contaminé la cargaison de chocolats Balanchine.

– Et pourquoi aurait-il fait ça ?

Jacks a levé les yeux au ciel.

– Tu es une fille intelligente, Anya. Tu vas bien trouver.

– Tu as l'air d'avoir envie de me le dire, non ?

– Tout le monde pense que le groupe Balanchine est faible. Or, le Kid – c'est ainsi que Yuji Ono junior a été surnommé, pour qu'on ne le confonde pas avec Yuji Ono senior – a besoin de marquer un grand coup. Quel meilleur moyen pour lui de faire ses preuves que de détruire les Balanchine ?

– Si c'est vraiment ce que les gens pensent, que fait-il ici ? ai-je demandé.

– Il jure qu'il n'y est pour rien dans l'empoisonnement, bien sûr. Sa présence est destinée à montrer que nous le croyons. Il faut que je te dise, Anya. Que tu danses avec lui n'a pas été bien vu.

J'ai éclaté de rire afin de lui faire comprendre que je me fichais de son avis.

– Et pourquoi ? ai-je poursuivi.

– Les gens vont croire que tu as passé un accord avec lui.

– Et qui sont ces gens, Jacks ? Ceux-là même qui se sont précipités à mon secours quand j'ai été envoyée en prison à l'automne ? Eh bien tu peux leur dire que Yuji Ono est un ami et que j'ai bien le droit de danser avec qui je veux.

– Tu te donnes en spectacle, a dit Jacks. Tout le monde t'observe. Tu penses sans doute être insignifiante, mais tu es l'aînée de Leonyd Balanchine, et ce n'est pas rien.

– Non mais tu t'entends, Jacks ? Et Leo ? Il ne compte pas, peut-être ? Ce n'est pas toi qui m'as dit que je le sous-estimais ?

– Je suis désolé, Anya. Ce n'est pas ce que je voulais dire. Je...

Quelqu'un m'a de nouveau tapoté l'épaule. Cette fois, c'était Win, fort heureusement.

Ignorant Jacks, je me suis approchée de Win. La chanson d'avant était terminée et une autre chanson lente venait de commencer. Je ne m'en étais même pas aperçu.

– Je croyais que tu n'aimais pas danser, a remarqué Win.

– Non, je n'aime pas.

Jacks m'avait énervée et je n'avais aucune envie de parler.

– Tu as un succès fou, a continué Win. Quand tu dansais avec cet homme aux cheveux noirs, je me suis demandé si je devais être jaloux.

– Je les hais tous, ai-je murmuré en enfouissant mon visage dans le creux de son épaule.

Sa veste sentait la cigarette. Win ne fumant pas (personne ne fumait de nos jours, faire pousser du tabac était bien trop coûteux), sa veste avait dû appartenir à un fumeur. L'odeur m'a à la fois plu et donné envie de vomir.

– Je n'en peux plus d'être mêlée à leurs histoires. J'aurais aimé ne jamais naître. Ou bien être quelqu'un d'autre.

– Ne dis pas ça, a répondu Win. Moi, je suis content que tu sois née.

– Et j'ai mal aux pieds, ai-je grommelé.

Win a ri avec tendresse.

– Tu veux que je te porte ?

– Non, mais je ne veux plus danser.

Nous sommes retournés nous asseoir. Yuji Ono avait disparu et quelqu'un d'autre avait pris sa place.

Étant dans l'impossibilité de rentrer à Manhattan avant le couvre-feu, nous devions passer la nuit dans une des résidences de la propriété. Je partageais une chambre avec Natty, et Win avec Leo. Leo est allé finir la soirée avec Jacks et les autres célibataires de la Piscine. Après avoir mis Natty au lit, je comptais rejoindre Win dans la chambre d'à côté. Win ne dormait pas, il était insomniaque. Moi, je m'endormais en général dès que je fermais les yeux. Le voyage et mes chaussures inconfortables m'avaient fatiguée et je me serais d'ailleurs bien blottie contre Natty et endormie, mais je culpabilisais d'avoir entraîné Win à cet horrible mariage.

J'ai déniché un vieux peignoir rêche dans une armoire et l'ai enfilé par-dessus mon pyjama. Je sais, c'est ridicule. Pour autant, malgré nos nombreuses conversations, Win et moi avions failli passer à l'acte à plusieurs reprises. Donc, pyjama et peignoir obligatoires.

Win était allongé sur le lit. Il grattait une vieille guitare qu'il avait trouvée dans un coin. Il lui manquait une corde et elle avait un trou. Il a souri en me voyant ainsi accoutrée.

– T'es mignonne.

Je me suis assise sur la seule chaise de la pièce. J'ai ramené mes genoux contre la poitrine et posé ma tête dessus. J'ai bâillé. Win a proposé que je m'allonge sur le lit mais j'ai refusé. Il a continué de gratter sa guitare. Le chauffage s'est allumé. Du coup, j'avais encore plus sommeil mais j'avais aussi, euh, chaud. J'ai enlevé mon peignoir.

– C'est ridicule, a dit Win. Allonge-toi sur le lit. Je ne vais rien tenter. Je te réveillerai quand Leo sera rentré.

J'ai hoché la tête. Je me suis allongée sur le lit et me suis endormie.

Je me suis réveillée environ une heure plus tard. Win dormait, la guitare en travers du torse. Je l'ai attrapée et posée par terre. Puis je l'ai embrassé. Je n'ai pas pu me retenir.

Il a frémi, puis s'est réveillé. Il m'a embrassée à son tour.

J'avais envie de sentir sa peau contre la mienne, alors j'ai glissé ma main sous son T-shirt.

Avant même de m'en rendre compte, j'avais enlevé mon pyjama. Ça s'est passé si vite que, a posteriori, je me demande comment j'ai pu imaginer qu'un pyjama constituerait un rempart efficace. Ensuite, je lui ai demandé s'il avait un – enfin, vous voyez. Moi, Anya Balanchine, gentille petite fille catholique. J'avais du mal à croire que j'avais prononcé ce mot.

– Oui, a-t-il répondu. Mais seulement si tu es sûre.

Mon esprit, peut-être pas. Mon corps, oui.

– Oui, ai-je bredouillé. Oui, j'en suis sûre. Vas-y, mets-le.

Tout à coup, un hurlement a retenti dans la pièce d'à côté. Natty faisait un cauchemar.

– Il faut que j'y aille, ai-je dit en m'extirpant de son étreinte.

J'ai laissé mon pyjama par terre et remis le peignoir.

En entrant dans la chambre de Natty, je me sentais fébrile. J'avais chaud. J'avais aussi honte d'avoir laissé les choses aller aussi loin. Le cri de Natty m'avait sauvée.

Natty était réveillée. Des traces de larmes maculaient ses joues rougies.

Je l'ai prise dans mes bras.

– Qu'est-ce qui s'est passé ? ai-je demandé.

– Nana, a murmuré Natty. J'étais dans l'appartement et Nana était morte. Son visage était gris, comme la pierre. Quand je vais pour la toucher, ses doigts tombent. Ensuite, elle se réduit en poussière.

Ce cauchemar ressemblait à d'autres que Natty avait déjà faits. Même si, dans une partie de mon cerveau, je remâchais ce qui avait failli se passer avec Win, j'ai pu réconforter ma petite sœur.

– Nana va mourir un jour, Natty. Tu dois t'y préparer.

– Je le sais ! a crié Natty. Mais la mort de Nana n'était que le début. Ensuite, je rentre dans ta chambre. Tu es allongée sur ton lit. Tu es grise, toi aussi. Après, je vais voir Leo, et c'est pareil. Et je me retrouve toute seule.

Natty s'est remise à pleurer.

– Leo et moi n'allons pas mourir. Du moins pas dans l'immédiat. On est jeunes, en bonne santé.

– Papa et maman aussi, a-t-elle répondu.

Je l'ai serrée bien fort. Elle seule comptait à présent.

– Nos vies ne seront pas comme les leurs. Tu verras. Tout ce que je fais, chacune de mes pensées, vise à nous protéger. Surtout toi.

Natty a hoché la tête sans être convaincue pour autant.

J'ai refait le lit. Alors que je m'apprêtais à m'allonger à ses côtés, je me suis souvenue que je ne portais pas de pyjama. Il me faudrait dormir dans ce vieux peignoir miteux. J'espérais au moins qu'il n'y avait pas de puces, ou de trucs comme ça. D'un autre côté, ce serait une bonne leçon : plus jamais je n'enlèverais mon pyjama.

Bizarrement, j'ai eu du mal à trouver le sommeil. J'ai songé à ma sœur. Peut-être que ce serait bien si elle parlait de tout ça à un professionnel ? Ensuite, j'ai pensé à ce que Win et moi étions en train de faire (ou nous apprêtions à faire) avant que Natty se réveille. Malgré mon éducation catholique, je n'adhérais pas à tout le côté spirituel. Mais une question me troublait. Devais-je considérer les cris de Natty comme un signe ? Dieu, ou mes parents, étaient-ils intervenus ? Ou bien étais-je en train de délirer ? Natty avait souvent des cauchemars, après tout, et ils ne signifiaient pas forcément quelque chose. Et puis peut-être que j'aurais tout arrêté de moi-même avant que ça ne dérape. La situation s'était déjà présentée et j'y avais mis un frein sans l'aide de personne – divin ou pas.

Cependant, il fallait reconnaître que le timing était parfait.

Le peignoir m'irritait la peau. J'ai essayé d'ignorer les démangeaisons mais je n'ai pas pu résister. Je me suis gratté le mollet jusqu'au sang.

On a frappé à la porte. Win. Il m'apportait mon pyjama. En bon gentleman, il l'avait plié. Gable, par exemple, aurait balancé mes habits en vrac.

Pour ne pas réveiller Natty, je suis sortie dans le couloir.

– Merci, ai-je dit. Je suis désolée.

Win a secoué la tête.

– Si, je suis vraiment désolée, ai-je poursuivi. Je ne vais pas te faire le même coup chaque fois. Je voudrais...

Lui confier tout ça me gênait.

– Le problème, ai-je repris, c'est que mon corps et mon esprit ne sont pas toujours d'accord sur ce que je veux.

Win m'a embrassée sur la joue.

– En temps normal, je trouverais ça très énervant, a-t-il reconnu. Cependant, tu as de la chance. Je suis fou de toi.

Pour le moment, ai-je pensé.

– Eh ! Tu fronces les sourcils. Qu'est-ce qu'il y a ?

– Pour le moment, ai-je répondu. Tu es fou de moi pour le moment.

– Pour toujours, a-t-il insisté. Sincèrement.

Win était certainement le garçon le plus gentil que j'avais jamais rencontré, et c'était délicat de sa part. Je ne le croyais pas, mais lui croyait ce qu'il affirmait, et je ne voulais pas le vexer. J'ai chassé toute trace de doute de mon visage.

Je l'ai embrassé sur les lèvres, faisant bien attention à garder ma langue dans ma bouche. Je suis retournée dans ma chambre, ai fermé la porte, et remis mon pyjama. Puis je me suis rallongée à côté de ma sœur. Elle s'est blottie contre moi et a enroulé son bras autour de ma taille.

– Est-ce que je vous ai interrompus ? a-t-elle murmuré.

– Non, ai-je répondu.

– Je l'aime vraiment bien, a-t-elle continué d'un ton rêveur. Si un jour j'ai un petit ami, ce qui m'étonnerait, je veux qu'il soit exactement comme Win.

– Je suis contente que tu l'aimes bien. Et ne te fais pas de souci, Natty, je suis sûre que tu auras des milliers de petits amis un jour.

– Des milliers ?

– Enfin, plein. Autant que tu veux.

– Un, ça m'ira. Surtout s'il est aussi gentil que le tien.

15. Nous prenons de nouveau le deuil ; je découvre ce qu'est une « lutte intestine »

Nous sommes revenus à Manhattan le dimanche après le déjeuner. Win est rentré directement chez lui depuis la gare – il habite tout près de Grand Central – et Leo, Natty et moi avons poursuivi jusque chez nous. J'étais contente de rentrer. J'étais fatiguée, j'avais faim et je n'avais pas terminé mes devoirs. Sans parler du fait qu'être loin de chez moi m'angoissait.

Pour un mois de février, il faisait doux. Leo et Natty ont exigé qu'on marche au lieu de prendre le bus. Moi, je voulais prendre le bus pour aller plus vite, mais j'ai dû me plier à la majorité.

Nous étions à mi-chemin quand j'ai ressenti le besoin pressant et inexplicable d'être à la maison. J'ai accéléré le pas.

– Ralentis, a dit Natty. Tu marches trop vite !

J'ai proposé qu'on fasse la course. Nous venions d'atteindre l'avenue des Musées – ce qui ne voulait plus rien dire – le long du parc. Il suffisait de continuer tout droit pour parvenir à l'appartement.

– Reviens, Annie, a dit Leo. Tu as pris de l'avance, ce n'est pas juste.

J'ai reculé jusqu'à eux.

– Un, deux, trois, partez ! ai-je lancé.

Natty, Leo et moi avons couru sur le trottoir. Leo était en tête et Natty le talonnait. J'étais dernière, ce qui me convenait très bien. Je pouvais mieux les surveiller.

Essoufflés et écarlates, nous sommes arrivés à la maison en dix minutes. L'exercice avait aussi calmé mes appréhensions.

– On prend l'escalier ? a plaisanté Leo.

– Bien sûr, Leo, ai-je répondu en appuyant sur le bouton de l'ascenseur.

Il faisait étrangement froid dans l'appartement. Un courant d'air en provenance du salon circulait dans les pièces et je suis allée fermer la fenêtre. Imogen était assise sur le canapé. En une seconde, mon angoisse a ressurgi.

– Quelque chose ne va pas ? ai-je demandé.

Imogen a secoué la tête.

– Où sont Natty et Leo ?

– Dans leurs chambres.

– Assieds-toi, a-t-elle exigé, ce qui ne pouvait vouloir dire qu'une seule chose.

– Je préfère rester debout. Si tu t'apprêtes à m'annoncer que Nana est morte, je préfère être debout.

– Elle est décédée hier soir. Il y a eu une coupure de courant et le générateur de secours ne s'est pas mis en marche. Je ne sais pas pourquoi. Quand le courant est revenu, il était trop tard. Je ne pense pas qu'elle ait beaucoup souffert.

– Comment le sais-tu ?

– Quoi donc ?

– Qu'elle n'a pas souffert. Comment peux-tu le savoir ?

Imogen n'a pas répondu.

– Tu n'en sais rien ! Peut-être que c'était horrible ! Pendant que tu dormais, peut-être qu'elle s'est étouffée, étranglée, que sa peau la brûlait, qu'elle a pensé que ses yeux allaient éclater et qu'elle a prié pour que tout se termine...

Imogen a posé sa main sur mon bras.

– S'il te plaît, Annie, ne fais pas ça.

– Ne me touche pas !

J'ai retiré mon bras. Je sentais remonter à la surface cette fureur qui m'avait toujours habitée.

– Ton travail consistait à t'assurer que ces appareils fonctionnent ! Tu as échoué lamentablement. Tu es une ratée, une imbécile et une meurtrière !

– Non, Annie. Jamais, a protesté Imogen.

Leo est entré dans la pièce.

– Annie, pourquoi est-ce que tu cries ? a-t-il demandé.

Je n'ai pas répondu à Leo. J'étais folle de rage.

– Peut-être que quelqu'un t'a payée pour la débrancher ?

Imogen s'est mise à pleurer.

– Annie, pourquoi est-ce que j'aurais fait une chose pareille ?

– Je n'en sais rien ! Les gens font toutes sortes de choses pour de l'argent. Et ma famille a beaucoup d'ennemis.

– Comment peux-tu me dire ça ? J'aimais Galina, autant que je t'aime toi et ta famille. Son heure était venue. C'est même elle qui me l'a avoué. Et elle te l'a expliqué aussi. Du moins, elle a essayé.

– Nana est morte ? a demandé Leo d'une voix paniquée. Es-tu en train de dire que Nana est morte ?

– Oui, ai-je répondu. Elle est morte hier soir. Imogen l'a laissée mourir.

– C'est faux, a rétorqué Imogen.

– Sors de cette maison, ai-je ordonné. Et ne reviens plus jamais.

– S'il te plaît, Anya, laisse-moi t'aider. Il faut s'occuper du corps. Tu n'as pas à faire ça toute seule, a-t-elle imploré.

– Sors d'ici, ai-je répété.

Elle n'a pas bougé.

– Pars !

Imogen a hoché la tête.

– Elle est toujours dans son lit, a-t-elle bredouillé avant de quitter la pièce.

Leo pleurait en silence. J'ai posé ma main sur son épaule.

– Ne pleure pas, Leo.

– Je pleure parce que je suis triste. Pas parce que je suis débile.

– Oui, je sais, pardon.

Il a continué de pleurer ; je suis restée silencieuse. Hormis une colère mêlée à de l'incertitude quant à la prochaine étape, je ne ressentais plus rien. À un moment donné, Leo m'a adressé la parole mais j'étais tellement ailleurs que j'ai dû lui demander de répéter. Il voulait savoir si je pensais vraiment tout ce que j'avais dit à Imogen.

J'ai haussé les épaules.

– Je ne sais pas. Je vais voir Nana. Tu veux venir ?

Leo a secoué la tête.

J'ai ouvert la porte de la chambre de Nana. Elle avait les yeux fermés. Ses mains noueuses reposaient tranquillement sur sa poitrine. Imogen avait dû les placer ainsi.

– Oh, Nana.

J'ai pris une longue inspiration et l'ai embrassée sur la joue.

Un murmure est parvenu jusqu'à moi. Nana et moi n'étions pas seules. Natty était agenouillée devant la fenêtre près du lit et priait.

Elle a relevé la tête.

– Je voulais lui raconter le mariage. Et... elle est morte, a-t-elle expliqué d'une voix timide.

– Je sais.

– C'est comme dans mon rêve.

– Personne ne s'est transformé en poussière que je sache, ai-je répondu.

– Ne te moque pas, m'a-t-elle sermonnée.

– Je ne me moque pas. Dans ton rêve, tout le monde est mort. Dans la réalité, il n'y a que Nana qui soit morte. Tu savais que ça allait arriver. Je te l'ai répété hier soir.

Et à cet instant, j'ai mesuré l'énormité des reproches que j'avais faits à Imogen. J'ai regretté de m'être comportée ainsi, tout en me demandant pourquoi ma première réaction était toujours de me mettre en colère. Que je sois triste, inquiète ou effrayée, peu importe – cela se transformait obligatoirement en rage. Si j'avais été plus courageuse, je crois que je me serais mise à pleurer.

– Oui, je savais qu'elle allait mourir, a reconnu Natty. Mais je n'y croyais pas vraiment.

J'ai proposé à Natty que l'on prie toutes les deux. Je lui ai pris la main et me suis agenouillée à ses côtés.

– Dis quelque chose, a demandé Natty. Ce texte, qui a été lu à l'enterrement de papa.

– Tu t'en souviens ?

Elle a hoché la tête.

– Je me souviens de beaucoup de choses.

– Et Jésus lui dit : « Moi, je suis la résurrection et la vie. Celui qui croit en moi, même s'il meurt, vivra ; et tout homme qui vit et qui croit en moi ne mourra jamais. »

Je me suis interrompue.

– Je suis désolée, Natty, c'est tout ce que je sais par cœur.

– Non, c'était bien. Suffisant. C'est tellement beau, tu ne trouves pas ? Et ça signifie qu'elle n'est pas vraiment morte. Ça me rassure. J'ai moins peur, maintenant, je me sens moins seule.

Elle pleurait.

– Tu n'es pas seule, Natty. Je serai toujours là pour toi. Tu le sais.

J'ai essuyé ses larmes.

– Mais Annie, qu'est-ce qu'on va devenir ? Tu n'as pas encore dix-huit ans. C'est Leo qui sera responsable ?

– Oui, Leo sera notre tuteur. Et je continuerai de m'occuper de tout comme avant. Rien ne va changer pour toi, je te jure.

Et voilà, me suis-je dit, comment les parents finissent par mentir à leurs enfants. Ils n'ont aucune certitude mais font de belles promesses. J'ai demandé à Dieu de s'arranger pour que tout se passe bien.

– D'ailleurs, ai-je repris, je vais aller appeler M. Kipling et commencer à organiser la suite.

Il y avait tant de choses à faire. Si je ne m'y mettais pas immédiatement, je risquais de m'écrouler sous le poids de mon fardeau. J'ai attrapé la main de Natty et l'ai sortie de la chambre. J'ai refermé doucement la porte de Nana. Une fois dans ma chambre, j'ai décroché le téléphone.

M. Kipling venait tout juste de reprendre le travail après sa crise cardiaque.

– Anya, a-t-il dit. M. Green est sur l'autre poste. Désormais, il participera à nos discussions. Ce n'est qu'une mesure de précaution, au cas où j'aurais une autre attaque, même si j'en doute.

– Bonjour, Simon.

– Bonjour, mademoiselle Balanchine, a répondu Simon Green.

– Qu'est-ce que je peux faire pour toi ? a demandé M. Kipling.

– Galina est décédée, ai-je dit d'une voix posée.

– Je suis vraiment désolé, a dit M. Kipling.

– Moi aussi, a renchéri Simon Green.

– Elle était très âgée.

J'avais déjà l'impression d'évoquer une personne que j'avais à peine connue.

– Et bien que je sois désolé, Anya, je tiens à te rassurer. Comme tu le sais, toutes les mesures ont été prises pour que la disparition de ta grand-mère perturbe vos vies le moins possible.

Il a ajouté que lui et Simon Green se rendaient de ce pas chez nous.

– Est-ce que Leo est là ?

– Oui.

– Bien, il est le premier concerné.

– Je veillerai à ce qu'il ne bouge pas. Dois-je appeler les pompes funèbres ?

– Non, non, on va s'en charger, a déclaré M. Kipling.

J'ai raccroché.

Et tout à coup, il n'y avait plus rien à faire à part attendre M. Kipling et Simon Green.

Or, j'avais besoin de m'occuper.

J'ai pensé appeler Win mais, en toute honnêteté, je ne voulais pas qu'il soit là. L'heure était à la famille.

Je me suis allongée sur mon lit.

Oh, Nana. Combien de fois ai-je espéré que tes souffrances prennent fin, que tu meures. Et combien de fois ai-je prié pour le contraire, pour que tu vives à jamais, ou du moins assez longtemps pour que je devienne la tutrice légale de Natty.

Ce jour était arrivé. Et je ne ressentais rien excepté une légère culpabilité du fait de ne rien ressentir. Peut-être avais-je traversé trop de drames ? Mais Leo et Natty aussi, et ils avaient pleuré tous les deux. Qu'est-ce qui clochait chez moi ? Pourquoi ne pouvais-je pas verser une larme pour ma grand-mère, que j'avais aimée et qui m'avait aimée ?

On a sonné à la porte. Tant mieux. Il fallait que j'arrête de penser.

M. Kipling et M. Green sont entrés dans l'appartement. Ils avaient été rapides.

M. Kipling, que j'aurais auparavant décrit comme corpulent, avait beaucoup maigri depuis son attaque. À présent, il ressemblait à un ours en peluche dont on aurait enlevé le rembourrage.

– Annie, a-t-il dit. Encore une fois, sache que je suis vraiment désolé. Galina était une femme magnifique.

Nous sommes allés nous asseoir dans le salon. Leo était encore là. Il n'avait pas bougé depuis le départ d'Imogen.

– Leo... ai-je commencé.

Il m'a regardée sans comprendre, les yeux gonflés à force d'avoir pleuré. Le jeune homme plein de confiance que j'avais côtoyé ces derniers mois avait disparu. *Allez, Leo, reprends-toi,* ai-je pensé.

– M. Kipling et M. Green sont là afin que l'on discute de ce qu'il va se passer maintenant que Nana est partie, ai-je continué.

Leo s'est levé. Il s'est mouché dans un mouchoir déjà bien humide puis a dit :

– OK, je vais dans ma chambre.

– Non, on a besoin que tu restes. Tu as un rôle important à jouer. Viens à côté de moi.

Leo a hoché la tête. Il a redressé les épaules et s'est assis sur le canapé. Simon Green et M. Kipling ont pris place dans les deux fauteuils en face de nous.

D'abord, nous avons organisé l'enterrement de Nana, ce qui s'est avéré simple car elle avait laissé des instructions : *Pas de cercueil ouvert, pas de cercueil hors de prix, pas d'embaumement, pas de stèle somptueuse. Dans la mesure du possible, j'aimerais reposer avec mon fils dans le caveau familial à Brooklyn.*

– Vous voulez qu'on exige une autopsie ? a demandé Simon Green.

– Simon, je ne pense pas que ce soit nécessaire, est intervenu M. Kipling. Galina était malade depuis des années.

– Je sais, mais... a-t-il poursuivi. Comment est-elle décédée ?

Je leur ai parlé de la panne de courant décrite par Imogen.

– Pourquoi le générateur de secours n'a-t-il pas pris le relais ? a insisté Simon Green.

– Aucune idée, ai-je répondu.

– Vous faites confiance à Imogen, n'est-ce pas ? a-t-il continué. Personne n'aurait pu la manipuler ? Lui donner de l'argent en échange ? Quelqu'un pourrait avoir une bonne raison de vouloir la mort de Galina Balanchine.

– Qui ça ? a demandé Leo d'une voix tremblante.

– Simon, tout ceci est absurde et inopportun, a déclaré M. Kipling en lançant un regard sévère à son associé. Imogen Goodfellow travaille pour cette famille depuis des années. Elle est loyale et très professionnelle. Quant aux circonstances entourant la mort de Galina, je ne vois pas où est le mystère. Elle était très malade. Qu'elle ait tenu aussi longtemps est en soi un miracle. Dans les semaines précédant sa mort, elle et moi avons eu de nombreuses conversations concernant sa situation. Elle m'a même avoué qu'elle pensait partir bientôt, qu'elle espérait partir bientôt.

– Elle m'a confié la même chose, ai-je ajouté.

Je me suis tournée vers Leo.

– C'est vrai.

Leo a acquiescé une première fois. Puis une deuxième. Enfin, il a dit :

– Mais ce serait peut-être une bonne idée de faire une...

Quand Leo était troublé, il ne trouvait pas ses mots.

– Enfin, comme il a dit, a-t-il repris en désignant Simon Green. Pour qu'on sache comment elle est morte. On serait sûrs, non ?

– Une autopsie ?

– Oui, une autopsie, a-t-il répété. Annie affirme toujours qu'il vaut mieux avoir trop d'informations que pas assez.

– C'est papa qui disait ça, ai-je précisé.

M. Kipling a tapoté la main de Leo. Je me suis mordu la lèvre ; en principe, Leo n'aimait pas que quelqu'un qui ne lui soit pas proche le touche. Mais il n'a pas réagi. À peine a-t-il pris conscience de ce contact physique.

– En fait, Leo, bien que je sois en général d'accord avec ce que pensent Annie et ton père, j'ai peur que, dans ce cas, vous ne souffriez plus que nécessaire. Une autopsie, c'est brutal. Veux-tu que je te fasse part de ma pensée ?

Leo a hoché la tête et M. Kipling a poursuivi son argumentation.

– Ta grand-mère est décédée. Et rien ne pourra changer ça. Il n'y a aucune raison de croire que ce soit autre chose que la vieillesse et la maladie qui l'ait tuée. Mais si vous autorisez l'autopsie, cela va donner l'impression que vous soupçonnez un acte criminel. Et il vaut mieux éviter.

– Pourquoi ? a demandé Leo.

– Parce qu'il s'agit désormais pour toi et tes sœurs de rester discrets. Tu n'es pas sans savoir que tu vas devenir le tuteur légal de Natty et d'Annie.

– Oui.

– Si votre vie est trop exposée, il se peut que les services sociaux s'y intéressent. Ils pourraient décider de te priver de tes sœurs. Tu es jeune, Leo, et les gens sont au courant de ton histoire. Les autorités pourraient placer Annie et Natty dans des familles d'accueil si, pour quelque raison que ce soit, elles ne te considèrent pas apte.

– Non ! a crié Leo. Jamais !

– Ne t'inquiète pas, Leo, je vais m'assurer que ça n'arrive pas, a continué M. Kipling. Mais c'est pour cela que je te conseille de ne rien faire qui puisse attirer l'attention sur ta famille. Les services sociaux sont débordés. Ils n'ont pas le temps de s'intéresser à vous, sauf si on les y oblige.

Un silence s'est installé.

– Oui... Ce que vous dites... Je comprends, a bredouillé enfin Leo.

– Bien, a dit M. Kipling.

– Vous pensez que Leo devrait démissionner ? ai-je demandé.

– Non, je n'en ai pas envie ! a-t-il protesté.

– Il travaille toujours à la Piscine, ai-je expliqué.

M. Kipling a passé sa main sur son crâne dégarni.

– Ah oui, l'histoire de la clinique vétérinaire. Pardonne-moi, Anya. Malgré mon hospitalisation, j'aurais dû m'en occuper. C'est inexcusable de ma part. Monsieur Green, vous prenez note ?

Simon Green a obéi sans rien dire. D'ailleurs, il n'avait pas ouvert la bouche depuis qu'il avait suggéré l'autopsie.

– Est-ce que tu aimes travailler à la Piscine ? a-t-il demandé à Leo.

– Oui. Beaucoup.

– Qu'est-ce que tu y fais ?

– Je vais chercher le déjeuner, les boissons. Et je dépose le linge.

– Ils sont sympas avec toi ?

– Oui.

– Je comprends tes inquiétudes, Anya, mais je n'estime pas nécessaire que Leo quitte la Piscine, a conclu M. Kipling.

Qu'il ait un travail régulier, quel qu'il soit, est un argument important.

M. Kipling a regardé mon frère dans les yeux.

– Leo, tu dois me promettre de ne jamais rien faire de dangereux ou d'illégal. Tu es désormais le parent de Nataliya et d'Anya. Ton rôle est fondamental.

Leo s'est redressé et a hoché la tête.

– Je promets.

– Bien. En termes de gestion du quotidien, les choses vont rester comme elles sont, a dit M. Kipling.

Je le savais déjà. M. Kipling s'adressait surtout à Leo.

– Vos finances ont été placées sur un compte que je vais gérer jusqu'à la majorité d'Annie.

Leo n'a pas remis en cause cette disposition ni ne s'est senti vexé, comme le craignait Nana. M. Kipling avait réussi à valoriser Leo et, à mon grand soulagement, il a tout accepté sans poser de questions. Nous avons continué d'organiser les derniers détails de la cérémonie. M. Kipling a insisté pour que la veillée n'ait pas lieu dans notre appartement mais plutôt dans un endroit neutre, accessible à toute la famille.

– Je pense que M. Green et moi sommes en mesure de trouver.

Nous étions sur le point de conclure quand la sonnerie a retenti. C'était l'entrepreneur des pompes funèbres venu chercher le corps de Nana. Leo s'est éclipsé dans sa chambre (je crois qu'il redoutait de voir sa grand-mère morte).

– Simon, vous devriez aller voir si l'entrepreneur n'aurait pas besoin d'aide, a proposé M. Kipling.

Simon Green a bien compris qu'on lui demandait de partir.

M. Kipling transpirait et je l'ai invité à passer sur le balcon.

– Comment vous portez-vous ?

– Bien mieux, merci. Je me sens normal à 62 %. Keisha surveille tout ce que je mange. Au cas où j'avalerais par accident quelque chose de savoureux.

Il a posé son bras autour de mon épaule dans un geste paternel.

– Je sais combien tu aimais Galina et combien elle t'aimait. Tu dois être bien triste.

Je n'ai rien dit.

– Ce n'est pas sain de tout garder pour toi, Annie. Je m'inquiète.

Puis il a ri.

– Évidemment, je suis mal placé pour donner des conseils sur ce qui est sain, a-t-il poursuivi. Il y a quelque chose dont nous devons discuter. J'hésite à t'en parler, mais je crois que c'est nécessaire.

– Oui ?

– Le fils Delacroix, a expliqué M. Kipling. (Bien sûr, comme tout le monde, il avait lu la presse.) Silverstein a enfin annoncé qu'il prenait sa retraite. Il est évident que Delacroix va se porter candidat au poste de procureur. Ce qui va attirer l'attention sur lui et les siens.

Je voyais où il voulait en venir. J'y avais souvent pensé moi aussi. Je m'en étais même ouverte à Scarlet en novembre dernier.

– Vous pensez que je dois rompre avec Win ?

– Non, je ne te donnerais jamais un tel conseil, Anya. Mais entre la mort de Galina, les nouvelles responsabilités de Leo et les ambitions de Charles Delacroix, il faut reconnaître que le timing n'est pas idéal. En revanche, j'estime de mon devoir de te poser la question suivante : cette relation vaut-elle la peine de prendre autant de risques ?

Mon cerveau a répondu non.

Mais mon cœur !

– La décision peut attendre. Nous aurons largement l'occasion d'en reparler dans les semaines qui viennent.

Dans le salon, Simon Green nous faisait signe de le rejoindre.

– Je tiens à m'excuser pour Simon, a repris M. Kipling. Il n'aurait pas dû suggérer l'autopsie, surtout devant ton frère. Il est plein de bonnes intentions mais il a encore beaucoup à apprendre.

M. Kipling et moi sommes retournés au salon ; les agents des pompes funèbres avaient besoin que M. Kipling signe quelques papiers. Le corps de Nana reposait sur un brancard dans un sac en plastique noir. En la voyant là, je me suis rappelé qu'aucun prêtre ne lui avait donné l'extrême-onction. Un sentiment de panique m'a envahie.

– Personne ne lui a donné l'extrême-onction, ai-je dit à M. Kipling. Elle m'a dit qu'elle était en train de mourir mais je ne l'ai pas écoutée ! J'aurais dû aller chercher un prêtre. C'est ma faute.

– Annie, a répondu M. Kipling d'une voix douce. Ta grand-mère n'était pas catholique.

– Mais moi, si ! ai-je gémi. Et je ne veux pas qu'elle aille en enfer !

M. Kipling est resté silencieux. Nous savions tous les deux que Nana avait commis des actes répréhensibles dans sa vie – prétendre le contraire aurait été ridicule. Galina Balanchine avait besoin de tout le soutien possible pour accéder au paradis.

Ce soir-là, j'ai vérifié que le corps de Nana était bien aux pompes funèbres ; servi des macaronis à Leo et Natty ; défait le lit dans la chambre de Nana ; confirmé avec M. Kipling que la Piscine serait un endroit adéquat pour organiser la veillée funèbre ; forcé Natty à prendre une douche et l'ai mise au lit ; donné à Leo une aspirine pour calmer son violent mal de tête ; prié pour que le mal de tête de Leo ne se transforme pas en crise. Ensuite, je me suis couchée, uniquement pour être réveillée par Natty qui criait ; je l'ai réconfortée. Puis Leo m'a demandé si je pouvais s'il te plaît m'assurer que la fenêtre de la chambre de Nana était ouverte et sa porte fermée. Enfin, je me suis recouchée et j'ai pu profiter du calme. Il régnait dans l'appartement un silence étrange, inconnu après des années de vrombissement. Je m'étais habituée au bruit des appareils qui gardaient Nana en vie, au point que c'était leur absence qui me dérangeait désormais. Comme je n'arrivais pas à trouver le sommeil, je suis allée dans la chambre de Nana. L'odeur aigre qui imprégnait la pièce avait disparu. C'était arrivé si vite !

Avant que Nana ne s'installe chez nous, la pièce servait de bureau à mon père. C'était donc ici que mon père avait été assassiné. J'avais pensé que Nana dormirait dans l'ancienne chambre de mes parents, mais elle m'avait annoncé que celle-ci deviendrait ma chambre – je dormais avec Natty – et qu'elle prendrait le bureau de papa. Malgré mon jeune âge, qu'elle soit obligée de dormir là où son fils avait été tué (il y avait encore des taches de sang sur la moquette !) ne me paraissait pas juste. Je lui avais dit que cela ne me posait aucun problème de dormir avec Natty. « Non, Anyaschka », avait-elle répondu. « Si nous n'investissons pas cette pièce, elle restera à jamais celle où ton père est mort. Elle deviendra un sanctuaire, alors que ce n'est qu'une pièce. Ce n'est jamais une bonne idée de garder un cercueil au milieu d'une maison, ma chérie. Et puis tu es une grande fille, et une grande fille doit avoir sa propre chambre. » Je n'avais pas tout à fait compris ce qu'elle avait voulu dire, et je me souviens d'avoir même éprouvé de la colère. *Mais papa est mort dans cette pièce !* avais-je envie de crier. *Un peu de respect !* À présent, je prenais conscience de toute la force qu'il lui avait fallu pour dormir là. Mon père était son unique fils biologique : bien qu'elle n'ait rien montré, elle avait dû souffrir énormément.

J'ai examiné la table de nuit de Nana et ouvert le tiroir pour voir si elle m'avait laissé un mot. Je n'ai trouvé que des médicaments et l'exemplaire de *David Copperfield* d'Imogen.

Je me suis assise sur le matelas. J'ai fermé les yeux et imaginé Nana me disant : *Prends une tablette de chocolat et partage-la avec quelqu'un que tu aimes.* J'ai ouvert les yeux. Plus personne ne me dirait jamais ça. Plus personne n'aurait envie que je goûte sans raison particulière à quelque chose de sucré. Plus personne ne s'inquiéterait de savoir avec qui je partagerais ma tablette. Cette nuit-là, je me suis aperçu que je disposais de moins d'amour que la veille. J'ai enfoui mon visage dans mes mains et fait attention à pleurer en silence – je ne voulais pas réveiller mon frère et ma sœur.

Nana m'avait aimée.

Elle m'avait vraiment aimée.

Et malgré tout, qu'elle soit morte me soulageait. (J'ai pleuré deux fois plus.)

Je me suis endormie sur son lit.

Je me suis réveillée avec le soleil levant, que je ne voyais pas de ma chambre. J'ai compris pourquoi Nana avait aimé cette pièce. Le placard était immense et la lumière du matin exceptionnelle.

M. Kipling et moi étions d'accord sur le fait que nous ne devions pas briser notre routine. Natty et moi sommes donc allées à l'école le lendemain, les yeux bouffis et le moral en berne.

J'ai annoncé la nouvelle à Scarlet en cours d'escrime. Elle a pleuré et n'a rien dit de particulièrement réconfortant.

Au déjeuner, j'ai expliqué à Win que Nana était morte. Il a voulu savoir pourquoi je ne l'avais pas appelé.

– Je serais venu, a-t-il dit.

– Il n'y avait rien que tu puisses faire.

– Et alors ? Tu n'as pas à endurer ça toute seule.

J'ai repensé à ma conversation avec M. Kipling. Observant Win, je me suis demandé si je devais renoncer à lui. Non, ce n'est pas vrai. Je me suis demandé si je pouvais renoncer à lui.

– Win, s'il te plaît, ne dis rien à ton père à propos de ma grand-mère.

– Je n'en avais pas l'intention. Tu sais bien que je ne lui parle pas.

– Je ne veux surtout pas être un problème que ton père doive régler.

Win a changé le sujet.

– C'est quand l'enterrement ? Je veux venir.

– Il n'y aura pas vraiment de cérémonie, seulement une veillée funèbre à la Piscine. C'est réservé à la famille.

Que Win soit présent ne me semblait pas être une bonne idée.

– Si tu ne veux pas que je vienne, tu peux le dire.

– C'est pas ça...

Tout à coup, je me suis sentie épuisée. J'avais très peu dormi et je ne parvenais pas à articuler mes pensées.

– Je suis fatiguée. On peut en parler plus tard ?

– Bien sûr. Je passerai ce soir. Et au cas où je n'aie pas été clair, je suis vraiment désolé pour ta grand-mère.

Il m'a embrassée tendrement. Puis la cloche a sonné et il est parti. Je l'ai regardé s'éloigner. Il avait les hanches étroites, les épaules carrées et larges. Il se déplaçait avec grâce, presque comme un danseur. De dos, on voyait bien qu'il n'était encore qu'un garçon. Oui, un garçon. Ce ne serait pas facile mais, s'il le fallait, je pourrais en effet renoncer à lui. En tant que catholique, j'avais appris à faire des sacrifices.

– Anya Balanchine ?

Une femme m'a tapoté le bras. J'ai reconnu un des professeurs de Natty. Je ne l'avais jamais eue. Elle n'enseignait ici que depuis un ou deux ans, et déployait l'enthousiasme naïf caractéristique des personnes peu expérimentées.

– Je m'appelle Katherine Bellevoir ! J'espérais vous croiser aujourd'hui ! Vous avez un instant ? J'aimerais vous parler de votre sœur ! Venez, je vous accompagne à votre prochain cours !

Elle ne parlait qu'en points d'exclamation.

– Bien sûr. Veuillez excuser Natty si elle n'était pas très attentive en cours ce matin. Elle vient de perdre quelqu'un et...

– Je suis vraiment désolée, mais non, ça n'a rien à voir. D'ailleurs, c'est tout le contraire ! Je voulais vous parler de ses qualités exceptionnelles ! Votre sœur est douée, Anya.

Hein ?

– Douée ? Quelle matière est-ce que vous enseignez ?

– Les maths.

– Les maths ? Natty est douée en maths ?

Première nouvelle.

– En sciences aussi, d'après ce que j'ai compris. Écoutez, est-ce que je peux vous appeler Annie ?

J'ai haussé les épaules.

– C'est comme ça que Natty vous appelle ! Elle parle de vous tout le temps !

– Eh bien, je vous remercie de m'avoir parlé du don de Natty.

– Il existe dans le Massachusetts un camp de vacances pour les enfants doués. Huit semaines, pendant l'été. Ce serait une merveilleuse opportunité pour Natty de fréquenter des enfants comme elle ! Elle a besoin d'un accompagnateur et je serais ravie de le faire !

– Pourquoi ?

– Euh... Parce que je crois en Natty.

– Et qu'est-ce que vous voulez en échange ? Vous voulez sûrement quelque chose.

Elle a rougi.

– Non. Rien ! Je veux seulement que Natty s'épanouisse.

Je n'avais absolument pas le temps de m'occuper de ça.

Mlle Bellevoir a poursuivi :

– J'ai envoyé une candidature en son nom il y a quelques mois.

– Pardon ?

Non mais pour qui se prenait-elle ?

– Pardonnez-moi si j'ai mal agi. Votre sœur est dotée d'un esprit hors du commun, Annie ! Je n'ai jamais vu ça de toute ma carrière.

C'est-à-dire deux ans, maximum !

– C'est vrai que je n'enseigne pas depuis longtemps, a-t-elle enchaîné comme si elle avait lu dans mes pensées. Mais j'ai aussi été au lycée ! Je sais repérer les élèves doués. Natty pourrait être le genre de personne à résoudre le problème de pénuric d'eau !

Elle a soupiré.

– Pour être tout à fait honnête, si je veux aider Natty, c'est aussi par égoïsme. J'en ai marre du monde dans lequel on vit. La situation ne fait qu'empirer. J'imagine que vous vous êtes, vous aussi, demandé comment on a pu en arriver là. Pourquoi nous consacrons toutes nos ressources à combler notre manque de ressources. Vous souvenez-vous de la dernière fois que quelqu'un a proposé quelque chose d'utile dans notre société ? À part une loi, bien sûr. Et vous savez ce qui arrive à une société décadente ? Elle meurt. Nous vivons une époque sombre et la moitié des gens ne s'en rendent pas compte ! Ça ne peut pas durer !

Elle a marqué une pause.

– Veuillez m'excuser, parfois je m'emporte. Là où je veux en venir, c'est que Natty pourrait être de ceux qui changent le monde. Des esprits comme le sien sont notre seul espoir, et en tant qu'enseignante, il est de mon devoir de faire en sorte qu'une jeune fille avec un tel potentiel puisse s'épanouir.

Bien que Natty ait toujours eu de bonnes notes, l'emballement de Mlle Bellevoir me semblait ridicule.

– Si elle est si extraordinaire, pourquoi est-ce qu'aucun autre professeur ne m'en a jamais parlé ?

– Je ne sais pas, a-t-elle répondu. Peut-être étaient-ils intimidés par votre famille ? Ou peut-être n'envisageaient-ils Natty que sous un certain prisme ?

– Vous pensez qu'elle a été victime de discrimination ? ai-je demandé.

– Moi, je suis nouvelle. Je porte un regard différent. Et je vous en parle maintenant.

Nous sommes arrivées devant la salle de classe de M. Beery. Mlle Bellevoir m'a dit qu'elle m'enverrait des informations. Elle se mêlait un peu trop de nos vies, mais ses intentions me semblaient louables.

– Il faut que j'en parle à ma... à mon avocat et à mon frère.

– Natty dit que c'est vous qui prenez toutes les décisions dans la famille, a remarqué Mlle Bellevoir. Que vous protégez les vôtres.

– Elle ne devrait pas dire une chose pareille.

– Ça doit faire beaucoup pour une seule personne, a enchaîné Mlle Bellevoir.

Que quelqu'un d'autre, une étrangère, ait pu distinguer chez Natty des qualités que je n'avais pas vues me tracassait. J'avais l'impression de lui avoir fait défaut.

– Pourquoi n'ai-je jamais remarqué que Natty était un génie ?

– Il est parfois plus difficile de voir ce qui est devant soi, a répondu Mlle Bellevoir. Ce qu'elle possède est précieux, je vous l'assure. Et il faut l'encourager et la protéger.

Mlle Bellevoir m'a serré la main. Puis elle m'a adressé un clin d'œil, comme si nous étions complices.

J'ai ouvert la porte. Mlle Bellevoir a salué M. Beery pour lui signaler que j'étais avec elle. Il a hoché la tête.

– C'est gentil de vous joindre à nous, mademoiselle Balanchine.

– J'étais avec Mlle Bellevoir.

M. Beery n'a rien dit.

– Vous l'avez vue, ai-je repris, vous l'avez saluée.

– Ça suffit, mademoiselle Balanchine. Asseyez-vous.

Au lieu de m'asseoir, je me suis avancée jusqu'à lui.

– Bien sûr que vous l'avez vue. Mais vous aimez bien être sarcastique. Vous aimez bien nous traiter comme des moins que rien, n'est-ce pas ? Vous appréciez le peu de pouvoir dont vous disposez. Vous nous opposez les uns aux autres pour nous manipuler. C'est pathétique.

– Vous dépassez les bornes.

– Et quand je dis « c'est », je pense « vous ». Vous êtes pathétique, ai-je rétorqué.

J'ai fait demi-tour, direction le bureau du proviseur.

– Dans le bureau du proviseur ! Tout de suite ! a hurlé M. Beery.

– J'y allais !

Peut-être que j'aurais dû rester à la maison.

Mme le proviseur n'a pas été très sévère avec moi ; elle a mis mon incivilité sur le compte de mon chagrin. Elle m'a renvoyée un jour. J'avais donc l'obligation de rester chez moi le lendemain, ce qui n'avait rien d'une punition. Au contraire, j'en avais sûrement besoin.

Natty, Scarlet, Win et moi avons pris le bus pour rentrer à l'appartement.

Natty avait mis le chapeau de Win.

– Hé, ai-je commencé. Vous saviez qu'il y a un génie parmi nous ?

– Je ne sais pas si on peut dire que je suis un génie, a plaisanté Scarlet. Même si je suis bourrée de talent.

– Pas toi. Natty.

– Moi, ça ne m'étonne pas, a affirmé Win. Mon chapeau lui va. Sa tête est presque aussi grosse que la mienne.

Natty n'a rien dit.

– Alors, t'es un génie en quoi ? a poursuivi Win.

– En maths, entre autres.

– Je ne savais pas, a déclaré Scarlet.

– Personne ne savait.

– Eh bien, euh, félicitations, alors, a conclu Scarlet.

Quand on est arrivés à la maison, Natty s'est précipitée dans sa chambre et a claqué la porte. Je n'avais pas envie d'aller la voir mais je me suis forcée. Elle s'était enfermée à clé.

– Allez, Natty, laisse-moi entrer.

– Pourquoi tu m'as humiliée devant tout le monde ? a-t-elle crié.

– Pourquoi est-ce que tu ne m'as jamais dit que tu étais un génie ?

– Arrête de m'appeler comme ça !

– Comment ?

– Génie !

– C'est un compliment ! Alors, pourquoi tu ne m'as rien dit ? Pourquoi est-ce que j'ai dû apprendre ça de la bouche d'une prof débile qui a l'air plus jeune que moi ?

– Mlle Bellevoir n'est pas débile !

– Non, c'est moi qui suis débile. Je ne me suis même pas rendu compte que ma sœur était un génie.

Je me suis assise dans le couloir devant sa chambre.

– Je me suis sentie tellement bête, Natty. À croire que je ne te connaissais pas vraiment, ou que je ne m'intéressais pas à toi.

Natty a ouvert la porte.

– Je sais que tu t'intéresses à moi. C'est juste que... Je ne savais même pas que j'en étais un. Je pensais que tout le monde était comme moi. Jusqu'à ce que Miss B m'explique que non.

– Et pourquoi n'as-tu rien dit ?

– Parce que je ne voulais pas que tu t'inquiètes. Tu revenais à peine de Liberty. Je ne voulais pas que tu aies d'autres problèmes. Et tu étais tellement amoureuse de Win.

– Pourquoi est-ce que ce serait un problème que tu sois un génie ? C'est plutôt une bonne nouvelle, non ?

– Parce que tu dis toujours qu'il faut qu'on fasse profil bas. Alors je me tais en cours. Je ne lève pas la main. La plupart du temps, je connais la réponse à la question mais je la garde pour moi.

– Tu essayes de paraître moins intelligente ?

Que ma petite sœur doive faire des efforts pour paraître médiocre me déprimait au plus haut point. Une violente douleur a surgi derrière mon œil droit. J'ai appuyé légèrement dessus.

– Mais, Natty, ai-je murmuré. Ce n'est pas normal.

– Je suis désolée, Annie. Je voulais seulement t'aider. J'ai dit à Miss B de ne pas t'en parler, que ça servirait à rien.

J'ai retiré ma main. La douleur s'estompait.

– Est-ce que tu veux aller dans ce camp de vacances cet été ? ai-je demandé.

– Non, a-t-elle répondu. Peut-être.

– Et tes cauchemars ? Je ne pourrai pas venir avec toi, tu sais. Je ne peux pas laisser Leo. Et puis je n'ai rien d'un génie.

– Je ne sais pas. Je n'y avais pas pensé.

– De toute manière, on peut y réfléchir. Il faut que tu me parles, Natty. Surtout maintenant que Nana n'est plus là. Malheureusement, je ne suis pas Nana, ni papa ni maman, mais je fais de mon mieux.

– Je sais, Annie. Je sais tout ce que tu fais pour moi. Pour Leo, aussi. J'aimerais être plus âgée pour pouvoir t'aider. J'aimerais tellement que ta vie ne soit pas si dure.

Elle m'a enveloppée de ses petits bras maigres et j'ai

pensé à ce qu'avait dit Mlle Bellevoir : que Natty était précieuse et devait être protégée. Je m'étais laissée aller ces derniers mois, ce qui était inacceptable. Maintenant que Nana était morte, j'étais d'autant plus responsable de la fillette dans mes bras. Sans moi, elle ne pourrait pas s'épanouir. Elle pourrait tomber entre les mains de gens peu recommandables – Dieu sait que ça ne manquait pas. Sans moi, elle pourrait mourir. Ou bien ne pas devenir la personne qu'elle aurait pu être, ce qui est presque pire que la mort. Je l'ai serrée contre moi. Je me sentais fébrile, oppressée, nauséeuse. J'avais envie de frapper le mur. Je me suis dit que c'était ça, l'amour ; c'était très douloureux.

Une violente envie de vomir m'a saisie. J'ai lâché Natty et me suis précipitée dans la salle de bains. Je suis parvenue à la cuvette juste à temps.

J'ai passé les dix minutes suivantes à vomir. En me redressant, j'ai réalisé que quelqu'un me tenait les cheveux. Natty ? Quand je me suis retournée, j'ai vu Win. J'avais oublié qu'il était là.

– Oh, ai-je bredouillé en tirant la chasse d'eau. Tu devrais rentrer. Je suis dégueu.

– J'ai vu pire, a-t-il répondu.

– Où est Natty ?

Sous-entendu : « Pourquoi est-ce toi qui me tiens les cheveux ? »

– Elle est allée appeler Imogen.

Vu la façon dont j'avais parlé à Imogen, je doutais sérieusement qu'elle vienne.

– Tu devrais rentrer, ai-je répété. Je suis peut-être contagieuse.

– Je ne tombe jamais malade. Je suis très résistant.

– Tant mieux pour toi, ai-je grommelé. Pourquoi n'es-tu pas encore parti ? J'aimerais être malade toute seule, merci.

En me relevant, j'ai vacillé ; Win m'a attrapé le coude et m'a emmenée dans ma chambre.

Je me suis écroulée sur mon lit et endormie.

Quand je me suis réveillée, Imogen était à mes côtés. Elle avait placé un gant humide sur mon front.

Ma tête semblait sur le point d'exploser. Mes yeux me brûlaient, j'y voyais flou et il y avait des taches de couleur qui flottaient devant moi. De violents spasmes me secouaient l'estomac. J'avais des démangeaisons partout et l'impression d'être en train de mourir.

– Je suis en train de mourir ?

– Tu as la varicelle, Annie. Natty est vaccinée mais toi et Leo ne l'avez pas été parce que les vaccins étaient rationnés à votre époque.

(Vous aviez peur que je sois enceinte ? Que j'aie couché avec Win sans vous le dire ? Je ne vous ferais jamais un coup pareil. Contrairement à d'autres, je tiens à être une narratrice irréprochable.)

Imogen a poursuivi.

– Peut-être as-tu attrapé la varicelle au mariage de ton cousin ? Quelqu'un t'a paru malade ?

J'ai secoué la tête. J'ai essayé de me gratter le visage mais Imogen m'avait mis des gants en coton.

– Je ne peux pas être malade. J'ai une veillée à organiser. Il y a tellement de choses à faire. Et je dois aller au lycée. Et Natty et Leo ont besoin de moi. Et...

Je me suis redressée. Imogen m'a gentiment mais fermement obligée à me rallonger.

– Eh bien ça attendra la semaine prochaine.

– Pourquoi es-tu là ?

– Parce que Natty m'a appelée.

Elle a glissé une paille entre mes lèvres.

– Bois.

J'ai obéi.

– Oui, mais pourquoi es-tu là alors que je t'ai dit des choses horribles ?

Elle a haussé les épaules.

– Je n'avais rien de particulier à faire. Après tout, je viens de perdre mon emploi. Tu étais bouleversée, a-t-elle continué. Bois encore, tu as besoin de t'hydrater.

– Je suis désolée, ai-je dit. Je suis vraiment désolée.

– J'accepte tes excuses. Tu es une fille bien, Anya.

– Je suis fatiguée.

– Alors dors, ma chérie.

Elle m'a caressé les cheveux. C'était agréable et réconfortant. Peut-être que les derniers instants de Nana s'étaient déroulés de la même manière. Peut-être que sa mort avait été paisible.

J'ai fermé les yeux puis les ai rouverts.

– Tu savais que Natty était un génie ?

– Je m'en doutais un peu, a-t-elle répondu.

J'ai eu envie de me gratter. Je me suis retenue, préférant lui confier l'horrible secret que je gardais en moi depuis ma conversation avec M. Kipling.

– Je crois qu'il faut que je rompe avec mon petit ami.

Voilà, je l'avais dit.

– Pourquoi ? Il m'a l'air très gentil.

– Il l'est. C'est le garçon le plus gentil que je connaisse. Mais il y a quelque temps, son père m'a expliqué que si je sortais avec son fils, mes affaires deviendraient ses affaires. Et maintenant que Nana est morte, j'ai peur que son père n'essaye de nous compliquer la vie. Tu sais aussi bien que moi qu'un juge n'autoriserait jamais Leo à être notre tuteur légal.

Je me suis mise à tousser. J'avais la gorge sèche. Imogen m'a donné à boire.

– Si je veux protéger Leo et Natty, nous devons passer inaperçus jusqu'à ce que j'aie dix-huit ans.

– Hmm, a dit Imogen. Allez, bois.

J'ai bu.

– Si je ne sors plus avec le fils, le père m'oubliera, ai-je continué. Oubliera toute ma famille.

– Je vois.

Elle a posé le verre sur la table de nuit, estimant visiblement que j'avais assez bu.

Ça me démangeait de nouveau. J'ai levé le bras pour me gratter ; Imogen l'a intercepté.

– Attends, tu te sentiras mieux dans un instant.

Munie d'un tube de crème, elle a badigeonné les pustules qui recouvraient ma peau.

– Tu ne sais pas si le père va intervenir, a-t-elle poursuivi. La plupart des parents veulent avant tout que leurs enfants soient heureux.

J'ai repensé à Charles Delacroix, à notre trajet sur le ferry. Il ne semblait pas être de ces parents-là, surtout si cela mettait un frein à ses ambitions.

– Je ne sais pas ce que le père va faire, mais je crois que tant que je suis avec ce garçon, nous sommes en danger. Et même si j'...

Est-ce que j'aimais Win ? Est-ce que je l'aimais vraiment ? Oui, j'imagine que oui.

– ... j'aime Win, j'aime davantage Leo et Natty. Je ne peux pas faire passer leur bien-être après ma stupide histoire d'amour d'adolescente. Si Nana était encore en vie... Mais je ne peux pas prendre le risque.

– Les histoires d'amour des adolescentes ne sont pas toujours aussi stupides que tu le penses, Annie. Quoi qu'il en soit, pour le moment, tu es malade. Tu vas pouvoir réfléchir à tout ça pendant que tu te reposes.

– Nana me manque. Je sais que beaucoup la considéraient comme une vieille dame sénile, mais elle me manque beaucoup.

J'étais au bord des larmes. Que je ne puisse plus aller la voir pour lui parler me paraissait inconcevable. Que je n'entende plus jamais le son de sa voix aussi.

– Essaye de ne pas trop parler. À moi aussi, elle me manque, a dit Imogen. Tu veux que je lise à voix haute ? Ça aidait ta grand-mère à s'endormir. J'ai un de mes livres préférés avec moi.

Elle m'a montré la couverture du livre.

– C'est pas une histoire d'orphelin ? ai-je demandé.

Je détestais ce genre d'histoires.

– On ne peut pas éviter les histoires d'orphelin, Annie. Toutes les histoires sont des histoires d'orphelin. La vie est une histoire d'orphelin. Tôt ou tard, nous serons tous orphelins.

– Certains plus tôt que d'autres, ai-je marmonné.

– Oui, c'est vrai. Mais tu es forte, et Dieu ne nous impose pas plus qu'on ne peut supporter.

Je ne me sentais pas forte. Je me sentais surtout malade et j'avais envie de m'enfouir sous ma couverture et de ne jamais en ressortir. J'étais tellement fatiguée.

– D'accord, lis-moi ton histoire, ai-je dit.

– « Chapitre un », a-t-elle commencé. « Il était impossible de se promener ce jour-là. Le matin, nous avions erré pendant une heure dans le bosquet dépouillé de feuillages ; mais, depuis le dîner (quand il n'y avait personne, Mme Reed dînait de bonne heure), le vent glacé d'hiver avait amené avec lui des nuages si sombres et une pluie si pénétrante, qu'on ne pouvait songer à aucune excursion... »

À part essayer de ne pas me gratter, je n'ai rien fait d'autre pendant les jours suivants. Je n'ai même pas pu aller à la veillée de Nana. Scarlet et Imogen y sont allées avec Natty. J'ai dit à Scarlet de surveiller Leo aussi. (Scarlet avait réussi à éviter d'être contaminée. Étrangement, la seule autre personne qui a eu la varicelle au lycée s'est avérée être M. Beery.)

Ne pas pouvoir aller à la veillée funèbre de Nana ne m'a pas dérangée outre mesure. Je comprenais le concept de la veillée : il s'agissait aussi bien de faire honneur aux morts qu'aux vivants. Ce que je n'aimais pas, c'était toutes ces manifestations publiques d'émotions. À l'enterrement de mon père, je m'étais sentie observée – en fait, je m'étais sentie jugée. Être triste à l'intérieur ne suffisait pas, il fallait aussi *montrer* qu'on était triste. Tout en étant désolée que mon frère et ma sœur se retrouvent ainsi sous les lumières des projecteurs, j'étais ravie d'y échapper. De toute manière, j'avais déjà assisté à beaucoup d'enterrements, sûrement trop pour une jeune fille de seize ans.

J'ai aidé Leo et Natty à choisir leurs habits. Une vieille cravate noire pour Leo, une vieille robe noire à moi pour Natty. Peu avant midi, Scarlet et Imogen sont venues les chercher à la maison. Enfin, je me retrouvais seule avec mes boutons. Je ne me sentais pas malade, tout au plus moche et inconfortable. Peu après midi, on a sonné à la porte. C'était Win, que je n'avais pas vu depuis qu'il m'avait aidée dans la salle de bains. J'étais repoussante. Lui m'a paru magnifique, ce qui m'a prodigieusement agacée. Il portait un long manteau couleur olive qui avait dû appartenir à un soldat de Sibérie. Il avait les cheveux humides – sans doute sortait-il de la douche – et certaines mèches avaient gelé à cause du froid dehors. Et oui, ces petites mèches étaient adorables.

– Je t'ai apporté quelque chose, a-t-il annoncé.

Il a plongé les mains dans ses poches et a sorti quatre oranges.

– Tes préférées.

J'en ai attrapé une et l'ai collée contre mon nez.

– Les essais de ma mère commencent à porter leurs fruits, a-t-il plaisanté. Cette variété s'appelle Cara Cara. La chair est rose et sucrée.

Il s'est approché pour m'embrasser. Je me suis écartée.

– Tu ne crains pas la contagion ?

– Non, j'ai déjà eu la varicelle.

– Tu peux l'avoir de nouveau. Et...

– Non, je ne l'aurai pas de nouveau, a-t-il insisté.

J'ai reculé encore.

– Comment peux-tu avoir envie de m'embrasser ? Je suis totalement affreuse.

– Non, pas totalement.

– Si, je me suis vue dans le miroir. Je sais de quoi je parle.

Il a éclaté de rire.

– D'accord, a-t-il dit. De toute manière, je ne compte pas t'embrasser contre ton gré. J'ai pensé que tu aimerais un peu de compagnie pendant qu'ils sont tous à la veillée. Si tu veux, je peux même peler ton orange.

– Je peux le faire toute seule.

– Non, pas avec ces gants.

Il m'a pris la main et l'a serrée bien fort. Les battements de mon cœur me paraissaient étourdissants. Il fallait que je rompe avec lui.

Nous sommes allés dans le salon. Il s'est assis sur le grand canapé, celui en velours marron. Je me suis blottie contre lui, posant ma tête sur ses genoux. Il a passé sa main dans mes cheveux, ce qui m'a énervée mais je n'ai rien dit. Mes cheveux sont frisés et je préfère qu'on n'y touche pas. De plus, j'étais contente d'être énervée. J'ai trouvé ça rassurant. *Tu vois,* ai-je pensé, *il n'est pas parfait. Peut-être que si je me concentre sur ce qui m'irrite chez lui, je pourrai le quitter.*

Je me suis redressée. Puis je me suis assise sur le fauteuil bordeaux en face de lui.

– Qu'est-ce qu'il y a ? a-t-il demandé.

Je savais qu'il valait mieux que je lui dise que ça ne fonctionnait pas entre nous, que nous n'étions pas compatibles, que ce genre de chose arrivait. Malheureusement, je n'ai pas pu.

– Win, ai-je commencé. Je ne peux pas sortir avec toi en ce moment.

Je lui ai présenté mes arguments comme je l'ai déjà fait avec vous : que je l'appréciais vraiment beaucoup (NB : je n'ai pas dit que je l'aimais) mais que ma famille était plus importante à mes yeux que mes sentiments, et que maintenant que ma grand-mère était morte, je ne pouvais pas risquer que son père se mêle de ma vie, etc.

Ensuite, il a démonté mes arguments. Je l'ai laissé faire. J'en avais sûrement envie. Il m'a dit qu'il m'aimait et que je l'aimais et que c'était la seule chose qui comptait. Que je n'avais pas le droit de prendre une telle décision toute seule. Que son père ne viendrait pas se mêler de mes affaires et que, si jamais il essayait, il l'en dissuaderait. (Même à l'époque, je savais qu'il mentait – j'avais rencontré Charles Delacroix.) Il m'a affirmé qu'il n'y avait rien de plus important au monde que l'amour (autre mensonge).

Mais j'étais faible et fatiguée, et ses mensonges sonnaient comme une douce musique à mes oreilles. La vérité c'est que je n'aurais pas supporté à cet instant de perdre aussi Win.

Nous avons entendu la porte d'entrée s'ouvrir. Il n'était que 13 heures, un peu tôt pour qu'ils soient déjà de retour. Je suis sortie dans le couloir. Leo est passé devant moi comme une flèche, se précipitant dans sa chambre et claquant la porte derrière lui. Imogen, Natty et Scarlet enlevaient leurs manteaux.

– Qu'est-ce qui s'est passé ? ai-je demandé, culpabilisant

déjà de ne pas les avoir accompagnés. Pourquoi vous êtes déjà revenus ? Qu'est-il arrivé à Leo ?

– Nous ne sommes pas sûres, a répondu Scarlet. Nous étions tous ensemble quand Leo a décidé de rejoindre des types qui travaillent à la Piscine. Je ne l'ai pas retenu. Mais peu après, on a entendu des cris et Leo avait un œil au beurre noir et...

– Leo a un œil au beurre noir ?

– Je vais trouver quelque chose à lui mettre dessus, a déclaré Imogen en se dirigeant vers la cuisine.

– Oui, a poursuivi Scarlet. Je n'ai pas vu ce qui s'est passé – aucune de nous trois n'a vu – et il n'a pas voulu nous en parler. Ensuite, Yuji nous a conseillé de monter dans la voiture.

– Yuji ? ai-je demandé. Yuji Ono ? Il était là ?

– Il est ici, a précisé Natty.

Et c'est là que j'ai aperçu Yuji Ono, dans un manteau noir. Il se tenait dans l'encadrement de la porte.

– J'étais encore aux États-Unis, je suis venu à la veillée funèbre, a expliqué Yuji.

– Je...

J'ai serré ma robe de chambre autour de moi, souhaitant avoir un voile à mettre sur la tête.

– J'espère que tu as eu la varicelle.

– Oui, j'ai été prévenu.

Win se tenait derrière moi. Il y avait beaucoup trop de monde dans cette entrée. Win a tendu la main à Yuji.

– Moi, c'est Win.

– C'est le petit ami d'Annie, a ajouté Natty.

Yuji a hoché la tête.

– Je t'ai vu au mariage le week-end dernier. Enchanté.

– Allons dans le salon, ai-je proposé.

– Non, a répondu Yuji en inclinant la tête légèrement. Il faut que j'y aille. Je me demandais si tu avais un moment pour que l'on puisse discuter tous les deux avant que je parte. J'espérais te croiser à la veillée mais je ne savais pas que tu étais malade.

– Oui, bien sûr, je...

– Annie ! a crié Imogen depuis le couloir. Je peux te parler ?

– Excuse-moi, j'en ai pour une seconde.

Je me suis dépêchée de rejoindre Imogen qui se tenait devant la porte de la chambre de Leo avec un sac de petits pois surgelés.

– Ton frère s'est enfermé à clé et ne veut pas ouvrir la porte. J'ai besoin que tu forces la serrure.

J'ai frappé à la porte.

– Leo, c'est Annie. Laisse-moi entrer s'il te plaît.

Pas de réponse.

J'ai attrapé le clou que l'on pose sur l'encadrement de la porte précisément pour les situations de ce genre et l'ai glissé dans la serrure. Bien que préoccupée par des milliards de choses, il m'a fallu exactement dix secondes pour la débloquer. Je n'avais pas perdu la main. J'ai pris le sac de pois et dit à Imogen que je m'en occupais.

Leo était assis sur son lit, face à la fenêtre. Il ne pleurait pas, ce qui m'a paru être bon signe.

– Leo, ai-je dit doucement. Tu dois mettre quelque chose sur ton œil.

Il n'a pas répondu. Je me suis assise à côté de lui sur le lit.

Alors que je m'apprêtais à poser le sac de surgelés sur son visage, il s'est brusquement écarté.

– Annie, laisse-moi tranquille !

– S'il te plaît, Leo. Tu n'as pas à parler. Laisse-moi seulement mettre ça sur ton œil. Vu tes antécédents médicaux, je préférerais que ton visage n'enfle pas trop. Je ne voudrais pas que tu fasses une crise.

– D'accord !

Leo a attrapé le sac et l'a plaqué sur le coin de son œil.

– Merci. Tu comptes beaucoup pour cette famille. Pour moi aussi. Tu dois prendre soin de toi.

– Ça brûle, a-t-il dit après un temps.

Il a posé le sac sur ses genoux. J'ai pu examiner son œil. Sa paupière était close et un hématome violacé fleurissait sur sa joue. Il saignait légèrement au niveau de la tempe.

– Oh, Leo, qui t'a fait ça ?

Il a reposé le sac sur son visage.

– C'est moi qui l'ai frappé en premier.

– Qui ? Qui as-tu frappé ?

Peu après l'accident, il avait eu du mal à contrôler ses accès de colère, mais il n'avait plus ce problème depuis des années.

– Annie, je n'ai pas envie d'en parler.

– J'ai besoin de savoir qui tu as frappé au cas où il faudrait que j'intervienne, ai-je poursuivi. Ce n'est sûrement pas grave, mais peut-être doit-on s'excuser, ou s'expliquer, ou au moins parler à quelqu'un.

Il a lancé le sac contre la fenêtre. Des dizaines de pois se sont renversés par terre, s'éparpillant dans la chambre.

– Tais-toi, Anya ! Tu ne contrôles pas ma vie et tu ne sais pas tout !

– OK, Leo, tu as raison. Mais dis-moi qui tu as frappé. Il faut que je sache.

– Mickey, a-t-il répondu.

Mickey, le fils de Yuri Balanchine et son héritier probable. Nous allions devoir nous excuser, et vite.

– Pourquoi, Leo ? Est-ce que Mickey t'a dit quelque chose ?

Leo a déporté son regard vers le coin supérieur droit de la pièce. J'ai levé les yeux, il n'y avait rien.

– C'est sa faute si Nana est morte, a-t-il enfin murmuré.

– Pardon ?

– Si nous n'étions pas allés à son mariage débile, Nana ne serait pas morte. Elle serait là, et moi, je ne serais pas... Pourquoi est-ce qu'on est allés à ce mariage ?

– Nana nous l'a demandé, tu te souviens ? Elle trouvait important qu'on participe à un événement familial.

Leo se tordait les mains dans tous les sens.

– C'est beaucoup de pression. C'est trop de pression. Beaucoup trop.

– Quoi donc ? ai-je demandé.

– D'être responsable de toi et de Natty. Nana me manque. Je veux qu'elle revienne. Et papa aussi !

– Oh, Leo ! Tu n'es pas seul. Je suis là.

– Mais tu es ma petite sœur. Je dois te protéger.

J'ai souri. Qu'il me considère ainsi était touchant.

– Leo, je peux me débrouiller toute seule. Cela fait des années que je me débrouille.

Il n'a rien dit.

– Est-ce que tu peux t'allonger, Leo ? Je pense que ce serait bien que tu te reposes.

Il a hoché la tête. J'ai défait sa cravate et enlevé sa chemise maculée de sang. Il s'est allongé.

– Tu crois qu'ils vont être fâchés contre moi ? a-t-il demandé.

– Ne t'inquiète pas pour ça. Je vais tout leur expliquer. Ils savent bien que la mort de Nana nous a beaucoup affectés.

Je suis sortie de la chambre. Imogen était toujours dans le couloir. Je lui ai demandé de veiller sur Leo.

– J'en avais l'intention, a-t-elle répondu.

Win, Scarlet et Natty étaient dans le salon. Yuji était resté dans l'entrée.

En nouant de nouveau la ceinture de ma robe de chambre, j'ai vraiment regretté de ne pas m'être habillée ce matin.

– Je suis désolée de t'avoir fait attendre. Je sais que tu es pressé.

Yuji a agité la main.

– J'aimerais te parler en privé, a-t-il déclaré.

Je lui ai proposé d'aller sur le balcon. Nous avons traversé le salon, passant devant les autres. Win m'a regardée d'un air interrogateur et je lui ai souri légèrement pour lui faire comprendre que tout allait bien.

– Pourquoi n'es-tu pas venue à la veillée funèbre aujourd'hui ? m'a demandé Yuji après que j'ai fermé la porte vitrée.

Je lui ai répondu que j'étais malade et craignais d'être contagieuse.

Yuji m'a observée un long moment, ce qui m'a mise mal à l'aise. Dans ma robe de chambre, je me suis mise à trembler de froid. Il m'a offert son manteau. J'ai refusé mais il a insisté et l'a drapé sur mes épaules.

– Il s'est passé quelque chose pour que Leo frappe Mickey ? ai-je demandé.

– Je ne sais pas. Leo discutait avec son ami, le fils illégitime de Yuri, celui qu'il a eu avec la prostituée. Je ne me souviens pas de son nom.

– Jakov Pirozhki.

– L'instant d'après, Leo a traversé la pièce en courant et s'est jeté sur Mickey. Si je voulais te parler, c'est parce que je m'inquiète du fait que ce Jakov a peut-être une mauvaise influence sur ton frère.

– C'est possible, mais je ne suis pas sûre que Jacks ait poussé Leo à frapper Mickey Balanchine. J'ai peur qu'un de nos avocats ne lui ait mis cette idée en tête en suggérant que Galina serait encore en vie si nous n'étions pas allés au mariage.

Yuji s'est étiré les mains puis a pris une grande inspiration. Il semblait hésiter.

– Anya, ce que je vais te dire, je le dis avec tout le respect que je dois à toi et à ta famille, surtout compte tenu de l'amitié unissant nos deux pères désormais décédés.

Il s'est raclé la gorge.

– Il est temps pour toi de prendre les choses en main.

– Comment ça ?

– Tu as laissé la situation se déliter, mais il n'est pas trop tard. Je suis sûr que ton frère est sous l'influence de Jakov Pirozhki. Mais là n'est pas l'essentiel. Si je suis venu aux États-Unis, c'est au nom des cinq grandes familles du chocolat. Tu les connais ?

J'ai acquiescé.

– Les Balanchine, ici. Toi, en Asie. Les Marquez au Mexique. Les...

J'ai marqué une pause. Je ne savais pas qui étaient les deux autres familles.

– Oui, j'étais comme toi avant, a poursuivi Yuji. J'avais passé ma vie en marge des affaires de ma famille sans rien en savoir : dans quel climat pousse le cacao, à quoi ressemblent les usines, pourquoi est-ce devenu illégal dans certaines parties du monde, qui sont les gens qui gagnent leur vie à le produire, qui...

– OK, l'ai-je interrompu, bien consciente qu'il cherchait à m'embarrasser. Mais pourquoi devrais-je m'y intéresser alors que je n'ai aucune intention d'y travailler ?

– Oui, moi aussi je pensais ça. Moi aussi, j'ai résisté. Mais Anya, les gens comme toi et moi n'ont pas le choix. Notre destin est tout tracé. Tu travailleras dans le chocolat que tu le veuilles ou non. Tu es l'aînée des enfants de Leonyd Balanchine et...

– Non, c'est Leo l'aîné !

– Leo l'était, a insisté Yuji. Tu es une fille intelligente, tu comprends très bien ce que je cherche à te dire.

Je suis restée silencieuse.

– Tu crois sincèrement qu'ignorer les affaires de ta famille soit une stratégie payante ? a-t-il repris. Pourquoi étais-tu en prison à l'automne dernier ? Pourquoi est-ce que ton petit ami a fini empoisonné et amputé d'un pied ? Pourquoi ton père est-il mort ? Et ta mère ? Pourquoi est-ce aussi le cas dans ma famille ? Pourquoi ton frère est-il ainsi ? Anya, tu es pratiquement une adulte, et il est temps.

– Temps de quoi ?

– Il est temps que tu acceptes ton héritage, a-t-il déclaré.

– Et Yuri ? Et le fils de Yuri ? Ce sont eux les chefs de la famille Balanchine.

– Ce sont de mauvais chefs. Les autres clans perçoivent les faiblesses et les troubles qui agitent votre famille. Ils y voient une opportunité. Ton oncle s'est fait des ennemis. Il n'aurait jamais dû prendre la tête des chocolats Balanchine, et tout le monde le sait. Quand ton père a été tué, on pensait que Galina assurerait la régence, mais elle a choisi de s'occuper de vous.

Je n'en savais rien.

– Anya, la situation est compliquée, dangereuse. D'autres gens vont mourir, crois-moi. L'empoisonnement à la frétoxine n'est que le début.

– J'ai des responsabilités, ai-je dit. Si je veux protéger les miens, je dois nous tenir à l'écart.

Yuji m'a regardée dans les yeux.

– D'après ce que je sais, la varicelle n'est contagieuse que pendant la période d'incubation. Tu aurais pu aller à la veillée funèbre de Galina, mais tu as choisi de rester ici. À mes yeux, tu as préféré passer la matinée à batifoler avec ton petit ami.

– Ce n'est pas vrai.

– Ah bon ?

– Qu'est-ce que tu me veux ?

– Je suis ici en tant qu'ami de la famille, mandaté par les autres familles qui veulent savoir comment se portent les Balanchine depuis l'affaire du chocolat contaminé.

– Que vas-tu leur dire ?

– Je ne sais pas, a répondu Yuji. À mon avis, ta famille est au bord de la lutte intestine. D'un côté, le mieux serait peut-être pour les autres familles de vous laisser faire et de récupérer vos parts de marché ensuite.

Je n'étais pas sûre de savoir ce que voulait dire « lutte intestine ». Je me suis promis de regarder dans le dictionnaire.

– D'un autre côté, j'estime qu'il vaut mieux que tous les acteurs de l'industrie du chocolat soient solides. Ton père était un grand chef. Et je pense que tu pourrais l'être aussi.

– Tu as l'esprit aussi déformé que les autres. Mon père n'était pas un grand chef. Mon père était un criminel. Un voleur et un meurtrier.

– Non, Anya, tu te trompes. Leonyd Balanchine était un simple homme d'affaires qui essayait de faire de son mieux malgré une situation compliquée. Le chocolat n'a pas toujours été illégal, et il pourrait redevenir légal un jour. Bientôt, il ne s'agira peut-être même plus de chocolat.

– De quoi alors ?

– Peut-être du travail des enfants. Ou bien du problème de l'eau. On en reparlera une autre fois. Mais nous sommes à court d'eau. Ceux qui en contrôlent l'approvisionnement seront bientôt maîtres du monde.

– Je ne peux pas faire ça ! me suis-je écriée. Je ne suis qu'une fille, et je dois m'occuper de mon frère et de ma sœur. J'aimerais bien terminer le lycée, peut-être même aller à la fac. Ce que tu me demandes est impossible.

– Mon père me disait toujours : « Yuji, tu peux rester sur le bas-côté de la route, à vivre ta vie en fonction des décisions que prennent les autres, ou bien tu peux être celui qui prend les décisions pour les autres. » Ma traduction n'est peut-être pas parfaite, mais tu vois ce que je veux dire. Tu affirmes vouloir protéger ton frère et ta sœur par-dessus tout. À ton avis, Anya, qui est plus à même de protéger sa famille ? Celui qui essaye d'éviter les conflits ? Ou celui qui les accepte et s'y confronte ? Tu sais ce que disait mon père sur le meilleur rôle à avoir dans la vie ?

Yuji parlait avec ferveur mais je n'étais pas certaine de tout bien saisir.

– Pour mon père, l'idéal était d'être le catalyseur. Le catalyseur provoque la réaction chimique mais n'est pas affecté.

– Ton père est mort, Yuji. Le mien aussi.

À cet instant, un autre Japonais a pénétré sur le balcon. Je n'avais jamais vu un homme aussi gros. Il avait un ventre énorme et des bras comme des troncs. On aurait dit un sumo. Il portait un costume sombre. Ses cheveux noirs étaient attachés. (Il patientait sûrement devant l'appartement depuis tout à l'heure.) Il a dit quelques mots en japonais et Yuji a répondu de même. Puis il s'est incliné vers moi.

– Il faut que j'y aille, a-t-il déclaré d'un ton plus formel. Je repars pour l'Asie cet après-midi. Je suis resté aussi longtemps que possible. Peut-être même plus qu'il n'aurait fallu. Nous ne nous reverrons pas de sitôt. Si jamais vous avez besoin de me parler, n'hésitez pas à m'appeler. Au revoir, mademoiselle Balanchine. Et bon courage.

Il m'a saluée de nouveau.

Je l'ai raccompagné jusqu'à la porte, repassant devant Win, Natty et Scarlet. Puis je suis allée dans la salle de bains pour m'asperger le visage. Je me suis aperçue dans le miroir. Tous mes boutons s'étaient transformés en croûtes, et bien que je me sente mieux, j'avais l'air répugnante. J'avais quand même honte qu'un beau jeune homme de vingt-trois ans comme Yuji Ono ait été obligé de me voir aussi laide. J'aurais préféré ne rencontrer personne dans cet état, encore moins le garçon qui me plaisait quand j'avais neuf ans. Cependant, j'ai compris que j'avais commis une faute en évitant la veillée funèbre de Nana. J'avais fait preuve d'égoïsme ; j'avais péché. J'aurais dû prévoir que Leo réagirait de la sorte. Yuji avait eu raison. Malgré tout ce que j'avais dit, si j'étais restée à la maison, ce n'était pas par crainte de refiler ma maladie aux autres, c'était par vanité.

J'avais appris une bonne leçon.

Je suis allée m'habiller dans ma chambre. Passer le restant de la journée au lit ne m'aurait pas dérangée, mais j'avais des choses à faire, notamment parler à Yuri et Mickey Balanchine.

On a sonné à la porte. J'ai pensé que c'était Yuji, venu poursuivre l'énumération de mes erreurs. Ce n'était pas lui. M. Kipling et Simon Green sont entrés. Ils quittaient la Piscine à l'instant et étaient venus voir comment se portait Leo.

– Leo se repose, ai-je dit. Il va bien. Et j'avais l'intention d'aller m'excuser auprès de Yuri et Mickey. Est-ce que l'un d'entre vous sait ce que veut dire « lutte intestine » ?

– Sanglante, ont-ils répondu à l'unisson.

– C'est un conflit sanglant au sein d'un groupe, a poursuivi Simon Green.

– C'est pour une dissertation ? a demandé M. Kipling.

J'ai secoué la tête.

– Vous êtes en piteux état, a ajouté Simon Green.

– Merci, ai-je répondu.

– Non, je veux dire : vous êtes sûre de pouvoir sortir ?

– Je crois que je n'ai pas le choix.

– Anya a raison, a dit M. Kipling. Autant ne pas laisser traîner. On peut t'y emmener, si tu veux ?

– Non, je pense qu'il vaut mieux que j'y aille seule. Ça paraîtra moins formel.

M. Kipling a acquiescé tout en insistant pour que lui et Simon prennent le bus avec moi jusqu'à la Piscine.

16. Je demande pardon à plusieurs reprises ; on me demande pardon (une fois)

J'ai déjà mentionné que la Piscine était située sur West End Avenue, après la 90e Rue, pas très loin de la Sainte-Trinité. J'évitais autant que possible de m'y rendre. Cependant, la Piscine était très belle. Des mosaïques doré, blanc et turquoise recouvraient les murs. Bien que personne ne s'y soit baigné depuis des années, l'endroit sentait encore le chlore. Et parce qu'elle était en sous-sol, fraîcheur et calme y régnaient. Les sons rebondissaient sur les surfaces de manière étonnante et imprévisible. Mon père avait choisi cet espace parce qu'il était peu cher, facile à protéger et plus pratique que les anciens bureaux, à Williamsburg. J'ose imaginer que l'aspect esthétique lui a plu aussi. Si je n'aimais pas y aller, c'était notamment parce qu'elle me rappelait tant mon père.

Fats surveillait le couloir avec Jacks.

– J'aimerais voir oncle Yuri et Mickey, ai-je dit. Ils sont là ?

– Bien sûr, a répondu Fats. Ils sont dans le bureau. Désolé, mais faut que je te fouille avant de te laisser y aller.

– J'espère que tu as eu la varicelle, ai-je signalé.

– J'ai été vacciné, a-t-il répondu tout en faisant courir ses mains sur mes jambes. OK, c'est bon. Ça va ? Ça ne gratte pas trop ?

– Je me concentre essentiellement sur un ou deux boutons. J'ai une théorie : si j'en sacrifie un à mes envies de grattage, je devrais pouvoir ignorer les autres.

– Et alors, ça marche ?

– Non, pas tellement, ai-je avoué.

Jacks n'avait encore rien dit. Pareil silence ne lui ressemblait pas et j'ai repensé à ce qu'avait dit Yuji Ono sur lui, et sur l'influence néfaste qu'il avait sur mon frère.

– Salut, Jacks, ai-je dit.

– Salut, Annie. Content de te voir.

– Qu'est-ce qui s'est passé avec Leo ce matin ? D'après ce qu'on m'a rapporté, tu étais avec lui ?

Jacks a passé sa main dans ses cheveux plusieurs fois.

– Tu connais ton frère. Parfois, il s'énerve et on ne sait pas trop pourquoi. Je crois qu'il était triste et qu'il s'en est pris à Mickey.

– Mais pourquoi Mickey ? ai-je poursuivi. Pourquoi pas toi ?

– Bon Dieu, Annie, j'en ai aucune idée. Mickey est un imbécile. Peut-être qu'il a regardé Leo de travers. Va savoir ! Je ne suis pas dans la tête de mon frère, ni du tien.

Jacks s'est tourné vers Fats.

– Je meurs de faim. Je peux y aller ?

Fats a hoché la tête.

– Ouais, mais faut que je sois au café à 20 heures alors traîne pas trop.

– Annie, désolé si je suis un peu sec avec toi, a repris Jacks. Je suis fatigué.

– Ignore-le, m'a dit Fats une fois Jacks parti. Je crois qu'il a ses trucs de fille. Tu ferais mieux d'y aller si tu veux parler à Yuri et Mickey.

Le bureau de Yuri se trouvait au cœur des vestiaires. Le devant était constitué d'une immense paroi vitrée qui, associée à un miroir convexe posé dans le coin en haut à droite, permettait de voir qui arrivait où que l'on soit dans la pièce. Je n'ai même pas eu à frapper à la porte, Yuri m'a fait signe d'entrer.

– Annie, a dit oncle Yuri en se levant. Je suis content de te voir. Tu nous as manqué à la veillée funèbre de Galina. Mais je vois à présent que tu n'es pas encore rétablie.

– Ça va un peu mieux.

Comme le veut le protocole, je l'ai embrassé sur les deux joues.

– Bonjour Anya, a lancé Mickey.

Mickey se cachait dans un coin du bureau. Il avait une légère marque rouge sur la joue – trois fois rien comparé à la blessure de Leo.

– Tu devrais être au lit, a poursuivi Yuri. Qu'est-ce qui t'amène ici ?

– Je suis ici pour demander pardon de la part de mon frère. Leo ne réfléchit pas toujours avant d'agir. Je crois que la mort de Galina l'a bouleversé.

– Tu n'aurais pas dû te déplacer, Annie, a répondu Yuri. Nous savons que Leo est... sensible. Mais nous l'aimons tout autant.

J'ai observé Mickey.

– Je veux que tu saches que je ne l'ai pas provoqué, a dit Mickey. Je m'en veux terriblement d'avoir frappé quelqu'un... (Au tour de Mickey de trouver un euphémisme.)... comme lui. Ça ne me ressemble pas.

– Maintenant embrasse ta cousine, a ordonné oncle Yuri à son fils.

– Je n'ai pas eu la varicelle, a protesté Mickey. Sans vouloir te vexer, Anya. Et les vaccins ne sont pas toujours efficaces.

– Je comprends, ai-je déclaré. Et comment s'est passée la lune de miel ?

– Nous ne sommes pas partis, j'avais du travail, a répondu Mickey. Yuji Ono était en ville, ce qui ne me disait rien de bon. Et nous sommes toujours en train de réparer les dégâts causés par l'affaire de la frétoxine.

– Vous avez trouvé le responsable ?

Mickey a secoué la tête.

– La piste privilégiée est interne, désormais.

– Je suis sûr qu'Annie n'a pas envie d'entendre tout ça, est intervenu Yuri.

J'ai acquiescé.

– Peut-être que ce serait mieux si Leo ne travaillait plus à la Piscine ? ai-je proposé à Yuri.

– Ce n'est pas nécessaire, m'a-t-il assuré. C'est un très bon élément et tout le monde a déjà oublié l'incident de ce matin. Dis à Leo de prendre sa journée demain, et qu'on le verra lundi.

Oncle Yuri m'a offert une tasse de thé mais je lui ai dit qu'on m'attendait à la maison.

– Comment ça va sans Galina ? a demandé Yuri. Vous vous en sortez ?

J'ai acquiescé de nouveau. Je ne savais pas si c'était le cas, mais je ne voulais surtout pas que les Balanchine se mêlent de notre vie.

Quand je suis rentrée, l'appartement baignait dans le calme. Un filet de lumière s'échappait de la chambre de ma sœur, ce qui signifiait qu'elle travaillait. Imogen avait pris l'initiative de faire la vaisselle, et je lui étais reconnaissante. Je suis allée dans la cuisine lui parler.

– J'ai préparé le dîner, a-t-elle annoncé. Et j'ai donné une aspirine à Leo.

– Merci. Tu n'étais pas obligée.

Imogen a éteint le robinet.

– Vous m'êtes très chers tous les trois, Annie. Je m'inquiète pour vous.

J'ai hoché la tête. Puis j'ai eu une bonne idée.

– J'espère que ma proposition ne va pas t'offenser, mais est-ce que tu serais d'accord pour rester avec nous encore quelques semaines ? Je sais que tu es une infirmière et pas une nounou, mais j'aurais bien besoin de ton aide. Et ta présence donnera un peu l'illusion que rien n'a changé. On te paiera comme avant.

– Trois adolescents à la place d'une vieille dame ? Je ne suis pas sûre d'y gagner, a plaisanté Imogen.

– Et tu peux prendre la chambre de Nana, si tu veux.

– Ça me convient, Annie. Honnêtement, j'espérais rester.

Bien que je ne sois pas très démonstrative, j'ai laissé Imogen me prendre dans ses bras. Refuser aurait été mal élevé.

Elle a proposé de me réchauffer le dîner mais j'ai refusé. J'avais encore l'estomac fragile.

– Une tartine de pain grillé ? a-t-elle continué.

J'ai accepté.

Elle a enlevé la croûte et posé la tartine sur une assiette en porcelaine. Puis elle m'a envoyée dans ma chambre.

Win m'y attendait. Il lisait un livre.

– Oh, ai-je dit. Je ne savais pas que tu étais encore là.

– Tu ne m'as pas dit au revoir, a répondu Win en posant le livre sur le lit (le livre appartenait à Imogen). Je ne savais pas où tu étais. Je voulais seulement m'assurer que tu étais encore en vie. Maintenant que j'en ai la preuve, je m'en vais.

Win s'est levé. Il faisait environ trente centimètres de plus que moi. Je me suis sentie petite et minable.

– Je suis désolée, ai-je dit. Il fallait que j'y aille.

– Il fallait que tu y ailles ? Tu n'as pas trouvé mieux comme excuse ?

Il souriait.

– Je... Ma vie est compliquée en ce moment. Je suis vraiment désolée.

Win a froncé les sourcils puis m'a embrassée.

– Je te pardonne.

– J'ai passé la journée à demander pardon. Je dois être la personne la plus pitoyable de la planète.

– Bien sûr que non ! C'est très grand, la planète.

– Merci.

– J'avais peur que tu ne te sois enfuie avec Yuji. C'est bien comme ça qu'il s'appelle ?

– Oui.

– Je commençais à être jaloux.

– Y a pas de quoi, ai-je répondu. Yuji a vingt-trois ans. Il est bien trop vieux pour moi.

– Et c'est moi que tu préfères, non ?

– Oui, bien sûr que c'est toi que je préfère. Ne sois pas idiot, Win.

– Vingt-trois ans, ce n'est pas si vieux, a remarqué Win. Quand tu auras dix-huit ans, il en aura vingt-cinq.

– C'est drôle, Natty a dit la même chose à propos de toi. Sauf que vous n'avez que quatre ans d'écart.

– Est-ce que Natty a le béguin pour moi ?

J'ai levé les yeux au ciel.

– Tu n'as pas remarqué ? Elle est un peu obsédée par toi.

Win a secoué la tête.

– C'est mignon.

On a sonné à la porte d'entrée. Avant d'ouvrir, j'ai regardé par le judas. Un homme que je n'avais jamais vu tenait une boîte en carton enveloppée dans de la cellophane (le genre cher et de haute qualité ; on n'en voyait plus tellement parce que ce n'était pas recyclable). Il était plus petit que moi. Ses bras et ses jambes étaient minces, ce qui comparé à son ventre imposant m'a paru suspect. Était-il vraiment gros ou bien cachait-il une arme ou une bombe sous son manteau ?

– Livraison pour Anya Balanchine, a-t-il annoncé.

– De la part de qui ? ai-je demandé sans ouvrir la porte.

– Je ne sais pas, a répondu le livreur.

– Un instant !

Je suis allée dans le placard de Nana récupérer la deuxième arme à feu. Je l'ai glissée dans ma jupe et suis retournée dans l'entrée. Laissant la chaîne accrochée au verrou, j'ai ouvert.

– Qu'est-ce que c'est ? ai-je demandé.

– C'est une surprise, a répondu le livreur.

– Je n'aime pas les surprises.

– Allons ! Toutes les filles aiment les surprises.

– Pas moi.

J'ai fermé la porte.

– Attendez ! Ce sont des fleurs ! a-t-il dit. Prenez-les, d'accord ? Que je puisse rentrer chez moi.

– Je ne m'attends pas à recevoir des fleurs.

– Oui, eh bien c'est comme ça que ça marche. En général, on ne s'y attend pas.

Il n'avait pas tort.

– Signez ici.

Il m'a tendu la boîte en carton puis un appareil électronique afin que je signe.

– Si possible, non.

– Allez, mademoiselle. Pourquoi tenez-vous absolument à me compliquer la vie ? Signez.

– Vous ne pouvez pas le faire à ma place ?

– D'accord.

Puis, en repartant, il a grommelé :

– Les gamins d'aujourd'hui n'ont aucunes manières.

J'ai emporté la boîte dans la cuisine. J'ai découpé la cellophane avec un couteau. Vingt-quatre roses jaunes coupées au ras se tenaient bien ordonnées dans un vase peu profond. Je n'avais jamais vu d'aussi belles fleurs. J'ai déchiré l'enveloppe couleur crème sur laquelle était écrit mon nom.

Chère Anya,

Je te demande pardon d'avoir été aussi dur avec toi cet après-midi. Tu vis une épreuve terrible et moi je me suis montré insensible et maladroit.

Je sais mieux que quiconque quels sont les sacrifices que tu dois faire. Sache que tu auras toujours quelqu'un sur qui compter.

Ton vieil ami (j'espère),

Yuji Ono

PS. Quand je n'étais encore qu'un garçon, j'ai eu un jour des raisons de désespérer. Ton père m'a dit ceci : « Notre plus grande crainte n'est pas de ne pas être à la hauteur, mais d'être au contraire bien plus capable qu'on ne le voudrait. » Ces mots sont restés gravés en moi, et c'est pour cela que je te les transmets.

PPS. Peut-être que tu auras un de ces jours de nouveau l'occasion de venir à Kyoto.

L'écriture était minuscule. Il m'a semblé qu'elle appartenait à Yuji – il avait pu s'arrêter chez le fleuriste en chemin vers l'aéroport. Ce geste, ainsi que ses paroles touchantes, représentait une forme de respect à mon égard. Qu'il cite mon père comptait beaucoup à mes yeux. J'ai respiré le parfum des roses. Elles sentaient la paix et la sérénité, suggérant un endroit où je n'étais jamais allée mais où j'aurais aimé me rendre. Je n'appréciais pas tellement les fleurs, mais celles-ci étaient... magnifiques. À peine avais-je glissé la carte dans ma poche que Win est entré dans la cuisine. Il m'a demandé qui m'avait envoyé les fleurs. Sans me l'expliquer, je lui ai menti.

– Un membre de ma famille qui n'a pas pu venir à la veillée, ai-je répondu.

– Elles ont l'air chères, a-t-il remarqué. Je vais devoir y aller. J'ai rendez-vous avec les autres membres de mon non-groupe.

– Déjà ?

Je l'avais à peine vu.

– Anya, cela fait huit heures que je suis là !

Après le départ de Win, je me suis assise dans la cuisine en face de mes roses, et j'ai relu la carte. Pourquoi Yuji avait-il été désespéré ? Je me suis souvenue qu'enfant il avait été enlevé. Sans en connaître toute l'histoire, je savais au moins que c'était à cette occasion qu'il avait perdu son doigt.

J'ai relu la carte encore une fois. Étais-je désormais exposée ? J'avais passé tellement de temps à me cacher, à rester tout simplement en vie. Et pourtant quelqu'un avait deviné. Quelqu'un avait vu. Et s'était excusé. Et pas n'importe qui ; quelqu'un qui connaissait le système, qui le vivait de l'intérieur. Quelqu'un qui avait souffert autant que moi.

Je n'étais pas seule.

J'ai remis la carte dans ma poche et suis allée dans la chambre de Nana ranger l'arme à feu.

17. Je fais des projets de vacances

Sitôt revenue à l'école, je suis allée voir le professeur de Natty. J'avais beaucoup réfléchi pendant ma convalescence et ma décision était prise : Natty irait dans son camp de vacances pour génies, et je ferais tout mon possible pour que ça marche. En apprenant la nouvelle, Mlle Bellevoir s'est comportée de manière ridicule : elle m'a serrée dans ses bras, m'a embrassée, puis m'a abrutie d'informations – coûts, dates à respecter et numéros de téléphone.

– Nous voilà désormais unies dans cette noble entreprise, m'a-t-elle dit alors que je partais.

Je ne voulais surtout pas être unie à elle. J'avais déjà suffisamment à faire toute seule.

Ma conversation avec Mlle Bellevoir avait duré plus longtemps que prévu et je suis arrivée légèrement en retard au cours du docteur Lau. D'habitude, elle ne remarquait pas les retards, surtout les miens. Pourtant, elle a baissé ses lunettes et dit d'une voix dure : « Mademoiselle Balanchine, venez me voir à la fin de l'heure. » Son ton était si sévère qu'un frisson a parcouru la classe. Je me suis assise à côté de Win et j'ai attendu que le cours se termine afin de connaître ma punition. J'aimais bien le docteur Lau, et j'étais une bonne élève, mais cette année scolaire ne me réussissait pas tellement. En tout, j'avais raté un mois d'école et SML II était un cours difficile à rattraper compte tenu de l'importance des TP.

La cloche a sonné. J'ai dit à Win de partir sans moi. « Bon courage », a-t-il murmuré.

Je me suis dirigée vers le bureau du docteur Lau. J'ai résisté à l'envie de m'excuser. S'excuser alors qu'on ne sait même pas ce qui nous est reproché est un signe de faiblesse. Surtout qu'on n'a peut-être rien à se reprocher. (Encore un précepte paternel, au cas où vous n'auriez pas deviné.)

– Ah oui, mademoiselle Balanchine, a dit le docteur Lau. J'aimerais que vous regardiez ceci.

Elle a tapoté sur son écran, envoyant un fichier sur ma tablette électronique. Je l'ai ouvert et parcouru.

Stage de sciences médico-légales

Session d'été

Du 30 juin au 15 août 2083

Washington DC

Sponsorisé par le FBI et la Société nationale des criminologues

Inscriptions avant le 8 avril 2083

Il est demandé aux professeurs de ne proposer ce stage qu'à leurs meilleurs experts.

Ce stage s'adresse aux élèves de première et de terminale qui ont suivi deux (de préférence trois) années de sciences médico-légales (étude d'une scène de crime, enregistrement des preuves, analyse des preuves, etc.) et qui ont démontré des capacités extraordinaires dans ce domaine.

Le processus de sélection est très exigeant.

J'ai posé ma tablette et observé le docteur Lau.

– Bien que vous n'ayez suivi que deux années d'enseignement, c'était avec moi, ce qui vaut au moins trois ans avec n'importe quel autre professeur, j'en suis sûre. C'est un bon programme. Les sorties sur le terrain sont nombreuses. Et vous pourrez passer l'été avec des jeunes de votre âge. Ils organisent aussi des activités – bowling, randonnée, etc. Bien sûr, là n'est pas l'essentiel. Anya, vous êtes faite pour les sciences médico-légales. Ce stage pourrait constituer une étape importante dans votre vie.

L'idée d'accéder à de véritables scènes de crime me plaisait énormément. Mais moins que la possibilité de passer mon été loin d'ici.

L'été loin d'ici. La plupart des gens quittaient la ville pendant l'été. Scarlet, par exemple, partait faire des stages de théâtre en Pennsylvanie. Moi, je restais à la maison et je m'occupais de ma famille. Je savais que Win comptait passer son été à faire ses dossiers d'inscriptions à la fac. Au moins, cette année, je pourrais aussi profiter de la présence de mon petit ami – si je parvenais à le garder jusque-là.

– Je ne peux pas, ai-je répondu.

– J'étais sûre que vous diriez cela, a affirmé le docteur Lau. Mais je me suis renseignée et j'ai préparé une réponse. Vous voulez l'entendre ?

J'ai hoché la tête.

– Alors je vais être franche. Votre grand-mère étant décédée, vous n'avez plus à rester auprès d'elle. A priori, Nataliya va de son côté passer l'été dans un camp de vacances pour génies avec Mlle Bellevoir...

– Comment le savez-vous ? ai-je interrompu.

– Il arrive que les professeurs discutent entre eux, a-t-elle répondu en souriant. Votre frère Leonyd est certes quelque peu handicapé mentalement, mais c'est un adulte et vous ne pourrez de toute manière pas le surveiller toute sa vie. Un été loin de lui vous préparera d'ailleurs à cette future et inévitable séparation.

Elle a marqué un temps afin de m'observer. Je suis restée de marbre.

– Ce visage impassible vous servira plus tard dans votre métier de criminologue, Anya. Enfin, vous n'avez pas encore été acceptée dans ce programme. Malgré la lettre de recommandation dithyrambique que je vais envoyer, ils n'accueillent qu'une centaine d'élèves ; la plupart auront suivi trois années d'enseignement de sciences médico-légales. Il se peut que vous ne soyez pas prise cette année. Bref, il me semble que vous pouvez vous inscrire dès à présent et prendre une décision plus tard.

Ses arguments se tenaient.

– Merci, ai-je dit.

J'ai attendu le dernier dimanche des vacances de Pâques pour remplir le dossier d'inscription. J'avais du mal avec la dissertation. Il fallait répondre à une question parmi cinq. Après beaucoup d'hésitations, j'ai choisi la cinquième : Quel rôle jouent les sciences médico-légales dans votre vie ? Les mots ne me venaient pas facilement, le sujet était très personnel. J'ai parlé de l'assassinat de mon père, du fait que les policiers n'avaient pas examiné la scène de crime avec minutie car il n'était pour eux qu'un vulgaire criminel. Ce qui n'était pas faux, mais mon père avait aussi de la famille. À mon sens, chacun, quel que soit son passé, son milieu ou les circonstances de sa mort, a droit à une enquête rigoureuse. Les survivants, plus que les victimes même, ont besoin de connaître la vérité, afin de trouver la paix et de passer à autre chose. Les enquêteurs de la police scientifique ne travaillent pas uniquement pour les morts, mais aussi pour les survivants.

Puis j'ai payé un timbre et ai envoyé ma candidature. Pour le moment, je n'avais pas l'impression d'avoir trahi qui que ce soit.

Le téléphone a sonné. C'était M. Kipling. Il avait du nouveau au sujet de la clinique vétérinaire. Ils avaient enfin réglé leur situation avec les affaires sanitaires et rouvriraient le 1er juin.

– Je ne sais toujours pas qui les a dénoncés, a dit M. Kipling, mais c'est une bonne nouvelle, non ?

– Oui !

Je lui ai parlé de mon inscription au stage de criminologie, de celle de Natty dans un camp de vacances pour génies. Savoir que Leo passerait l'été à la clinique vétérinaire et pas à la Piscine me remontait le moral.

– Annie, cela te ferait du bien de partir cet été, a dit M. Kipling. Et ce stage te donnera un avantage considérable lors du processus de sélection à l'université. Tu as réfléchi à là où tu voulais aller ?

– Euh...

– Tu as encore le temps. Je suis toujours disponible pour t'accompagner si tu veux aller visiter des universités, a poursuivi M. Kipling. Peut-être quand tu reviendras du stage ?

– On verra, ai-je répondu.

– Comme je l'ai dit, la clinique ne rouvrira qu'en juin, et je ne pense pas que ce soit une bonne idée que Leo quitte la Piscine dès à présent. Pour l'instant, tout se passe bien là-bas ?

– Hormis cet échange de coups de poing, qu'il a provoqué, oui.

– Ne changeons rien dans l'immédiat. Leo reste à la Piscine jusqu'à ce que la clinique rouvre.

Après avoir raccroché, je suis allée annoncer la bonne nouvelle à Leo.

Allongé sur son lit, il observait la fenêtre. Il paraissait préoccupé et las. Je lui ai posé des questions sur sa journée auxquelles il a répondu par un mot, voire une syllabe.

– Tu m'as l'air fatigué, ai-je dit enfin.

– Ça va.

– Tu as mal à la tête ?

– Annie, ça va ! Laisse-moi.

– J'ai une bonne nouvelle pour toi, Leo. Je viens d'avoir M. Kipling au téléphone. La clinique vétérinaire va rouvrir en juin !

Leo a souri pour la première fois depuis des semaines.

– Oh, c'est super !

– Tu voudras y retourner ?

Il a réfléchi un instant.

– Je ne pense pas, non.

– Pourquoi pas ?

– Ils ont besoin de moi à la Piscine, Annie.

– Ils ont aussi besoin de toi à la clinique. Et les animaux ?

Leo a plissé les lèvres et secoué la tête.

J'avais envie de lui hurler dessus : *Pourquoi ont-ils besoin de toi ? N'importe qui peut aller leur chercher des sandwichs mais tu es le seul à être responsable de tes sœurs. Et ça peut être dangereux ! Regarde ton œil ! Et si je veux envisager de partir en stage cet été, j'ai besoin de savoir que tu ne risques pas de te faire tirer dessus !* Je n'ai rien dit. Crier ne marchait pas avec Leo. De plus, il avait déjà les lèvres qui tremblaient et les joues écarlates. Il semblait sur le point de pleurer. J'ai changé de tactique.

– Leo, j'ai besoin de ton aide.

– De mon aide ? Je ne peux rien faire pour t'aider, Annie.

– Je vais peut-être partir cet été. C'est un stage de rien du tout pour les jeunes qui aiment les sciences médico-légales. Tu penses que tu pourras te débrouiller sans moi ? Imogen serait là pour te faire à manger, et M. Kipling se chargerait des problèmes d'argent. Et je ferai en sorte que tu puisses m'appeler quand tu veux, s'il y a quoi que ce soit...

– Je ne suis pas un enfant, Annie. Je suis un adulte.

– Je sais, Leo. Je le sais, bien sûr. Je veux simplement que tu saches que tout est arrangé. Tu es notre tuteur légal pendant encore un an et demi. Tu es très important.

– Oui, je suis très important, a-t-il répété d'un ton presque sarcastique. Je suis le grand frère très important d'Anya Balanchine. Je suis très très important, et j'ai sommeil. Tu pourrais éteindre la lumière en partant, Anya ?

Quelque chose dans son petit discours m'a chiffonnée mais je n'ai pas insisté. Il était fatigué, rien de plus.

Il m'a tourné le dos. Je l'ai embrassé sur le front, près de la cicatrice marquant l'endroit où on l'avait opéré au cerveau. Il n'était pas tellement plus jeune que Yuji Ono. Sans cette cicatrice, il aurait pu être Yuji Ono.

J'ai embrassé mon frère une deuxième fois.

– Bonne nuit, doux prince, ai-je murmuré.

– Maman me disait ça.

– Ah bon ?

Leo a vaguement hoché la tête.

Je ne sais pas pourquoi j'ai prononcé cette phrase. Plus tard, j'ai découvert qu'elle était déclamée par Horatio à la mort de Hamlet, dans la pièce du même nom. À quoi pensait ma mère en murmurant à son fils de telles paroles ? Souvent, je me demandais à quoi pensait ma mère.

Elle était morte quand j'avais six ans. Elle ressemblait davantage à un personnage de roman, qui plus est mal défini à mes yeux. Je savais qu'elle avait fait partie de la police scientifique, qu'elle était tombée amoureuse de mon père, qu'elle avait abandonné sa carrière pour lui, qu'elle était morte. Dans mes souvenirs, elle était jolie (n'est-ce pas le cas de toutes les mamans aux yeux de leur petite fille ?) et elle sentait la lavande. Je ne saurais reconnaître sa voix sur un enregistrement et je ne me rappelle pas une seule de nos conversations. Elle ne me manquait pas tellement ; ce qui me manquait, c'était d'avoir une mère. Comment pouvait-elle me manquer, je ne la connaissais pas ? Alors que mon père... Mon père hantait le moindre espace de mon cerveau, mais vous le saviez déjà.

Que j'aie gardé quelque chose de ma mère m'a paru étrange, même s'il ne s'agissait que des mots qu'elle adressait à Leo pour lui souhaiter bonne nuit.

– Elle te manque ? lui ai-je demandé en me rasseyant sur le lit.

– Parfois, a-t-il répondu. J'ai beaucoup oublié...

Puis il m'a souri.

– Mais tu lui ressembles. Ça, je le sais. Tu es belle, comme elle.

Il m'a caressé le visage. Il a lissé les plis sur mon front. Il a essuyé la larme qui roulait sur ma joue.

– Va à ton stage, Annie. Tu n'as pas à t'inquiéter pour moi. Je te le promets.

Cette nuit-là, j'ai rêvé d'un été passé à examiner des scènes de crime. De Scarlet qui m'aidait à faire mes valises. De Natty, Leo et Win m'accompagnant à la gare. De ma camarade de chambre, une rousse maigrichonne qui me demandait si je voulais le lit du haut ou du bas. J'ai rêvé de dessins à la craie sur le sol et de preuves glissées dans des sacs en plastique. De parties de bowling et d'excursions aux musées – les vrais, remplis de tableaux. Peu importe que ces voyages soient ringards, on s'y amusait. Mais surtout, j'ai rêvé aux personnes que je rencontrerais. Personne ne saurait qui j'étais. À New York, j'étais Anya Balanchine, la fille d'un parrain de la mafia assassiné. En dehors de l'État, peu de gens connaissaient ma famille. Nana avait mentionné une fois un Balanchine qui avait vécu un ou deux siècles auparavant. N'était-il pas chorégraphe ? Ou danseur ? Je pourrais toujours dire que j'étais de sa famille à lui.

– Je m'appelle Anya Balanchine. Mes ancêtres étaient danseurs.

Ce serait si simple.

18. Je suis trahie

Le lendemain, alors que nous nous changions dans les vestiaires après le cours d'escrime, Scarlet m'a demandé si Win et moi pensions aller au bal de fin d'année. Je lui ai répondu qu'on n'en avait pas encore parlé, mais que cela me semblait être le genre de chose qu'aimait Win. Et après la débâcle du bal d'automne, je comptais même l'inviter.

– Pourquoi ? ai-je demandé.

– C'est dans un mois et je fais partie du comité d'organisation, alors... En fait, le truc, c'est que quelqu'un m'a invitée.

– Déjà ! C'est super !

Je l'ai embrassée sur la joue.

– Attends, laisse-moi deviner. Tu sors de nouveau avec Garrett Liu.

– Non...

– Alors qui est-ce ? ai-je insisté. C'est quelqu'un d'ici ? Ou bien un homme plus âgé et bien plus sexy ?

Elle n'a rien dit.

– Qui c'est, Scarlet ?

Elle est restée muette, me laissant tout le temps de comprendre ce que son silence cachait (ou plutôt, qui).

– Ce n'est pas...

– On est amis. Par la force des choses, on a été amenés à se fréquenter de plus en plus depuis qu'il est revenu au lycée. Ça n'a rien de romantique, évidemment. Mais Gable m'a proposé d'y aller et...

Voilà. Elle avait prononcé son nom.

– Scarlet, tu ne peux pas ! Ce garçon est méchant. Horriblement méchant, ai-je bredouillé.

J'ai secoué la tête, ne trouvant pas les mots. Je ne pouvais même pas la regarder.

– Il a changé, je te le jure. Tu l'as vu toi-même. Il est différent. Comment pourrait-il ne pas l'être après ce qui lui est arrivé ? Il a perdu un pied, Annie. Je... je suis désolée pour lui.

– C'est tout ? ai-je demandé. Tu es seulement désolée pour lui ?

– Je ne suis pas vraiment la fille la plus populaire du lycée. Aucun garçon ne va m'inviter. À leurs yeux, je ne suis qu'une fofolle passionnée de théâtre. Ou bien la meilleure amie d'Anya Balanchine. Je suis peut-être idiote, mais je sais ce qu'on dit sur moi. Et puis qu'est-ce que ça peut te faire ? Tu as Win.

– Scarlet, tu sais que là n'est pas le problème. Le problème (oui, Anya, quel est le problème ?), c'est qu'on est en train de parler du garçon qui a essayé de me violer la veille de la rentrée scolaire.

– Je lui en ai parlé. Il a dit que c'était un malentendu...

– Ce n'était pas un malentendu !

– Tu m'écoutes, oui ? Il a dit que c'était un malentendu partiel. Qu'il avait envie de coucher avec toi mais qu'il ne t'aurait pas forcée, même si Leo ne vous avait pas interrompus. Et il sait qu'il a mal agi. Il n'aurait pas dû aller dans ta chambre. Il n'aurait pas dû non plus répandre de tels mensonges sur toi. Il sait que tu es une bonne catholique – c'est ce qu'il a dit, Annie, *une bonne catholique* – et qu'il n'aurait jamais dû tenter quoi que ce soit. Il a profité de la situation. Il le sait, Annie, et il est désolé. Nous avons discuté pendant des heures de ce qui s'est passé entre vous. Je n'aurais jamais accepté de sortir avec lui si je n'étais pas certaine qu'il s'en voulait sincèrement.

– Il ment, Scarlet. Et il te manipule.

J'ai pris une grande respiration. Je devais me calmer afin de ne pas dire ou faire quelque chose de terrible et regrettable. Scarlet était mon amie, en dépit de sa trahison actuelle.

– Autre chose. J'avais promis de ne rien dire, mais ses parents envisageaient de porter plainte contre ta famille pour l'empoisonnement de Gable. Mais Gable les en a dissuadés. Il a expliqué que c'était sa faute, qu'il avait insisté pour que tu lui donnes une tablette de chocolat. La suite n'était qu'un accident malheureux...

– Oui, un accident ! Comme c'est noble de sa part, Scarlet, d'admettre qu'un accident n'est qu'un accident.

– Les frais d'hospitalisation sont très élevés, et même si sa propre gloutonnerie a provoqué son empoisonnement...

Je l'ai interrompue.

– Scarlet, écoute-moi. Si tu vas au bal de fin d'année avec Gable, on ne peut plus être amies.

Scarlet a secoué la tête. Elle avait les larmes aux yeux.

– Gable pensait que tu dirais un truc pareil, mais je lui ai affirmé qu'il se trompait. Tu as une vie difficile, Annie, mais tu n'as pas le monopole de la souffrance. Gable a souffert. Il te suffirait d'ouvrir les yeux pour voir combien il a souffert. Les gens changent.

– Gable Arsley n'a pas changé.

– Je te parlais de moi, Annie. Je t'aime. J'aime toute ta famille. J'aime Leo et Natty et je ferais n'importe quoi pour toi, mais je veux penser à moi. Pour une fois.

– Tu penses qu'aller au bal avec l'éclopé, c'est penser à toi ? ai-je demandé d'un ton cruel. Tu te contentes vraiment de peu, Scarlet.

– Tu me déçois, a-t-elle répondu.

Elle a ramassé son sac et quitté les vestiaires.

J'ai utilisé la dernière pièce de monnaie qui me restait pour m'asperger le visage d'eau. J'avais des envies de meurtre.

Je suis allée à la cantine. Scarlet devait déjà faire la queue. Je ne voyais pas Win mais, de l'autre côté de la pièce, j'ai aperçu Gable Arsley.

À partir de là, le temps s'est ralenti.

Je me suis précipitée vers Gable.

J'ai ramassé un plateau sur une table.

– Hé ! C'est mon assiette ! a hurlé Chai Pinter, mais je l'entendais à peine.

Je courais avec le plateau dans les mains ; la sauce tomate giclait partout.

Tout à coup, je me suis retrouvée à trois centimètres de lui. Je m'apprêtais à renverser le plat de lasagnes sur sa tête quand j'ai remarqué son visage. Abîmé, crevassé. Raccommodé. Puis, j'ai pris conscience de ses doigts manquants, prémices à son pied amputé.

J'ai senti la main de Win sur mon bras.

Scarlet se tenait à côté de moi aussi.

– Anya, laisse-le tranquille ! S'il te plaît, tu n'as pas idée de combien il souffre.

– Chhh, a dit Gable à Scarlet. T'inquiète, ça va.

J'ai posé le plateau devant Gable.

Je me suis penchée en avant. Je n'avais pas été aussi près de lui depuis ma visite au centre de rééducation. Ma joue a frôlé la sienne, et j'ai chuchoté :

– Tu as peut-être réussi à convaincre Scarlet, mais toi et moi on se connaît depuis trop longtemps, Gable. S'il lui arrive quoi que ce soit, tu es un homme mort. Tu sais très bien de quoi ma famille est capable.

– Je pensais que tu allais me renverser ce plat sur la tête, a lancé Gable d'un ton moqueur. Comme au bon vieux temps.

Je n'ai pas répondu. Je ne comptais pas m'asseoir avec Gable et Scarlet. Ni leur parler. J'ai pris le plateau et l'ai rendu à Chai.

– Désolée, ai-je marmonné.

– Est-ce qu'il se passe quelque chose entre Gable et Scarlet ? a-t-elle ronronné. T'es fâchée ?

Je suis allée m'asseoir le plus loin possible de Gable. Win s'est assis en face de moi. Il a sorti une orange de son sac et a entrepris de la peler.

– Tu étais au courant ? ai-je demandé.

Il a haussé les épaules.

– Pas vraiment. Je soupçonnais quelque chose... Honnêtement, je crois qu'ils sont seulement amis.

– C'est ce qu'affirme Scarlet. Mais c'est quand même une histoire de principe. Elle veut aller au bal avec lui. Je trouve ça absurde.

Win m'a tendu un quartier d'orange.

– Le bal de fin d'année est absurde en soi, Annie. Les smokings, les robes longues. La boule à facettes. Je ne pense pas que la présence de Gable et Scarlet y change grand-chose.

– De quel côté es-tu ?

– Du tien. Et du leur, aussi, a-t-il soupiré. Une des plus belles qualités de Scarlet, c'est sa compassion. Personne dans ce lycée n'apprécie Gable Arsley, Annie. Tous ses amis l'ont abandonné. Si nous n'avions pas déjeuné avec lui, il aurait mangé tout seul. Tu le sais. Comment peut-on s'opposer à la gentillesse de Scarlet ?

– Elle m'a trahie, Win. Je ne pourrai jamais lui pardonner.

Win a secoué la tête.

– Je ne sais pas quoi te dire, Annie. Scarlet est ton amie la plus fidèle.

Pour un garçon dont le père était un politicien ambitieux, Win me paraissait bien naïf. Mon père disait qu'une personne n'était loyale que jusqu'au jour où elle nous trahissait. Ensuite, on ne pouvait plus jamais lui faire confiance.

– Si je comprends bien, on ne se joindra pas à eux pour le bal ? a plaisanté Win.

– Il est trop tôt pour faire ce genre de blague, ai-je rétorqué. Et puis je n'ai pas encore accepté d'y aller avec toi.

J'avais eu l'intention d'inviter Win, mais il avait tout gâché et j'étais énervée.

– Ce n'est qu'une question de temps, a dit Win. Je suis ton seul ami.

Je lui ai jeté un quartier d'orange sur le nez.

Pendant le cours de M. Weir, j'ai été convoquée dans le bureau du proviseur. J'ai mis ça sur le compte de mon comportement à l'heure du déjeuner. Soit quelqu'un (Chai Pinter ? Scarlet ? – qui sait de quoi elle était capable) m'avait dénoncée pour avoir traversé la cantine en courant, soit Gable avait fait part des menaces que j'avais proférées à son encontre. Peu importe, c'était rageant. J'étais innocente. Au vu des circonstances, j'avais fait preuve d'une retenue admirable.

– Ils t'attendent, a annoncé la secrétaire quand je suis arrivée.

Deux officiers de police étaient assis devant le bureau du proviseur. L'un des deux m'avait interrogée à l'automne dernier. J'ai trouvé leur présence excessive : ils n'allaient tout de même pas m'arrêter pour avoir couru dans la cantine avec un plateau dans les mains ? Si ?

– Bonjour Anya, a dit Mme le proviseur. Asseyez-vous.

Je suis restée debout.

– Inspecteur Frappe, ai-je dit à celle que je reconnaissais. Vous vous êtes fait couper les cheveux.

– Oui, a-t-elle répondu. Merci de l'avoir remarqué. Nous avons besoin de vous parler, Anya. Vous n'avez pas à vous inquiéter.

J'ai hoché la tête. J'avais le cœur qui tambourinait et l'estomac noué.

– Votre frère Leo a tenté d'assassiner Yuri Balanchine ce matin avec l'arme à feu de votre père.

Je lui ai demandé de répéter. J'avais l'impression qu'elle parlait chinois.

– Votre frère a tiré sur votre oncle avec l'arme de votre père.

– Comment savez-vous que c'est l'arme de mon père ? ai-je bredouillé.

– Votre cousin Mickey était là et il l'a reconnue. La poignée est rouge. Il y a écrit Balanchine extra-noir sur le côté.

Il s'agissait donc du Smith & Wesson qui avait disparu il y a des mois.

– Vous dites qu'il a tenté d'assassiner Yuri. Mon oncle est encore en vie ?

– Oui, mais son état est critique. La balle a perforé son poumon. Et son cœur s'est arrêté, a expliqué Frappe. Il est en soins intensifs.

J'ai hoché la tête. Était-ce une bonne ou une mauvaise nouvelle pour Leo que Yuri ait survécu ?

– Leo est en vie ? ai-je demandé.

– Oui. Personne ne sait où il est. Il a tiré une fois puis s'est enfui.

– Il est blessé ?

– Je ne sais pas. Votre cousin Mickey a riposté ; il n'a pas su dire s'il l'avait touché.

Pauvre Leo. Il devait être terrifié. Pourquoi l'avais-je laissé travailler dans cet endroit ?

– Savez-vous pourquoi votre frère a tiré sur Yuri Balanchine ? a demandé l'autre officier.

J'ai secoué la tête.

– Vous nous préviendrez si Leo entre en contact avec vous ? Je pense que vous serez d'accord avec moi si je vous dis qu'il vaut mieux qu'il soit avec nous qu'aux mains de votre famille.

J'ai souri et hoché la tête. *Comme si j'allais balancer Leo à la police !* ai-je pensé.

Les officiers de police sont partis ; je suis restée clouée sur place. Le proviseur s'est approchée de moi et a posé sa main sur la mienne.

– Est-ce qu'il y a quelqu'un qui veille sur vous à la maison ? Leo était votre tuteur légal, n'est-ce pas ? S'il n'y a personne, il va falloir que j'appelle les services sociaux, Anya.

– Oui. Nous avons une gouvernante, ai-je dit en déformant quelque peu la vérité. Elle s'appelle Imogen Goodfellow. Elle s'est occupée de Galina et maintenant elle s'occupe de nous.

J'ai noté le numéro de téléphone d'Imogen sur un morceau de papier. Puis j'ai demandé au proviseur si Natty et moi pouvions rentrer à la maison attendre Leo, au cas où.

– Bien sûr, Anya. Prenez garde sur le chemin du retour. Les journalistes sont déjà là.

J'ai regardé par la fenêtre. Un groupe de journalistes faisait le pied de grue devant l'enceinte de la Sainte-Trinité.

Le proviseur a envoyé quelqu'un chercher Natty. Je lui ai demandé si je pouvais utiliser le téléphone en attendant. J'ai appelé M. Kipling et Simon Green. Nous avions au moins besoin d'une voiture pour rentrer à l'appartement. Je leur ai parlé de Leo. Ils sont restés silencieux pendant un long moment et j'ai cru que la communication avait été coupée.

– Je suis désolé, Anya, a dit enfin M. Kipling. Cette nouvelle me laisse abasourdi.

– Vous pensez que Natty et moi avons besoin d'être protégées ?

– Non, a affirmé M. Kipling. La famille ne ripostera pas tant que l'état de Yuri ne sera pas stable. Et quand bien même, c'est à Leo qu'ils voudront s'en prendre, pas à vous.

Quand Natty est arrivée dans le bureau, je lui ai expliqué ce que Leo avait fait. Contrairement à ce que je pensais, elle ne s'est pas mise à pleurer.

– Allons allumer des cierges dans la chapelle pour Leo, a-t-elle proposé en me prenant la main.

Je lui ai dit que c'était une bonne idée.

– Il nous faut des coupons, ai-je remarqué.

Comme d'habitude, je ne pensais pas que cela servirait à grand-chose.

Natty et moi avons traversé les jours suivants tels des zombis. Nous mangions, nous dormions, nous nous lavions, nous allions au lycée. Nous faisions au mieux afin que personne ne remarque que nous étions livrées à nous-mêmes. Pendant tout ce temps, nous attendions que Leo nous contacte.

Je craignais qu'il ne soit mort. Que Mickey ne l'ait touché et qu'il ne se soit vidé de son sang dans une ruelle sordide quelque part. Ne pouvant pas interroger qui que ce soit de ma famille, je ne savais pas exactement ce qui s'était passé.

Je me sentais terriblement seule. Scarlet me manquait et j'avais demandé à Win de ne pas nous rendre visite.

Le vendredi après notre dispute, Scarlet est venue me voir.

– Je suis vraiment inquiète pour Leo, a-t-elle dit.

Je l'ai ignorée. J'avais envie de me confier à elle, mais j'hésitais. Sa loyauté me paraissait compromise. Elle avait bien parlé de moi à Gable Arsley, en qui je n'avais aucune confiance.

En cours, je pensais à Leo. Pourquoi avait-il agi ainsi ? Il avait frappé Mickey parce qu'il estimait qu'il avait une part de responsabilité dans la mort de Nana. Leo entendait-il viser Mickey et avait-il touché Yuri à la place ? Le seul qui aurait pu me répondre était Jacks – ce qui ne m'avançait pas vraiment.

Je me suis torturé l'esprit en ressassant toutes les choses que j'aurais pu faire pour éviter ce drame. J'aurais dû m'inquiéter de la disparition de l'arme de mon père. Je n'aurais jamais dû autoriser Leo à travailler à la Piscine. Je n'aurais jamais dû suggérer que Nana avait peut-être été assassinée. (Il était tellement influençable. Évidemment qu'elle n'avait pas été assassinée ! C'était même à se demander comment elle avait survécu jusque-là.) Je n'aurais pas dû lui parler de mon stage d'été. Je n'aurais pas dû lui mettre la pression à propos de ses responsabilités. Je n'aurais pas dû laisser Win autant me distraire. J'aurais dû davantage insister pour que Leo évite Jacks. J'aurais dû... J'aurais dû. La liste n'en finissait pas. J'avais le sentiment que c'était ma faute et que j'avais déçu mon père.

Le lundi matin, au lieu de me rendre au cours du docteur Lau, je suis allée prier dans la chapelle. Je n'arrivais pas à me concentrer. Des milliers de pensées s'agitaient dans ma tête.

Je me suis agenouillée en faisant le signe de croix.

– Annie, a lancé une voix rauque.

J'ai levé la tête, observé la chapelle. Il n'y avait personne.

– Au milieu, a poursuivi la voix.

J'ai descendu l'allée et me suis assise sur un autre banc. Leo était allongé par terre. Je ne me suis pas jetée sur lui et pourtant j'en avais envie. J'ai gardé les yeux rivés sur Jésus.

– Je t'attendais, a-t-il dit. Tu ne viens pas prier aussi souvent qu'avant. Une école, c'est un bon endroit pour se cacher. Je dérobe de la nourriture à la cantine la nuit et je reste dans la chapelle pendant la journée. Personne ne vient ici. Au pire ils pensent que je sèche les cours. Quand il y a une messe, je vais au théâtre. Un jour, j'ai vu Scarlet qui embrassait Gable Arsley ! Tu savais qu'ils étaient ensemble ? Du coup, je l'aime un peu moins. Je savais qu'ils penseraient que je retournerais à l'appartement alors je suis venu ici.

J'avais envie de pleurer.

– Oh, Leo, tu as bien fait, mais tu ne peux pas rester. Quelqu'un va finir par te voir. Et ensuite...

– Pan ! Je serai mort, a-t-il déclaré d'un ton enjoué.

Leo a sorti le Smith & Wesson de mon père qu'il avait glissé sous sa chemise. J'ai résisté à l'envie de le lui prendre. Au moins, si les Balanchine débarquaient au lycée, Leo aurait de quoi se défendre.

– Pourquoi as-tu tiré sur Yuri, Leo ?

– Pour des millions de raisons, a-t-il soupiré. Parce que je suis le fils de Leonyd Balanchine et l'héritier de cette famille. Yuri est vieux et il espère que Mickey va lui succéder. Il a l'intention de me dérober de... (Leo ne trouvait pas ses mots)... de ce qui me revient de droit. Et aussi parce que Mickey est méchant. Il a mis la fré... la fré... le poison dans le chocolat pour que son père ait l'air faible et qu'il puisse prendre la tête de la Famille plus tôt.

– Attends, comment sais-tu que Mickey a tout organisé ?

– Parce que Jacks me l'a dit, a répondu Leo.

– Qu'est-ce que Jacks t'a dit d'autre ?

– Que Mickey et Yuri nous ont obligés à venir au mariage pour pouvoir tuer Nana. Yuri contrôle l'électricité, et c'est pour ça que les machines se sont arrêtées.

– Leo ! Ça n'a aucun sens. Pourquoi auraient-ils voulu tuer Nana ?

– Pour que je devienne votre tuteur légal et que je sois tellement occupé que je ne pense pas à réclamer ce qui m'appartient.

J'ai enfoui mon visage entre mes mains. Pauvre Leo.

– Oh, Leo, pourquoi aurais-tu envie d'être à la tête de la Famille ? C'est une place terrible. Regarde ce qui est arrivé à papa.

Leo a attendu avant de répondre.

– Parce que c'était la seule façon de vous protéger toi et Natty des autres membres de la famille.

– Mais Natty et moi, on se débrouille très bien...

– Non, ce n'est pas vrai. À cause de notre famille, tu as été emprisonnée. Annie, quand tu es revenue à la maison, tu ressemblais à un fantôme. C'est à ce moment-là que j'ai su qu'il fallait que j'agisse. Papa m'a dit avant de mourir que mon boulot, c'était de veiller sur mes sœurs.

Quel idiot, mon père. Il m'avait dit la même chose.

– Leo, le meilleur moyen de nous protéger, ça aurait été de ne pas te mêler de toutes ces affaires. Maintenant, ils vont te traquer. Et s'ils te trouvent, ils te tueront.

Leo a lentement secoué la tête.

– Je sais que tu penses que je suis stupide, Annie. Que je suis comme Viktor la Mule.

– Viktor la Mule ?

C'était qui, celui-là ? Puis je me suis rappelé.

– Tu ne savais pas que j'étais de l'autre côté de la porte. Nana a dit que j'étais comme lui. Qu'il était bête et tout juste bon à transporter des cartons. Et tu étais d'accord. Leo le débile. Comme Viktor la Mule.

– Non, Leo, tu m'as mal comprise...

Sauf que non. Il m'avait très bien comprise.

– Tout le monde me sous-estime, Annie. Ce n'est pas parce que j'ai parfois du mal à parler et que je pleure beaucoup que je suis débile. Ce n'est pas parce que je fais des crises que je suis faible ou incapable de protéger mes sœurs. Ce n'est pas parce que j'ai eu un accident que je suis une chose inutile.

J'avais envie de pleurer mais je ne pouvais pas prendre le risque qu'on m'entende.

– C'est Jacks qui t'a mis tout ça dans la tête ?

– Non ! Annie, tu ne m'écoutes pas. C'est moi qui parle. Peut-être que Jacks m'a expliqué comment fonctionne la Famille, mais pour le reste j'ai agi seul, Annie. Je l'ai fait pour nous.

Leo se leurrait. Il était clair à mes yeux que Jacks l'avait manipulé. Ce qui ne changeait rien au fait qu'il était un meurtrier en cavale. Si les Balanchine le trouvaient, ils le tueraient. Si la police le trouvait, ils le mettraient en prison, ce qui serait peut-être pire que la mort pour quelqu'un comme lui.

Il fallait que je le fasse sortir du pays. Mais avant, il fallait que je le fasse sortir de cette école.

J'ai fait le signe de croix et marmonné une prière rapide.

Leo m'a promis de changer de banc régulièrement pour ne pas se faire repérer. Je lui ai donné mon écharpe afin qu'il se déguise un peu.

Je suis entrée dans le bureau de la secrétaire de l'église, qui était toujours vide car l'administration ne l'avait toujours pas remplacée. J'ai décroché le téléphone. Il était 21 heures à Kyoto. J'espérais qu'il n'était pas trop tard pour appeler.

Yuji a répondu en japonais.

– Yuji, c'est Anya Balanchine. J'ai besoin que tu me rendes un service.

Je lui ai expliqué la situation.

– Je ne m'attends pas à ce que tu surveilles Leo, mais il ne peut pas rester dans ce pays. Ils le tueraient, et ils auraient raison. Il faut que j'agisse.

– Bien sûr, a répondu Yuji.

– Serais-tu en mesure d'organiser la fuite de Leo vers le Japon ? Tu ne peux pas l'héberger, c'est trop risqué et compliqué, mais peut-être que tu peux lui trouver un endroit où se cacher ? Il a perdu la tête. Il ne se rend pas compte de ses limites, de ses capacités. Tu m'avais mise en garde contre Jacks, et c'est lui qui lui a fait croire qu'il en était capable. Je ne sais pas pourquoi.

– Je m'occupe de lui faire quitter le pays et de lui trouver un refuge, a dit Yuji.

– Merci. Bien sûr, je te paierai. Sauf que, dans l'immédiat, ce n'est pas possible.

– Aucun problème.

– Je... Cela va te paraître dérisoire alors que je viens de te demander un tel service, mais je voulais aussi te remercier pour les fleurs, et surtout pour ton mot.

– D'accord, Anya. Je peux te poser une question ?

– Oui.

– Quand et comment vas-tu le faire sortir de l'école ? Si je comprends bien, il y a des journalistes et des policiers partout. Et il ne peut pas non plus rentrer chez vous.

– Le lycée organise un bal dans deux semaines. C'est un événement important, avec traiteur et robes de soirée. Il y aura beaucoup d'allées et venues. Je pense que je pourrai l'exfiltrer à ce moment-là. Je ne sais pas encore comment.

– À mon avis, il doit se rendre immédiatement au point de départ en quittant l'école. C'est moins risqué.

J'étais d'accord. Nous avons convenu de nous rappeler une semaine plus tard pour que Yuji me dise où Leo devait se rendre. Je l'appellerais depuis le lycée. Je craignais que nos lignes ne soient sur écoute.

– Merci, ai-je répété, pour la quatrième fois au moins.

– De rien. Un jour, il se pourrait que je te demande ce genre de service, même si j'espère que ça n'arrivera pas.

– Yuji, s'il te plaît, si tu pouvais trouver un endroit agréable pour Leo. Je sais qu'il a commis un acte terrible, mais c'est un être délicat. Presque un enfant.

Ma voix s'est brisée, trahissant plus d'émotion que je n'aurais voulu.

Je n'avais pas adressé la parole à Scarlet depuis cette histoire avec Gable. Elle a donc été surprise que je lui saute dessus à la fin du cours d'escrime.

– Scarlet, tu fais toujours partie du comité d'organisation du bal ? ai-je murmuré.

– Ça alors ! Voilà que Mlle Balanchine me parle ! Eh bien, moi, je ne sais pas si j'ai envie de te répondre, a-t-elle rétorqué.

– Scarlet, je n'ai pas le temps. J'ai besoin que tu m'aides. Et il faut que tu me jures de ne rien dire à Gable Arsley. La vie de gens en dépend.

– Je ne raconte pas tout à Gable, a-t-elle répondu à voix basse. Ça concerne Leo ?

Après m'être assurée que personne ne nous écoutait ou observait, j'ai hoché la tête.

– Qu'est-ce que je peux faire ? a-t-elle demandé.

– Il est ici. À l'école. Je me suis arrangée pour qu'il quitte le pays, mais il faut avant que je trouve le moyen de le faire sortir d'ici. J'espérais profiter du bal. Je ne vais en parler à personne, ni à Win ni à Natty.

– Alors tu me fais confiance même si je vais au bal avec Gable Arsley ?

– Ce que je crois, ai-je répondu avec précaution, c'est que tu ne prendrais jamais le risque de nous mettre en danger, moi, Leo et Natty. Tu es ma plus vieille amie et j'ai besoin de ton aide.

Scarlet n'avait que faire de mes manières diplomatiques. Elle m'a serrée dans ses bras.

– Tu m'as tellement manqué !

Je l'ai serrée à mon tour. À moi aussi, elle m'avait manqué.

Scarlet et moi avons parlé stratégie pendant tous les cours d'escrime de la semaine. Mais au déjeuner, on s'ignorait afin de ne pas éveiller les soupçons.

Certains de nos plans étaient trop élaborés. Par exemple, construire un énorme cheval de Troie qui servirait de déco et dans lequel Leo pourrait se cacher. Fabriquer un cheval en papier mâché était une entreprise longue et difficile, qui exigeait d'obtenir un permis pour le papier. En plus, le cheval ne correspondait pas du tout au thème de la soirée qui était : « Paradis hawaïen ». Au final, nous avons décidé de le cacher parmi la foule. Au milieu de tous ces garçons en smoking, personne ne le remarquerait. Il suffirait qu'il s'habille comme eux. À 21 h 30, alors que le bal battrait son plein, Leo sortirait et monterait dans une voiture. Scarlet et moi avions même fait en sorte que Gable et Win louent exactement le même smoking que Leo. Sans le savoir, ils contribueraient à son évasion.

Pour la petite histoire, environ une semaine avant le bal, Win m'a demandé si je voulais toujours y aller.

– Ces derniers jours n'ont pas été faciles pour toi, a-t-il dit, et je sais que tu n'aimes pas tellement ce genre d'événements. Je comprendrais que tu préfères rester à la maison.

– Non, ai-je répondu. J'ai envie d'y aller avec toi. Et je crois qu'il vaut mieux que je m'active, que je ne reste pas chez moi à broyer du noir.

Évidemment, Win ne savait pas que la survie de mon frère dépendait de ma présence à ce bal. Jamais je n'avais eu autant hâte de me rendre à une fête organisée par le lycée.

La semaine du bal, j'ai appelé Yuji comme convenu. Il avait organisé le départ de Leo.

– Une voiture va conduire Leo à un bateau qui le transportera sur une île au large du Massachusetts. De là, un avion privé l'emmènera au Japon.

– Et ensuite ?

– J'ai trouvé l'endroit idéal. Je crois que ça va te plaire. C'est un monastère bouddhiste au pied du mont Koya. Il y a un lac avec des poissons et une faune importante autour. Il me semble que tu m'avais dit que ton frère aimait les animaux. Les moines qui vivent là sont pacifiques. Ils mangent du poisson mais pas de viande. Et tu n'auras pas à t'inquiéter du problème de la langue ou de la discrétion des moines – ils ont fait vœu de silence. Leur vie n'est ni rude ni austère et je crois qu'ils seront gentils avec ton frère, Anya.

J'ai fermé les yeux, imaginant Leo assis dans une barque et pêchant. Le ciel et l'eau étaient si bleus qu'on ne savait pas où se situait la limite entre les deux.

– Ça ressemble au paradis. Comment connais-tu cet endroit ?

– Il y a longtemps, j'ai moi-même envisagé d'y séjourner, a-t-il répondu.

Au bout d'une semaine sans fin passée à comploter avec Scarlet et Leo et à m'inquiéter pour mon frère, le soir du bal est enfin arrivé. Win m'a offert une orchidée blanche à porter au poignet. L'orchidée était très belle mais donnait à ma robe noire un aspect lugubre.

– Je n'ai pas voulu t'offrir une rose, a expliqué Win. C'est trop cliché pour quelqu'un comme Anya Balanchine.

– Amusez-vous bien tous les deux ! a lancé Natty en nous prenant en photo.

Elle a posé l'appareil.

– J'aurais bien aimé venir.

– Tiens, a dit Win en mettant son chapeau sur la tête de Natty. Prends soin de mon chapeau pour moi.

Nous sommes arrivés au bal vers 20 h 30. J'ai dansé un peu avec Win, puis me suis éclipsée aux toilettes du troisième étage où m'attendait en principe Scarlet. Elle devait apporter le smoking de Leo.

– Leo est habillé ? lui ai-je demandé.

– Oui, a répondu Leo en sortant d'un des boxes.

Il était si beau dans son costume. J'ai presque regretté de ne pas avoir pris mon appareil photo afin d'immortaliser l'instant.

– N'est-il pas magnifique ? a demandé Scarlet.

– Si.

J'ai embrassé Leo sur la joue.

– Tu ne veux pas que je l'accompagne jusqu'à la voiture ? a proposé Scarlet.

Elle a placé un chapeau noir sur la tête de Leo afin de cacher partiellement son visage.

– Au cas où quelqu'un te reconnaisse ?

Nous en avions déjà longuement discuté. Comme tout le monde savait que Scarlet était venue au bal avec Gable, qui était coincé dans un fauteuil roulant, il valait mieux que ce soit moi qui escorte Leo. Au pire, on croirait que Leo était Win.

– Non, ça va aller. Il n'y a qu'une quinzaine de mètres à parcourir.

– Leo, tu es prêt ?

Leo m'a présenté son bras et je l'ai pris.

– Au revoir, Scarlet, a-t-il dit. Tu es magnifique. Ne laisse pas Gable Arsley te maltraiter.

– Promis, Leo.

Nous avons descendu les marches, passant devant les bureaux de l'administration et le gymnase, où se tenait le bal. Nous étions pratiquement sortis quand j'ai entendu quelqu'un m'appeler. Il s'agissait du docteur Lau, qui jouait les chaperons le temps d'une soirée. Je me suis retournée pour aller lui parler, priant pour que Leo ne me suive pas.

– Je vous cherchais partout, Anya ! J'ai une bonne nouvelle. Je viens d'apprendre que vous avez été prise au stage d'été de criminologie !

– Oh, waouh, c'est super, ai-je répondu. Je... Je ne me sens pas très bien. Ça vous dérange si on en reparle plus tard ?

– Quelque chose ne va pas, Anya ?

– Tout va bien. J'ai juste besoin de prendre l'air. Je reviens dans cinq minutes.

J'ai poussé les portes battantes et entraîné Leo derrière moi. Nous avons avancé sur le trottoir. Trois garçons en smoking se passaient une balle de foot. Des filles en robes longues étaient assises sur les marches. J'ai reconnu Chai

Pinter, mais elle ne m'a pas remarquée. Il n'y avait aucun journaliste ou paparazzi en vue, et quand bien même : la voiture de Leo s'apprêtait à partir.

En cette soirée particulière, certains élèves avaient loué des limousines noires, garées les unes derrière les autres. J'ai aperçu la voiture de Leo : une berline noire avec un désodorisant en forme de trèfle à quatre feuilles accroché au rétroviseur central.

Nous marchions d'un pas régulier, sans éveiller le moindre soupçon. Quand nous sommes arrivés devant la portière côté passager, j'ai embrassé Leo sur la joue.

– Fais bon voyage, ai-je lancé.

Je ne voulais pas d'un au revoir qui traînerait en longueur.

– Hé, ça te dérangerait de me rendre l'arme de papa ? ai-je demandé.

– Pourquoi ?

– Tu n'en auras pas besoin.

Leo a sorti l'arme à feu de sous sa chemise et je l'ai glissée dans mon sac.

– Je t'aime, Annie. Dis à Natty que je l'aime aussi. Je suis désolé de t'avoir causé tant de soucis.

– Ne sois pas désolé, Leo. Tu es mon frère. Je ferais n'importe quoi pour toi.

Leo est monté dans la voiture.

– Tu crois que je pourrai rentrer à Noël ?

– Non, Leo, je ne pense pas. Mais on verra, OK ? Peut-être que je viendrai, un jour.

– Et Natty ?

Je lui ai menti.

– Oui, Natty aussi, bien sûr.

J'ai regardé la voiture noire s'éloigner puis je suis retournée au bal. Le docteur Lau avait disparu, ce qui n'était pas plus mal. J'avais envie de danser avec mon petit ami et de me détendre un peu. Maintenant que Leo était parti, le nœud dans mon estomac commençait à se délier. (Je ne serais rassurée que quand Yuji Ono m'informerait que Leo était sain et sauf.)

J'ai trouvé Win. Il discutait avec certains des garçons de son groupe.

– Où étais-tu passée ?

– J'ai croisé le docteur Lau en revenant des toilettes, ai-je répondu. J'ai été prise à ce stage de sciences médico-légales.

– Félicitations ! Je suis tellement fier de toi. Ça dure combien de temps ?

– Six semaines.

– Je pense que je vais survivre. Même si tu vas beaucoup me manquer, a-t-il dit en me serrant contre lui.

Win et moi avons continué de danser. Je croyais ne pas aimer danser, mais je n'avais peut-être tout simplement pas trouvé le bon partenaire.

– Dernière chanson, a annoncé le chanteur du groupe. Tout le monde sur la piste !

De l'autre côté de la salle, Scarlet et Gable plaisantaient. J'ai décidé d'aller officiellement me réconcilier avec elle, avec Gable pour témoin.

– Tu es ma meilleure amie, ai-je dit à Scarlet, mais je ne dirige pas ta vie. Et si tu veux danser avec cet idiot, c'est ton problème.

Scarlet m'a souri.

– D'accord, Anya. Merci. Ça me touche beaucoup ce que tu me dis.

– Hé ! a protesté Gable. Tu vas la laisser me traiter d'idiot ?

Scarlet a secoué la tête.

– Des fois, c'est vraiment ce que tu es, Gable.

Je suis retournée auprès de Win.

– Allons-y, ai-je déclaré.

Nous avons quitté le gymnase main dans la main. Aucune voiture ne nous attendait, nous comptions rentrer en bus.

– La nuit est splendide, a remarqué Win. C'est bientôt l'été.

C'est là que j'ai entendu le coup de feu.

J'ai plongé la main dans mon sac afin d'attraper l'arme de mon père.

Un deuxième coup de feu.

Win s'est écroulé par terre.

– Mon Dieu ! Win !

J'ai sorti mon arme. J'ai visé et tiré.

Le tireur était à une dizaine de mètres de nous. Je savais atteindre ma cible, mon père s'en était assuré. Je n'avais pas l'intention de le tuer, simplement de le blesser. Je lui ai mis une balle dans l'épaule et une dans la rotule.

J'ai couru jusqu'au tireur afin d'éloigner son arme puis suis revenue à côté de Win. Un groupe d'élèves s'amassait autour de lui.

– Appelez les secours. Win Delacroix est blessé !

Ma voix avait beau être calme, j'étais complètement paniquée.

Win s'était évanoui de douleur. Ou bien s'était-il cogné la tête en tombant ? J'ai aperçu une blessure à la cuisse. Il saignait abondamment alors j'ai retiré mon foulard et lui ai fait un garrot.

Ensuite, je suis retournée voir le tireur, allongé sur le sol. Il portait une cagoule. Je la lui ai retirée. C'était Jacks.

– S'il te plaît, ne me tue pas. Annie, je n'essayais pas de tuer Leo, je te jure. Je cherchais simplement à le blesser afin de le ramener à Yuri et Mickey.

– Pour qu'ils se chargent de lui et que tu deviennes un héros, c'est ça ? Espèce d'imbécile, ce n'était pas Leo. Leo n'est pas là. C'était mon petit ami, Win.

– Tout le monde peut se tromper, pas vrai ? Honnêtement, Annie, je suis désolé, a dit Jacks.

– Tu n'as jamais été honnête, Jacks.

Comment Jacks avait-il découvert que Leo se cachait à l'école ? Avait-il deviné ? Ou bien Leo avait-il réussi à entrer en contact avec lui ? À moins qu'il n'y ait une taupe quelque part ? Les seules personnes au courant étaient Yuji Ono et Scarlet et je doutais sérieusement que l'un d'eux ait parlé à Jacks. Et je ne pouvais pas poser la question à Jacks sans révéler que j'avais aidé Leo à quitter le pays. J'y réfléchirais plus tard. Dans l'immédiat, j'avais d'autres soucis.

– Tu sais qui est le père de mon petit ami ? ai-je demandé à Jacks.

– L'assistant du procureur, a-t-il répondu, prenant enfin toute la mesure de son geste.

– Vraiment bien joué, cousin. Grâce à toi, nos vies vont se transformer en enfer.

Une voiture de police est arrivée.

– Qu'est-ce qui s'est passé ? a demandé un officier de police.

– Cet homme, Jakov Pirozhki, a tiré sur mon petit ami, ai-je expliqué.

Ils ont passé les menottes à Jacks. Quand ils lui ont attrapé le bras, il a grimacé.

– Et qui lui a tiré dessus ?

– Moi.

Ils m'ont passé les menottes à mon tour.

Ensuite, une ambulance est arrivée afin de transporter Win à l'hôpital. Je mourais d'envie d'être à ses côtés, mais j'étais attachée. Apercevant Scarlet, je l'ai implorée en criant de monter dans l'ambulance avec lui, ce qu'elle a fait.

Puis une deuxième ambulance est venue prendre Jacks.

Enfin, une autre voiture de police est arrivée et m'a emmenée.

19. Je passe un accord

J'ai été interrogée pendant quatre heures au poste de police. Je ne leur ai rien dit sur Leo. Tout ce qu'ils savaient c'était qu'un petit mafieux de rien du tout avait tiré sur mon petit ami et que j'avais riposté. Le seul chef d'inculpation qu'ils pouvaient me coller sur le dos était mineur : possession illégale d'arme à feu. De plus, j'avais sauvé la vie du fils de Charles Delacroix. Du point de vue des policiers, j'avais été héroïque. Que ce soit moi qui aie mis la vie de Win en danger n'a semblé effleurer personne.

On m'a renvoyée chez moi. J'étais en résidence surveillée jusqu'à ce que les autorités décident de mon cas. Ils ne m'ont pas enfermée à Liberty – le fiasco de mon précédent séjour les avait quelque peu échaudés.

Que dire d'autre ? Ah oui, Leo. Le lendemain de la fusillade, Yuji Ono m'a informée que mon frère était arrivé au Japon et qu'il séjournait sain et sauf parmi les moines de Koya. Au moins, je n'avais pas fait tout ça pour rien. Au téléphone, Yuji m'a demandé si j'avais besoin d'autre chose. Je lui ai dit que non. Il m'avait déjà suffisamment aidée.

Bien sûr, vous voulez des nouvelles de Win. Charles Delacroix m'a interdit d'entrer dans la chambre d'hôpital de son fils. Il s'est assuré que ni mes coups de fil ni mes cadeaux ne lui parviennent. Le père de Win était rigoureux, ce que j'aurais pu admirer en d'autres circonstances.

J'ai appris dans le journal que la balle avait traversé sa hanche et que sa jambe tenait désormais grâce à un ensemble de broches en métal. Il s'en remettrait. Scarlet lui rendait visite régulièrement et m'a expliqué qu'il souffrait beaucoup. Elle m'a aussi dit que son père avait posté un garde devant sa porte 24 heures sur 24.

– En théorie, il cherche à éviter qu'on s'en prenne à Win. En réalité, il veut être sûr que Win n'essaye pas de te contacter.

Comme toujours, je comprenais le point de vue de Charles Delacroix. En moins d'un an, j'avais envoyé deux de mes petits amis à l'hôpital. J'étais pire que la peste ! Si j'avais un fils, je ferais en sorte qu'il m'évite aussi.

– Mais devine quoi ? a lancé Scarlet.

– Quoi ?

– Il t'a écrit un mot. Il n'a pas tellement eu le temps de le rédiger.

Scarlet m'a tendu un carré de gaze propre.

Chère Anya,

N'écoute pas mon père.

Viens si tu peux.

Je t'aime toujours, bien sûr.

Win

– Je peux te confier un mot à lui transmettre de ma part ? ai-je demandé.

– Hmm. Ça va être compliqué. Les gardes veillent à ce qu'on n'apporte rien dans la chambre. S'ils voyaient que j'ai un message de toi, ils m'empêcheraient de revenir. Tu n'as qu'à me le dire, et je lui répéterai.

– Dis-lui...

Que pouvais-je lui dire ? J'étais plus que désolée.

– Dis-lui : Merci pour le mot.

– *Merci pour le mot !* a lancé Scarlet en levant les yeux au ciel. Ça marche !

Deux semaines après les événements, on m'a autorisée à sortir de la maison afin de me rendre à un conseil de discipline. Simon Green m'a accompagnée. Mon avenir à la Sainte-Trinité se jouait ici.

Je ne vais pas vous embêter avec les détails. Onze des douze membres ont demandé à ce que je sois exclue (la seule personne à m'avoir défendue était cette chère docteur Lau). En plus de mes nombreux écarts de conduite (comportement violent, insubordination, absentéisme), ils me reprochaient d'avoir tiré sur Jacks. Apparemment, on ne pouvait pas apporter une arme à feu sur le campus. Je finirais mon année de première à la maison ; ensuite, il me faudrait trouver un autre lycée. J'ai ajouté ça à ma liste de choses à faire.

Honnêtement, j'étais plutôt d'accord avec eux.

En sortant de la Sainte-Trinité, j'ai demandé à Simon Green s'il pouvait me déposer à l'hôpital.

– Vous êtes sûre que c'est une bonne idée ? a-t-il demandé. Les ordres de Charles Delacroix étaient parfaitement clairs.

– S'il vous plaît, ai-je supplié.

(Mon père disait qu'il était inadmissible de supplier pour autre chose que sa vie, mais il avait peut-être tort. L'amour, ça en valait la peine, parfois.)

– S'il vous plaît.

À présent, je pleurais. J'avais le nez qui coulait. Je me comportais comme une gamine, j'étais répugnante et misérable, et Simon Green a eu pitié de moi.

– D'accord, Anya. On peut essayer.

Nous sommes montés à l'étage des enfants. Je trouvais ça absurde que Win, si grand et si mature, soit considéré comme un enfant. C'était l'heure du déjeuner, il n'y avait pas de garde devant sa chambre. Nous avons frappé à la porte, qui était orange avec un parasol dessiné dessus. Il s'agissait sûrement d'égayer cette aile de l'hôpital ; raté, l'endroit était déprimant.

– Entrez, a dit une voix féminine.

J'ai poussé la porte. Le lit était vide. La mère de Win était assise près de la fenêtre. Contrairement à ce que j'aurais pensé, elle ne m'a ni chassée ni hurlé dessus.

– Win est allé passer une radio, a-t-elle annoncé. S'il te plaît, Anya, entre.

Pas la peine de me le dire deux fois. Je savais saisir ma chance quand elle se présentait. La mère de Win m'offrait un beau cadeau.

– Comment se portent vos oranges ? ai-je demandé.

– Très bien, merci, a-t-elle ri. Sache que je trouve que Charles se comporte de manière excessive. Rien de tout cela n'est ta faute. Tu as même certainement sauvé la vie de Win en réagissant aussi vite.

– C'est quand même à cause de moi s'il s'est retrouvé dans cette situation, ai-je répondu.

– C'est vrai mais... Personne n'est parfait, Anya. Assieds-toi. Win sera de retour bientôt et je sais qu'il a envie de te voir. Et c'est le moins qu'on puisse dire !

Il n'y avait pas d'autres chaises alors Simon Green et moi nous sommes assis sur le lit.

J'étais bien trop stressée pour bavarder avec Mme Delacroix et Simon Green s'en est chargé.

Enfin, un aide-soignant a raccompagné Win dans sa chambre. Il portait un T-shirt et un bas de survêtement dont on avait coupé une jambe afin de laisser de la place à toutes les broches et attelles dont il était affublé.

Mon beau Win. J'avais envie d'embrasser chacune de ses blessures, mais sa mère et mon avocat étaient là. Alors, je me suis mise à pleurer.

Je lui avais fait ça.

D'accord, je ne lui avais pas tiré dessus, mais j'étais entièrement responsable.

Bien que les blessures de Win ne soient pas aussi graves que celles de Gable, elles m'ont touchée au plus profond. Sûrement parce que je l'aimais.

– Laissons-les seuls un instant, a proposé Mme Delacroix. Les gardes ne reviendront qu'après le déjeuner.

Simon Green et Jane Delacroix sont sortis dans le couloir.

J'avais peine à le regarder. Il me paraissait si fragile. Pas étonnant que son père ait eu envie de l'isoler du reste du monde.

– J'ai eu tellement peur, ai-je dit. Et j'étais tellement inquiète. Ils ne m'ont pas autorisée à te voir. Ni à t'appeler. Et maintenant me voilà, et tu es tout cassé. Tu as mal ?

– Seulement quand je respire, a-t-il plaisanté. Allez, fillette, aide-moi à remonter sur le lit.

Il s'est appuyé sur moi pour se lever et a clopiné jusqu'au lit en grimaçant.

– Je t'ai fait mal ?

Il a secoué la tête.

– Bien sûr que non. Je vais beaucoup mieux depuis que tu es là.

Je l'ai embrassé sur la jambe, là où il y avait les broches. Puis je me suis allongée à côté de lui. Nous nous sommes endormis.

Tout à coup, on me tirait du lit de Win. Je suis tombée par terre, m'explosant le genou au passage. Je n'ai rien senti sur le moment mais j'aurais un bel hématome par la suite.

– Laissez-la ! a crié Win à l'encontre des gardes. Elle ne faisait rien de mal !

– Ce sont les ordres de votre père, a répondu le garde d'un ton contrit.

– Il n'a certainement pas exigé que vous jetiez une adolescente par terre ! a poursuivi Win.

– Viens, Anya, a suggéré Simon Green. Partons tant qu'il est temps.

– Je t'aime, Anya, a déclaré Win.

Je comptais répondre mais la porte était déjà fermée.

– M. Kipling va me tuer, a marmonné Simon Green en m'entraînant vers l'ascenseur.

Il m'a ramenée à l'appartement. Après que l'officier de police chargé de noter mes allées et venues a eu enregistré mon arrivée, je me suis précipitée dans ma chambre. Dans le couloir, j'ai croisé Imogen.

– Qu'est-il arrivé à ton genou ? a-t-elle demandé.

– Rien, ai-je répondu.

Ma rotule commençait à me lancer douloureusement, mais me plaindre me semblait ridicule au vu des blessures de Win.

– Non, Annie, ce n'est pas rien.

Elle m'a suivie dans ma chambre.

– Allonge-toi, a-t-elle ordonné.

Ça tombait bien, j'en avais l'intention. J'avais épuisé toutes mes larmes – j'avais peu de réserves – et mon seul désir à présent était d'hiberner comme un ours. On peut penser ce qu'on veut de la résidence surveillée, mais au moins, si je décidais de dormir au milieu de la journée, personne ne serait là pour m'en empêcher.

Imogen est revenue avec le désormais célèbre sac de petits pois surgelés.

– Tiens.

– Ça va, Imogen. Je veux seulement me reposer.

– Tu me remercieras plus tard.

Je me suis allongée. Elle a examiné mon genou. Je n'avais rien de cassé, mais ce n'était pas beau à voir.

– Pourquoi est-ce que c'est toujours des petits pois ? ai-je demandé en pensant aux nombreuses fois où j'avais posé un sac de petits pois sur la tête de Leo ou à cette fois où, en revenant de *Little Egypt*, j'en avais donné un à Win. Était-ce le même sac ? Je ne savais pas trop.

– On n'a pas de carottes, ou du maïs ?

Imogen a secoué la tête.

– Le maïs est toujours le premier à être mangé. Et vous n'aimez pas les carottes, alors il n'y en a pas.

– C'est logique, ai-je soupiré.

Puis je lui ai dit que j'avais sommeil et elle est partie.

Plus tard ce soir-là (Natty était déjà au lit), Imogen est venue frapper à ma porte.

– Tu as de la visite, a-t-elle dit. C'est le père de ton petit ami. Tu préfères le recevoir ici ou dans le salon ?

– Dans le salon.

Mon genou me faisait terriblement mal mais je n'avais pas l'intention de discuter avec Charles Delacroix en position allongée (c'est-à-dire de faiblesse). Je me suis extirpée de mon lit. J'ai défroissé ma jupe, passé mes mains dans mes cheveux et me suis rendue dans le salon en boitant.

– Je tiens à m'excuser pour cette chute, a-t-il dit en désignant mon genou qui avait viré au bleu-noir spectaculaire.

Il avait pris place dans le fauteuil bordeaux, ce que son fils avait fait bon nombre de fois.

– Je m'excuse aussi de venir si tard. Les journées sont exceptionnellement longues en ce moment. De plus, je ne voulais pas attirer les paparazzis.

J'ai hoché la tête.

– Peut-être aussi que vous vouliez éviter que mon avocat soit présent, ai-je suggéré.

– Oui, Anya, tu as raison. Je souhaite que cette conversation reste entre nous. La situation actuelle concerne nos vies privées et professionnelles. C'est pour cela que c'est compliqué.

– Quand on est un personnage public, on ne fait plus la différence, ai-je dit.

Charles Delacroix a ri.

– Oui, bien sûr. Anya, sache que je t'apprécie énormément.

J'ai haussé les sourcils.

– Ne sois pas surprise ! Il est facile de t'aimer, un peu trop même. Mon fils en sait quelque chose.

Au moins, il était honnête.

– Bien, voici comment je vois les choses. Nous avons examiné les balles qui ont blessé ton cousin. Il s'agit des mêmes balles que celles qui ont blessé Yuri Balanchine. Tu vois où je veux en venir, Anya ?

Je ne comptais pas l'aider.

– Dites-moi.

– Encore une preuve de ton intelligence, a-t-il souri. Nous en avons conclu que tu as vu ton frère, que tu l'as exfiltré quelque part et que tu as ensuite récupéré son arme.

J'ai pris une grande respiration. Je ne leur dirais jamais où se trouvait Leo.

– Franchement, Anya, je me fiche de savoir où est ton frère. Il a tiré sur un mafieux que personne n'aimait, pas même ses propres hommes. Donc si tu as réussi à ce que Leo junior quitte le pays sans se faire tuer, tant mieux pour toi. Tu protèges les tiens, je peux le comprendre. Et donc tu comprendras que je dois faire pareil. À mes yeux, tout ce qui compte, c'est que tu aies permis que mon fils se fasse tirer dessus.

J'ai baissé la tête.

– J'aimerais pouvoir revenir en arrière. Jamais je ne pourrai me pardonner pour ce qui est arrivé.

– Anya, n'exagérons rien. C'est quand tu dis des bêtises pareilles que je me souviens que tu n'as que seize ans. Win s'en remettra et cette expérience forgera son caractère. Il a eu la vie trop facile. Non, ce qui me dérange par-dessus tout, c'est qu'en se faisant tirer dessus, Win a associé mon nom au tien.

J'ai acquiescé.

– Si je ne te condamne pas pour possession illégale d'arme à feu, on m'accusera de favoritisme, qui plus est envers une personne liée à la *bravta*. Mes ennemis me reprocheront de faire preuve de faiblesse vis-à-vis du crime organisé. Je ne peux pas me le permettre. Je compte annoncer ma candidature au poste de procureur la première semaine de juin.

– Je vois.

– Voilà donc mon problème. Veux-tu connaître le tien ?

– Allez-y.

– En fait, ma pauvre, il y en a plusieurs. Premièrement, ton frère. Je me fiche de savoir où il est mais ce n'est pas le cas de tout le monde. Si je publie le rapport de la balistique, ta famille saura ce que tu as fait. Ils traqueront Leo et le tueront. Toi aussi, peut-être. Deuxièmement, ta chère petite sœur qui, pour le moment, n'a pas de tuteur légal. Je sais que c'est toi qui joues ce rôle, mais les gens sont bêtes et vous ne pouvez pas vous permettre que les services sociaux se mêlent de vos affaires. Le troisième est cette histoire d'arme à feu, mais nous en avons déjà parlé. Le quatrième, c'est mon fils. Il t'aime, tu l'aimes, alors pourquoi diable son père cherche-t-il à vous séparer ?!

À mon sens, il n'avait rien oublié.

– Ça se présente mal.

– Je peux t'aider, a-t-il poursuivi. J'ai repensé à notre rencontre à Liberty. Tu m'as rapporté quelque chose que ton père t'avait dit. Tu t'en souviens ?

– Mon père parlait beaucoup.

– Ton père t'a dit de ne pas passer d'accord si tu ne savais pas exactement ce que tu y gagnais.

– Oui, c'est vrai.

– Quand je t'ai demandé la première fois de ne pas sortir avec mon fils, je n'avais rien à te proposer en retour. Aujourd'hui, si. Cette offre n'est disponible que très peu de temps. J'ai besoin de ton accord dès ce soir.

Voici ce qu'il proposait. M. Delacroix s'assurait que l'information concernant les balles restait confidentielle, garantissant ainsi la survie de Leo. En échange, il m'envoyait passer trois mois à Liberty pour possession illégale d'arme à feu afin de montrer à ses électeurs qu'il ne prenait aucun crime à la légère. Pendant que je serais à Liberty, Natty serait en colonie de vacances pour génies. (Je lui ai demandé comment il avait fait pour être au courant ; « Je sais tout, Anya, c'est mon travail », a-t-il répondu.) Son inscription au camp étant tributaire de la présence d'une personne responsable, cela nous permettrait de noyer le poisson par rapport aux services sociaux. Entre-temps, M. Delacroix engagerait une procédure express afin que j'obtienne le statut de mineur émancipé et devienne la tutrice de Natty. En échange, je mettais fin à ma relation avec Win. Il m'autorisait à le voir une dernière fois avant mon départ pour Liberty – uniquement pour que je rompe.

– Je suis quand même désolé de te demander ça, a-t-il dit. Je t'aime bien. Mais que tu sois avec lui me cause bien trop de problèmes. Et oui, peut-être que je n'ai pas assez exprimé à quel point je me préoccupe de son bien-être. Évidemment, je préférerais qu'il ne se fasse pas tirer dessus de nouveau. J'aimerais bien que mon fils ait un jour vingt ans.

J'ai réfléchi à sa proposition : contre trois mois à Liberty et une vie entière sans Win, il me promettait que rien ne viendrait inquiéter ma sœur et mon frère. Oui, ça me paraissait juste. Rompre avec Win ne serait pas si difficile, j'y songeais depuis un moment. Je l'aimais, mais il n'était pas en sécurité avec moi.

– Comment puis-je être sûre que vous tiendrez parole ?

– Parce que j'ai autant à perdre que toi, a répondu Charles Delacroix.

Le troisième dimanche de mai (deux semaines avant mon départ pour Liberty), Natty et moi nous sommes rendues à l'église pour la première fois depuis longtemps. Je n'ai pas été me confesser car la file d'attente était trop longue, tout comme la liste de mes péchés. Mais j'ai communié. Le sermon de ce jour-là tournait autour de la notion de sacrifice : qu'on y trouvait de la rédemption, même si cela n'était pas toujours évident. J'y ai puisé la force de faire ce qu'il fallait.

Après la messe, nous sommes allées voir Win chez lui. Charles Delacroix avait relâché la pression sur son fils et renvoyé les gardes. Il avait aussi dit à Win qu'il avait relâché la pression sur moi. (En revanche, Win n'était pas au courant de mon incarcération future à Liberty.) Win manquait beaucoup à Natty, tout comme à moi. Elle a dessiné des fleurs sur son plâtre et elle lui a rendu son chapeau qu'elle avait gardé précieusement.

– J'ai besoin de parler à Win, ai-je annoncé à Natty.

– Oooh, vous allez vous embrasser ? a-t-elle plaisanté.

– Allons dehors, a suggéré Win. J'arrive à me déplacer maintenant. Et puis je vais me transformer en vampire si je ne prends pas un peu le soleil.

Nous sommes montés sur la terrasse, là où la mère de Win avait installé son potager. Nous nous sommes assis – Win se fatiguait vite. Il y avait beaucoup de soleil et j'ai regretté de ne pas avoir de lunettes. Win a fait écran avec sa main. Ce garçon était décidément parfait.

J'avais longuement répété ce que je comptais lui dire.

– Win, ai-je commencé, j'ai beaucoup réfléchi et j'ai pris conscience de quelque chose. Je crois qu'on n'est pas faits l'un pour l'autre.

Win a éclaté de rire. Ça allait être encore plus compliqué que prévu.

– Win, je parle sérieusement. On ne peut pas être ensemble. On ne peut pas.

Je l'ai regardé dans les yeux en parlant. Les gens pensent que c'est une preuve de sincérité, même quand ça ne l'est pas.

– C'est mon père qui te force à dire ça ?

– Non, c'est moi. Mais je pense que ton père a raison. Enfin, regarde-toi. Tu es trop fragile. Sur le long terme, notre relation est vouée à l'échec.

– Tu ne le penses pas.

– Il y a quelqu'un d'autre, ai-je déclaré.

– Qui ? a-t-il rugi.

– Yuji Ono.

– Je ne te crois pas.

– Crois ce que tu veux, Win. Mais je le vois depuis le mariage de mon cousin. On est du même milieu, on a les mêmes centres d'intérêt. Il me comprend, Win, mieux que quiconque. Mieux que toi.

Je me suis mise à pleurer. J'espérais avoir l'air coupable. Les vies de mon frère et de ma sœur en dépendaient.

– Tu racontes n'importe quoi ! a crié Win.

– J'aimerais que ce soit le cas. Je suis désolée, Win.

– Si c'est la vérité, alors tu n'es pas la personne que je pensais.

– C'est bien ça le problème, Win. Tu ne me connais pas.

Je me suis levée.

– On ne se reverra pas. Je pars au stage de criminologie...

Je ne sais pas pourquoi j'ai menti. Sans doute que je ne voulais pas qu'il sache que j'allais être enfermée pendant trois mois.

– ... Et je ne reviens pas à la Trinité l'année prochaine. Je ne sais pas si tu es au courant, mais j'ai été renvoyée. Je... Je t'ai vraiment aimé.

– Mais tu ne m'aimes plus, a-t-il dit d'un ton plat.

J'ai hoché la tête et je suis partie. Je craignais de me trahir en parlant davantage.

Je suis allée chercher Natty dans la chambre de Win.

– On y va, ai-je annoncé.

– Où est Win ? a-t-elle demandé.

– Il... On a rompu.

Encore un mensonge – pour que Natty ne me pose pas trop de questions.

– Je ne te crois pas !

Décidément, personne ne me croyait.

– Je t'assure que c'est vrai. Il a rencontré quelqu'un d'autre. Une infirmière de l'hôpital.

– Alors, je le déteste ! a-t-elle déclaré. Toute ma vie, je détesterai Win Delacroix.

Elle m'a pris la main et nous sommes rentrées à la maison.

– Ce n'est pas plus mal, a-t-elle dit. Je suis sûre que tu vas rencontrer quelqu'un de bien à Washington.

Je n'avais pas non plus dit à Natty que j'allais à Liberty. Mlle Bellevoir m'avait expliqué que le camp de vacances était isolé du reste du monde. Natty ne se rendrait pas compte que j'avais menti avant de revenir à la maison. (Pendant les quatre semaines restantes, Imogen veillerait sur elle.) À ma décharge, j'estimais que Natty avait assez souffert cette année – la disparition de Leo, la mort de Nana, entre autres. Me savoir à Liberty ne ferait que lui gâcher ses vacances. Je voulais qu'elle se sente libre de profiter de l'existence et de son génie sans se soucier de moi. Je voulais qu'elle ait l'été auquel j'aurais peut-être eu droit, si la vie en avait décidé autrement.

20. Je mets de l'ordre dans mes affaires ; je retourne à Liberty

Le premier lundi de juin, Natty est partie en camp de vacances avec Mlle Bellevoir.

Suivant les termes de notre accord, Charles Delacroix a publiquement fait part de ma condamnation aux médias le mardi. Il l'avait gardée pour la fin de sa conférence de presse dédiée en majeure partie à l'annonce de sa candidature au poste de procureur.

– Mlle Balanchine étant mineure, elle a reçu une peine légère : quatre-vingt-dix jours au centre de détention de Liberty. N'oublions pas qu'elle s'est servie d'une arme dans une situation de légitime défense et qu'elle a aussi sauvé une vie. Une vie qui m'est très chère.

– Monsieur Delacroix, a poursuivi un journaliste, Mlle Balanchine est-elle toujours avec votre fils ?

– Malheureusement, non ! a-t-il répondu. J'ai cru comprendre qu'elle avait un nouveau petit ami. Les voies de l'amour adolescent sont impénétrables, n'est-ce pas ?

Il parlait d'un ton joyeux ; je l'en ai détesté.

Une autre journaliste :

– Est-il vrai que pendant sa détention pour avoir tiré sur

votre fils, Jakov Pirozhki a avoué être l'auteur de l'empoisonnement du chocolat Balanchine ?

– Nous vous en dirons plus là-dessus dans les jours prochains, a répondu Delacroix. Mais, oui.

Jacks était donc coupable. Bien qu'il m'ait juré n'y être pour rien et avoir persuadé mon frère que le responsable était Mickey, cela ne m'étonnait qu'à moitié. Jacks aurait fait n'importe quoi pour gravir les échelons de la Famille. Notamment, à mon avis, convaincre Leo de tuer Yuri Balanchine, qui était tout de même le père de Jacks. Yuri n'était pas encore complètement rétabli mais il s'en remettrait. À la suite de la confession de Jacks et afin d'assurer ma sécurité et celle de ma sœur, j'ai organisé pour le lendemain une réunion avec Yuri, Mickey et tous les autres Balanchine.

M. Kipling m'a accompagnée.

– Tu es sûre de vouloir faire ça ? m'a-t-il demandé.

– Oui.

Les mesures de sécurité avaient été renforcées à la Piscine depuis la tentative d'assassinat et M. Kipling et moi avons été longuement fouillés avant d'être autorisés à entrer.

La réunion se tenait autour d'une table installée au fond d'un ancien bassin olympique. Un monte-charge avait été construit afin de descendre Yuri, qui se déplaçait en chaise roulante. Sinon, on y accédait par les échelles. Quand M. Kipling et moi sommes arrivés, tout le monde était déjà là. Ma place était en face de Yuri, dans la zone où on n'avait pas pied.

J'étais la seule femme à cette réunion et j'avais choisi mes vêtements avec soin. Nana disait qu'on s'aliénait des hommes en s'habillant comme eux, donc je n'avais pas mis de tailleur-pantalon. J'avais d'abord enfilé une des vieilles robes de ma grand-mère mais elle m'avait semblé trop stricte et j'avais l'air d'être déguisée. Au final, j'ai opté pour mon uniforme scolaire – pour le côté à la fois officiel et rassurant.

Je me suis assise et M. Kipling s'est placé debout derrière moi, comme c'était l'usage.

– Alors, jeune fille, a commencé Yuri, dont la voix résonnait. Tu as organisé cette réunion. De quoi veux-tu parler ?

Je me suis raclé la gorge. Mon père estimait mensonger de dire qu'il fallait parler avec le cœur – en général, il valait mieux parler avec son cerveau. Je me suis de nouveau raclé la gorge.

– Vous n'êtes pas sans savoir que j'entame demain une peine de trois mois au centre de détention de Liberty. Ce n'est certes pas la prison de Rikers, mais ce ne sont pas non plus des vacances à la plage.

Les hommes ont ri.

– Je voulais vous parler aujourd'hui parce que je pense que ces effusions de sang doivent cesser. En dix ans, j'ai perdu ma mère, mon père et ma grand-mère. Mon frère est peut-être encore en vie, mais il est perdu à mes yeux. Il ne me reste plus que ma sœur et...

J'ai marqué un temps afin d'observer chacun des membres de mon invraisemblable famille.

– ... Et vous.

Des murmures d'approbation ont parcouru l'assemblée.

– Quand je pense à ce qu'a fait Jacks, je ressens beaucoup de tristesse. Il croyait sincèrement que sa seule option était d'empoisonner le chocolat et le cerveau de mon frère. Peut-être vous demandez-vous si j'éprouve de la colère envers Jacks, et je suis ici pour vous dire que non. Mon souhait le plus cher serait qu'il n'y ait plus aucunes représailles et que ma sœur et moi puissions vivre en paix. J'ai beau n'être qu'une jeune fille, je sais que l'escalade de la violence ne mène qu'au chaos et à la mort. Nous devons de nouveau nous comporter comme membres de la même famille.

Je me suis encore raclé la gorge.

– C'est tout ce que j'avais à dire.

Ce n'était pas le discours le plus éloquent du monde mais je pensais m'être fait comprendre.

– Anya, a commencé Yuri. Te voilà devenue grande. Tu as ma parole que personne ne poursuivra ton frère, s'il est toujours en vie. Et si, dans quelque temps, quand de l'eau aura coulé sous les ponts, il envisage de revenir, il ne lui sera fait aucun mal. J'ai eu tort de lui fournir un emploi à la Piscine alors que mon cher demi-frère Leonyd était contre, et j'ai bien appris ma leçon. Tu as aussi ma parole que toi et ta sœur pouvez vivre en toute tranquillité. Personne ne te garde rancune d'avoir tiré sur mon fils Jacks et de l'avoir envoyé en prison. Bien que ce soit douloureux à admettre, il est le fruit d'une union adultère et il n'a peut-être que ce qu'il mérite.

Oncle Yuri a poussé son fauteuil roulant jusqu'à moi. Il n'a pas eu tellement d'effort à faire puisque le sol était en pente.

Il s'est arrêté devant moi et m'a embrassée sur les deux joues.

– Tu es tellement comme ton père, a-t-il déclaré. Puis, il a murmuré : Tu ferais un bien meilleur parrain que n'importe lequel de mes fils.

Le lendemain, je suis retournée à Liberty. J'ai été accueillie par Mme Cobrawick. Bien qu'elle se méfie de moi, elle n'a pu s'empêcher de dire :

– J'étais sûre qu'on finirait par se revoir.

Ensuite, elle m'a accompagnée jusqu'au bureau d'orientation pour que je sois enregistrée en tant que pensionnaire longue durée (au moins, j'avais déjà le tatouage). Liberty ne m'a paru ni mieux ni pire que la première fois. C'était plus facile à supporter parce que je savais combien de temps j'allais rester. Et j'avais appris à éviter les conflits. Je baissais constamment les yeux pour ne croiser aucun regard.

Le hasard a voulu (ou bien était-ce délibéré ?) que j'aie la même voisine de couchette, la Souris. *Re-bienvenue*, a-t-elle écrit.

– Alors, que disent les journaux cette fois-ci ? ai-je demandé.

– *Fille de gangster sauve son petit ami.*

La Souris était silencieuse mais sympathique. Et le silence ne me dérangeait pas, au contraire. J'en ai profité pour réfléchir à toutes les choses qu'il me faudrait faire en sortant. Je devais me trouver un lycée. Sans doute aussi une nouvelle école pour Natty. Si elle était aussi intelligente que les profs semblaient le dire, il lui fallait un meilleur établissement que la Sainte-Trinité. Peut-être même que je prendrais un congé sabbatique avant de terminer mes études. Pourquoi pas ?

Parfois, je pensais à Win, mais pas trop.

Pendant mon séjour, j'ai reçu pas mal de visites.

Scarlet venait me voir autant que possible. Un jour, elle a même emmené Gable. Je crois qu'ils étaient amoureux, ce que je trouvais répugnant. Elle affirmait qu'il avait assez payé pour ses péchés. Pour ma part, je savais que j'aurais du mal à me débarrasser de cette image de lui dans ma chambre. Je pouvais l'admettre à présent, il m'avait terrifiée. J'étais réservée sur l'idée qu'une personne pouvait en effet changer. J'imagine que j'avais autant d'idées reçues que n'importe qui d'autre dans ce monde absurde.

Un jour, mon cousin Mickey m'a rendu visite. Sa présence m'a étonnée, et je le lui ai dit.

– Papa est mourant, a déclaré Mickey. À mon avis, il ne tiendra pas jusqu'à la fin de l'année. Mais il voulait que je vienne te voir.

– Merci.

– J'en avais envie moi aussi. Même si j'aime mon père, il n'aurait jamais dû prendre la tête de la Famille. Il n'a jamais été autre chose qu'un vendeur de chocolat. Il ne sait pas être du mauvais côté de la loi. Il a laissé les affaires se déliter. Il espérait faire les choses bien, mais il ne savait pas comment. Ta grand-mère aurait dû prendre la suite. Malheureusement, beaucoup s'y sont opposés car c'était une femme.

Ce n'était pas ce qu'on m'avait dit mais je ne l'ai pas repris.

– Les hommes sont bêtes.

– Oui. Et je pense que cette génération devrait éviter de faire les mêmes erreurs. Nous devrions être tous les deux à la tête de cette entreprise, a déclaré Mickey. Le chocolat n'a pas toujours été illégal ; peut-être qu'un jour, il ne le sera plus. Si on agit intelligemment, on peut renverser la situation à coups d'avocats, et pas à coups de mitraillettes. Charles Delacroix va gagner l'élection et c'est un homme pragmatique. Je pense qu'il nous écoutera.

Je l'ai laissé parler.

– Yuji Ono t'estime énormément, a poursuivi Mickey. Mon père t'estime énormément. Ma femme Sophia t'estime énormément. Moi aussi. Tu vas entamer ta dernière année au lycée. Ensuite, il te faudra décider si tu veux participer ou rester sur le bord du chemin. Ça ne tient qu'à toi. Anya, je sais quelles mesures tu as prises pour protéger ta petite famille. Crois-moi, nous avons remarqué. T'es-tu déjà demandé s'il n'aurait pas été plus facile de les protéger si ça avait été toi qui prenais les décisions ?

– Avec toi ?

– Oui, avec moi. Comme tu l'as dit toi-même, tu n'es qu'une jeune fille. Je t'observe depuis un moment. Nous pourrions faire équipe, transformer notre entreprise en quelque chose de légitime. Et si le chocolat redevient légal...

Il n'avait pas besoin de m'expliquer. Si le chocolat redevenait légal, Natty serait en sécurité. Nous n'aurions pas besoin de porter des armes, ni de trafiquer au marché noir. Et moi, je pourrais de nouveau sortir avec un gentil garçon comme Win.

Peut-être même avec Win, s'il voulait encore de moi.

– Toi et moi sommes nés là-dedans, a continué Mickey. Nous n'avons pas eu le choix. Mais nous pouvons décider de la suite. Notre héritage, c'est d'être des Balanchine, pas de vivre au milieu de cette violence et de ces morts. Tu l'as dit toi-même à la Piscine. La violence n'engendre que la violence.

J'ai hoché la tête. Une cloche a sonné, indiquant que les visites étaient terminées.

– Je te remercie d'être venu, ai-je dit. J'ai de quoi réfléchir à présent.

Mickey m'a pris la main.

– Viens me voir quand tu seras sortie. Le 15 septembre, c'est ça ? On reparlera de tout ça.

Il a passé sa main dans ses cheveux blonds.

– J'envisage de me rendre à Kyoto, a-t-il dit en partant. Peut-être que tu aimerais m'accompagner ?

Où voulait-il en venir ? Était-ce une menace à l'encontre de mon frère ? Pour autant, lui et Yuji se connaissaient bien, alors peut-être qu'il ne s'agissait que d'une visite amicale.

Le 12 août, j'ai eu dix-sept ans. Comme tous les autres jours de cet été-là, je l'ai passé à Liberty. Scarlet avait proposé qu'on fasse une fête au parloir mais je l'en avais découragée.

– Mais, Anya, avait-elle protesté. Je n'aime pas te savoir seule pour ton anniversaire.

– Je ne suis pas seule, crois-moi. Je dors avec cinq cents autres filles.

– Je peux au moins venir te voir, non ? avait-elle insisté.

– Non. Je ne tiens pas à me souvenir de mon dix-septième anniversaire.

Le matin même, un gardien est venu m'informer que j'avais de la visite.

Oh, Scarlet, ai-je pensé. *Tu ne m'écoutes jamais.*

Je suis allée au parloir. Il était tôt, 7 h 30 à peine, et il n'y avait que moi et mon visiteur.

Il avait les cheveux coupés ras. Il portait un pantalon léger et une chemise du lycée. Je ne l'avais jamais fréquenté en été, donc je n'avais jamais vu ce pantalon. Bien sûr, moi, j'étais particulièrement chic dans mon survêtement bleu marine. J'ai tenté de me coiffer rapidement. Je n'aurais pas dû me soucier de ce que Win pensait de moi, mais c'était difficile. Si j'avais su qu'il venait me voir, j'aurais eu le temps de me préparer, de m'endurcir. J'aurais même d'ailleurs peut-être refusé de le voir. Mais je me suis dirigée inéluctablement vers la table où il était assis, et me suis installée, à une distance estimée respectable par l'administration.

Si j'avais su qu'il venait, je me serais au moins douchée. Je ne savais pas à quand remontait la dernière fois que je m'étais vue dans un miroir. Mais ce n'était peut-être pas plus mal. Je ferais semblant d'être avec un vieil ami.

– Je suis contente de te voir, Win. Je te serrerais bien la main, mais...

J'ai désigné le panneau accroché sur la porte : PAS DE CONTACT PHYSIQUE.

– Je ne veux pas te serrer la main, a-t-il dit en me fixant de ses yeux bleus glacials.

Il avait le regard sombre.

– Où est ton chapeau ? ai-je demandé d'un ton léger.

– J'ai laissé tomber les chapeaux, a-t-il répondu. Je les oubliais un peu partout, ça devenait compliqué à gérer. Et puis, j'ai ça maintenant.

Il m'a montré la canne posée contre la table.

– Je suis vraiment désolée pour ça. Tu souffres encore beaucoup ?

– Je ne veux pas de ta pitié, a-t-il déclaré d'une voix rude. Anya, tu es une menteuse.

– Tu n'en sais rien.

– Si. Tu m'as dit que tu allais à ce stage de criminologie, et regarde où je te trouve.

– C'est pas tellement éloigné, si ? ai-je plaisanté.

Il m'a ignorée.

– Alors quand j'ai enfin découvert où tu étais – et vu les efforts que j'ai déployés pour éviter d'entendre parler de toi, il m'a fallu un peu de temps –, je me suis demandé si tu ne m'avais pas menti sur autre chose.

– Non, ai-je dit en retenant mes larmes. Pour le reste, je t'ai dit la vérité.

– Mais je sais que tu es une menteuse, Anya, alors comment puis-je te croire ? a-t-il demandé.

– Tu ne peux pas.

– Tu m'as affirmé être amoureuse de quelqu'un d'autre, a poursuivi Win. Est-ce que c'était un mensonge ?

Je suis restée silencieuse.

– *Est-ce que c'était un mensonge ?*

– Ça n'a aucune importance. Si c'était un mensonge, j'ai besoin que tu croies que c'est la vérité. Win, s'il te plaît, ne me déteste pas.

– J'aimerais bien te détester, a-t-il rétorqué. J'aimerais bien ne pas être ici.

– Moi aussi. Tu n'aurais pas dû venir.

Soudain, je me suis penchée vers lui, je lui ai attrapé le peu de cheveux qu'il avait sur la tête, et je l'ai embrassé de toutes mes forces sur les lèvres.

À cet instant, j'ai basculé dans l'anonymat ; lui aussi. Nous n'avions plus de pères, plus de mères, de sœurs, de frères, de grands-parents, d'oncles ou de cousins pour nous rappeler ce que nous devions aux autres et ce qui nous était dû. *Obligation, conséquences, lendemain* – ces mots n'existaient plus, ou bien j'en avais oublié momentanément la signification.

Je ne pensais qu'à Win, et à combien j'avais envie de lui.

– Pas de contact physique ! a hurlé le gardien.

Je me suis détachée de lui, et ai repris les traits d'Anya Balanchine.

– Je n'aurais pas dû faire ça, ai-je dit.

Puis je l'ai embrassé de nouveau.

Pour ça, et pour tout le reste, que Dieu me pardonne.

CE ROMAN VOUS A PLU ?

Donnez votre avis
et retrouvez
d'autres lecteurs sur

LECTURE academy.com

Du même auteur

Découvrez un extrait de

Je ne sais plus pourquoi je t'aime

1

S'il en était allé autrement, je m'appellerais Natalia ou Natacha, et j'aurais l'accent russe et les lèvres gercées toute l'année. Je serais peut-être même une enfant des rues prête à troquer n'importe quoi contre un blue-jean. Mais je ne suis pas Natalia ni Natacha, parce qu'à l'âge de six mois on m'a emmenée de Kratovo, district de Moscou, jusqu'à Brooklyn, circonscription de New York. Je n'ai aucun souvenir du voyage ni même d'avoir vécu en Russie. Ce que je connais de ma vie d'orpheline se limite à ce que m'en ont dit mes parents, c'est-à-dire ce qu'on leur en a raconté, qui est très vague : une petite fille âgée d'une semaine trouvée dans un étui de machine à écrire vide, sur l'avant-dernier banc d'une église orthodoxe. L'étui donnait-il un indice sur la profession de mon père biologique ? L'église signifiait-elle que ma mère était dévote ? Comme je n'en saurai jamais rien, je préfère ne pas me poser de questions de ce genre. De toute manière, je déteste les histoires d'orphelins. Elles sont toutes pareilles, mais cela n'empêche pas que la plupart des contes en soient pleins. À croire que tout le monde, sur cette Terre, est orphelin.

Je n'ai pas souvenir d'une époque où j'aurais ignoré que

j'étais adoptée. Il n'y a jamais eu de grande discussion du style « nous avons quelque chose à te dire ». Mon adoption était un simple fait parmi d'autres, comme être brune ou ne pas avoir de frères et sœurs. J'ai su que j'étais adoptée avant même de savoir ce que cela signifiait réellement. Pour comprendre l'adoption, il faut avoir quelques notions de base sur la reproduction sexuée, que je n'ai pas acquises avant le CE2, lorsque Gina Papadakis a apporté à l'école l'exemplaire curieusement écorné des *Joies du sexe* de ses grands-parents. Elle l'a fait circuler pendant l'heure du déjeuner, et alors qu'à peu près tous les autres s'étranglaient en réalisant que leurs parents avaient fait *ça* pour les fabriquer *eux* (tous ces poils… et puis les personnages dessinés ne manifestaient pas une once de joie), je me sentais parfaitement bien, un peu supérieure, même. J'étais peut-être adoptée, mais au moins mes parents ne s'étaient pas abaissés à cela pour m'avoir.

Vous vous demandez sans doute pourquoi ils ne s'y sont pas pris à la manière traditionnelle. Ce n'est pas que ça vous regarde, mais ils ont essayé pendant un moment sans arriver à rien. Au bout d'un an environ, papa et maman ont décidé que, plutôt que d'investir à peu près un milliard de dollars dans des traitements de fertilité qui ne marcheraient peut-être même pas, il valait mieux consacrer cet argent à aider une pauvre malheureuse comme moi. Et voilà pourquoi vous ne tenez pas entre vos mains, en ce moment même, l'histoire véridique et édifiante d'une orpheline de Kratovo appelée Natalia qui, s'il en était allé autrement, s'appellerait peut-être Nancy ou Naomi.

À vrai dire, je pense rarement à tout cela. Si je vous le raconte maintenant, c'est uniquement parce que, d'une certaine manière, je suis une amnésique-née. Il a toujours fallu que je remplisse les trous.

Mais décidément, je vais trop vite.

Lorsqu'il a appris la nouvelle de mon accident (à défaut d'un terme plus approprié), mon meilleur ami, Will, que j'avais complètement oublié à ce moment-là, m'a écrit une lettre. (Je ne suis pas tombée dessus tout de suite, parce qu'il l'avait glissée dans la boîte d'un CD qu'il m'avait gravé.) Il avait hérité d'une vieille machine à écrire noire de son grand-oncle Desmond, un ancien correspondant de guerre paraît-il, même si Will n'aurait su dire précisément de quelle guerre il s'agissait. Il y avait une entaille dans le chariot, que Will attribuait au probable ricochet d'une balle. Quoi qu'il en soit, Will aimait taper des lettres sur cette machine, même s'il lui aurait été bien plus facile d'envoyer un e-mail ou de passer un coup de fil. Précisons que ce garçon n'était pas réfractaire à la technologie ; il appréciait juste certaines choses oubliées par les autres.

Il faut que je vous dise que le rapport ci-dessous, bien qu'étant le seul document relatant les événements ayant mené à mon accident, ne traduit pas grand-chose de la personnalité de Will. Cela ne lui ressemblait pas du tout d'être si coincé, si raide, voire barbant. Ses notes de bas de page donnent une meilleure idée de lui, mais de toute manière la moitié d'entre vous ne prendra sans doute pas la peine de les lire. Je sais que moi, je ne l'ai pas fait. Sur le moment, les notes de bas de page me faisaient presque le même effet que les histoires d'orphelins.

Chef :

La première chose que tu dois savoir sur moi, c'est que jKe me souviens de tout, et la deuxième, c'est que jKe suis sans doute la personne la plus honnête du monde. jKe suis conscient qu'on ne peut pas faire confiance à quelqu'un qui se prétend honnête et, sachant cela, jKe ne dirais pas cela de moi-même en temps normal. Si jKe te le dis maintenant, c'est seulement parce que jKe sens que c'est une chose que tu dois savoir.

Dans l'espoir de me rendre utile auprès de toi, jK'ai reconstitué la chronologie des événements ayant mené à ton accident. Elle te sera peut-être de quelque utilité, ou non, et tu la trouveras ci-dessous.

18 h 36. Naomi Porter et William Landsman, corédacteurs en chef de l'Album annuel du lycée Thomas Purdue, lauréat d'un prix national[1], quittent les bureaux du *Phénix*[2].
18 h 43. Porter et Landsman arrivent sur le parking du lycée, Porter se rend compte qu'ils ont oublié l'appareil photo au bureau.
18 h 46. Une discussion[3] s'ensuit à propos de qui doit retourner au bureau chercher l'appareil. Landsman propose de régler la question en tirant à pile ou face[4], proposition acceptée par Porter. Landsman choisit face, mais Porter décrète[5] que face, c'est elle.

1. Prix de l'Association nationale de la presse lycéenne, mention d'honneur.

2. Alors que pour les simples mortels la rentrée a lieu après le premier lundi de septembre, l'année scolaire commence en août pour l'équipe de foot, la fanfare scolaire, et nous. Et le club d'ornithologie. Nous devions photographier la première réunion de la Société d'ornithologie de Tom-Purdue le lend. matin.

3. Nous « discutons » souvent. D'autres appelleraient peut-être cela « se disputer ».

4. Ce qui soulève toutes sortes de questions philosophiques intéressantes sur lesquelles je m'interroge encore, mais que je préfère ne pas développer dans l'immédiat.

5. Là encore, « dispute ».

Landsman s'incline, comme c'est souvent le cas. Landsman lance la pièce, Porter perd.
18 h 53. Landsman monte en voiture et rentre chez lui ; Porter retourne au *Phénix*.
19 h 02[1]. (env.) Porter arrive au bureau du *Phénix*, où elle récupère l'appareil photo.
19 h 05 (env.) Porter tombe sur les marches extérieures du lycée. Porter se cogne la tête sur la dernière marche, mais parvient à sauver l'appareil photo[2]. Porter est découverte par un certain jKames Larkin[3].

Comme jKe te l'ai dit, jKe suis à ta disposition pour répondre à toutes tes questions à mesure qu'elles se présentent.

jKe reste, comme toujKours, ton fidèle serviteur.

William B[4]. Landsman

P.-S. Toutes mes excuses pour le « jK ». Tu as déjà compris, jKe l'espère, que cette chose est en fait la lettre qui suit le « i » dans l'alphabet. Ma machine à écrire a un défaut qui fait que chaque fois que jKe tape cette lettre, le « K » majKuscule vient avec.

1. Malheureusement, à partir de là j'ai dû me reposer sur les récits de tierces personnes, comme ton père et l'autre, là, James.
2. L'appareil était un Oneiric 8000 G Pro, dont nous venions de faire l'acquisition pour $ 3 599,99 HT plus les frais de port, ce qui nous avait coûté l'intégralité de la recette de notre vente de papier cadeau de l'année dernière. Toute l'équipe du *Phénix* t'en remercie.
3. Je ne sais pas ce qu'il faisait là ce jour-là.
4. Tu as également oublié, je suppose, que le « B » est l'initiale de Blake, bien que William Blake soit sans doute le poète que j'apprécie le moins, d'ailleurs c'est à peine si je le considère comme un artiste. La responsable de ce nom, *alias* ma mère, sera aussi ta prof d'anglais, *alias* Mrs Landsman.

Évidemment, je n'avais aucun souvenir de tout cela. Ni du tirage à pile ou face, ni de l'appareil photo. Et certainement pas non plus de mon meilleur ami, le vrai l'unique, j'ai nommé William Blake Landsman.

La première chose qui me soit revenue à l'esprit, c'est « l'autre, là », James Larkin, même si je ne connaissais même pas son nom à ce moment-là. Et je ne me rappelais pas non plus James dans son ensemble, James en soi. Juste sa voix, parce que j'avais encore les yeux fermés et que j'étais endormie, plus ou moins. Ou à moitié endormie, comme quand le réveil sonne et qu'on réussit, pendant un petit moment encore, à faire comme si on ne l'entendait pas. On entend la radio et la douche ; on sent l'odeur du café et du pain grillé. On sait qu'on va se réveiller, ce n'est plus qu'une question de temps ; il ne manque plus qu'une petite poussée de quelqu'un ou quelque chose pour qu'on se lève.

Sa voix était basse et posée. J'ai toujours associé ce genre de timbre à l'honnêteté, mais je suis sûre qu'il existe des tonnes de menteurs à la voix grave qui attendent tranquillement, tapis dans l'ombre, des proies faciles comme moi. Même à demi inconsciente, je conservai tous mes *a priori* et décidai de croire chaque mot que prononcerait James.

– Monsieur, je m'appelle James Larkin. Malheureusement sa famille n'est pas là, mais je suis son petit ami, et je vais monter avec vous dans cette ambulance.

Je n'entendis personne discuter avec lui. Son ton était sans réplique.

Quelqu'un me prit la main, et j'ouvris les yeux. C'était lui, même si je ne connaissais pas son visage.

– Tiens tiens, bonjour, me dit-il doucement. Bon retour parmi nous.

Je ne pris pas le temps de me demander où j'étais allée pour qu'on se félicite de mon retour. Je ne me demandai même pas pourquoi je me trouvais dans une ambulance avec un garçon qui prétendait être mon petit ami alors que je ne le reconnaissais pas au premier coup d'œil.

Si ridicule que cela puisse paraître, j'essayai de sourire, mais je ne crois même pas qu'il s'en soit aperçu. Ma tentative n'avait pas duré assez longtemps.

La douleur arriva. Le genre de douleur qui ne se compare à rien ; le genre de douleur qui ne laisse de place à aucune autre pensée. L'épicentre se concentrait dans la zone située au-dessus de mon œil gauche, mais cela importait peu ; les vagues qui me traversaient le reste de la tête étaient presque pires. J'avais l'impression que mon cerveau était trop gros pour mon crâne. J'avais l'impression que j'allais vomir, mais je me trompais.

– S'il vous plaît, est-ce que quelqu'un pourrait lui donner un calmant ? demanda James sans que j'aie besoin de rien dire.

Un secouriste me braqua une lumière dans les yeux.

– Pas avant qu'elle ait vu un médecin, et même peut-être qu'elle ait passé un scanner. Mais c'est formidable qu'elle soit déjà réveillée. Plus que cinq minutes, d'accord, Naomi ?

– Cinq minutes *avant quoi* ? demandai-je en m'efforçant d'avoir l'air patient.

Avant Noël ? Avant que ma tête explose ?

– Pardon. Avant qu'on arrive à l'hôpital, me répondit le secouriste.

La douleur dans ma tête était tellement intense à ce moment-là que j'eus envie de pleurer. Et c'est sans doute ce que j'aurais fait si je ne m'étais pas dit que cela risquait de me faire encore plus mal.

– Vous êtes sûr et certain qu'elle ne peut pas prendre de calmants ? s'écria James.

– Distrayez-la. Racontez-lui une blague, quelque chose. On est presque arrivés.

C'est tout ce qu'il avait trouvé comme réponse : agaçante et inutile.

– Ça m'étonnerait que ça marche, répliqua James.

– Le rire est le meilleur remède, dit le secouriste.

Je suppose qu'il appelait cela une plaisanterie, mais cela n'arrangea pas mon mal de crâne.

– C'est vraiment... (James s'inclina vers moi. Il sentait la fumée et les draps fraîchement lavés, laissés à sécher au soleil.) ... n'importe quoi, mais tu veux que je t'en raconte une quand même ?

Je hochai la tête. J'aurais vraiment préféré un médicament.

– Bon, il n'y en a qu'une qui me revienne, et elle n'est pas terrible. Certainement pas assez bonne pour supprimer la douleur. Alors... voilà, c'est un type qui va chez le psychiatre, et il dit : « Ma femme est folle. Elle se prend pour une poule. » Le psy lui répond : « Eh bien, faites-la enfermer. » Et le type dit...

Juste au moment où il allait révéler la chute, une vague de douleur particulièrement impressionnante m'explosa dans la tête. J'enfonçai les ongles dans la paume de James et lui entaillai la peau jusqu'au sang. Comme j'étais incapable de parler, je tentai de lui télégraphier mes excuses par les yeux.

– T'en fais pas, me dit James. Je m'en remettrai.

Et il me fit un clin d'œil.

Aux urgences, une femme médecin aux yeux tellement rouges que j'étais fatiguée rien qu'à la regarder demanda à James combien de temps j'étais restée inconsciente, et il répondit vingt et une minutes, il savait exactement. Il avait tout vu.

– À Tom-Purdue, notre lycée, il y a un escalier devant l'entrée. Elle était en train de descendre, et la seconde d'après elle vole vers moi la tête la première, comme une météorite.

– C'est normal que je ne me souvienne pas de ça ? demandai-je.

– Oui oui, dit la doctoresse. C'est parfaitement ordinaire d'oublier temporairement des séquences liées à un incident.

Elle me braqua une lumière dans les yeux, et je tressaillis.

À un moment, une autre doctoresse et un infirmier nous rejoignirent, je ne sais pas précisément quand. Je ne me rappelle pas bien à quoi ils ressemblaient non plus. Ils formaient une brume indistincte d'uniformes pastel et blancs, comme des dessins à la craie sur un trottoir sous la pluie.

Le second médecin déclara qu'elle devait me poser quelques questions, des questions d'ordre général ; rien sur l'accident.

– Ton nom complet ?

– Naomi Paige Porter.

– Où habites-tu ?

– Tarrytown, dans l'État de New York.

– Bien, Naomi, c'est bien. En quelle année sommes-nous ?

– Deux mille... euh... 2000, peut-être ?

Même en le disant, je savais que ce n'était pas juste. Parce que si on avait été en 2000, j'aurais eu douze ans, et j'étais sûre de ne pas avoir douze ans. Je le sentais. J'avais l'impression d'avoir... Je n'aurais pas su dire l'âge exact, mais je savais que je me sentais plus vieille. Dix-sept ans. Dix-huit. Je sentais bien que mon corps n'avait pas douze ans. Mon esprit non plus n'avait pas douze ans. Et James était là, James en chair et en os – James faisait bien dix-sept ans, peut-être plus – et je me sentais du même âge que lui, pareille à lui. Mes yeux passèrent de la première doctoresse à la seconde, puis à l'infirmier : visage impassible, tout le monde.

L'un des médecins dit :

– Bon, c'est très bien pour l'instant. Tâche de ne pas t'inquiéter.

Ce qui m'inquiéta, évidemment.

Je décidai que ce que j'avais de mieux à faire était de rentrer chez moi et de dormir en attendant que ça passe. J'essayai de m'asseoir sur mon lit d'hôpital, ce qui me déclencha des élancements atroces dans la tête.

– Hé ho, Naomi, où vas-tu comme ça ? dit l'infirmier.

James et lui me rallongèrent doucement. La doctoresse me répéta : « Tâche de ne pas t'inquiéter. »

Pendant que les deux médecins traversaient les urgences pour aller voir d'autres patients, je les entendis se chuchoter toutes sortes d'expressions alarmantes : « dommages traumatiques légers au cerveau », « spécialiste », « scanner », et « possible amnésie rétrograde ». J'ai tendance à affronter les problèmes en n'affrontant rien du tout, si bien qu'au lieu d'exiger qu'on m'explique immédiatement ce qui n'allait pas, je me contentai de les écouter jusqu'à ce qu'elles soient hors de portée, puis je décidai de me concentrer sur des sujets plus tangibles.

James disait toujours qu'il était moche, mais je pense qu'il savait que c'était faux. La seule chose négative qu'on eût pu lui trouver était sa maigreur, mais ça n'avait aucune importance. Peut-être parce que je n'arrivais à me souvenir de rien d'autre, j'avais le sentiment qu'il fallait que je le mémorise jusqu'au moindre détail. Sa chemise blanche effilochée était ouverte, ce qui me permettait de voir qu'il portait un très vieux tee-shirt de concert en dessous, tellement délavé que je n'aurais même pas pu dire de quel groupe il s'agissait. Son caleçon dépassait de son jean, je pus constater qu'il était écossais vert foncé. Ses doigts étaient longs et fins, comme le reste de son corps, et quelques-uns étaient tachés d'encre noire. Il avait les cheveux humides de sueur, ce qui lui donnait l'air plus brun qu'il ne l'est en réalité. Il portait autour du cou un cordon de cuir tout simple auquel pendait un anneau d'argent, et je me demandai si cette bague était à moi. Son col de chemise était à moitié relevé, et je remarquai du sang sur le revers.

– Tu as du sang sur le col, dis-je.

– Hum... c'est le tien.

Il rit.

Je ris, moi aussi, même si cela me faisait comme des battements de cœur dans la tête.

– Dans l'ambulance... (Allez savoir pourquoi, l'expression *dans l'ambulance* me gêna, et je dus reformuler :) ... dans la camionnette, tu as dit que tu étais mon petit ami ?

– Hmmm, je ne savais pas que tu écoutais.

Il avait un drôle de sourire aux lèvres et secoua la tête deux ou trois fois, comme s'il se parlait à lui-même. Il lâcha ma main et la posa sur le lit.

– Non, poursuivit-il. J'ai bien déclaré que tu étais ma copine, mais c'était juste pour qu'on me laisse monter dans l'ambulance avec toi. Je ne voulais pas te laisser toute seule.

Ça, c'était une information décevante, on peut le dire.

Il y a une blague sur les amnésiques qui me rappelle toujours ma rencontre avec James. Ce n'est pas tout à fait une blague, plutôt un slogan « marrant » qu'on pourrait porter sur un tee-shirt à condition d'être a) amnésique, b) extrêmement lourd, ou c) sujet à d'autres problèmes en plus de l'amnésie, comme une très basse estime de soi ou le besoin d'en faire des tonnes, ou tout simplement un très mauvais goût en fringues. Bon alors, imaginez un sweat vraiment craignos, cinquante pour cent polyester, avec le devant blanc et les manches rouges. Et maintenant, ajoutez les mots : « Salut, je suis amnésique. On se connaît ? »

– Tu sais ce qui est drôle ? lui demandai-je. La première chose que j'ai pensée de toi c'est que tu avais une voix hyper-honnête, et voilà, j'apprends qu'en fait tu me mentais.

– Non. Pas à toi. Juste à un crétin en uniforme, me corrigea-t-il. Si j'avais réfléchi un tout petit peu, j'aurais dit que tu étais ma sœur. Personne n'aurait osé contester ça.

– Sauf moi. Je n'ai pas de frères et sœurs.

J'essayais de tourner tout cela à la plaisanterie. À choisir, j'aimais mieux être sa copine imaginaire que sa sœur imaginaire.

– On est amis, au moins ?

– Non, Naomi, me dit-il avec le même petit sourire. On ne peut pas dire ça.

– Et pourquoi ?

Il m'avait tout l'air du genre de personne avec qui ce serait bien d'être ami.

– On devrait peut-être.

C'est tout ce qu'il répondit.

Comme cette réponse était à la fois satisfaisante et pas satisfaisante, j'essayai une autre question.

– Tout à l'heure, quand tu as secoué la tête, à quoi tu pensais ?

– Tu vas vraiment me demander ça ?

– Il faut que tu me le dises. Je risque de mourir, tu sais.

– Je ne te savais pas si manipulatrice.

Je fermai les yeux et fis semblant de tomber dans les pommes.

– Bon d'accord, mais c'est vraiment bas, me dit-il avec un rire résigné. Je me demandais si je pourrais m'en tirer en te laissant croire que j'étais ton copain. Et puis j'ai décidé que ce serait vraiment mal. Ce ne serait pas juste : tu ne sais même pas en quelle année on est, bon Dieu ! Une bonne relation ne se construit pas sur des mensonges et des conneries de ce genre.

» Et, bon, je me suis aussi demandé si ce serait mal de t'embrasser – pas sur la bouche, peut-être sur le front ou la main – tant que j'en avais l'occasion, tant que tu te croyais encore à moi. Et j'ai décidé que ce serait très très mal et sans doute gênant plus tard. En plus, une fille comme toi a sûrement un copain...

– Tu crois ? le coupai-je.

James opina.

– Certainement. Je me fous complètement de lui, mais je ne voulais pas t'attirer d'ennuis... ni profiter de toi. J'ai décidé que si jamais je t'embrassais, ce serait avec ta permission. Je voudrais...

À ce moment-là, mon père entra dans la salle des urgences. James, qui était penché sur moi par-dessus la rambarde du lit, se redressa comme un soldat au garde-à-vous pour serrer la main de papa.

– Monsieur, dit-il, je m'appelle James Larkin. Je suis au lycée avec votre fille.

Mais papa le bouscula pour arriver jusqu'à moi, et James resta avec sa main tendue, dans laquelle je vis les quatre marques laissées par mes ongles tant je m'y étais agrippée.

Les femmes médecins revinrent, escortées d'un infirmier, d'un spécialiste et d'un brancardier qui commença à m'emmener sur mon lit à roulettes sans prendre la peine de me dire où, et puis j'eus vraiment envie de vomir, et je ne voulais pas que James voie ça (mais je n'avais pas envie non plus qu'il s'en aille), et je ne sais pas comment, James s'éclipsa sans que je m'en aperçoive – ce pour quoi il a un talent particulier, comme je devais m'en rendre compte par la suite.

Une fois que j'eus été admise dans une chambre, papa se mit à me demander sans arrêt si j'allais bien.

– Ça va, ma grande ?

– Oui papa.

Cinq secondes plus tard :

– Tu te sens bien, ma fille ?

Faisant preuve d'un self-control incroyable, je réussis à répondre « Oui papa » encore trois fois, alors que je ne savais absolument pas si j'allais bien. À la cinquième ou sixième fois, je demandai sèchement :

– Où est maman ?

Elle assurait mieux que papa dans ce genre de situations.

– À New York.

Il faisait les cent pas dans la chambre et allait sans cesse guetter dans le couloir.

– Bon Dieu, quand est-ce que quelqu'un va venir nous aider ? disait-il.

– Elle travaille ?

Maman était photographe, et il lui arrivait de devoir aller en ville pour son boulot.

– Si elle travaille ? répéta papa.

Il avait la tête tendue vers l'extérieur comme une tortue, mais il la rentra pour pouvoir m'examiner.

– Elle est... Elle... Naomi, tu dis ça pour m'inquiéter ?

– Papa, tu te fous de moi ?

Connaissant mon père, ce n'était pas un scénario invraisemblable.

– Si je me *fous* de toi ?

Je crus qu'il n'avait pas apprécié mon emploi du verbe *foutre*, même si en temps normal il n'était pas du genre à s'offusquer pour des gros mots. Il a toujours soutenu que les mots ne sont que des mots et qu'il n'y a pas de raison d'en éliminer, sauf s'ils sont soit blessants (alors qu'on ne veut pas l'être), soit inexpressifs. Je présumai que l'anxiété ambiante devait commencer à l'atteindre, donc je reformulai ma phrase :

– Pardon. Si je me *fiche* de toi, comme tu veux.

– Mais c'est *toi* qui te fous de moi, là ? me demanda papa.

– Ah bon, alors tu peux dire *foutre* et pas moi, c'est ça ? C'est injuste, protestai-je.

– Je me fous complètement que tu dises *foutre*, Naomi. Mais c'est bien ce que tu es en train de faire avec moi ?

– Je ne me fous pas de toi ! Dis-moi où est maman, c'est tout.

– À New York. (C'était comme s'il parlait au ralenti. Nououououyyyyyyooooork.) New York...

– ... City. Merci, je sais où c'est. Mais pourquoi ?

– C'est là qu'elle habite. Depuis le divorce. Tu n'as quand même pas oublié ça.

Vous l'avez déjà compris, bien sûr : j'avais oublié ça.

Tout le monde a toujours trouvé que je lui ressemblais énormément – à ma mère, j'entends –, ce qui est ridicule vu qu'elle est moitié écossaise moitié japonaise. Mais nous avons toutes les deux les yeux bleu clair, ce qui explique le malentendu, je suppose. Personne ne dit jamais que je ressemble à papa, ce qui est un comble puisque lui est en partie d'origine russe. Pour le reste, ses ancêtres sont français, et de tous les côtés il est juif, quoique non pratiquant. Tout cela nous donne à tous l'air bien plus intéressant que nous ne le sommes : en réalité ma mère est juste une Californienne ordinaire, mon père est né à Washington, et ils se sont rencontrés en fac à New York, où nous avons vécu jusqu'à mes onze ans. Si vous êtes amateur de vin, vous avez peut-être entendu parler d'eux. Ils ont écrit une série de beaux livres/guides de voyage intitulés *Les Tribulations des Porter en...*, complétez les points de suspension avec la destination exotique de votre choix, comme la Tunisie ou la Toscane. Ma mère prenait les photos et mon père écrivait les textes, à l'exception d'une note de maman par-ci par-là. Ses notes de bas de page étaient en général quelque chose de mortifiant dans le genre : « 2. Dans une fromagerie à Edam, Naomi a vomi dans un énorme sabot de bois. » Ou encore : « 7. Naomi a particulièrement adoré les *schnitzel* (escalopes viennoises). » Ma contribution consiste en une série d'apparitions de plus en plus gênées sur la photo des auteurs, sur le rabat de jaquette, au-dessus de la légende suivante : « Entre deux tribulations, Cassandra Miles-Porter et Grant Porter vivent à New York avec leur fille Naomi. »

C'est cela qui surgit dans ma tête lorsque papa dit qu'ils avaient divorcé : tous ces livres de tribulations des Porter, et moi, enfant, sur le rabat de jaquette. Bizarrement, je n'avais pas le sentiment que leur divorce m'arrivait à moi, en tout cas certainement pas au « moi » de ce moment, la personne couchée sur le lit d'hôpital. Cela arrivait à cette petite fille qu'on voyait sur les couvertures des livres. Je ressentais de la tristesse pour elle, mais pour moi-même, rien encore.

– C'est tout récent ? demandai-je.

– Quoi donc ?

– Le divorce.

– Cela fait deux ans et onze mois, mais nous sommes séparés depuis presque quatre ans, me révéla-t-il.

Quelque chose dans le ton de sa voix me disait qu'il connaissait aussi le nombre exact de jours. Il était comme ça, papa.

– Les médecins pensent que tu ne te rappelles pas bien l'année passée, mais... enfin, tu crois que ça peut concerner des événements antérieurs ?

Je ne répondis pas. Pour la première fois, je m'autorisais à envisager la possibilité d'avoir *tout* oublié des quatre dernières années.

J'essayai de retrouver la dernière chose que je puisse me rappeler. Ce qui s'avère incroyablement difficile à faire, car le cerveau fabrique en permanence de nouveaux souvenirs. Ce qui me vint à l'esprit était inutilement récent : mon sang sur le col de James.

Je décidai de faire une demande plus précise à ma mémoire. Je tentai de faire surgir la dernière image de ma mère. Ce qui surgit fut son expo « Signaux des temps », une exposition de ses photos dans une galerie de Brooklyn. Elle était venue me chercher, le dernier jour de l'année de sixième, pour pouvoir m'offrir une visite privée tant qu'il n'y avait encore personne. C'étaient des photos de panneaux et pancartes de tout le pays et du monde entier : plaques de rues, signaux de circulation, enseignes de restaurants, panneaux de communes, de cinémas, de toilettes, écriteaux repeints par-dessus mais qu'on distinguait quand même encore, cartons écrits à la main par des sans-abri ou des auto-stoppeurs, etc. L'idée de maman, c'est qu'on pouvait tout savoir sur un individu (et sur une civilisation en général) rien qu'en regardant ses panneaux. Par exemple, une de ses images préférées représentait une pancarte presque entièrement mangée par la rouille devant une maison, quelque part au fin fond de la cambrousse, sur laquelle on pouvait lire : « PAS DE CHIENS PAS DE NÈGRES PAS DE MEXICAINS ». Maman affirmait que, rouille ou pas rouille, le message lui signifiait clairement de « prendre la photo en vitesse et de se tirer de là ». Mais tout dans son expo n'était pas aussi intéressant. Au moment où nous partions, je lui avais confié que j'étais fière d'elle, parce que c'est ce que me disaient mes parents chaque fois qu'ils venaient me voir à un spectacle de danse ou aux journées portes ouvertes de l'école. Maman avait répondu qu'elle aussi était « fière d'elle ». Je me souvenais qu'elle avait souri juste avant de se mettre à pleurer.

– Alors, elle arrive ou quoi ? demandai-je à papa.

– Je ne pensais pas que tu voudrais la voir ici.

Je lui dis que c'était ma mère et que donc, évidemment, je voulais la voir.

– En fait... (Papa s'éclaircit la gorge avant de continuer :) Je l'ai bien appelée, mais comme vous ne vous parlez plus vraiment depuis un moment, ça ne semblait pas très indiqué qu'elle vienne.

Il plissa le front. Je remarquai qu'il avait moins de cheveux sur la tête que ce que prévoyait mon cerveau.

– Tu veux que je la rappelle ?

Oui, je voulais. Maman me manquait de la manière la plus primitive qui fût, mais je ne voulais pas avoir l'air d'un bébé ni faire des choses qui ne me ressemblaient pas, quoi que cela puisse signifier. Et puis, maman et moi, brouillées ? Cela me semblait complètement incroyable, et trop énorme pour que je puisse même commencer à l'envisager dans l'état où je me trouvais. Il me fallait du temps pour réfléchir.

Je dis à papa que ce n'était pas la peine qu'il l'appelle, et son front se déplissa d'une ride ou deux.

– Bon, c'est bien ce que je pensais, me répondit-il.

Environ une minute plus tard, papa claqua des deux mains avant de sortir son bloc-notes et son crayon de sa poche revolver. Il les avait toujours sur lui, en cas d'inspiration subite.

– Tu devrais dresser la liste de tout ce dont tu ne te souviens pas, me dit-il en me tendant le crayon.

Si mon père gagne sa vie principalement en rédigeant des livres, ce qu'il adore, ce sont les listes. Courses, livres lus, gens à qui il en veut, et ainsi de suite. S'il pouvait gagner de l'argent en écrivant des listes et non des livres, je crois que globalement il serait un homme plus heureux. Je lui ai dit ça une fois, et il a ri avant de me répondre : « Et une table des matières, à ton avis ma grande, qu'est-ce que c'est ? Un livre, ce n'est rien de plus qu'une liste très détaillée et très élaborée. »

Mon père fait partie de ces gens qui croient que tout peut être fait, que les maux de ce monde peuvent être guéris, du moment que c'est écrit et numéroté. C'est peut-être génétique, en tout cas ce qui est certain c'est que je ne fais absolument pas partie de ces gens.

PAPIER À BASE DE FIBRES CERTIFIÉES

Le Livre de Poche s'engage pour l'environnement en réduisant l'empreinte carbone de ses livres. Celle de cet exemplaire est de :
350g éq. CO_2
Rendez-vous sur www.livredepoche-durable.fr

« Pour l'éditeur, le principe est d'utiliser des papiers composés de fibres naturelles, renouvelables, recyclables et fabriquées à partir de bois issus de forêts qui adoptent un système d'aménagement durable. En outre, l'éditeur attend de ses fournisseurs de papier qu'ils s'inscrivent dans une démarche de certification environnementale reconnue. »

Édité par la Librairie Générale Française - LPJ
(43 quai de Grenelle, 75905 Paris Cedex 15)

Composition Nord Compo
Achevé d'imprimer en Espagne par BLACK PRINT CPI IBERICA
Dépôt légal 1re publication janvier 2015
16.4448.1/01 - ISBN : 978-2-01-203188-3
Loi n° 49-956 du 16 juillet 1949 sur les publications destinées à la jeunesse
Dépôt légal : janvier 2015